〈재혼황후〉 2권도

재밌게 읽어주세요.

독자님들, 정말 감사합니다.

알파타르트 드림

재혼황후

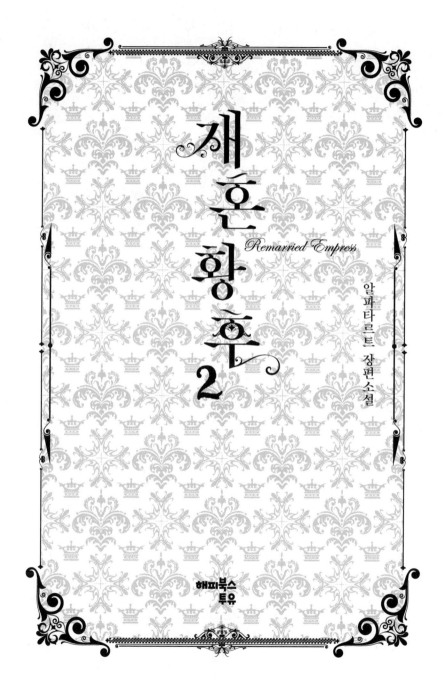

재혼 황후

Remarried Empress

2

알파타르트 장편소설

해피북스
투유

차
례

동트기 전이 가장 어둡다

들어온 사람은 소비에슈였다.

"카프멘 대공과 있다고 들었는데."

볼일이 있었던지 서류철로 된 파일 하나를 들고 있었다. 그러나 소비에슈는 들어오다 말고 카프멘 대공 쪽을 쳐다보며 미간을 찡 그렸다.

왜 저러지? 소비에슈의 시선을 따라가자, 카프멘 대공이 눈을 질 끈 감은 게 보였다. 몸은 소비에슈를 등진 채였고.

'얼굴을 처음 보면 안 된다고 했지.'

나와 눈이 마주쳤다고 생각했는데. 눈이 마주치자마자 바로 몸 을 돌린 덕에 약효가 나타나지 않은 모양이었다. 아니면 약효가 돌 기 전이라 괜찮았나?

어쨌든 대공의 태도를 보니, 이제부터 얼굴을 마주한 사람에게 약효가 나타나는 모양이었다.

"카프멘 대공."

그러나 이런 사실을 모르는 소비에슈는 미간을 찡그린 채 나와 카프멘 대공의 사이까지 저벅저벅 다가왔다. 카프멘 대공이 여기에 있어서 놀란 건 아닐 테고. 그가 돌아선 채 등만 보이는 게 불쾌한 듯했다.

"안녕하십니까."

그러나 카프멘 대공은 여전히 돌아선 채로 인사를 올렸다. 소비에슈는 더욱 인상을 찡그렸다.

"어딜 보고 인사하는 건지? 난 여기 있네."

"……사정이 있어서."

아무래도 카프멘 대공은 약의 효능을 진심으로 믿는 모양이었다. 그는 필사적으로 소비에슈를 쳐다보지 않기 위해 애썼다. 이쯤 되니 나도 '진짜인가?' 하고 혹하게 되었다. 진짜라면…… 아. 좀 곤란해질지도.

"카프멘 대공. 여길 보라 했네."

"폐하. 무슨 일로 온 건지요?"

결국, 이대로라면 불상사가 벌어지겠다 싶어 얼른 내가 나섰다. 소비에슈가 내 쪽으로 고개를 돌렸다. 나는 모른 척 그가 들고 온 파일을 가리키며 물었다.

"그걸 전해주러 왔나요?"

"……."

하지만 소비에슈는 눈을 가늘게 뜰 뿐, 내 말 돌리기에 넘어가지 않았다. 오히려 그는 내가 카프멘 대공을 위해 일부러 나섰단 걸 알아채고서 헛웃음을 지었다.

"뭘 하고 있었기에 하나는 얼굴을 안 보이려 하고, 하나는 그걸 또 감싸주려 하는 거지?"

소비에슈는 나와 카프멘 대공을 번갈아 쳐다보며 뒤틀린 미소를 지었다.

"혹시 입이라도 맞추고 있었소, 황후? 저자의 입술이 부풀어 있기라도 하나?"

그러고는 말도 안 되는 억측을 꺼내며 카프멘 대공의 어깨를 잡고 강제로 자신을 향해 돌려세웠다.

으악……. 나도 모르게 뒤로 세 걸음 물러섰다. 앞으로 벌어질 일에 눈앞이 아찔했다.

"윽."

소비에슈의 손끝이 닿는 순간, 카프멘 대공이 혀 짧은 소리를 내며 눈을 감았다. 그 짧은 신음은…… 찰나 터졌을 뿐인데도 묘한 상상을 불러일으키는 구석이 있었다. 어딘가 아찔하다 해야 하나.

소비에슈는 엄청난 속도로 손을 치우고서 그를 쳐다보았다. 나도 놀라서 입을 벌렸다. 그사이 다시 눈을 뜬 카프멘 대공이, 눈물을 글썽이며 소비에슈를 바라보고 있었던 것이다.

대공이. 그 무뚝뚝하고 오만한 대공이. 황후인 나를 대놓고 무시하던 대공이. 그 거만하던 사람이 얼굴은 벌겠고 눈가는 촉촉했다. 시선은 소비에슈에게 말뚝으로 박아둔 듯 고정되어 있었다. 카프멘 대공의 시야에 지금 내가 들어오긴 할까? 의심스러울 정도였다.

'대공의 말이 맞았어.'

약은 정말로 효과가 있었다. 누가 봐도 카프멘 대공은 소비에슈를 사랑하는 것처럼 보였다. 딱 봐도 티가 났다. 카프멘 대공이 관심을 두고 바라보는 상대가, 내가 아니라 소비에슈라는 게. 나는 웃음이 나올 뻔했다. 심각한 사태와 별개로, 무뚝뚝하던 이국적인 미남이 촉촉한 눈망울을 하고 서 있는 게 무척 매력적으로 보였다. 하지만 소비에슈에게는 그렇게 않은 모양이었다. 그는 기겁해서 몇 걸음을 물러난 다음 내 쪽을 쳐다보며 물었다.

"왜 저러고 있소?"

약 이야기를 해도 좋을까, 잠시 생각하는 찰나. 카프멘 대공이 소비에슈에게로 가까이 다가가 입가에 미소를 띠었다.

"이렇게 뵈니 좋습니다. 항상 그렇지만, 오늘도 아름다우십니다."

그러고서 내뱉는 다정한 속삭임에, 소비에슈는 오히려 표정이 더 굳었다. 평소 카프멘 대공의 태도를 알고 있으니 소비에슈도 슬슬 무언가 이상하다 싶겠지. 하지만 그 이상한 점을 파헤치기에는 너무 소름이 돋나 보다. 잠시 카프멘 대공을 지그시 노려보던 소비에슈는, 들고 있던 서류철을 그에게 떠맡기듯 건넸다.

"무슨 장난질인지 모르겠지만 적당히 하게."

그러고는 딱딱한 목소리로 말한 다음 그냥 방 밖으로 나가버렸다.

도망친 건가……? 그렇게 보였다.

그가 사라지고 발소리가 멀어졌다. 나는 아직까지도 어안이 벙벙해서 카프멘 대공을 곁눈질했다. 우스운데…… 웃어도 좋을지 알 수 없었다. 이게 정말 약 때문에 벌어진 일이라면, 이 상황이 카프멘 대공에게는 심각한 것일 수도 있으니까.

'소비에슈를 안 따라가나?'

그러나 의외로 카프멘 대공은 멀쩡히 서 있었다. 여전히 얼굴이 홍당무이긴 했지만.

"괜찮나요?"

나는 걱정이 되어 물으며 다가갔다. 그러나 카프멘 대공이 갑자기 내 쪽을 향해 손바닥을 뻗었다.

"오지 마십시오."

그러고는 간절히 뱉은 말에 나는 떨떠름해서 멈추어 섰다.

오지 말라니? 아. 혹시……!

"내게 질투심이 드나요?"

카프멘 대공은 지금 소비에슈를 사랑하게 되었는데, 나는 그의 아내니까……? 조심스레 묻자, 카프멘 대공이 와그작 표정을 구기곤 나를 쳐다보았다.

'어?'

그런데 이상했다. 나를 보는 카프멘 대공의 표정이 아까와 별반 다르지 않았다. 질투심에 젖은 표정이 아니라, 잔뜩 붉어진 얼굴에 촉촉한 눈동자다. 아니 오히려 더…… 자극적인 구석이 있었다. 풀어진 눈가라든가 붉어진 코끝이라든가, 떨리는 입술 같은…….

"대공?"

"카프멘이라 불러요."

"!"

"젠장. 못 들은 걸로 하십시오. 생각보다 효과가…… 윽."

"대공……?"

"카프멘이라 부르라니깐? ……제발 좀 가줘요."

어리둥절해서 보고 있자니, 그가 손부채질을 하다가 시선을 허공에 둔 채 빠르게 알려주었다.

"생각보다 효과가 강력한 약입니다. 지금 난, 당신을 지키기 위해 당신 남편에게 이상한 오해를 사는 걸 감수할 정도로 당신을 사랑하고 있어요. 적어도 그런 기분입니다."

"아!"

나한테? 소비에슈가 아니라 내게 효과가 나타난 거였어?

"얼굴을 마주하면 당신 입술, 목, 예쁜 눈동자밖에 보이는 게 없어. 당신 숨결이…… 향수 뭐 씁니까? 좋네요."

"……"

정말로 강력한 효과이긴 한가 보다. 또다시 헛소리를 한 카프멘 대공은, 눈을 감고 관자놀이를 꾹꾹 누른 후에 말을 이었다.

"이 꼴이니까 제발 좀 나가줘요. 당신 향이 안 나면 곧 괜찮아질 겁니다. 이후엔 방으로 돌아가서 해독약을 먹으면 돼요."

그는 필사적으로 주먹을 꽉 쥐고 있었다. 캐러멜 색의 피부에서 식은땀이 배어 나오는 게 보였다. 나는 고개를 끄덕이고서 얼른 그 방에서 빠져나왔다. 하지만 몇 걸음을 걸어가다가 얼떨떨한 기분이 들어 결국 다시 뒤를 돌아보았다. 카프멘 대공이 있는 방문은 아직 닫혀 있었다.

잠시 그 문을 쳐다보다가 괜히 기분이 이상해져서 방으로 돌아왔다. 누군가에게 사랑을 받으면, 저런 말들을 계속 옆에서 들을 수 있는 걸까? 누군가 나로 인해 제정신을 차리지 못하게 되는 건 어떤 기분일까? 한 번도 경험해보지 못한 일이라 괜히 싱숭생숭해졌다.

다음 날. 나는 카프멘 대공에게 시녀를 보내 '어제 일은 괜찮은 지' 물어보도록 했다.

"어제 일이요?"

"카프멘 대공이 폐하와 약간 트러블이 일어나서. 제대로 이야기를 하지 못했거든요."

시녀는 어쩌냐고 혀를 차더니 얼른 다녀오겠다고 밖으로 나갔다. 나는 테이블 앞에 앉아 시녀가 돌아오기를 기다렸다.

대공이야 자기 방으로 돌아가서 해독약을 마셨을 테니 이제 몸은 괜찮겠지만. 어제의 일로 소비에슈가 어떻게 나올까 걱정되었다. 어쩌면 나와 대공이 말을 미리 맞추어야 될지도 모르지.

그런데 뜻밖에도 시녀는 카프멘 대공에게 말을 전한 게 아니라, 아예 카프멘 대공을 데리고 왔다. 왜 굳이? 의아했지만 찾아왔으니 만나야겠지. 나는 그를 만나기 위해 응접실로 나갔다. 그러나 카프멘 대공을 보자마자, 그가 날 찾아온 이유를 바로 알 수 있었다. 그의 상태가 어제와 별반 다르지 않아 보였던 것이다.

정확히 구분하자면, 어제와 다른 점이 있긴 했다. 평소에는 편안하고 실용적인 의상을 추구하던 그가 지금은 답답할 정도로 단정한 예복 차림이었으니까. 머리카락 역시 뒤로 깔끔하게 다 넘겨 완벽한 턱선을 드러냈다. 세심하게 꾸미고 온 티가 났다. 나와 눈이 마주치자 그가 다시 눈물을 글썽였기 때문에, 엘리자 백작 부인은 흠칫 몸을 뒤로 뺐다.

"괜찮나요……?"

그는 전혀 괜찮아 보이지 않았지만, 나는 일단 조심스럽게 물어보았다. 카프멘 대공은 고개를 저었다. 그러고는 시녀들을 물려달라 부탁했다. 고개를 끄덕이자 시녀들은 눈치껏 밖으로 나갔다. 카프멘 대공은, 시녀들이 나가자마자 한껏 모아둔 인내심이 소진되어버린 것처럼 중얼거렸다.

"보고 싶었습니다. 보고 싶어서 죽을 것 같았습니다. ……흘려들으세요."

바로 이어지는 수치심 가득한 목소리에, 어색하게 웃음이 흘러나왔다. 안 괜찮구나. 나는 탁자 앞에 그가 앉도록 하고서 물었다.

"해독약이 없던가요?"

보고 있자니 조금 웃기긴 했지만, 그보다는 걱정이 되었다. 카프멘 대공의 현재 상태는 누가 봐도 이상했다. 그의 눈은 '이게 가능한가' 싶을 정도로 애정으로 가득 차 있었다. 그 애정은 노골적이고 뚜렷해서 누가 봐도 눈치챌 정도였다. 이 상태가 계속된다면 다른 사람들도 카프멘 대공이 나와 함께 있을 때 이상하게 군다고 생각하겠지. 문제는, 그는 중요한 거래를 앞두고 있어서 계속 나와 만나야 한단 거였다.

"있었습니다. 효과가 없었지만."

"다른 해독제는 없나요? 해독제가 잘못되었을 수도 있잖아요."

애초에 카프멘 대공이 정확한 해독제를 가지고 있는 게 이상하지 않나? 그러나 카프멘 대공은 대답을 하는 대신, 두 손을 깍지 끼고서 난처한 시선으로 창가를 쳐다보았다.

"대공?"

이것도 약의 영향일까? 그는 난감해하는 기색이었다.

"내가 얼굴을 가리고 있을까요?"

걱정스레 묻자, 카프멘 대공은 고개를 저었다.

"아니요. 그러면 당신 얼굴을 볼 수 없잖습니까. 효과가 없을 겁니다."

"……."

앞말이 약의 효과 뒷말이 진심, 이런 식인가? 약 때문에 나오는 말이라지만 이 정도로 노골적인…… 이걸 무어라 해야 하지. 하여튼 민망한 기분이다. 나 역시 괜히 어색한 기분이 들었다. 말을 하는 본인은 더 죽을 맛이겠지. 다행히 이 기분은 카프멘 대공의 다음 말로 어느 정도 중화될 수 있었다.

"해독제가 잘못되었을 리는 없습니다."

"왜 그렇게 확신하는 건가요? 대공이 가지고 있던 건 '사랑의 묘약'을 위해 만들어진 해독제가 아니잖아요?"

굳이 그런 해독제를 가지고 다닐 리가 없으니까. 그런데 카프멘 대공은 내 말에 대답하지 않았다. 아무리 기다려도. 그 침묵이 내게 '설마?' 하는 의혹을 불러일으켰다.

"사랑의 묘약 전용 해독제인가요?"

내가 놀라서 묻자, 카프멘 대공은 입술을 짓씹듯이 누르다가 수긍했다.

"네."

놀라서 그를 멀뚱히 쳐다보았다. 이해가 가지 않았다. 카프멘 대공이 왜 사랑의 묘약 해독제를 가지고 있던 거지? 카프멘 대공은 초조하게 테이블을 손끝으로 두드리다가 털어놓았다.

"제가 보낸 선물이었습니다."

"사랑의 묘약이요?"

"……예. 이 정도로 강력한 효과를 기대한 건 아니었지만."

이것도 예상하지 못한 일이었다. 나는 놀라 입을 벌리고 그를 쳐다보았다. 카프멘 대공이 내게 사랑의 묘약을 익명으로 보낸 사람이었다니. 의외였다. 지금의 대공은 약을 먹어서 저렇다지만, 나한테 사랑의 묘약을 보낼 때는 맨 정신이었을 것 아닌가. 무어라 반응해야 좋을지 몰라 가만히 있자니, 그가 딱딱한 목소리로 변명했다.

"답답해서 그랬습니다."

"답답하다니……?"

아.

"혹시 나와 소비에슈, 라스타 양의 일 때문인가요?"

대공이 나와 라스타 모두를 무시하고 가버렸던 일이 떠올랐다. 나를 미련하다는 듯 무시하던 말투도.

카프멘 대공은 심드렁한 태도로 어깨를 으쓱했다.

"멍청한 짓인 건 알지만, 당신이 힘들어하는 모습은 그리 보기 좋지 않았으니까."

지금 말은 약이 만들어낸 위로일까, 진심일까. 구분하기 어려운데. 빤히 보았지만, 카프멘 대공은 인상을 찡그린 채 시선을 돌리고만 있었다. 그러기를 한참. 째깍째깍 초침 소리가 유난히 크게 들려왔을 즈음, 카프멘 대공은 한숨을 내쉬고서 일어났다.

"함께 있으니 싱숭생숭해서 안 되겠습니다. 자꾸 당신한테로 관심이 가서, 무슨 말을 할 수가 없군요."

"돌아갈 건가요?"

"붙잡아주시겠습니까?"

"!"

"갈 겁니다."

그는 문 앞까지 걸어갔고, 나는 한 보 정도 거리를 두고 따라갔다. 문을 열고 나가기 직전. 그가 갑자기 내 쪽으로 확 몸을 돌렸다. 까만 눈동자가 할퀴듯 내 시선을 잡아챘다.

"……."

"……."

숨 막히는 침묵이 흘러갔다. 나도 모르게 마른침을 삼켰다. 그의 눈길은 평소의 무심하고 한심스러워하던 눈길과도, 어제의 애타는 눈빛과도 달랐다. 예전에 로라가 한 말이 떠올랐다. 100년은 굶주린 사람처럼 자신을 사랑해줄 수 있는 사람이 좋다고. 지금 카프멘 대공의 눈길이 꼭 그랬다.

얼마를 그러고 있었을까. 카프멘 대공이 손을 올려 자신의 눈꺼풀 위를 덮었다.

"이렇게 된 이상 효과가 자동으로 떨어질 때까진, 서로 마주치지 않는 게 낫겠습니다.”

“그래요…….”

내가 보기에도 그렇게 보였다.

무릎을 꿇은 남자가 무어라 길게 사정을 이야기했다. 구구절절
하고 긴 이야기였지만, 귀에 제대로 들어오지 않았다. 그래도 한참
을 듣다가 “이런…….” 하고 안타깝다는 반응을 해주자, 남자는 흐
어엉 울음을 터트렸다.

그걸 보니 뒤늦게 미안한 마음이 찾아왔다. 알현까지 신청할 정
도면 나름대로 심각한 사정이 있었을 텐데. 내게는 이 남자가 알
현실을 찾아온 수많은 국민 중 하나이지만, 그는 평생에 단 한 번
의 기회를 써버린 거였다. 난 그 기회를 다른 일을 생각하느라 흘
려보낸 거고. 그렇게 생각하자 미안해져서, 최대한 머릿속에 흩어
져 있는 남자의 사정을 끌어모아 조각을 맞췄다. 그의 사연을 짐
작해낸 다음 진심으로 위로하는 말을 하자, 남자가 다시 흐어어엉
울었다.

그렇게 마지막 알현 신청자가 돌아간 후. 관리가 알현실의 육중
한 문을 닫았다. 나는 후우 한숨을 내쉬고서 이마를 짚었다. 기쁜
소식을 자랑하러 알현실에 오는 이들은 적었다. 태어난 아기를 축
복해달라는 정도? 그 외의 이들은 억울하고 기가 막히고 슬픈 사연
을 알아달라며 찾아왔다. 그러다 보니 조금이라도 다른 데로 신경

이 쏠리게 되면 사람들에게 온전히 집중하기가 어려웠다. 꼭 오늘처럼.

나는 천천히 옥좌에서 일어났다.

"그자의 장난질은 끝이 났소?"

그러나 엉덩이를 다 떼기도 전에 소비에슈가 말을 걸었고, 엉거주춤 다시 앉아야 했다. 무슨 소리인가 싶어서 쳐다보자, 소비에슈는 옥좌 등받이에 몸을 기대어 차가운 눈으로 나를 바라보고 있었다.

"뒤늦게 생각해보니 내가 깜빡 속아 넘어간 것 같더군."

"속아 넘어가다니요?"

"카프멘 대공. 얼굴이 그렇게 새빨간 거. 황후를 보며 그런 거 아니오?"

"……제 눈에는 폐하를 보고 그런 것 같았는데. 아닌가요?"

"!"

소비에슈가 잠시 흠칫한 사이, 나는 얼른 옥좌에서 일어났다. 알현실을 빠져나오기 전 보니, 소비에슈는 제자리에 앉은 채 나를 빤히 바라보고 있었다. 최대한 무표정을 유지한 채 문을 닫았다.

그러고서 돌아서는 순간. 이번에는 하인리 왕자를 발견했다. 기다리고 있었던 건지, 하인리 왕자는 기둥에 기대어 편안히 서 있었다. 눈이 마주치자 그는 조용하게 웃으면서 들고 있던 서류를 들어보였다.

"상담 드릴 게 있어서 왔습니다. 괜찮으실까요?"

빈방으로 데리고 들어갈까 하다가, 그냥 걸어가면서 보기로 했다. 하인리 왕자는 얼른 서류를 옆에 낀 채로 나란히 붙어 왔다.

"어떤 서류인가요?"

그러나 막상 상담할 게 있다며 와놓고서, 하인리 왕자는 서류를 보여주진 않았다. 손을 뻗자 오히려 자기 손끝으로 내 손끝을 툭 건드리며 장난스레 웃었다. 얼결에 따라 웃으며 손을 내렸다.

"장난치지 말고. 무슨 일인데요?"

다시 묻자, 하인리 왕자는 가볍게 웃더니 그제야 서류를 건네주었다. 서류를 살피다가 나는 놀라서 그를 쳐다보았다. 서류는 겉장만 그럴듯하지 안에 내용물이 없었다. 어이가 없어서 헛웃음을 짓자, 그는 배시시 웃으면서 변명했다.

"미안해요. 이렇게 해야 자연스럽게 만나지잖아요."

"이렇게까지 연극을 하진 않아도 괜찮아요."

"퀸이 불편해할 일은 하나도 하고 싶지 않은걸요."

힐긋 옆을 쳐다보자, 하인리 왕자도 내 쪽을 보고 있었던지 바로 시선이 마주쳤다. 대번에 그의 눈가가 휘어졌다. 보라색 눈은 이상스러울 정도로 따뜻하게 여겨졌다. 나는 어색하게 그에게 서류를 도로 건네주었다. 하인리 왕자는 서류를 받아 들었지만, 여전히 시선을 날 향해 두었다. 어색해서 슬쩍 그의 뺨을 밀자, 그제야 그는 정면으로 고개를 돌리며 웃었다.

"그러면 상담할 건 없는데 그냥 온 거죠?"

"음. 그건 아닙니다. 상담할 게 있긴 해요."

"?"

그리 좋은 일로 상담을 하려는 건 아닌 모양이다. 웃고 있던 표정이 눈 깜짝할 사이에 무거워졌다. 하인리 왕자는 쉬이 말을 꺼내지 못하고 자신의 턱을 만지작거렸다. 이런 말을 해도 좋을지 아닐지 고민하는 것 같기도 했다.

"왕자?"

"제가 며칠 전에 형님의 몸 상태가 좋지 않단 이야기를 드렸지요?"

"네."

아. 혹시…….

"상태가 더 나빠진 건가요?"

"네. 그 편지를 보낸 후 바로 나빠진 모양입니다. 이후로 다시 편지가 도착했는데, 지금은 좀 많이 안 좋은 모양이에요."

나도 모르게 멈춰 서고 말았다. 서왕국 왕의 건강은 동대제국에도 정치적인 변화를 초래할지 모를 중대한 사안이었다. 내 친구인 하인리 왕자의 개인적인 슬픔이기도 할 터였고, 또…….

이런 상황에, 하인리 왕자가 서왕국으로 돌아가는 게 섭섭하단 생각을 하면 안 되는 거겠지. 하지만 하인리 왕자가 서왕국의 왕이 되면 우리는 평생 만나지 못할지도 몰랐다. 어쩌면 먼 훗날 한두 번 만나는 데에서 끝이거나, 한두 번 만나더라도 절대로 편하게 대화할 수는 없겠지. 지금처럼은.

그 생각을 하자 아쉬운 마음이 쉬이 가라앉지 않았다. 싱숭생숭한 마음에 그를 쳐다보다 물었다.

"그러면 이제 서왕국으로 돌아가는 건가요?"

"당장은 아니지만. 조만간 가게 될지도 모릅니다."

"그래요……."

하인리 왕자는 미간을 찡그렸다.

"일단 부고가 오기 전에 먼저 가야 하니까요. 형의 유언도 들어야 할 테고."

유언 이야기가 나올 정도면 정말로 상태가 위중한가 보구나.

"빨리 가야 하지 않나요?"

이제는 정말로 그 사람의 건강만이 걱정되어 묻자, 하인리 왕자는 미묘한 표정으로 땅의 돌멩이를 툭 가볍게 찼다. 무언가 불만스러워하는 얼굴이었다.

"왕자?"

"가끔은 무게가 다르다는 게……."

"?"

한숨을 내쉰 그는 곧 고개를 젓고서 무거워 보이는 미소를 지었다.

그때였다.

"황후 폐하."

바스락거리는 소리가 나더니, 카프멘 대공이 가까이로 다가왔다. 이 근처에 있던 모양이었다. 나는 당황해서 물었다.

"여기 있었나요?"

약 때문에 카프멘 대공이 날 볼 때면 들뜬 반응을 보이는데. 혹시라도 이걸 본 하인리 왕자가 우리 두 사람 사이를 오해라도 할까 봐 걱정이었다. 아니, 꼭 하인리 왕자가 아니더라도 다른 사람들이 오해하는 것 역시 원하지 않았다.

"네. 바람을 쐬면서 열기를 좀 가라앉히려고 나왔습니다."

그러나 당분간은 만나지 말고 피해 다니자던 카프멘 대공은, 태연하게 대답하면서 하인리 왕자를 위아래로 훑어보았다. 나도 신년회 때 한 번 당해봐서 아는데. 굉장히 기분 나쁜 시선이었다. 상대를 낱낱이 평가하려는 듯한 시선. 역시나. 불쾌한지 하인리 왕자도 미간을 찡그렸다. 나는 서둘러 하인리 왕자를 잡아당기며 카프멘 대공에게 인사했다.

"그러면 계속 산책해요. 우리는 더 나눌 말이 있어서……."

'지금은' 날 사랑하는 카프멘 대공이, 하인리 왕자에게 이상한 말이라도 할까 염려되어서였다. 하지만 둘을 떼어놓으려는 효과도 없었다. 카프멘 대공은 바로 손을 뻗어서, 하인리 왕자와 내 손이 떨어지게 만들었다. 그러곤 하인리 왕자가 어이없다는 듯이 쳐다보자, 입꼬리를 비틀며 경고했다.

"붙지 마시죠."

붙은 건 나였지만, 카프멘 대공은 하인리 왕자가 내게 매달리기라도 했단 투였다. 카프멘 대공의 혈관에 가득 찬 묘약이 강력하게 이성을 흐리는 게 분명했다.

"그쪽. 화대륙에서 온 무슨 대공 아닙니까?"

하인리 왕자는 어이없다는 듯 웃으면서 물었다. 내게 팔이 잡혔다가 붙지 말란 소리를 들었으니, 그로서는 어이없을 만도 했다. 그러나 카프멘 대공은 대답 없이 나와 하인리 왕자의 사이에 끼어들어 섰다. 커다란 두 남자가 마주 보고 서자, 작지 않은 키인데도 내가 쪼그라든 느낌이었다. 하지만 둘의 분위기가 하도 험악해 뭐라 끼어들기도 애매했다.

"이상하네. 내 앞에 서 있는 분은 퀸이었는데, 왜 이상한 사람이 끼어들었지? 지금 뭐 합니까?"

"질투."

"질투?"

나는 식겁해서 카프멘 대공의 옷자락을 끌어당겼다. 하지만 둘만 있을 때에는 그래도 제정신이 오락가락하던 카프멘 대공이었는데. 하인리 왕자 때문에 흥분한 건지 영 제정신을 차리지 못하고 있었다. 이대로라면 날 사랑한단 말까지 나올 것 같아 겁이 났다.

"카프멘 대공. 하인리 왕자. 그만해요."

카프멘 대공은 내가 자기 옷을 잡아당기거나 말거나 하인리 왕자를 차갑게 노려보았고, 하인리 왕자는 기도 안 찬다는 듯 그를 삐딱하게 쳐다보았다. 평소에 잘 웃어서 그렇지, 하인리 왕자는 무표정으로 있으면 굉장히 서늘한 얼굴이었다. 덕택에 두 사람이 대치하고 있자 누가 봐도 싸우는 그림이 나왔다.

"카프멘 대공. 나중에 후회할 짓 하지 마요."

"!"

결국 미안하지만, 카프멘 대공의 발뒤꿈치를 내 구두 앞코로 쿡 찌르면서 당부했다. 그제야 카프멘 대공은 좀 제정신이 돌아오는 듯 내 쪽으로 고개를 돌렸다. 그러나 이번에는 하인리 왕자가 문제였다. 카프멘 대공이 제정신이 돌아온다 싶자마자, 그가 카프멘 대공을 옆으로 밀어낸 것이었다.

"왕자!"

다그치듯 불렀으나, 하인리 왕자는 빙그레 웃으면서 "네?" 하고 방금 한 행동과는 어울리지 않게 웃었다.

"왜 그래요, 퀸?"

"……밀지 마요."

"하지만 이 사람이 앞에 있으니까, 퀸이 전혀 보이지 않는걸요."

한숨을 내쉬자 하인리 왕자는 그제야 미안한 듯 물었다.

"미안해요. 내가 이 사람을 밀어서 화가 났나요?"

"화가 난 게 아니라……."

"하인리 왕자는 당신과 어울리기엔 격이 맞지 않는군요."

다시 시작인가. 머리가 아파온다. 이번에는 좀 진정이 되나 싶던 카프멘 대공이 시비를 걸자, 하인리 왕자가 입에는 미소를 띤 채 눈동자만 굴려 그를 쳐다보았다. 웃는데도 무서운 표정이었다.

이대로 두었다가는 정말로 크게 싸움이 날 것 같았다. 안 되겠다 싶어서 아르티나 경에게 눈짓했다. 작게 고개를 끄덕여 내 뜻을 알아들었단 신호를 보낸 아르티나 경은 살며시 자신의 검집에 손을 가져갔다.

그 순간.

"왕자님! 왕자니임!"

누군가 멀리서부터 달려오며 하인리를 불렀다. 돌아보니, 하인리 왕자가 자주 데리고 다니는 파란 머리 기사였다. 맥켄나 경이었던가? 가까이 다가온 맥켄나 경은 헉헉거리면서도 다급하게 말했다.

"왕자님. 지금 급히 가보셔야 할 것 같습니다!"

"왜 그러지?"

힐긋 맥켄나 경이 나와 카프멘 대공을 빠르게 훑었다. 우리가 있는 곳에서는 말하기 어려운 내용인 듯했다. 하인리 왕자는 고개를 끄덕이고서 내 쪽으로 시선을 돌렸다.

"얼른 가봐요."

차라리 잘되었다 싶어서 재촉하자, 그는 추연한 표정으로 나를 응시하다가 조심스레 한쪽 무릎을 꿇었다. 시선을 고정한 채 내 손등 위에 가볍게 입을 맞추는 동작은 몹시도 느릿했다. 옆에서 맥켄나 경이 답답한지 발을 굴렀지만, 적어도 그 동작만큼은 한없이 여유로웠다.

"나중에 다시 이야기해요."

일어서며 작게 속삭인 그는, 내가 고개를 끄덕이자 돌아서서 맥켄나 경을 따라갔다. 조용히 입을 맞출 때와 달리 뛰어가는 속도는 그 역시도 재빨랐다. 혹시 서왕국 왕에 대한 일인가……. 멀어져 가는 뒷모습을 쳐다보자 저절로 한숨이 나왔다.

"저 왕자와 친하십니까?"

카프멘 대공이 묻고서야, 나는 그가 옆에 있단 걸 떠올리고서 얼른 표정을 관리했다. 돌아보자, 그는 묘한 표정으로 나를 쳐다보고 있었다.

"저 왕자와 친하십니까?"

그가 다시 물었다.

"훌륭한 분이라 생각하고 있어요."

친하다고 말할 수는 없지만, 친하지 않다고 말하기에도 미안해서 나는 적당히 두루뭉술하게 대답했다. 그러나 카프멘 대공의 표정은 더욱 구겨질 뿐이었다.

나는 조심스레 물었다.

"혹시…… 질투심이 솟나요?"

"그런 모양입니다. 아까는 거의 멱살잡이를 할 뻔했으니까요."

"안 돼요."

"네. 그걸 참느라 입을 관리하기 어려웠습니다."

픽 웃으면서 쳐다보자, 카프멘 대공은 무뚝뚝한 얼굴로 어깨를 으쓱했다.

"이 정도로 감정이 휘몰아치는 것도 나름 신기합니다."

"어떤 기분인가요?"

"질투해보신 적, 없습니까?"

"질투……."

소비에슈가 라스타를 챙기느라 날 몰아붙일 때. 그때의 아픈 마음. 이게 질투일까?

"어쩌면."

선선히 수긍하자, 카프멘 대공은 의외라는 듯 중얼거렸다.

"너무 쉽게 인정하는군요."

"날 답답하게 생각해서 사랑의 묘약까지 주려 한 분 앞에서라면."

바람 빠지는 소리를 내며 웃는 그는, 주머니에 손을 집어넣고서 시선을 아래로 내렸다.

"기분 나쁘셨습니까?"

"대공이 힘겨워하는 모습을 보니, 기분이 나쁘기보다는……."

"재밌나요?"

"대답해야 하나요?"

질문을 되돌려주자, 카프멘 대공은 입술을 실그러뜨렸다.

"격렬하게 질투해보신 적은 없는 듯하니 알려드리자면, 보이지 않는 무언가가 내 심장 옆에 대고 고함을 지르는 느낌과 비슷합니다. 그리고 난 그 목소리의 말에 넘어가고 싶어지죠."

"……뭐라고 하는데요?"

"알려줄 순 없습니다."

"왜요?"

"그 '보이지 않는 무언가'가 지금 속삭이고 있거든요. 당신에게 우리 속내를 들키면 안 된다고."

농담이라 생각하고 웃었지만, 그는 진지해 보였다. 잠시 가만히 나를 바라보던 그는 작게 한숨을 내쉬었다.

"한 사람을 바라보는 것만으로도 벅찬 충족감이 오는데. 동시에 불안해집니다. 여러모로 독한 약이네요."

"효과는……."

언제 빠지냐고 물어보려던 때였다. 철그렁거리는 소리가 근처에서 들려왔다. 쳐다보자, 소비에슈가 가라앉은 얼굴로 다가오고 있었다. 그의 눈빛은 서늘했고 표정은 으스스했다.

'왜 저렇게 굳은 얼굴이지? 혹시 대화를 들은 건가?'

"못 들었을 겁니다."

마치 내 속마음을 듣기라도 한 것처럼, 카프멘 대공이 아주 작게 중얼거렸다.

"?!"

절묘한 타이밍에 놀라 쳐다보자 그가 다시 작게 속삭였다.

"대화를 들을 만한 거리에는 없었습니다."

다시 소비에슈를 쳐다보았다. 어느새 훌쩍 가까이로 온 소비에슈는 표정이 얼음 같았다. 대화를 들었으면 오해의 여지라도 있지. 그런 것도 아닌데 왜 저러나 싶어 보고 있자니, 그가 손을 휘저어 근처에 있던 시종과 기사들을 물렀다. 그들이 뒤로 물러나자 소비에슈가 나를 빤히 바라보며 물었다.

"어느 쪽이오?"

"무슨 말인가요?"

"카프멘 대공, 하인리 왕자. 어느 쪽이냐고."

"무슨 뜻으로 하는 말인지 이해가 안 가는군요."

소비에슈가 삐딱하게 웃으며 조롱하듯 카프멘 대공을 쳐다보았다.

"황후를 사이에 둔 채, 외국인 둘이서 아주 가관이던데."

오기는 지금 왔지만, 보기는 하인리 왕자가 있을 때부터 지켜본 모양이었다.

"오해예요."

딱 잘라서 말을 끊었다. 하인리 왕자와는 친구 사이일 뿐이다.

카프멘 대공이 지금 잠시 내게 사랑을 느끼고는 있지만, 약의 효과일 뿐. 얼마 있지 않아 효력이 떨어지면 없던 일이 될 터였다. 그러나 소비에슈는 믿는 기색이 아니었다.

"이런 시기에는 좀 행동을 조심해주면 안 되겠소?"

"'이런 시기'라니요?"

"황가의 첫아기가 이제 막 임신되었소. 황후가 이런 상황에서 다른 남자, 그것도 외국인 남자들과 추문을 뿌려야겠소?"

"……안 될 이유는 뭔가요?"

"안 될 이유가 뭐냐니?"

소비에슈가 그걸 모르겠냐는 듯, 나를 쳐다보며 미간을 찡그렸다. 알긴 알았다. 내가 하인리 왕자와 드러내놓고 친구 사이가 될 수 없는 이유와 같은 맥락이겠지. 라스타가 소비에슈의 정부가 된 지 얼마 지나지 않은 시기였다. 게다가 그녀는 임신까지 했지. 그것도 황제의 첫아기를.

이런 시기에 내가 다른 남자와 스캔들을 내면, 황실은 그야말로 가십거리로 덕지덕지 물들 터였다. 가십거리로 물든 황실에서는 더 이상 위엄을 찾아볼 수 없을 테고. 하지만…… 이걸 알고서 행동을 조심하는 것과, 그걸 소비에슈에게 지적받는 건 전혀 다른 기분이었다.

"폐하의 첫아기를 위해 내게 행동을 조심하라는 건가요?"

"나의 첫아기라니? 황실의 아기요. 황실의 아기라는 건 그대의 아기라는 뜻도 돼."

"아니요. 100명을 낳든 1,000명을 낳든, 폐하의 정부가 낳은 건

제 아기가 아닙니다.”

“황후!”

“그리고 폐하의 첫아기가 생긴 것도, 폐하의 경사이지 제 경사가
아닙니다.”

소비에슈가 입을 벌리고 나를 차갑게 쳐다보았다.

“어차피 라스타 양이 낳은 아기는 황자도 황녀도 될 수 없단 거.
모두가 알잖아요?”

“황자도 황녀도 아니니 황가의 아기가 아니다?”

“네. 그게 법이니까요. 그리고 폐하의 마음이 어떠하든, 100년,
아니, 50년만 지나도 사람들은 그 아이들의 존재조차 모르게 되겠
지요.”

어이없단 시선으로 날 바라보던 소비에슈가 하, 헛웃음을 지으
며 말했다.

“황후는…… 정말 이기적이군.”

“!”

“아무리 라스타가 싫어도 그렇지, 태어나지도 않은 그녀의 죄 없
는 아기들까지 벌써부터 경계하는 거요?”

“안 되나요?”

“궁금하군. 황후가 날 남편이라 여긴다면…….”

그러나 소비에슈의 말이 더 이어지기 전. 옆에서 침묵을 지키던
카프멘 대공이 눈 깜짝할 사이에 소비에슈의 얼굴을 주먹으로 내
리쳤다.

소비에슈는 잠시 비틀했지만, 넘어지는 대신 바로 반동을 이용해 카프멘 대공을 내리쳤다. 카프멘 대공은 손으로 주먹을 막았지만 바로 미간을 찡그렸다. 주먹을 막으면서 손가락 두 개가 뒤로 꺾인 듯했다.

"그만해요!"

나는 놀라서 둘 사이에 끼어들었다. 소비에슈는 검술 실력은 물론 기본적인 체술에 두루두루 능한 사람이었다. 황제 자리에 있으니 본인이 나설 일이 잘 없을 뿐. 반대로 카프멘 대공은 아무리 몸을 잘 쓴다 해도 연구에 더 많은 시간을 투자해야 하는 마법사였다. 주먹다짐을 하게 된다면 누가 이길지는 뻔한 일이었다. 아니, 누가 이기더라도 문제였다. 다행히 소비에슈와 카프멘 대공은 서로를 노려보며 순순히 물러났다.

"폐하!"

"잡아!"

"아악!"

그러나 잠시 멍해졌던 분위기가 풀리자, 뒤늦은 소란이 벌어졌다. 물러나 있던 시종과 기사들이 동시에 몰려온 것이다. 일부는 소비에슈에게 다가갔고, 일부는 카프멘 대공을 거칠게 둘러쌌다. 대공을 둘러싼 이들이 검을 뽑아 대공을 겨누었다. 하지만 칼끝 중앙에 서 있으면서도 카프멘 대공은 태연하게 소비에슈를 노려보았다.

"내려놓아라!"

내가 기사들에게 명령을 내렸지만, 그들은 내 말을 듣지 않았다.

"내려놓으라 했다!"

다시 소리 지르자 그제야 힐긋 소비에슈의 눈치를 살필 뿐이었다. 그들에게는 최우선이 황제의 안전이니 그럴 만하겠지.

"내려놓아라."

소비에슈가 낮게 중얼거린 후에야 기사들은 검을 내려놓았지만, 그러면서도 여전히 검을 검집에 넣진 않았다. 카프멘 대공이 조금이라도 위협이 되었다가는 찔러버릴 태세로, 그들은 긴장한 채 대공의 움직임을 주시했다.

"걱정들 안 해도 됩니다."

이런 분위기 속에서도 카프멘 대공은 여전히 무뚝뚝하게 여유롭게 손바닥을 펼쳐 보였다.

"내 전공은 마법이라, 이 거리에서도 공격할 수 있거든."

기사들은 그 말에 더욱 놀라 카프멘 대공과의 거리를 좁혔다.

그 순간. 기사 중 한 명의 발밑에서 전기 같은 게 튀더니 하얀빛이 났다. 기사는 놀라서 뒤로 물러나다 나동그라졌다. 다른 기사들이 황급히 검을 세웠다. 카프멘 대공은 수월하게 한 손을 주먹을 쥐었다 피길 반복하며 싸늘하게 그들을 노려보았다. 그가 쥐었다 펴길 반복하는 주먹 위에서 하얗고 날카로운 빛이 윙윙 소리를 내며 일렁이고 있었다. 카프멘 대공의 마법 특기는 전기 계열인 모양이었다. 그 위협적인 소리와 모습에 기사들은 당황한 기색을 보였다. 죽음을 각오하고 덤비기에는 상대의 지위가 신경 쓰이는 거겠지.

"놓으라고 했다."

소비에슈가 혀를 차고서 다시 손을 젓자, 기사들은 그제야 우물거리며 다시 올렸던 검을 아래로 향하게 했다. 그러나 소비에슈는 카프멘 대공에게 겁을 먹은 것 같진 않았다. 오히려 그는 날카로운 시선으로 카프멘 대공을 쳐다보며 비웃는 투로 물었다.

"이렇게 나오는 걸 보니, 최소한 대공은 황후에게 마음이 있긴 있는 모양이군?"

"사람의 마음이 있는 거겠지요."

"뭐?"

"불륜 상대와 가진 아기를, 자기 반려자에게 곱게 보아달라는 게 사람의 상식입니까?"

"불륜 상대라니."

소비에슈의 표정이 험악해졌다.

"라스타는 공식적인 정부란 걸 모르나?"

"그 정부를 공식적으로 승인해준 게 황후 폐하는 아니지요."

"아하. 혹시 룁트의 황제는 정략결혼 상대라 한들 한 여자만을 지고지순하게 사랑하는가? 그런 거라면 문화의 차이라 생각하고 내가 이해하지."

화대륙에 대해 거의 알려져 있진 않지만, 사람들의 흥미를 자극하는 몇 가지 소문은 있었다. 그중엔 그곳 황족과 대귀족들이 만든 하렘 이야기도 있었다. 그들은 그 하렘 안에 자신들 취향의 미남미녀들을 수집해둔다고. 화대륙과 제대로 교류한 적이 없으니 어느 정도 과장된 소문이긴 하겠지만, 하렘이 있단 것만큼은 사실일 테지. 소비에슈는 그걸 알고서 저렇게 묻는 거였다.

이번에는 카프멘 대공이 미간을 찌푸렸다.

"……."

소비에슈는 '똥 묻은 개가 겨 묻은 개 나무라네?'라는 듯 비틀린 미소를 지었다.

"대공이 어떤 감정에서 이런 짓을 했는지는 모르겠지만, 감정에 휩쓸려 사고를 치고 다니는 사람인 듯하니 영 신뢰가 가지 않는군. 대공에게도 체면이 있을 테니 감옥에 가두진 않겠네."

돌아선 소비에슈는 차갑게 덧붙였다.

"하지만 륍트와의 거래는 다시 생각해보아야겠어."

소비에슈가 부하들을 이끌고 가버린 곳에는 나와 카프멘 대공, 그리고 아르티나 경만이 남아 있었다. 미안해져서 카프멘 대공을 쳐다보았다. 그가 약에 휩쓸려 저지른 일이긴 하지만, 나와 관련된 일이니만큼 신경이 쓰였다.

"대공, 이 일은……."

사과하려 했으나, 카프멘 대공은 단호하게 딱 잘라 말했다.

"미안해하실 필요 없습니다. 순간의 감정을 이기지 못한 건 제 실책일 뿐입니다."

"무슨 일이야?"

하인리 왕자는 자신의 숙소로 돌아오자마자 물었다. 그 상황에서 불려 오니 꼭 자신이 도망친 것 같아서 기분이 좋지 않았다. 하지만 웬만한 일이 아니고서는 맥켄나가 그를 부를 리가 없었기에 순순히 따라온 것이었다.

"급한 연락입니다."

맥켄나는 서둘러 문을 닫은 다음, 커피 테이블 근처에 서 있는 하인리 왕자에게 다가가 품 안에서 서신을 꺼내 내밀었다.

"형님한테서 왔어?"

하인리 왕자는 봉투에서 서신을 꺼내 펼쳤다. 빠르게 서신 내용을 확인하던 하인리 왕자의 표정이 일그러졌다. 맥켄나는 그 곁에 서서 조심스레 하인리 왕자의 눈치를 살폈다. 맥켄나 본인에게도 따로 전해진 서신이 있기에, 대충 왕자가 받은 서신이 어떤 내용인지는 알고 있었다. 서왕국의 왕인 워턴 3세가 몹시 위태로우니, 슬슬 돌아오라는 내용이었다.

편지를 다 읽은 하인리 왕자는 서신을 테이블에 내려놓으며 무거운 한숨을 내뱉었다.

"괜찮으십니까?"

맥켄나는 조심스럽게 왕자의 눈치를 살폈다. 하인리 왕자는 고개를 저었다. 사실 맥켄나 역시 괜찮냐고 묻긴 했으나, 하인리 왕자가 괜찮을 거라 생각하진 않았다. 한눈에 보기에도 왕자는 괜찮아 보이지 않았으니까. 하인리 왕자가 가만히 선 채로 테이블만 쳐다보고 있자, 맥켄나가 그의 눈치를 살피며 입을 열었다.

"왕권이 안정되어 있고, 왕자님과 제2왕위계승자의 격차가 많이 벌어져 있긴 하지만……. 그래도 빨리 돌아가시는 게 낫습니다."

"그래야겠지. 유언도 들어야겠고."

하인리 왕자와 워턴 3세는 아주 살가운 형제는 아니었다. 그러나 왕위를 둘러싸고 피 튀기는 경쟁을 하는 무시무시한 관계도 아니었다. 두 사람은 적당히 덤덤하게 지냈다. 형제라고는 하지만 성격이 전혀 다른 데다, 하인리 왕자가 원체 밖으로 도는 일이 많다 보니 벌어진 일이었다. 그러나 어쨌든 피를 나눈 동복이었다. 친형제가 죽어간다는데 마음이 편할 리가 없으리라. 그리고 이는, 서자이기는 해도 사촌 지간인 맥켄나 역시 마찬가지였다. 왕에게 드러내놓고 형이라 부를 수 없던 처지였지만 괜히 기분이 먹먹했다.

"왕자님……."

"여러모로 머리가 아프군."

하인리 왕자는 의자를 끌어다가 그 위에 앉아 책상에 머리를 묻었다.

"소비에슈 황제 쪽에 돌아간단 말을 전할까요?"

"전해야겠지."

"저……."

"말해."

"왕자님의 그 '편지 친구' 분은……."

"맥켄나."

"예, 왕자님."

머리를 약간 든 하인리 왕자가 멀뚱히 허공을 쳐다보다가, 미간을 찡그렸다. 그러고는 맥켄나에게로 시선을 돌렸다. 반쯤 정신이 나간 듯한 시선에 맥켄나가 조심스럽게 "왕자님?" 하고 그를 불렀다.

"내가 그분하고 결혼할 수 있는 확률이 얼마나 될까?"

"예?"

"……아니다."

한숨을 내쉰 하인리 왕자가 다시 책상에 머리를 묻었다.

카프멘 대공은 자신의 실책이니 신경 쓰지 말라고 했지만, 그럴 수 있을 리가 없었다. 설령 주먹을 날린 게 그의 실책이라 한들, 어쨌든 립트와의 국교 책임자는 나였으니까. 하지만 당장 소비에슈를 찾아갈 수도 없었다. 지금 찾아가봐야 감정만 더욱 격해지겠지. 일단은 그도 화를 좀 가라앉힐 시간이 필요할 거다.

'내일 만나서 이야기해보자.'

그렇게 결론을 내리고서, 나 역시 우선 내 방으로 돌아왔다.

"황후 폐하, 정말인가요?"

그새 소문이 퍼졌는지 로라는 날 보자마자 재빨리 달려와 물었다.

"카프멘 대공과 황제 폐하께서 주먹다짐하셨다면서요?"

그녀는 눈을 반짝거리면서 두 손을 꼭 붙잡았다. 내가 대답하기 전, 이번에는 엘리자 백작 부인이 들어오며 물었다.

"저녁 식사는 하셨나요?"

"주먹다짐을 한 건 맞아요, 로라 양. 저녁은 입맛이 없어서 먹고 싶지 않아요, 엘리자 백작 부인."

나는 두 사람에게 차례로 대답하고서 거추장스러운 가운을 벗었다.

"어쩌다가 주먹다짐을 한 건가요? 제가 듣기로는 황후 폐하를 사이에 두고 싸웠다던데. 정말인가요?"

"그래도 뭘 좀 드셔야지요. 맑은 수프라도 드시는 게 어떨까요?"

이번에도 두 시녀가 거의 동시에 질문을 했다. 엘리자 백작 부인이 살짝 미간을 찡그린 채 로라를 보았으나, 로라는 이 이야기를 꼭 듣고 싶은지 절대 물러나지 않을 기세였다.

"조금 오해가 있었을 뿐이에요, 로라 양. 그러면 야채수프만 조금 주겠어요, 백작 부인?"

이번에도 두 사람에게 번갈아 대답하자 엘리자 백작 부인을 수프를 가져오기 위해 침실 밖으로 나갔다. 로라는 내 시중을 들기 위해 들어와서는 다시 질문을 퍼부어댔다. 그러고는 만족할 때까지 수다를 떨다가 나중에는 한숨을 내쉬면서 중얼거렸다.

"저는 카프멘 대공님이 황후 폐하를 좋아했으면 좋겠어요."

"로라 양."

"그래야 황제 폐하께서 황후 폐하 소중한 걸 좀 아실 거 아녜요. 물론…… 이런 의도로 이용하는 건 카프멘 대공님한테 미안한 일이겠지만요."

그날 밤. 하인리 왕자가 급하게 떠난 일로 내게 편지를 보내진 않을까 생각했지만, 편지는 오지 않았다. 다만 잠자리에 들기 전 퀸만이 잠시 다녀갔을 뿐이었다. 퀸은 평소보다 좀 더 그늘진 눈으로 나를 빤히 바라보다가, 내가 머리를 쓰다듬으며 "무슨 일 있어?" 하고 묻자 '구구' 하는 힘 빠진 소리를 내고는 축 처져서 다시 날아가버렸다.

다음 날. 아침 식사를 한 후, 달력과 스케줄 표를 확인했다. 오늘은 소비에슈의 일정이 빡빡한 날이었다.

'일하는 중간이나 늦은 시간에 찾아가면, 예민해져 있을지도 몰라.'

이동 시간까지 고려해 계산한 뒤, 나는 그가 본궁으로 가기 전에 잠시 대화를 나누기로 하고서 곧장 동궁으로 찾아갔다. 소비에슈는 아직 의복을 차려입는 중이었는데, 나를 보자 약간 놀란 목소리로 물었다.

"황후가 이 시간에 날 찾아오다니. 의외로군?"

어제의 일에 대해서는 많이 진정한 듯 덤덤한 말투였고, 은색 단추를 잠그다가 거울 너머로 눈이 마주치자 조용히 웃기도 했다. 그걸 보자 조금 안심이 되었다.

"할 말이 있어요."

"그렇겠지. 그대는 할 말이 있을 때만 날 찾아오니까."

장난치듯 말한 소비에슈가 옷 입는 걸 돕던 시종들을 물렸다.

"나가 있어라."

시종들이 물러나고 문이 닫히자, 소비에슈가 내게 물었다.

"그래. 무슨 일로 왔소?"

"룁트와의 거래. 다시 생각해볼 거라던 말, 정말인가요?"

소비에슈는 거울을 보다 말고 힐긋 고개를 돌렸다.

"어제 일을 말하는 거요?"

"맞아요."

"……."

"글쎄. 왜 그러지?"

"그 일은 내가 맡아서 진행하는 사안이니, 당연히 물어볼 만하지요."

소비에슈가 흐흠, 하는 소리를 내며 가자미눈을 떴다.

"그래서. 거래를 계속 진행해야 한다고 날 설득하러 온 거요?"

"맞아요."

소비에슈는 빗을 집고서 스스로 머리카락을 정돈하려 시도했다. 그러나 빗만으로 머리 모양을 만드는 게 잘 안 되는 모양이었다. 그는 미간을 찌푸리고서 빗을 내팽개치듯 내 앞의 탁자 위에 내려놓았다. 힐긋 그가 내 쪽을 살폈다.

"뤼트와의 거래로 동대제국이 얻을 이득을 생각하세요."

아무것도 바르지 않은 소비에슈의 머리카락은 부드러워 보였다. 내가 보기엔 평소보다 훨씬 나아 보였지만, 소비에슈는 좀 더 날카로운 인상을 원하는지 자기 머리카락을 마구잡이로 헤집고서 나를 차근히 바라보았다.

"뤼트와의 국교로 이득을 얻을지 손해를 얻을지 어떻게 알고 그렇게 말하는 거지?"

"계속 조사하고 있었으니까요. 화대륙과의 거래는 평민과 귀족 모두의 호기심을 아우를 수 있는 요소가 있습니다."

"호기심만 가지고 돈은 쓰지 않을 수도 있소."

"귀족들은 호기심을 해결하기 위해 돈을 쓰는 걸 아까워하지 않아요. 거기서 흐름이 잡히면, 평민들이 뤼트의 이국적인 물건을 구매하도록 하는 건 수월해요."

"거리가 어마어마한데. 수익액이 그 거리에서 오는 손실액을 메꿀 수 있을까?"

"그렇게 만들어야지요."

"그러니까 결국 모호한 거잖소."

딱 잘라 말한 소비에슈는 다시 내게서 등을 돌려 거울만 쳐다보았다. 그러나 거울을 통해서 그는 계속 나를 응시하고 있었다. 나역시 그를 응시했다. 처음에는 나를 가만히 바라보던 소비에슈는 천천히 표정을 일그러뜨렸다.

"황후는, 어제 내가 주먹질을 당했는데 괜찮냐고 묻지도 않소?"

"괜찮나요?"

퍽도 빨리 묻는다는 듯 그가 코웃음을 쳤다.

"솔직히…… 글쎄. 난 잘 모르겠군."

"겉으로 보기엔 멀쩡해요."

"아니, 그쪽 아니라. 뤼트와의 거래 말이오."

"손실이 불안한 거라면 예산표를 만들어서……."

"아니. 그쪽도 아니오."

그러면? 뭐가 불안하다는 거지? 어리둥절해 쳐다보자, 소비에슈가 조민한 표정으로 물었다.

"황후가 말하는 이득이, 동대제국이 원하는 이득일까. 아니면, 그대가 얻을 사랑일까?"

"폐하."

단호하게 불렀으나 소비에슈는 무덤덤한 표정이었다. 그는 다시 내 쪽으로 돌아서더니, 탁자 옆으로 빙 둘러 걸어왔다. 코앞까지 다가온 그가 나와 똑바로 시선을 마주했다. 그의 까만 눈동자 가득 정체를 알 수 없는 여러 가지 감정들이 엿보였다. 눈동자 안에 무표정한 얼굴로 선 내가 보였다. 철저하게 연습했기 때문일까? 지금 나는 좀 당황한 상태인데. 소비에슈의 눈에 비추어진 나는 차갑고 냉랭해 보였다.

"어느 쪽이지, 황후?"

그가 천천히 손을 들어 올려서 내 머리카락을 귀 뒤로 넘겨주었다. 볼을 간지럽히던 머리카락 몇 가닥이 얌전히 넘어가자 시원해졌다. 나는 그의 시선을 피하며, 내내 하고 싶던 말을 했다.

"폐하께서 오해하고 있군요. 하지만 설령 제가 사랑을 원하는 거라 해도 참. 우습습니다."

"……우스워?"

"당당하게 정부를 데려와 파티 내내 그녀와 함께 있던 폐하께서, 도대체 제 연애사는 왜 이렇게 집요하게 방해하려 드는지 모르겠습니다."

"방해?"

소비에슈는 하, 헛웃음을 내뱉었다.

"이런 건 내가 아니라 라스타 양에게나 해요."

딱 잘라 말하자마자 소비에슈가 콩 옆에 놓인 탁자를 내리치며 외쳤다.

"어떻게 그럴 수 있겠어? 정부는 정부이고 황후는 그대인데?"

문 밖으로 터져 나온 소리에 라스타는 커다란 인형을 꽉 끌어안았다.

'정부는 정부일 뿐이라고……?'

문 앞을 지키고 선 근위기사들이 덩달아 민망해져서 자기들끼리 시선을 교환했다. 라스타는 입술을 꽉 깨물었다. 울 것 같은 얼굴로 문을 쳐다보다가 그녀는 등을 돌려 자신의 방으로 들어갔다.

로테슈 자작의 말이 옳았다. 아무리 소비에슈가 그녀를 사랑하더라도, 결국 정부였다. 언제 변할지 모르는 한 사람의 마음에 의지한 이 자리는 너무나도 위태로웠다. 라스타는 베르디 자작 부인을 불러다가 물었다.

"베르디 자작 부인."

"네, 라스타 양."

"황제의 정부들 중에…… 평생 황제의 사랑을 받았던 사람이 있나요?"

평소라면 베르디 자작 부인과 최대한 말 섞는 걸 피했을 것이다. 하지만 이런 일은 수족처럼 부리는 두 하녀보다 베르디 자작 부인 쪽이 더 잘 알 것 같았다. 베르디 자작 부인은 난처한 표정으로 눈동자를 이리저리 굴렸다. 그 표정에서 답이 나왔다.

"없군요?"

"없진 않습니다."

"많지 않은 건가요?"

"……예."

"……."

라스타의 표정이 흔들렸다. 베르디 자작 부인은 서둘러 달래는 말을 했다.

"하지만 괜찮아요, 라스타 양. 폐하의 총애를 받지 않더라도 폐하와의 사이에 아이가 있다면 결국 황실과 연이 끊어지진 않으니까요. 그 아기가 라스타 양의 힘이 되어줄 거랍니다."

"라스타는, 라스타가 사랑하고 책임질 수 있는 아기를 원하는 거예요! 그 아기를 이용하고 싶은 게 아니에요!"

"그런 뜻으로 한 말이 아니라……."

그때, 조용히 노크하는 소리가 들려왔다. 베르디 자작 부인은 입을 다물었다. 응접실 문을 열고 조심스럽게 들어온 사람은 하녀인 체리니였다.

"라스타 님. 로테슈 자작이 왔습니다."

라스타는 베르디 자작 부인을 내보낸 후, 자작을 들어오게 했다. 안 그래도 기분이 상한 터라 지금 자작까지 보고 싶진 않았지만, 그를 마음대로 내쫓을 수도 없었다.

"이번에는 또 무슨 일로 온 거지?"

그러나 경멸을 감추진 못하고, 라스타는 차갑게 물었다. 상대가 자신을 싫어한단 걸 알면서도 로테슈 자작은 태연히 대답했다.

"슬슬 이사를 할까 싶어서."

그가 수도에 거주하기 위해 집을 찾아다니던 이야기는 들은 바 있었다. 각오한 이야기이기에 라스타는 속으로 이를 갈면서도 물었다.

"그래서?"

"집값이 필요하단다."

"얼마가 필요한데?"

라스타는 얼마 전 에르기 자작이 빌려준 1만 크랑을 떠올렸다. 1만 크랑이면 엄청난 액수였다. 집값은 어느 정도인진 모르겠지만…….

"흠흠. 50만 크랑이면 될 것 같은데."

"50만 크랑?"

라스타는 기겁해서 벌떡 일어났다. 로테슈 자작이 말한 금액은, 라스타는 상상조차 해보지 못한 금액이었다.

"무슨 집이 그렇게 비싸!"

"정원이 딸린 저택이란다. 사실 저택 값은 40만 크랑 정도인데, 10만 크랑은 새로 개축하면서 들어가는 돈이지."

라스타는 듣는 것만으로도 손이 덜덜 떨리는 금액을 로테슈 자작은 쉽게 이야기했다.

"혼자 살면서 얼마나 큰 저택에 살려고!"

"혼자 살기는."

로테슈 자작의 눈가가 히죽 얄궂게 휘어졌다.

"내 손자도 데려와야지. 네 아들 말이다, 라스타."

"그, 그 애를 데려오겠다고?"

"이런. 그러면. 그 어린것을 혼자 시골에 버리고 오라고? 참으로 매정한 어미로구나."

라스타는 어이가 없어서 입을 벌리고 떨었다.

"이런, 라스타. 네 아이에게 쓰는 돈이 그리도 아까우냐?"

그런 라스타를 보며 로테슈 자작이 거머리처럼 웃었다.

아무리 일을 하려고 해도 일이 손에 잡히지 않았다. 소비에슈의 속내는 도무지 이해할 수가 없다. 그는 나를 사랑하지도 않으면서, 도대체 왜…… 심장이 아릿해지고 가슴이 답답해졌다. 얹힌 건지 나중에는 메슥거리기까지 해서, 나는 결국 본궁을 나가 밖을 걸었다. 그러다 보니 하인리 왕자가 급하게 뛰어갔던 일이 떠오르기도 해서, 저절로 발걸음이 남궁으로 향하게 되었다.

'어?'

그런데 걸어가다 보니 건너편 회랑에 라스타가 보였다. 그녀는 급히 걸어가느라 내 쪽을 발견하지 못한 듯했는데, 안색이 창백했다.

'몸이 안 좋은 건가?'

뛰듯이 걸어간 그녀는 누군가의 방 앞으로 다가갔다. 잠시 후 방문을 열고 나온 이는 에르기 공작이었다. 라스타는 자연스럽게 그 방 안으로 휙 들어갔다. 심지어 에르기 공작보다 먼저.

그 순간. 라스타를 따라 들어가려던 에르기 공작이, 잠시 시선을 돌려 내 쪽을 쳐다보았다. 눈이 마주쳤으나 그는 태연하게 빙그레 웃었다. 전혀 거리낄 것이 없단 태도로. 이어서 내게 고갯짓으로 인사하고는 문을 닫았다.

"……."

무슨 상관이겠어. 나는 다시 걸음을 옮겨 하인리 왕자가 머무는 곳으로 찾아갔다. 때마침 하인리 왕자 역시도 이쪽으로 걸어오는 중이었다. 우리는 복도의 한가운데에서 마주 섰다.

"……퀸."

그는 잠시 나를 가만히 바라보다가 나른하게 웃으며 불렀다.

"통했네요. 안 그래도 퀸을 보러 가는 중이었습니다."

"나한테 할 말이 있나요?"

"할 말이 많은데. 그중 가장 하고 싶지 않던 말을 하게 됐네요."

그가 팔로 정원을 가리키며 물었다.

"잠시 같이 걸어도 괜찮을까요?"

우리는 나란히 산책로로 접어들었다. 가로수 위쪽으로 흐드러지게 핀 작은 꽃잎이 때마침 회오리바람처럼 앞에 꽃들을 돌리며 지나갔다. 겨울 꽃들이었다. 한 번 치솟았던 꽃들이 내려앉고, 그곳을 밟으며 걸어가고 있자니 무언가 어깨에 묵직하게 얹어졌다.

하인리 왕자의 코트였다.

"괜찮은데."

"전 추워서요."

"왕자가 추운데 왜 나한테 코트를……?"

"퀸도 추우실까 봐."

"난 안 추워요."

"다행입니다."

그의 이상한 화법에 픽 웃음이 나왔다. 쳐다보자, 그가 보라색 눈을 마주하며 같이 웃었다. 그가 준 코트에서는 그의 향이 났다. 퀸에게서도 나기에, 이제는 너무 익숙해진 향이었다. 어색하게 그의 코트 자락을 꼼지락거리다가 일단 덮은 채 계속 걸어갔다.

"짐작하셨을지도 모르지만……."

바스락거리는 소리를 들으며 한참을 걷고 있자니, 하인리 왕자가 천천히 입을 열었다.

"서왕국으로 돌아가봐야 할 것 같습니다."

"……그래요."

이미 각오했던 바이지만 듣자마자 아쉬운 마음이 솟았다. 그러나 형이 생사의 고비를 넘나들고 있어서 떠난다는 사람에게, 이런 내색을 할 수는 없었다. 떨어진 나뭇잎을 밟는 소리가 유독 크게 들려왔다. 갑자기 바람이 추워진 듯도 해서, 나는 그의 코트를 더욱 꽉 쥐었다. 그도 나도 아무 말을 하지 않았다. 한참을 더 걸어간 후에야 왕자가 나지막한 목소리로 질문했다.

"그래도 계속 편지는 주고받을 수 있겠지요?"

"물론이에요."

"다행입니다."

나는 웃으면서 고개를 끄덕였다. 하인리 왕자와는 이제 못 만날지도 모르지만, 그래도 퀸은 계속 찾아올 테니까……. 비록 찾아오는 횟수는 줄어들겠지만, 그래도 만날 수 있을 테니까. 그걸로 섭섭한 마음을 누르기로 했다. 그러나 이조차 안 될 일이었다.

"퀸이 바빠질지도 모릅니다."

하인리 왕자가 어렵게 꺼낸 말에 나도 모르게 멈춰 서고 말았다.

쳐다보자, 그가 작게 한숨을 내쉬었다.

"다른 새를 보내야 할지도 모릅니다. 괜찮을까요?"

"퀸은 왜 바빠지는 건가요?"

"여러모로 상징성이 있는 새거든요."

"……."

"전에 보셨던 그 파란 새를 보내겠습니다."

단순히 사람 좋은 왕자라 생각했는데. 어느새 부쩍 그와도 퀸과도 가까워졌나 보다. 작별 인사 같은 그의 말에 저절로 발걸음이 무거워졌다. 처음 겪는 친구와의 이별은 생각보다 답답하고 갑갑했다. 나는 고개를 끄덕이고서 돌아서서 다시 걸어가기 시작했다.

그 길로 나비에 황후와 헤어진 하인리 왕자는 곧장 소비에슈 황제를 찾아가 이 소식을 전했다.

"돌아가겠다고?"

하인리 왕자에게 돌아가겠단 보고를 들은 소비에슈는 잠시 '그런가?' 하는 표정으로 바라보다가, 작게 중얼거렸다.

"역시 대공 쪽인가……."

하인리는 그의 말을 들었지만 듣지 않은 척했다. 사실, 똑똑히 그에게 한 말이었더라도 대답하지 않았을 것이다. 사랑을 증명하기 위해 미래를 망치는 일은, 감정 표현을 제1욕구로 살아가는 대여섯 살 어린아이들이나 할 법한 일이니까.

잠시 서로를 탐색하는 두 남자의 분위기가 화려하고 넓은 공간을 딱딱하고 어색하게 만들었다. 그 짧은 탐색 후, 소비에슈는 빙그레 웃었다.

"그래. 조심해서 돌아가게."

이후 하인리 왕자가 찾은 이는 에르기 공작이었다. 그러나 그곳에는 이미 선객이 있었다.

"꼭 갚을게요."

공작의 방 안에서는 낯익은 목소리가 들려오고 있었다.

"꼭이요. 정말…… 정말 고마워요."

여자의 목소리였다. 하인리 왕자는 몸을 숨긴 채 친구가 혼자가 되길 기다렸다. 얼마 지나지 않아 에르기 공작의 방문이 열렸고, 그 안에서 라스타가 나왔다.

"걱정하지 마, 아가씨."

에르기 공작의 목소리 이후 홀로 뛰어가는 작은 발소리가 멀어져 갔다. 하인리 왕자는 그제야 기둥 뒤에서 빠져나와 에르기 공작에게 걸어갔다.

"언제 나오나 기다리고 있었지."

에르기 공작은 하인리 왕자가 뜬금없는 곳에서 나타났는데도 그저 웃기만 했다.

"자넨 항상 여기저기 잘 숨어 다니니까."

"할 말이 있어서 왔어."

"돌아갈 거라고?"

"다른 말."

"무슨 말인데?"

하인리 왕자는 말 대신 손으로 방 안을 가리켰고, 두 사람은 에르기 공작의 방 안으로 들어갔다. 문이 닫히자마자 하인리 왕자는 바로 목적을 말했다.

다음 날 아침, 일어났을 때 이미 하인리 왕자는 떠난 후였다. 소식을 전해준 이는 아르티나 경으로, 그는 왕자가 새벽에 급하게 출발했다고 했다.

"······그래요."

어제 작별 인사를 하기는 했지만. 그래도 그게 정말 마지막 인사였구나. 소식을 듣자 아쉬워졌다. 이럴 줄 알았더라면 어제 몇 마디 이야기라도 더 했을 것을. 마치 내일도 또 볼 것처럼 인사해버렸는데. 시작은 괴상했지만, 그래도 그대는 좋은 친구였다고. 그런 말을 해야 했는데.

그러나 내 곁을 떠난 이는 하인리 왕자와 퀸만이 아니었다. 본궁에 나가 업무를 보았지만, 기분이 허해서 점심 식사를 시녀들과 하기 위해 서궁으로 돌아왔을 때였다. 시녀들이 뜻밖의 소식을 전해주었다.

"황후 폐하. 투아니아 공작 부인이 수도를 떠난다고 합니다."

"수도를요? 그럼 이혼은?"

"랑드레 자작 사건 때문에 재판관이 백작에게 유리한 판결을 해 주었나 봐요."

"그런……!"

순간 죄책감이 올라왔다. 랑드레 자작을 살리기 위해서 나는 그가 찾은 정보와 그의 목숨을 바꾸었다. 그걸로 랑드레 자작을 살리는 데에는 성공했는데. 그가 찾은 정보가 묻히는 바람에 투아니아 공작 부인은 재판에 불리해진 것이다.

"……."

자책하고 있자, 로라가 고개를 저었다.

"너무 슬퍼하지 마세요, 황후 폐하. 투아니아 공작 부인이 황후 폐하께 고맙단 인사를 전해달라 했어요."

"투아니아 공작 부인이요?"

엘리자 백작 부인이 안쪽 주머니에서 작은 편지를 꺼내 내밀었다.

"꼭 황후 폐하께만 전해달라 부탁하고 갔답니다."

식사 후 시녀들이 단 나간 다음에야 홀로 편지를 꺼내 펼쳐보았다.

황후 폐하께서 랑드레 자작을 위해 해주신 일을 알고 있습니다. 부탁을 들어주셔서 감사합니다. 혹시라도 자책하실까 편지를 남깁니다.

'공작 부인…….'

저는 랑드레 자작을 따라가기로 했습니다. 절 위해 목숨을 바치려 한 사람이니, 이제는 제가 그를 끌어주고 싶어서요. 아예 그럴 일이 없다면 가장 좋겠지만, 훗날 황후 폐하께 힘든 일이 생긴다면 꼭 은혜를 갚을 수 있기를. 이 편지는 읽고 태워주세요.

이름이 서명되어 있진 않았지만, 투아니아 공작 부인의 필체가 맞았다. 나는 잠시 편지를 내려다보다가, 초에 불을 붙인 후 편지를 태웠다.

'랑드레 자작의 순애보가 결국 그녀의 마음을 이끌어냈구나······.'

투아니아 공작 부인은 현명한 사람이니 모든 걸 잘 이겨낼 것이다. 편지는 처음엔 느리게 타는 듯하더니, 곧 빠른 속도로 불길이 번졌다. 편지가 다 타고 난 후 남은 건 내 손가락 사이에 끼운 종잇조각뿐이었다. 종잇조각을 책상 위에 내려놓은 후, 다시 촛불을 불어 껐다.

하인리 왕자, 퀸, 투아니아 공작 부인까지. 세 명이 먼 곳으로 가버렸다. 둘은 먼 곳으로, 한 명은 모르는 곳으로. 몹시도 울적해졌다.

그날 밤, 어쩐지 퀸이 창문 너머에서 콕콕 부리로 유리를 두드리진 않을까 기다렸지만 그런 일은 벌어지지 않았다. 창문을 열자 차가운 바람만이 몰아쳤고, 살갗에는 소름이 돋아났다.

— 춥지 않아요?

하인리 왕자가 어제 한 질문이 허공에서 다시 들려오는 듯했다.

"······춥네요."

뒤늦게 대답하고서 나는 창문을 열어둔 채 이불 안으로 파고들어갔다. 다음 날 아침에도 퀸이 다녀간 흔적은 없었다.

“에취!”

“이런. 감기에 걸리신 모양입니다, 황후 폐하.”

아침 시중을 들기 위해 찾아온 엘리자 백작 부인은 내가 재채기를 하자 놀라 말했다. 나는 코를 풀면서 민망해하며 고개를 끄덕였다.

“그런가 봐요.”

어제 창문을 열어놓고 잔 탓인가 보다.

“오늘 일정은 취소할까요?”

엘리자 백작 부인이 걱정스럽게 물었다. 나는 스케줄 표와 달력을 점검한 다음 그렇게 해달라 부탁했다.

“그리고 궁의를 불러줘요.”

가벼운 감기 자체는 문제 될 게 없지만, 그게 코감기라면 이야기가 달라진다. 알현 시간에는 국민과 진지한 상담을 해주어야 하고, 그 외 시간에는 대신들과 심각한 토론을 해야 하는데. 그들 앞에서 코를 풀고 킁킁 소리를 낼 수는 없었다.

“오늘은 편안하게 입는 게 좋겠어요.”

엘리자 백작 부인이 궁의를 부르기 위해 나서자, 다른 시녀가 와서 따뜻하고 도톰한 드레스 입는 걸 도와주었다. 그 외에 다른 장신구는 하지 않았다. 이후 로라가 맑은 수프를 가져왔고, 그것만으로 아침 식사를 했다.

30분 정도가 지나자 엘리자 백작 부인이 궁의를 데려왔다. 궁의는 침대에 누운 나를 진료해준 후, 가벼운 감기이지만 날씨가 상당히 추우니 가볍게 보지 말라 주의한 다음 약을 처방해주고 돌아갔다.

수면 성분이 섞인 약인지, 약을 먹자마자 바로 눈이 감겼다. 눈을 떴을 땐 어느새 한낮이었다. 약그릇은 시녀가 치웠는지 보이지 않았고, 창문은 단단히 닫혀 있었다. 잠시 습관처럼 닫힌 창문을 바라보다가 나도 모르게 또다시 창문을 열고 말았다. 혹시라도 내가 잠들거나 없는 사이에 퀸이 올지도 모르니까……. 때마침 커다란 대야에 수건을 넣어 들어오던 엘리자 백작 부인이 그 모습을 보고는 바로 타박했다.

"이런. 찬바람이 강한데 창문을 열어두시면 안 됩니다, 폐하."

그녀는 대야를 침대 옆에 놓아두고는 바로 창문을 닫았다. 다시 열라 하고 싶었지만, 날 걱정해서 하는 행동을 두고 말다툼을 하고 싶진 않았다.

'내가 방 안에 있고 깨어 있는 동안엔 괜찮겠지.'

퀸이 와도 바로 문을 열어주면 되니까. 나는 그녀에게 그러지 말라 하는 대신 그냥 대야를 쳐다보았다. 대야에는 뜨거운 물이 담긴 듯 김이 모락모락 나고 있었다. 그녀는 물수건을 뜨거운 물에 담가 꼭 물기를 짜낸 다음, 그걸로 내 손과 발을 데워주었다.

"빨리 나으셔야지요."

"그럴게요."

"아, 그리고 궁의를 데리러 가는 길에 들으니 코샤르 경이 곧 수도로 도착할 거라고 합니다."

"오빠가요?"

처음엔 반가움 마음이, 그다음에는 걱정스러운 마음이 들었다. 오빠는…… 내게는 분명 좋은 오빠였지만…… 욱하는 성격이 좀, 아니, 아주 심했다. 먼저 시비를 걸진 않았지만 누가 시비를 걸면 몇 배로 튕겨냈고, 여러 번 폭력 사건에 연루되었다. 내가 황후가 되자, 혹시라도 오빠가 사고를 쳐서 내게 불똥이 튈까 걱정된 아버지가 부랴부랴 외곽 지대로 보내버렸을 정도였다. 그런 오빠가 돌아와서 라스타를, 라스타가 임신한 걸 보고 가만히 있을 수 있을까?

좋은 친구들이 사라졌으니 무척 외로울 거라 생각했는데. 현실은 오히려 그 반대였다. 나는 더욱 바빠졌다. 소비에슈가 '첫아기'의 출생을 기념하기 위해 성대한 연회를 베풀기로 한 탓이었다.

"불참해야 해요."

로라는 화가 나서 식식거렸다.

"단체로, 아니, 친한 사람들끼리라도 절대로 참석하지 말아야 한다구요."

하지만 일반 연회와 축하 연회는 의무성이 달랐다. 첫아기를 축하하는 자리에 오지 않았다가는 소비에슈에게 밉보이게 될지도 모르는데. 내 기분을 조금 낫게 하기 위해 친구들에게 그런 부탁을 하고 싶진 않았다.

"그러지 말아요."

어쩔 수 없이 달랬지만 나 역시 속상했다. 나도 사람들 앞에서 그녀의 임신을 축하해주고 싶지 않았다. 모두가 라스타에게 황제의 아기를 가진 일을 축하할 동안, 의연하게 웃고 싶지 않았다. 사람들이 나를 쳐다보며 수군거릴 동안 모른 척하고 싶지 않았다. 그러나 이미 정해진 연회를 물릴 수는 없었다.

소비에슈가 연회를 결정지은 지 나흘째 되는 날. 나는 기계적으로 이런저런 지시를 하고 돌아다니다가, 결국 도망치듯 본궁의 한적한 벤치로 갔다. 벤치 위에 걸터앉은 채 수시로 치밀어 오르는 분기를 눌렀다.

나흘 전, '첫아기'를 위해 연회를 열 거란 이야기를 전해준 건 소비에슈의 비서였다. 소비에슈는 영악하게도 비서를 보내 소식을 전하게 한 후 자기는 다른 지방에 시찰을 나가버렸다. 이후 그의 모습을 쭉 못 보았는데. 지금 같은 심정으로는, 만나자마자 발등을 밟아버릴지도 모르겠다.

그렇게 홀로 분을 삭이고 있자니 저벅거리는 발소리가 가까워졌다. 고개를 들기도 싫어서, 손을 차양처럼 펼쳐 눈가를 가렸다. 어차피 관리나 궁정인, 아니면 기사일 텐데. 적당히 돌아가든가 그냥 지나가든가 할 테지.

"……."

그러나 저벅거리는 발걸음은 바로 앞에서 멈추었다. 다른 곳으로 멀어지지도 않았다. 나는 손을 내리고서 고개를 들었다. 바로 앞에 소비에슈가 서 있었다. 이제 막 시찰에서 돌아온 듯, 궁전 안에서 입고 돌아다니는 의상은 아니었다. 짙은 갈색의 천을 어깨선으

로 늘어뜨린 채 활동성 좋은 외투를 걸치고 있었다. 까만 머리카락
은 부스스해져 있었고. 눈이 마주치자 그가 살짝 미간을 찡그리며
물었다.

"몸이 안 좋소?"

멀지 않은 곳에서 짐을 여기에 두라 저기에 두라 지시하는 소리
가 들려왔다. 알아듣기 어려운 목소리들이 여러모로 뒤섞이는 소
리도.

"괜찮아요. 폐하께서는 방금 도착한 건가요?"

"그런데…… 정말 괜찮은 게 맞소?"

"괜찮아요."

소비에슈가 오기 전까지 나는 그의 발등을 밟는 상상을 하고 있
었는데. 어쩌다가 그와 여기서 마주치게 된 건지 모르겠다. 일단 여
기 계속 앉아 있긴 어렵겠다 싶어서, 벤치에서 일어난 다음 구겨진
치맛자락을 툭툭 털어 펼쳤다.

"피로할 텐데 오늘은 들어가서 쉬시지요."

나는 적당히 그에게 인사치레를 하고서 웃어 보인 후 돌아섰다.
그러나 다시 한 번 소비에슈가 같은 질문을 했다.

"정말로 괜찮소?"

질문은 같았지만, 이번에는 뉘앙스가 묘했다. 돌아보자, 그가 내
내면을 떠보기라도 할 듯 까만 시선을 보내고 있었다. 어디선가 매
캐한 탄내가 났다. 내가 벤치에 늘어져 있던 걸 보고 한 질문이 아
닌 모양이다.

"괜찮아요."

하지만 모른 척 대답하고서 웃었다. 그러나 소비에슈는 대놓고 속내를 꺼냈다.

"혹시, 내가 아기를 환영하는 연회를 여는 게 마음에 차지 않소?"

당황스러울 정도로 노골적인 질문이었다. 그런 질문을 한 주제에, 소비에슈는 눈으로는 내 눈치를 살폈다. 오자마자 이 이야기를 물을 정도면, 본인도 지시를 한 후 신경은 쓰인 모양인가? 그렇게 해석해도 되겠지? 그렇게 해석하더라도 내가 과잉 해석을 했다고는 할 수 없을 것이다. 어쨌거나 나는 솔직하게 대답했다.

"참석하기도 싫은데, 주최해야 한다면 더욱 싫은 게 당연하겠지요."

"황후는 여전히 냉랭하군. 차갑고. 정이 없어."

"제가 싫어하는 걸 아시면서도 연회를 열라 지시하신 폐하께서도 마찬가지십니다."

소비에슈가 한숨을 작게 내쉬더니 관자놀이를 눌렀다. 그가 머릿속으로 날 어떤 여자라 생각하는지는 뻔했다. 온갖 차갑고 정 없는 이미지를 다 가져다 붙이고 있겠지.

"······내가 왜 이 연회를 열었는지 모르겠소?"

"알아야 하나요?"

어차피 이유 후보야 뻔한데? 라스타에게 잘 보이고 싶거나. 처음으로 아이가 생기는 게 기쁘거나. 혹은 내 기분을 상하게 하고 싶겠지. 어쩌면 세 가지 모두의 이유일지도 모르고.

"황후가 그랬지. 라스타가 낳은 아기는 황제의 자식이 아니라고."

"······."

"그래, 황후의 말처럼 언젠가는 그럴지도 몰라. 하지만 최소한 우리가 살아 있을 때, 사람들은 태어날 아기를 황제의 첫아기라고 생각할 거요."

"그걸 인정하라고 연회를 열라 하셨습니까?"

"그대가 인정하든 인정하지 않든, 보여주려는 거요."

입술을 꾹 다물고서 그의 눈길을 피해 옆을 쳐다보았다. 시선을 떨구면 지는 것처럼 될까 봐, 아예 엉뚱한 방향으로 고개를 돌렸다. 목을 쭉 펴고서 턱에 힘을 주고 차가운 표정을 유지했다.

"그 아기는…… 어쩌면 황후의 아기가 될 수도 있소. 그러니 태어나기도 전부터 미워하진 말았으면 좋겠는데."

그러나 소비에슈의 다음 말에는 미간을 찡그리고 고개를 돌릴 수밖에 없었다. 또 그 얘기인가? 어째서 라스타의 아기가 내 아기가 된단 거지? 어이가 없어서 쳐다보았다. 소비에슈는 까만 눈에 그늘진 표정으로 나를 응시하다가 물었다.

"내 말, 모르겠소? 무슨 뜻인지?"

"무리한 요구를 하고 있단 건 잘 알겠습니다."

딱 잘라 말하자, 소비에슈가 무거워 보이는 걸음으로 내 주위를 서성거렸다. 몇 걸음을 그렇게 걸어 다닌 그는 조심스럽게 입을 열었다.

"우리는 오래전부터 부부였지."

여기서 그 얘기가 왜 나오는 거지? 나는 잔뜩 경계하며 쳐다보았다. 그는 자꾸 가려는 사람을 붙잡고 이상한 말을 하고 있었다. 무슨 말을 하고 싶어 이러는 건지는 모르겠으나, 불길한 기분이 들었다.

"하지만 우리 사이엔 아직 아기가 없어."

"?"

"물론 우리 둘 다 젊은 나이이니, 언젠가는 생길지도 모르지. 하지만⋯⋯."

소비에슈의 표정이 더욱 어두워졌다.

"생기지 않을지도 모르지 않소."

"!"

"지금보다 더 젊고 건강할 때도 생기지 않았으니까."

나는 충격을 받아 그를 쳐다보았다. 소비에슈는 자기도 말을 해놓고서 불편한 기색이었다. 그 모습에 더욱 심장이 강하게 뛰었다.

"그러니까 지금 그 말은⋯⋯ 그거네요."

최대한 침착하게 말하려고 하고 있는데, 목소리가 떨려왔다.

"우리 사이에 아기가 태어나지 않으면, 라스타의 아기가 황족으로 인정받을지도 모른다?"

소비에슈가 미간을 찌푸렸다.

"최악의 경우를 말한 거요. 만일이긴 해도 그럴 가능성이 있으니, 벌써부터 태어나지도 않은 아기를 미워하진 말라고."

"폐하께서 그런 말을 하면 할수록, 더욱 미워지고 있습니다."

"착한 아이일 수도 있지 않소."

"누굴 닮아서요?"

"나와 라스타의 성격이 다 나쁘단 뜻이오?"

"둘 중 누구를 닮든, 그 아기는 절 좋아하진 않겠지요. 둘 중 누구를 닮든, 저도 그 아기를 좋아할 수 없을 테고."

딱 잘라 말한 후 서둘러 인사하고 그냥 그 자리를 벗어나버렸다. 뒤에서 소비에슈가 나를 한 번 더 불렀으나, 돌아보지 않았다. 심장 어딘가에서 연기가 뿌옇게 차올라서 몸 안을 물들이는 기분이었다. 그 기운에 코끝이 찡해지고 눈가가 시큰해졌다. 뇌 어딘가가 따끔했다. 나는 일하던 곳으로 돌아온 후, 최대한 기계적으로 업무를 조정하기 시작했다. 퀸의 온기가 필요했다. 어느 때보다 더 퀸이 필요했다.

"……걱정인데."

집무실 책상에 앉아 서류의 같은 면만을 바라보던 소비에슈가 작게 중얼거렸다.

피르누 백작은 근처에서 불온서적 유통에 대한 보고서를 팔락거리다 말고 고개를 들었다.

"예?"

소비에슈가 책상에 턱을 괸 채 삐딱하게 앉아 있었다. 연달아 무거운 한숨이 터져 나왔다.

"폐하? 괜찮으십니까?"

피르누 백작이 다시 물었다. 대답할 듯 말 듯 망설였으나, 소비에슈는 결국 털어놓았다.

"황후가 태어날 아기에게 적대감을 보이는 게 걱정스럽군."

"아…… 많이 싫어하십니까?"

"내가 보기엔."

하긴, 하고 피르누 백작이 고개를 끄덕거리며 수긍했다.

"어쩔 수 없는 일입니다. 총애 받는 서자들이 후계자에게 위협이 된 경우가 적진 않으니까요."

소비에슈는 비딱하게 입꼬리를 올렸다.

"그건 후계자가 있을 때 해야 하는 걱정 아닌가. 벌써 하기엔 이르지."

"물론 그것도 그렇지요."

"황후는 차가운 칼 같은 성정이지. 황후로서는 누구보다 뛰어나지만……."

소비에슈가 다시 무거운 한숨을 내쉬다가 눈을 감았다.

"아기가 자신에게 거슬린다 여겨지면, 그 차갑고 칼 같은 성정으로 어떻게 처리할까 봐 겁이 나는군."

너무 이른 걱정이 아닌가, 싶으면서도 피르누 백작은 수긍했다. 앞으로 태어날 아기는 황실의 첫아기였다. 늘 아빠가 되기를 고대해온 소비에슈로서는 여러모로 마음이 쓰이는 게 당연했다.

"백작. 그대 생각은 어떠하지?"

"음…… 실은, 전 황후 폐하보다는 코샤르 경이 걱정입니다."

"코샤르? 코샤르는 지금 파르메 지방에 가 있지 않나?"

"트로비 공작이 이제 돌아와도 좋다 허락한 모양입니다."

코샤르란 말에 소비에슈의 표정이 더욱 어두워졌다. 코샤르는 나비에 황후의 오빠였다. 어린 시절부터 약혼녀로 지냈기에, 소비에슈 역시 코샤르 트로비란 인간에 대해 잘 알고 있었다. 황후를 닮은 껍데기는 수려했고, 무술 솜씨 역시 대단했다. 하지만 얼음 같은 황후와 달리 그는 수시로 분화하는 화산 같은 성질이었다. 그 욱하는 성질은 좋은 쪽으로 발휘될 때에는 아주 좋았다. 예를 들어서, 적을 상대할 때.

척박한 변경 지대인 파르메 지방에는 '상시천'이란 위험한 도적들이 들끓었는데, 코샤르는 파르메 지방에 내려간 후 이들을 잡아내는 최일선에서 활약 중이었다. 공작이 변경 수비를 하라고 보낸 건 아니었으나, 코샤르의 그 욱하는 성질이 발휘된 탓이었다. 그러나 성질이 나쁜 쪽으로 발휘된다면 폭력 사태, 심할 경우에는 생명을 건 결투까지 벌어지기 일쑤였다.

"……."

소비에슈가 미간을 찌푸린 채 가만히 있자, 피르누 백작이 어색하게 웃으며 말했다.

"그래도 누이동생이 황후 자리에 올라왔는데, 예전보단 좀 나아졌겠지요. 너무 염려하지 마십시오, 폐하."

"아까까진 염려하지 않고 있었는데. 백작이 그자의 얘기를 꺼내고 나니 염려가 되는군."

"죄송합니다."

소비에슈는 못마땅하다는 듯 피르누 백작을 한번 흘겨보고는 다시 서류로 시선을 내렸다. 그러나 피르누 백작의 말은 그의 수심에 깊게 족적을 찍은 후였다. 누이동생을 끔찍하게 아끼던 코샤르 트로비. 그가 여동생의 연적이나 다름없는 라스타를 가만히 두려

할까? 소비에슈는 벌써부터 욱신거려오는 두통에, 결국 궁의를 불렀다.

그 시각. 모두가 염려하는 당사자인 코샤르는, 태연하게 커다란 여성용 옷 가게에 들른 참이었다. 훤칠한 남성 두 명이 들어오자, 여자들뿐이던 옷 가게 안 여기저기서 장난스러운 웃음소리가 터져 나왔다. 얼결에 코샤르를 따라 가게 안까지 들어온 파르앙 후작은 얼굴을 붉힌 채 물었다.

"꼭 이렇게까지 해야 되겠어?"

"……."

"코샤르?"

물어도 대답이 없자, 파르앙 후작은 괜히 시선을 떨구고 있다가 힐긋 옆을 보았다. 코샤르가 멍한 시선으로 어린 여자아이들이 입을 법한 드레스를 보고 있었다.

"저거 우리 나비에 사다 주면……."

"안 맞아. 절대 안 맞아."

"그런가."

"네 동생은 이제 어린애가 아니잖아."

"그랬나. 하긴. 시간이 벌써……."

"이봐. 과거를 왜곡하지 마. 떠날 때도 걘 이미 키가 훤칠했어."

"내 기억 속에서는 아직 조그만 동생인데."

코샤르는 중얼거리면서 콧등을 긁적이고는 머쓱한지 웃었다. 파르앙 후작은 혀를 차고서, 그들을 멀리서 힐긋거리는 양재사를 불렀다.

"실례합니다. 좀 도와주세요."

양재사가 얼른 다가오자, 파르앙 후작은 고갯짓으로 코샤르를 가리키며 부탁했다.

"제 친구가 동생에게 줄 드레스를 사려는 모양인데, 좀 도와주십시오."

양재사는 그러겠다 대답하고는 상냥하게 물었다.

"동생분의 신체 치수를 아십니까, 나리?"

코샤르는 괜한 짓을 했다는 듯 파르앙 후작을 슬쩍 쏘아보았으나, 순순히 대답했다.

"키가 이 정도……."

"어머, 무척 키가 큰 아가씨인가 보군요. 체형은요?"

"사랑스러운 체형……?"

"……그게 어떤 체형인지 저는 잘 모르겠습니다. 구체적으로 말해주시겠어요?"

코샤르가 고개를 젓자, 양재사가 난처한 표정을 지었다. 양재사가 힐긋 파르앙 후작 쪽을 쳐다보았다. 하지만 파르앙 후작도 고개를 저었으므로, 양재사는 곤란하단 목소리로 말했다.

"치수를 모른다면 옷을 맞추기 어렵습니다."

"그래도 꼭 뭘 하나 사 가고 싶은데. 몇 년 만에 만나는 동생이라서. 적당한 물건이 없겠나?"

"치수를 몰라도 살 만한 물건이라면, 모자는 어떠신가요?"

"그럼 그걸로 하지."

양재사가 온갖 다양한 종류의 모자를 보여주자, 코샤르는 신중하게 모자를 고르기 시작했다. 그러나 이조차 쉽지 않았다. 코샤르가 까다롭게 온갖 모자를 다 꺼내 오게 하는 바람에 양재사는 서른다섯 개의 모자를 꺼내 늘어놓았고, 나중에는 손님으로 온 이들이 모자를 가게 전체에 늘어놓고 구경 중인 남자를 구경하기 위해 모여들기까지 했다. 파르앙 후작은 여자들 틈에 있기 민망해서 얼른 벽으로 가 붙어 섰으나, 코샤르는 모자에만 몰입한 건지 전혀 개의치 않는 듯 보였다. 마침내 다섯 개의 화려한 모자를 고른 코샤르는 뿌듯해하며 옷 가게를 나섰다. 파르앙 후작은 그런 친구를 보며 혀를 찼다.

"자넨 동생이 그리 좋나?"

"정말 사랑스러운 아이야. 그리고…… 아. 저거."

"또 뭔가?"

"저 빵. 사람들이 줄지어 선 걸 보니 맛있나 본데. 우리 나비에 사다 줘야겠어."

코샤르가 사람들 틈으로 비집고 들어가자, 파르앙 후작은 혀를 차면서도 또 따라붙었다. 그런데 약 10분 정도를 그곳에서 줄 서 있을 때였다. 파르앙 후작의 인내심이 슬슬 바닥이 날 즈음, 희한한 소리가 들려왔다.

"그러면 폐하의 정부는 정말로……?"

"그래, 내 동생의 친구의 사촌이 궁전에서 하녀로 일하는데 확실하대. 임신했나 봐."

"황후 폐하보다 먼저 임신하다니. 그러면 어찌 되는 거야?"

레이스와 프릴이 잔뜩 달린 쇼핑백들을 꼭 끌어안고 있던 코샤르가, 힐긋 소리가 들린 쪽으로 시선을 돌렸다.

어제 소비에슈가 남기고 간 말이 자꾸만 머릿속에서 맴돌았다. 아침 공기는 소름이 돋을 만큼 신선했지만, 들끓는 속을 가라앉혀주진 못했다. 멀리서 들려오는 새소리마저도 퀸을 떠올리게 해서 우울할 뿐이었다.

서자는 황자나 황녀가 될 수 없지. 소비에슈의 말처럼 우리 둘 사이에 아이가 태어나지 않는다면, 아마 내가 그 서자를 입양…… 하게 될 텐데. 싫었다. 차라리 완전히 피가 섞이지 않은 아기가 나았다. 라스타와 소비에슈 사이에서 태어날 아기라니. 아무리 생각해보아도 나는 그 아기를 예뻐해주고 사랑해줄 자신이 없었다. 아니, 나는 분명 그 아기를 사랑하지 못할 거야.

"황후 폐하."

상념은 엘리자 백작 부인의 갑작스러운 목소리로 깨졌다. 나는 놀라서 창틀에서 몸을 뗐다. 깊게 생각에 잠겨 있느라 그녀가 근처에 온 줄도 몰랐나 보다.

"무슨 일인가요?"

애써 태연한 척 묻자, 엘리자 백작 부인이 목소리를 낮추어 알려주었다.

"카프멘 대공께서 찾아오셨습니다."

"카프멘 대공이?"

"예."

응접실로 나가자 카프멘 대공이 모자를 벗어 한 손에 든 채 서 있었다. 그가 예전에 소비에슈와 주먹질을 한 후로 처음 보는 거였던가. 손은 괜찮은가 싶어서 빠르게 살폈지만, 다친 것 같진 않았다.

"괜찮습니다. 심려해주셔서 감사합니다."

눈길을 눈치챈 건가. 카프멘 대공이 자신의 손을 슬쩍 까딱해 보이고는 무뚝뚝하게 대답했다. 그 모습에 나도 모르게 감탄사가 나왔다.

"약효가 드디어 떨어졌군요."

그러나 내가 감탄하자마자 그는 차갑게 되물었다.

"떨어지길 기다리셨던 것처럼 말씀하시는군요. 절 떨쳐버리고 싶으십니까?"

그러고는 내가 놀라자마자 바로 한숨을 내쉬며 사과했다.

"죄송합니다. 지금 저는 극단적인 감정 상태에 몰려 있습니다. 그래서인지 폐하께서 말씀하시는 걸 자꾸 꼬아 생각하게 되는군요. 부디 양해해주시길."

"아. 혹시 아직……?"

"예."

카프멘 대공은 겉으로 보기엔 제법 무덤덤하게 고개를 끄덕였다. 하지만 자세히 보니 과연. 모자를 든 손이 잘게 떨리고 있었다.

그걸 보자 스물 걱정이 올라왔다.

"약효가 원래 이렇게 오래 가나요?"

"저도 그게 걱정입니다."

카프멘 대공은 또 한숨을 내쉬었다. 그러면서도 정확하게 내 발치와 자신의 발치 사이를 눈으로 가늠했다. 나와 어느 정도 거리를 유지하고 싶은 것 같았다.

"카프멘 대공이 만든 약이라면서요?"

"아카데미 시절에 암시장에 들르고 싶어서 만들었지요. ……보통은 이렇게까지 효과가 나오지 않습니다."

카프멘 대공은 다시 한 번 한숨을 내쉬고는 자신의 모자를 만지작거렸다.

"원래는 어느 정도의 효과가 나오나요?"

"그냥 사랑에 빠졌을 때의 그 감각? 그 정도입니다. 이 정도로 오래가지도 않고요. 해독제도 확실하게 들지요."

"사람에게 써본 적이 있나요?"

"당연히 있습니다. 그러니 선물했던 거고요. 물론 사람마다 약효가 조금씩 다르게 돌긴 했지만, 그래도 이 정도 증상을 보인 사람은 아무도 없었습니다."

카프멘 대공은 세 번째로 한숨을 내쉬었다.

"만든 지 몇 년이나 된 약입니다. 애초에 그 약이 이 정도로 효과가 있었다면, 지금쯤 난리가 났을 겁니다."

그건 맞는 말이었다. 카프멘 대공은 풋사랑도 아니고 사랑의 열병을 앓는 사람처럼 보이니까. 약 한 병으로 저 정도의 사랑을 끌어낼 수 있는 약이라면…… 쓰임새가 다양하겠지.

"부작용일까요?"

나는 다시 걱정스레 물었다. 그러나 카프멘 대공은 내 질문에 대답하는 대신 다른 말을 했다.

"저는 동대제국을 떠날 생각입니다."

이별을 통보하는 말이었다. 이번에도.

순간, 저절로 눈에 힘이 들어갔다. 카프멘 대공은 하인리 왕자나 퀸, 투아니아 공작 부인만큼 친하게 지낸 건 아니지만. 그러나 잇따른 이별에 힘들어서인가. 또 다른 이별 소식에 심장이 철렁했다. 나도 모르게 따지듯 질문을 퍼부었다.

"교역은요? 국교는? 아직 진행 중인데 가버리면……."

"황제 폐하께서 원치 않으십니다."

"이 일의 책임자는 납니다."

"하지만 국교인 이상, 그대의 남편이 최종 승인을 내리지 않는 이상 거래를 할 수는 없어요."

이번에는 다른 의미로 심장이 철렁했다. 불쾌한 기분이었다. 뤼트와의 국교를 위해 내가 내내 공들인 것들이, 소비에슈의 감정에 휩쓸려 모래성이 되어버렸다는 게 화가 났다. 입술을 꾹 다물고 서 있자 카프멘 대공이 손을 움칠했다.

"속상해하지 마십시오."

"……."

"제발. 지금 당신이 속상해하면, 심장이 너무 아픕니다. 제발……."

힘들게 인상을 구긴 카프멘 대공이 자신의 가슴께를 손으로 꽉 눌렀다. 정말로 괴로워하는 얼굴이었다. 그걸 보고서 나는 억지로 웃는 표정을 만들었다. 그러나 억지 미소는 효과가 없는 모양인지, 그의 괴로운 표정은 펴지지 않았다. 결국 나는 말을 다른 방향으로 돌려버렸다.

"그러면 국교 건은 완전히 없던 일이 된 건가요?"

다행이 이건 효과가 있었다. 카프멘 대공은 심장에서 천천히 손을 떼며 대답했다.

"동대제국과 국교를 할 수 없으니 다른 나라들을 알아볼 셈입니다. 사실, 룁트 쪽에서는 대상이 어느 나라여도 상관은 없으니까요."

"……그래요."

허망한 기분에 맥없는 웃음이 흘러나왔다. 들끓는 마음을 꾹 누르면서 나는 그를 향해 인사했다.

"그래도 사정을 말해주어서 고마워요."

"다른 나라들을 돌아보면서 약효를 없앨 방도에 대해서도 알아볼 생각입니다."

그가 말을 마치고 나를 지그시 응시했다. 나는 마지못해 축복을 빌어주었다.

"그래요. 거래…… 잘되길 바랄게요."

하지만 말을 하면서도 이게 진심인지 아닌지 잘 구별이 되지 않았다. 한때 열심히 한 방향을 보았던 거래 상대로서는 그가 다른 더 좋은 교역 상대를 찾길 바라야 하는데. 또 한편으로는 그러지 않았으면 싶었다. 그랬다가는 정말로 속이 너무 상할 테니까.

"……반 정도는 진심이에요."

결국 슬쩍 덧붙이자, 카프멘 대공이 눈을 크게 뜨더니 이윽고 웃음을 터뜨렸다. 사람이 민망할 정도로 크게 웃어대던 그는 눈가에 맺힌 눈물까지 닦아냈다. 사랑의 묘약을 마시면 상대가 하는 말에 반응도 커지는 걸까? 어느 부분에서 저렇게 웃어낸 건지 모르겠다. 하지만 그가 지나치게 웃어대는 바람에 괜히 민망한 기분이 들었다. 노골적인 욕심을 펼쳐 보인 기분이었다.

'뒷말은 하지 말걸.'

"괜찮아요. 아주 귀여웠으니까."

"네?"

말없이 웃는 카프멘 대공을 보고 있자니 기분이 묘해졌다. 괜한 생각인지는 모르겠지만…… 가끔 그는 아주 예리한 타이밍에 말을 할 때가 있었다. 마치 내 속마음에 대답해주는 것처럼. 좀 찝찝한 기분에 미간을 찡그리자, 카프멘 대공이 입술을 열었다. 그러나 입술을 달싹이기만 할 뿐 그는 말을 하지 못했다.

작별 인사를 하려는 게 아닌가? 막상 작별 인사를 하려니 약효 때문에 힘든 건가? 그렇다면 내가 먼저 인사해주는 게 좋지 않을까? 그래도 한때나마 '사랑 받는 기분'을 알려준 사람이었다. 하인리 왕자만큼의 우정을 주고받진 못했지만, 그를 만나 잠시 재미있었다. 결국, 먼저 웃으면서 인사를 하려는 찰나.

카프멘 대공이 뜻밖의 제안을 했다.

"함께 가요."

"!"

"함께 가고 싶습니다. 함께 갔으면 좋겠습니다."

나는 놀라서 그를 멍하니 바라보았다.

뭐? 얼어붙은 채 보고 있자니, 그가 모자를 자신의 가슴에 가져다 대며 말했다.

"여기 있어 봐야 심장만 썩어갈 겁니다. 화대륙으로 갑시다. 골치 아픈 일은 하나도 없이, 그저 세상의 즐거운 것들, 좋은 것들만보며 살 수 있게 해드리겠습니다."

"대공……."

이번에도 헛소리인 걸까? 약효 때문에 헛말이 나온 거겠지? 그러나 기다려도 그는 말을 정정하지 않았다. 미간을 살풋 찌푸리긴했지만, 이전에 헛소리할 때와 달리 말을 바꾸지 않았다. 가만히 눈을 마주하고 있자니 그가 떨리는 손을 내게 내밀었다.

"허락해주신다면 모든 준비는 제가 하겠습니다."

잠시 내가 무슨 말을 들은 건지 쉽게 이해가 가지 않았다. 웃음이 나올 뻔했지만 카프멘 대공의 눈을 보는 순간 웃음은 싹 가셨다. 그의 두 눈동자가 노골적으로 불안에 떨고 있었다. 늘 자신만만하고 무뚝뚝하던 남자가, 지금 이 순간 내 거절을 두려워하고 있었다. 약 때문이겠지만, 지금의 그는 진심이었다.

미안한 마음이 솟았다. 하지만…… 나는 고개를 저었다.

"안 돼요."

"폐하."

"카프멘 대공. 이성적으로 생각해요. 그대는 지금 약 때문에 이러는 겁니다."

"압니다. 알지만…… 괜찮아요."

괜찮다고? 나는 눈썹을 찡그리면서 웃었다.

"아니. 그대는 괜찮지 않아요."

"내 감정입니다. 내 감정을 거절하는 건 당신 마음이지만, 내 감정을 멋대로 없는 취급 하진 말아줘요."

"대공. 대공도 알고 있잖아요. 그대는 지금 약효 때문에 충동적으로 제안한 거예요."

"……."

"약효가 가라앉으면 분명 후회할 겁니다."

일부러 웃음기를 싹 지우고 말했다. 카프멘은 미간을 살짝 찌푸렸다. 나는 한숨을 내쉬었다.

"잠깐의 약효를 믿고 내게 인생을 걸지 마요, 카프멘 대공."

"이 약효가 사라졌을 때, 제 감정이 예전으로 돌아갈 수 있다고 어떻게 확신합니까?"

"처음에 대공은 날 좋아하지 않았어요. 기억 안 나요?"

"좋아하지 않은 적은 없습니다."

"!"

"답답하다 생각했을 뿐이지요."

카프멘 대공은 무표정하게 있었으나 어딘가 애처로워 보였다. 그 모습을 보자 가엾단 생각이 들었다. 그렇지만 그의 제안은 동정과 충동에 끌려 선택할 수 있는 그런 제안이 아니었다. 나는 몸을 돌려 일부러 다른 쪽을 본 채 말했다.

"카프멘 대공. 그대는 내가 하는 일들이 골치 아프게 보일지도 모르겠지만…… 난 그렇게 힘들지 않아요."

"!"

"폐하께서 다른 여자를 챙기고 사랑하고 내게 쌀쌀맞아지는 건 괴롭습니다. 하지만 난, 황후입니다."

카프멘 대공이 작게 의미를 알 수 없는 소리를 뱉었다. 고개를 돌리자 그가 약간 입을 벌리고 있었다.

"난 한평생 황후가 되기 위해 살아왔고 배워왔어요. 이건 내 꿈이고 현실입니다. 남편이 날 힘들게 한단 이유만으로 내 일생을 버리고 싶진 않아요."

카프멘 대공은 입술을 무겁게 달싹였다.

"대단하지만 위험한 생각입니다."

"무엇이 위험하단 거죠?"

"당신의 남편이…… 당신에게 먼저 이혼을 요구하면 어떻게 할 겁니까?"

그럴 일은 없다, 대답하기 전에 그가 먼저 말을 이었다.

"당신은 황후로서의 정체성이 너무 강합니다. 하지만 황제와 이혼하면 당신은 황후가 아니지요. 그때 당신이 무너질까 봐 겁이 나는군요."

나는 단호하게 딱 잘라 그의 말을 부정했다.

"그럴 일은 없어요. 폐하는 바보가 아니에요."

진심이었다. 난 소비에슈가 그 정도로 멍청할 거란 생각은 하지 않았다. 그러나 카프멘 대공은 차갑게 내 말을 반박했다.

"당신을 버려둔 순간부터 그는 이미 바보입니다. 그리고 사랑에 중독된 사람들은, 보통 사람들은 절대로 하지 않을 행동을 충동적으로 저지르기 쉽지요. 내가 그대의 남편에게 주먹질한 것처럼.”

“!”

카프멘 대공은 옅게 한숨을 내쉬었다. 더 하고 싶은 말이 많은 것 같았으나, 그는 결국 말하지 않았다. 대신 그는 조심스럽게 부탁했다.

“떠나기 전에 마지막으로 한 번만. 한 번만 포옹해보아도 되겠습니까?”

귀족들끼리 가벼운 포옹을 하는 건 자주 있는 일이었기에 허락했다. 카프멘 대공은 허락이 떨어지자마자 바로 내 앞으로 다가와 나를 꽉 끌어안았다. 그러나 이건 내가 생각한 그런 포옹이 아니었다. 아까까지의 차분하고 무거운 태도는 어디로 간 걸까. 그의 포옹은 조급하고 강렬했다. 숨이 막혔다. 몸이 꽉 그의 품 안에 갇혔다. 놀랄 사이도 없이 그가 괴로운 숨을 뱉어냈다. 어깨 위에 그의 이마가 잠시 올라왔다. 이건…… 포옹이 아니었다.

“대공.”

“……”

“카프멘 대공.”

이건 좀 아닌 것 같다고, 나는 조심스럽게 그를 불렀다. 다행히 내 입으로 그 이야기를 하기 전에 대공은 먼저 뒤로 물러났다. 아까의 갈증 어린 포옹은 어디로 갔는지, 표정이 다시 덤덤해져 있었다. 차분하게 예의를 갖춰 인사한 그는, 들고 있던 모자를 다시 머리 위에 얹었다. 그러고는 문가로 가서 나를 한 번 돌아보고 밖으로 나갔다.

혼자 남겨지자마자 나는 소파에 무너지듯 앉았다. 그가 토해내고 간 감정의 여파일까? 오히려 내 기분이 멍했다. 그러나 계속 그런 기분으로 있을 수조차 없었다.

"황후 폐하. 코샤르 경이 찾아왔습니다."

카프멘이 떠난 지 15분도 지나지 않아, 오빠인 코샤르가 날 찾아온 것이다.

"나비에!"

오빠는 엘리자 백작 부인이 문을 열어주자마자, 그녀에게 인사도 생략하고 내게 뛰어와 날 끌어안았다. 아까의 카프멘만큼 강한 힘이었다. 하지만 카프멘 대공의 포옹과 달리 아주 편안했다. 얌전히 안겨 있자 오빠는 내 어깨에 이마를 묻었다. 카프멘 대공처럼. 키가 큰 사람들에게 안기면 자연스럽게 이런 자세가 나오는 걸까?

"나비에. 어깨가 축축해."

뜬금없는 생각도 잠시. 나는 오빠가 중얼거리는 소리에 "어?" 하고 물었다.

"무슨 소리야?"

"어깨에 물이 묻었어."

"!"

오빠가 떨어지자마자 나는 아까 카프멘 대공이 이마를 대었던 어깨에 손을 올렸다. 더듬거리자 정말로 물기가 묻어 있었다.

"아……."

대공……. 울고 간 건가. 그렇게 울고서 그렇게 무덤덤한 표정을 짓고 갔나. 미안한 기분에 저절로 속이 쓰라렸다. 나는 어색하게 손을 내렸다. 오빠는 그런 내 일련의 행동을 가만히 지켜보다가 물었다.

"나비에. 네 표정, 지금 무척이나 어두워. 네 남편과 그 여자 때문이지?"

"어?"

"감히 널 두고서 눈 맞은 그 연놈들 때문에 이렇게 무거운 얼굴인 거지?"

내가 놀라 보자, 오빠가 이를 갈며 주먹을 꽉 쥐었다.

"평민들도 다들 그 얘기를 하더라. 네 남편과 정부 이야기."

"아······."

벌써 다 듣고 왔구나. 불편한 기분에 어색하게 시선을 내렸다. 내 남편이 다른 여자를 사랑하게 되고 혼외자까지 만들었단 이야기를 친오빠에게 듣고 싶진 않았다. 물론 언젠간 이런 이야기를 하게 될 거란 건 알았지만······.

시선을 내리자마자 오빠가 들고 있는 쇼핑백들이 뒤늦게 눈에 들어왔다. 나는 일부러 다른 쪽으로 화제를 돌리느라 깜짝 놀란 척 물었다.

"그건 뭐야?"

"선물."

오빠는 폭탄을 건네듯 쇼핑백들을 내게 내밀었다가, 내가 막상 받으려고 하자 소파 뒤에 기대듯 내려놓았다.

"열어봐도 돼?"

그러나 오빠는 내 말 돌리기에 넘어가지 않았다.

"나중에 확인해. 선물 도망 안 가."

오빠는 딱 잘라 말하고는 나를 소파에 앉혀놓고, 앞을 가로막듯 서서 물었다.

"그 여자는 어디에 머물고 있어, 나비에?"

"그 여자라니."

"내 똑똑한 동생. 어디서 모른 척이야? 새끼 밴 그 여자. 빌어먹을 놈팡이와 같이 있어?"

"오빠!"

나는 얼른 일어나 오빠의 입을 막았다.

"말조심해. 위험해."

황궁에는 귀와 눈이 많았다. 이곳 사람들은 모두 내 측근들이라지만, 베르디 자작 부인의 경우를 생각해야 했다. 내 측근이라 해도 사정에 따라 배신할 수 있단 걸 직접 겪지 않았던가.

오빠는 내 손을 치워내며 눈을 번뜩였다.

"어차피 내 성격 쓰레기인 거 모를 사람 없어. 어디 있어, 나비에?"

"뭘 하려고?"

"두 연놈들, 죽여버릴 거야."

나는 얼른 오빠의 입을 도로 막았다. 엘리자 백작 부인에게 눈짓을 보내자, 그녀가 요령 있게 다른 시녀들을 모두 밖으로 내보냈다. 본인 역시도 밖으로 나간 후 단단히 문을 닫았다. 나는 오빠를 떠밀듯 소파에 앉혀놓고서 낮게 꾸짖었다.

"제발 말 좀 조심해서 해, 오빠. 홧김에 그냥 뱉은 말이라도 남들은 꼬투리를 잡을 수도 있어."

"진심이야."

단호하게 대답하는 오빠의 표정은 굳어 있었고 눈동자는 날카로
웠다. 본인의 말처럼 진심이란 티가 났다. 그래서 걱정되었다. 정말
로 오빠가 감당하지 못할 일을 터트릴까 봐.

"진심이면 더 위험하고! 폐하께 해가 되는 행동을 하는 것만으
로도 극형에 처해질 수 있어! 몰라?"

"그러면 그 여자라도 죽이겠어."

"개인적인 원한 살인도 중죄야. 알잖아."

나는 손으로 오빠의 배를 가리켰다.

"게다가 라스타 양의 배 안에 있는 건 폐하의 아기야, 오빠."

"그 사생아?"

"서자야. 폐하가 무척 기대 중인 서자."

오빠는 그게 무슨 상관이냐는 표정이었다. 머리가 지끈거려왔
다. 다른 사람이라면 그냥 홧김에 뱉은 말이라 할 수도 있다. 그러
나 오빠는 아니었다. 오빠는 말을 뱉으면 행동이 따라갈 수 있는
사람이었다. 아니, 홧김에 행동이 먼저 나가는 사람이었다.

"알았어, 나비에. 그러면 아기만 못 낳게 할게."

"그 아이를 건드리면 처벌이 더 무거워진다니까?"

황궁 내에서 일반 살인을 저질러도 큰 죄이다. 그런데 황제의 핏

줄에 해를 끼치는 것은 그보다 더욱 크고 무거운 죄로 취급되었다. 랑드레 자작이 처형될 뻔한 것도 라스타를 찔러서가 아니라, 라스타의 배 속에 있는 황제의 아기를 죽일 뻔해서였다. 법은 황제의 서자나 서녀를 황자와 황녀로 취급해주진 않지만, 그렇다고 해서 완전히 평범한 귀족으로 대하지도 않으니까.

"그리고 오빠. 오빠가 라스타 양을 죽인다고 해서, 폐하께서 다른 정부를 안 만들 것 같아?"

아무리 달래도 오빠는 쉽게 진정하지 못했다. 오빠가 두 손으로 자기 머리를 감싸고 방 안을 도는 동안, 나는 쇼핑백에서 오빠가 가져온 선물을 꺼내 보았다. 모자였다. 쓴 모습을 오빠에게 보여주면 기분이 풀리지 않을까 싶어서, 슬쩍 모자를 머리 위에 얹었다. 적당히 머리카락을 매만진 후 나는 오빠를 찾았다. 효과는 없었다. 그사이, 모자 쓴 모습 정도로는 풀리지 않을 만큼 오빠는 더욱 화가 나 있었으니까. 내 책상 앞에 멈춰 선 오빠는 무섭게 내 달력을 노려보고 있었다.

"연회라니?"

달력에는 내 일과가 표시되어 있었다. 당연히 라스타의 아기를 위한 연회 역시도 일정이 표시되어 있었다.

"오빠."

황급히 다가가 달력을 들어 올리려 했으나, 오빠가 한발 빨랐다. 먼저 내 달력을 확인한 오빠가 어이없다는 듯 날 쳐다보았다.

"네가 왜 이 둘의 연회를 챙겨줘야 하는 거지?"

"이 둘뿐만이 아니라, 모든 황궁 내 모든 연회가 내 담당이야."

오빠는 입을 꾹 다문 채 나를 노려보았다. 그러나 입 밖으로 튀어나온 말은 연회 이야기가 아니었다.

"모자가 잘 어울리는구나."

뜬금없이 칭찬을 한 오빠는 몸을 돌려 밖으로 나가버렸다. 뒷모습을 바라보다 모자를 벗어 소파 위에 두었다. 멍하니 서 있자니 창밖에서 비명을 지르는 듯한 새소리가 들렸다. 침입자라도 나타난 건지 한껏 경계하는 목소리는 위태로웠다. 창문을 열고 고개를 내밀었으나, 새소리가 어디서 나는지도 알기 힘들었다. 대신 구구 하며 울던 퀸이 떠올랐다. 괜히 불안한 기분이 들었다. 내 상황이 좋지 않아서일까. 하인리 왕자와 퀸에게도 나쁜 일이 벌어졌을까 겁이 났다. 아직 서왕국에 도착하지 못했을 텐데. 무사히 가고 있을지…….

동대제국을 출발한 하인리 왕자의 일행은 보라 용의 산맥을 지나는 중이었다. 그러나 나비에의 예상과 달리 하인리 왕자와 맥켄나 둘은 이미 서왕국에 도착한 상태였다. 하인리 왕자는 왕의 침실 안에 있었다. 방 안의 분위기는 이중적이었다. 왕의 침대는 베이지와 금색 톤으로 몹시 화려했고, 침대의 섬세한 머리판 장식은 실제 금으로 만든 것이었다. 그러나 그 위에 누운 워턴 3세는 눈이 움푹 꺼지고 얼굴빛이 어두웠다. 충혈된 눈으로 색색 숨을 몰아쉬는 그는 힘겨워 보였다.

하인리 왕자는 자신의 동복형이자 서왕국의 왕인 워턴 3세의 손을 꽉 쥐었다. 무겁게 몰아쉬는 숨소리를 들을 때마다 저절로 인상이 구겨졌다. 한참을 쌕쌕거리던 워턴 3세가 한참 만에야 동생을 알아본 듯 입을 열었다.

"하인리……."

"예."

"하인리……."

"예. 여기 있습니다. 옆에 있습니다, 형님."

하인리 왕자와 맞잡은 워턴 3세의 손에 힘이 꽉 들어갔다.

"하인리…… 결혼해라."

하인리 왕자는 미간을 찡그렸다. 병이 깊어지기 전부터 늘상 하던 말이지만, 이런 순간까지도 결혼 이야기라니. 그러나 아픈 형에게 차갑게 신경 쓰지 말라 대꾸할 수는 없었다. 말없이 하인리는 워턴 3세의 손만 힘주어 잡았다. 워턴 3세는 흐릿한 시선으로 하인리를 쳐다보았다. 동생의 불만 가득한 표정을 눈치챈 건지, 힘겨워 보이던 얼굴에 슬며시 웃음기가 돌았다.

"잔소리가 아니다. 정말로, 정말로 결혼해라 하인리."

"……알았습니다."

"내가 죽으면…… 네가 왕이다. 후계자가 있어야 해."

"……."

"왕이…… 왕비를 맞이하는 건…… 선택이 아니라 의무다."

하인리는 작게 한숨을 내쉬었다.

"이 와중에도 딱딱한 이야기만 하십니까."

"네게 좋은 여자가 아니라…… 나라에 좋은 여자를 맞이해야 한다. 네게 사랑스러운 여자가 아니라, 국민이 사랑할 왕비를 맞이해."

하인리 왕자의 머릿속에 한 사람의 얼굴이 떠올랐다. 그의 눈에
도 사랑스럽고 국민도 사랑할 수 있는 왕비. 그러나 다른 남자의
옆에 선 여자…….

심장이 욱신거렸다.

"둘 다 해당하는 여자가 있으면?"

"좋지. 절대로 놓치지 마라."

워턴 3세는 왕이 아닌 형의 미소를 지었다.

"결혼하면 바람둥이 생활은 그만두고."

가벼운 이미지를 만들기 위해 바람둥이 행세를 했으나, 그렇지
않아도 정말 좋아하는 여자가 생긴 후 대차게 후회하는 중이었다.
하인리는 입꼬리를 아프게 올렸다.

"당연합니다."

"그래……. 나랏일은…… 어련히 알아서 잘하겠지."

하인리는 한숨을 내쉬면서 형의 손등을 툭툭 가볍게 두드렸다.

"다른 이야기는 하실 게 없습니까? 딱딱한 이야기 말구요."

원래도 다정한 사이는 아니었다지만, 이 와중에도 딱딱한 이야
기만 하자 안쓰럽기도 하고 섭섭하기도 하고 아쉽기도 했다. 워턴
3세는 잠시 눈꺼풀을 깜빡였다. 그러고는 침대의 캐노피 천장을 멍
하니 응시했다.

하인리는 가볍게 웃었다.

"할 말 없으신가 봅니다."

워턴 3세는 하인리를 따라 웃다가 나지막한 목소리로 부탁했다.

"……네 형수를 잘 보살펴다오."

"예."

"다른 귀족들이 무시하지 않게……."

"알겠습니다."

"누가 뭐라 해도 보호해주고……."

입술을 꿈틀거리던 워턴 3세는 지친다는 듯 눈을 감았다. 그는 몇 번 숨을 무겁고 느리게 내쉬었다. 아주, 아주 느린 호흡이었다. 아플 정도로 하인리의 손을 쥐고 있던 그의 손에서도 점차 힘이 빠져나갔다. 하인리는 천천히 형의 손을 내려놓았다. 보일 듯 말 듯 희미하게 오르락내리락하던 가슴이 움직이지 않았다.

"……."

하인리는 눈을 감고 두 손을 모았다. 저절로 눈물이 흘러나왔다. 뒤쪽에 서 있던 어의가 다가와 왕의 맥박을 확인한 후 무거운 목소리로 선언했다.

"……서거하셨습니다."

조용히 벽에 기대어 서 있던 이들이 다가와, 새로운 왕의 앞에 무릎을 꿇었다. 하인리는 천천히 눈을 뜨고서, 아직 물기 어린 눈으로 그들을 내려다보았다.

당장 사고를 칠 것 같던 오빠는 다행히 며칠이 지나도록 조용하게 지냈다. 어쩌면 분노하는 대상 중 한 명—소비에슈—에게는 제대로 화조차 낼 수 없다는 데 절망하고 있을지도 모르겠다. 가족들 역시도 집에 돌아온 오빠를 설득했겠지. 소비에슈에게 분노를 토로하는 건 날 위한 게 아니라고. 오히려 내 지위는 물론 목숨까지 위태로워지게 할 거라고. 지금 라스타에게 직접적으로 분노를 표현하는 것 역시도 소비에슈의 진노를 사서 날 위태롭게 하긴 매한가지일 거라고.

'……이렇게 생각하고 나니 정말 이도 저도 못 할 처지구나.'

라스타에게 화를 내거나 분풀이를 하는 순간, 나는 남편인 황제는 어쩌지도 못하고 가엾은 정부에게만 화풀이하는 비겁한 악녀가 되어버린다. 반대로 소비에슈에게 '정도 이상의' 화를 내는 순간, 이번에는 황후이면서 자기감정조차 추스르지 못한다며 손가락질 받을 것이다. 소비에슈에게 실질적인 분풀이를 했다가는 내가, 어쩌면 내 가족들이, 가문이 위태로워진다.

이상한 건, 소비에슈와 라스타를 참아주면 참아주는 대로 미련하고 멍청한 취급을 받는단 거였다. 이 잣대는 나뿐만 아니라 우리 가족들 모두에게 해당되었다. 멍하니 거울을 보고 있자니 이상하게도 웃음이 나왔다. 비겁한 악녀와 가족의 안전, 무능한 황후, 미련하고 멍청한 여자. 이 미로에서 빠져나갈 길은 없나?

"황후 폐하."

그때였다. 응접실에서 엘리자 백작 부인이 부르는 소리가 났다. 들어와도 좋단 표시로 화장대에 놓인 작은 종을 누르자, 그녀가 우울한 표정으로 들어왔다.

"백작 부인? 괜찮나요?"

그 표정에 덜컥 겁부터 나 물었다. 최근 안 좋은 일들이 연달아 닥친 터라 곧장 두려움부터 들었다. 예상은 반쯤 적중했다.

"서왕국에서 사절단이 급파되어 왔습니다."

나에 대한 일은 아니었으나 안 좋은 일은 맞았다.

"부고군요."

"예. 워턴 3세가 서거하셨답니다."

하인리 왕자의 형이…… 결국 그렇게 되었구나. 늘 밝게 웃던 왕자가 깊은 슬픔에 잠겨 있을 생각을 하자 덩달아 마음이 무거워졌다.

밤인데도 달도 별도 보이지 않는다. 짙은 먹구름 탓에 하늘은 새까맣게 보였고, 이따금 흐릿한 회색빛을 띤 노란 동그라미가 보일 듯 말 듯 흐물거릴 뿐이었다. 창가에 한 팔을 걸친 채 나는 멍하니 그 광경만 쳐다보았다.

'며칠 후면 라스타의 아기를 위한 연회가 열릴 텐데.'

그곳에서 내가 태연한 척 표정 관리를 할 수 있을까? 몇 년이나 해온 건데. 새삼스레 자신이 없어졌다. 좀 더 정확히는, 표정 관리를 하고 싶지 않았다.

'……결국 그때가 되면 하고 있겠지만.'

찬바람에 볼에 소름이 돋았다. 하늘에서 물방울이 하나둘 손끝에 떨어지기 시작했다. 나는 창가에서 팔을 떼고 창문을 닫았다. 그런데 창문을 닫자마자 어둠 속에서 파란 새 한 마리가 빠른 속도로 날아오는 게 보였다.

"아!"

퀸의 부하? 나는 놀라서 창문을 도로 열었다. 긴가민가했지만 맞았다. 파란 새는 창문 안으로 얼른 들어왔다. 다만 당당하게 들어오던 퀸과 달리 파란 새는 좀 더 머뭇거리고 조심하는 기색이었다.

"퀸의 친구지?"

상대가 새라는 걸 알면서도 나는 덩달아 조심스레 물었다. 퀸이 똑똑한 새이니 이 새도 퀸만큼 영리할 것 같았다. 파란 새는 고개를 끄덕이고는 꾸벅 인사까지 했다.

— 짹.

얼결에 같이 인사하자 파란 새가 슬쩍 자신의 발을 내밀었다. 발에 길쭉한 쪽지가 묶여 있었다.

"하인리 왕자가 보낸 거니?"

— 짹.

최대한 주의해서 가는 다리에서 편지를 빼냈다.

편지를 펼치자 파란 새가, 퀸이 그랬던 것처럼 같이 읽으려는 듯 옆으로 와 빼꼼 고개를 내밀었다. 나는 편지를 무릎 위에 내려놓은 채 보다가, 한 손으로 내 얼굴을 덮었다.

오로지 퀸, 그대 생각뿐입니다. 나의 친구, 유일하게 날 위로해줄 수 있는 분. 그대의 위로가 필요합니다.

이전과는 필체가 뚜렷하게 달랐다. 다른 사람이 썼다기보다는 쓰면서 손이 많이 흔들린 것처럼 보였다. 몇 마디 안 되는 문장이었지만 그가 몹시 슬퍼하고 있단 게 드러났다.

— 짹…….

편지를 내려놓자 파란 새가 먼저 힘없이 울었다. 나는 곧장 책상
으로 가 펜을 들었다. 그러나 무어라 위로해주어야 할지 막막했다.
하인리 왕자는 내가 그를 위로해줄 수 있는 유일한 사람이라 했지
만…… 내 말 몇 마디로 친형이 죽은 슬픔이 위로가 될까? 차라리
옆에 있었더라면 그저 말없이 함께 있어준다지만. 편지, 그것도 몇
문장도 적지 못할 쪽지로 무슨 위로를 할 수 있단 말인가.

너무 많이 아프지 않기를. 진심으로…….

결국 상투적인 문장을 적을 수밖에 없었다.

파란 새가 날아간 다음 날, 카프멘 대공 역시 궁전을 떠나갔다.
사랑의 묘약을 해독하지 못했기 때문인지, 그는 내게 따로 작별 인
사를 건네진 않았다. 대신, 사람을 보내어 뤼프트의 책을 선물로 남겨
주었다.

왕의 부고를 알리기 위해 급파된 사절단 역시 바로 돌아갔다. 이
별과 이별과 이별의 연속이었다. 하지만 이 모든 이별과 작별들에
영향을 받는 건 나뿐인 것 같았다. 사람들은 새로 즉위할 서왕국의
젊고 가벼운 왕에 대해 떠들어댔다. 그러다 지치면 라스타의 아기
이야기를 했다. 본궁에서는 그나마 다들 입조심을 했지만, 외국인
들이 많은 남궁으로 가면 소문은 좀 더 노골적이었다.

"하인리 왕자도 레이디 라스타를 좋아하지 않았던가요?"

"그렇군요. 폐하와 왕자 두 분이서 라스타 양을 두고 싸웠단 이야기도 들었습니다."

"왜 싸웠겠습니까? 그게 다, 라스타 양과 하인리 왕자가 편지 친구였다니 폐하께서 질투하신 거지요."

"하인리 왕자는 집안일에다 라스타 양의 임신까지, 아주 가슴이 찢어지겠습니다."

나는 남궁 근처의 정원을 거닐다 말고 멈춰 섰다. 심란한 가운데에도 즐거웠던 일들을 떠올리고 싶어서 이쪽으로 온 건데. 여기서도 저런 이야기를 듣고 있자니 불쾌해졌다.

'그냥 돌아가야겠다.'

한숨을 내쉬고서, 나는 걸어가던 회랑을 반대로 돌아섰다. 그런데 동궁과 서궁, 남궁으로 갈라지는 길목에 다다랐을 때였다. 몇 번본 적은 없으나 확실하게 기억에 남은 이가 내게 인사를 했다.

"황후 폐하, 이런 곳에서 뵙다니. 참으로 감격입니다."

라스타를 노예로 두고 있었던 로테슈 자작이었다. 그의 미소는 음흉해 보였다. 적당히 인사를 받아주자 그는 실쭉하니 웃었고, 나는 더 말을 섞는 대신 동궁으로 돌아갔다.

'요즘 들어 저자의 황궁 출입이 잦다던데. 라스타를 만나려는 건가?'

하지만 이상하지. 저 사람은 입장상 라스타에게는 천적 같은 사람일 거라 생각했는데. 라스타는 저자를 왜 받아들여주는 거지?

'역시 협박당하고 있는 건가……'

"오는 길에 황후를 만났다."

로테슈 자작이 라스타를 보자마자 내뱉은 첫 마디였다. 안 그래도 싫은 사람을 만나는 것인지라 기분이 나빴던 라스타는 미간을 찡그렸다. 로테슈 자작이 황후 이야기를 하는 건 그리 좋지 못한 징조로 여겨졌다. 실제로도 그는 딱 한 가지 경우에만 황후에 대한 이야기를 꺼냈다. 라스타와 황후를 비교할 때.

"또 무슨 말을 하려고?"

라스타가 차갑게 묻자 로테슈 자작은 히죽 웃었다.

"아니, 그냥. 너와는 보기에도 빛이 다르구나 싶어서 말이다."

"무슨 뜻이야?"

"그냥 눈빛만으로도 고귀한 티가 난다, 이 뜻이지."

"라스타는 그렇지 않다는 거야?"

"글쎄다. 너도 20년쯤 궁정물을 먹으면 비슷해질 수도 있겠지."

로테슈 자작은 끌끌 못되게 웃으며 덧붙였다.

"물론 그전에 쫓겨나지 않아야겠지만."

"!"

라스타는 로테슈 자작을 노려보았으나, 그는 태연히 물었다.

"뭐 먹을 건 좀 없느냐?"

"용건이나 말하고 가."

"매정하기는."

적반하장격인 로테슈 자작의 말에 라스타는 발끈해서 주먹을 꽉 쥐었다. 같은 편이 되기로 했지만 그녀는 그래도 늘 저자가 싫었다.

'어떻게 해서든 떼놓기는 해야 할 텐데…….'

한숨을 내쉰 라스타는 로테슈 자작을 향해 다시 한 번 다그쳤다.

"뭐 때문에 온 건데, 이번에는?"

"음. 급히 돈이 필요해서 말이다."

라스타는 어이가 없어 입을 벌렸다.

"또? 얼마 전에 50만 크랑을 가져갔잖아?"

"그건 집을 구하는 데 쓴 값이고."

"그러면 지금은?"

"아무래도 집이 넓으니 고용인들이 많이 필요해서 말이다."

라스타는 손바닥이 움푹 파이도록 주먹 쥔 손에 힘을 주었다. 밉다 밉다 해도 어떻게 이렇게 미운 인간이 다 있을까. 존재만으로도 끔찍할 정도였다. 로테슈 자작은 라스타가 자신을 혐오스럽다는 듯 노려보는 걸 뻔히 알면서도 아무렇지 않게 웃으며 말을 이었다.

"게다가 식구도 많아졌으니 일손이 많이 필요하지."

"식구라고 해봐야 고작 둘이잖아? 그쪽하고…… 아기."

"둘이라니?"

라스타는 로테슈 자작을 쏘아보며 물었다.

"다른 사람이 더 있어?"

로테슈 자작은 어처구니없다는 듯 웃음을 터트리며 대답했다.

"내 아들과 딸도 당연히 데려왔지. 내가 설마 네 아기만 데려왔으려고?"

그 말에 라스타의 얼굴빛이 새하얗게 질렸다.

“뭐?”

라스타는 당황해서 입술을 부르르 떨며 그를 쳐다보았다.

“누구를 데려와?”

로테슈 자작의 입꼬리가 히죽 둥글게 올라갔다.

“왜. 내 아들이 오랜만에 보고 싶기라도 한 게야?”

로테슈 자작의 아들이라면 알렌이었다. 알렌 림웰. 라스타는 입술을 악물었다. 알렌은 라스타가 한때 사랑했던 남자였고, 그녀를 버린 남자였고…… 로테슈 자작이 데리고 있는 아기의 아버지이기도 했다.

“약속이 다르잖아!”

라스타는 참지 못하고 분노를 토해냈다. 과거를 비밀로 지키겠다면서 과거에 관련된 인물들을 모조리 다 데려오다니. 속내가 의심스러울 수밖에 없었다.

로테슈 자작은 혀를 찼다.

“약속을 어기다니? 내가 언제 아기를 가두어두고 키우겠단 약속을 했느냐?”

“가두어두라는 게 아니라…….”

“아, 거참. 아기를 사교계에 내보이지만 않으면 되는 거 아니냐.”

“알렌이나 르베티는? 걔들이 여기에 오면 저택 안에서만 살아? 아니잖아? 당신 자식들이 라스타에 대해 사교계에 떠들기라도 하면 어쩌려고!"

"내 아이들은 폐하의 정부가 너인 줄도 모른다."

"그게 언제까지 갈 것 같아?"

"알게 되더라도 입단속을 시키면 되겠지."

아무리 입단속을 한다 해도 불안했다. 바들바들 떠는 라스타를 향해 로테슈 자작이 뭘 그런 걱정을 하냐는 투로 물었다.

"걱정 마라. 알렌은 네 아기의 아버지잖니?"

"!"

"네 아기를 위해서라도 알렌은 입을 다물 거다."

라스타는 그래도 흥분을 가라앉히지 못했다. 이미 한 번 약속을 어긴 남자를 믿을 수 있을 리가 없었다. 그걸 본 로테슈 자작이 뒤늦게야 변명조로 덧붙였다.

"어쩔 수 없었다. 알렌이 생각보다 안을 잘 돌보고 있어서, 따로 떨어트릴 수가 없었어."

"안?"

"네 아들의 이름이란다."

아이 이야기에 라스타의 눈빛이 흔들렸다. 로테슈 자작은 그 틈을 놓치지 않고서 물었다.

"그보다 어떠냐. 네 아기, 한번 만나보고 싶지는 않니?"

라스타는 깜짝 놀라 단호하게 대답했다.

"아니."

망설일 것도 없다는 태도였으나 표정은 그렇지 못했다. 그 괴리감을 지켜보며 로테슈 자작은 끌끌 낮게 웃었다.

자작이 나간 후. 라스타는 방 한가운데를 빙글빙글 돌며 입술을 짓씹었다. 그녀는 혼란스러웠다. 아기를 품고 있는 열 달간, 그녀는 진심으로 아기를 사랑했다. 온몸이 으스러지는 출산의 고통이 끝나자마자 아기가 살해되고, 그 시체를 보았을 때. 그때는 충격에 반쯤 실성하기도 했다. 그 상태로 몇 개월을 살아갔다. 너무 많이 아팠고 너무 많이 괴로웠다. 결국, 죽을 걸 결심하고서 자작의 영지에서 도망쳤다.

그런데 그 아기가 살아 있다고 한다. 저 원수 같은 놈이, 그리고 그녀를 버린 연인이 아기를 길렀다고 한다. 아기를 죽여 그녀를 미치게 하더니, 이제는 아기를 살려 그녀를 미치게 하려 한다.

라스타는 얼굴 한 번 보지 못한 아기에 휘둘리는 데 지쳐버렸다. 아기가 그녀의 발목을 잡고 있는 것처럼 여겨졌다. 그 아기와 엮일 때마다 조금씩 조금씩 깊숙한 곳으로 가라앉고 있었다. 하지만 동시에 이런 생각을 하는 것만으로도 괴롭고 미안했다. 라스타는 빙글빙글 돌던 걸 멈추고서 제자리에 주저앉아 울음을 터트렸다.

"아기가 생기는 건 어떤 기분일까요?"

내 질문에 주위가 일순간에 조용해졌다. 나는 책에서 시선을 떼어 주위를 둘러보았다. 시녀들이 굳은 얼굴로 서로 눈치를 살피고 있었다.

'아…….'

내가 오해를 살 발언을 했구나 싶어서, 나는 얼른 웃으면서 책을 가리켰다.

"여기에 그런 이야기가 나와서요."

라스타와 소비에슈 사이에 태어날 아기. 그 아기를 위한 연회 준비가 거의 다 끝났다. 덕분에 평소보다 일거리가 많이 줄어서 여유롭게 보내는 중이었는데. 내 말 한 마디에 시녀들이 얼어버린 것이다.

"아기님을 가지고 싶으십니까, 황후 폐하?"

엘리자 백작 부인이 조심스레 물었다. 나는 웃으면서 고개를 저었다.

"정말로 그런 뜻으로 물어본 게 아니에요."

물론, 지금 질문은 전혀 그런 뜻이 아니었지만, 아기 생각이 전혀 없는 건 아니었다. 라스타가 임신했으니 나도 빨리 아기를 가져야 한단 생각은 들었다. 라스타의 아기와 내 아기의 나이 차이가 많이 날 경우 생길지 모를 여러 가지 불상사를 대비해서. 법으로야 라스타의 아기에게 후계권이 없다지만, 법이 매번 지켜지는 건 아니지 않던가. 지금 소비에슈와의 사이에서 아기를 갖는 건…… 나에게도 소비에슈에게도 어렵겠지만.

'이런.'

하지만 내가 아무리 부정해도 어색해진 분위기는 풀리지 않았다.

"라스타 양의 아기에게 선물을 주어야 할 텐데. 여러분은 준비해 두었나요?"

결국 이래서는 안 되겠다 싶어서, 시녀들이 관심을 돌릴 만한 다른 화제를 꺼냈다. 즐거운 화제가 아니긴 하지만, 의도한 대로 어색하던 분위기는 대번에 풀렸다. 시녀들은 도끼눈을 뜨고서 투덜거렸다. 그러나 '왜 라스타 양에게 선물을 주어야 하느냐'고 반박하는 사람은 없었다. 황제의 아기가 태어난 걸 축하하는 연회에서는 당연히 아기에게 선물을 주어야 하니까.

"저는 옷을 준비했답니다. 체면은 차릴 수 있지만 지나치게 신경 쓴 것처럼 보이지 않을 만한 걸로요."

"전 아직 뭘 준비할지 결정하지 못했어요."

"적당한 아기용 장신구로 준비했는데…… 아직 좀 생각 중이랍니다. 바꿀지도 몰라요."

그렇게 잠시 날 선 대화가 오간 후. 가만히 대화를 듣고만 있던 엘리자 백작 부인이 내게 조심스레 물었다.

"어떤 선물을 할지 미리 생각해두셨습니까, 황후 폐하?"

시녀들은 대화를 멈추고 내 쪽을 쳐다보았다. 나는 고개를 끄덕이고서 대답했다.

"나는 아기에게 장식용 보검을 줄까 해요."

"보검이요? 그 여자의 아기에게 보검을 주신다고요?"

대답이 마음에 들지 않는 듯 로라는 화가 나서 펄쩍 뛰었다.

"뭐 하러 귀한 선물을 해요? 황후 폐하, 그냥 뜨개질한 모자나 줘버리세요."

"로라. 그랬다간 황후 폐하께서 오히려 웃음거리가 돼요."

"왜요? 잘 챙겨주는 게 더 이상한데?"

"로라."

백작 부인이 로라를 향해 엄하게 고개를 저었지만, 로라는 씩씩거리느라 콧김까지 내뿜고 있었다. 나는 그녀에게 '뜻이 있어 준비한 선물이다'라고 말을 하려다가 그냥 입을 다물어버렸다. 가면무도회를 앞두고 말이 새어 나가 나와 라스타가 비슷한 옷을 입었던 게 떠오른 탓이다. 고의로 새어 나간 건지는 확실치 않지만, 그래도 조심하는 게 좋았다.

"로라 양. 자세한 건 나중에 얘기해줄게요."

국왕의 장례 준비는 왕의 사후 진행된다. 아무리 왕이 깊은 병중에 있더라도 국왕의 장례식은 미리 준비할 수 없었다. 불길하다 여겨지기 때문이다. 때문에 새로운 왕은 선왕의 장례식과 함께 자신의 대관식을 동시에 준비해야 했다. 왕비가 있었더라면 일을 분담할 수 있었겠으나 하인리는 미혼이다 보니 더욱 바빴다. 정신없이 하루를 보낸 하인리는 무거운 발걸음으로 형의 관을 안치해둔 지하 임시 묘소로 향했다. 조용하고 싸늘한 그곳에서 홀로 형을 추억하고 싶은 충동 때문이다. 그러나 차갑고 냉랭한 그곳에는 이미 낯익은 사람이 먼저 와 있었다. 하인리의 형수이자 전 왕비인 크리스타였다.

"형수님?"

하인리는 어색하게 그녀를 부르며 다가갔다. 얼굴을 마주한 적이 많지도 않지만, 마주했을 때도 전하라 부르던 사람을 새삼스레 형수라 부르려니 호칭이 낯설었다. 크리스타는 고개를 돌려 하인리를 보고는 어색하게 웃으며 얼른 눈가를 손으로 닦았다. 그러나 울고 있던 흔적을 바로 지울 수는 없었다.

"괜찮으십니까?"

조심스레 다가간 하인리는 그녀의 다섯 걸음 앞에 멈춰 서서 물었다.

"시녀들은 어쩌시고 혼자 이 추운 곳에 계십니까."

"이 추운 곳에 혼자 누워 있는 사람도 있는걸요."

"형수님께서 이러다 감기라도 걸리면 형님께선 더 속상하실 겁니다."

"그 정도로 몸이 약하진 않아요."

하인리는 더 잔소리하는 대신 품에서 손수건을 꺼내 내밀었다. 크리스타의 눈가에 다시 눈물이 맺히고 있었다.

"고마워요."

크리스타는 손을 뻗었다. 하지만 하인리는 그녀에게 손수건이 닿기 직전, "이런. 죄송합니다." 하고 사과하며 도로 손을 거두어들였다. 크리스타는 그가 도로 품 안에 집어넣는 손수건에 그의 이름이 아닌 이니셜이 새겨져 있는 것을 보고 웃었다.

"다른 사람의 손수건인가 보군요."

"아. ……예. 소중한 사람의 손수건입니다."

"소중한 사람?"

"태양 같은 분이죠."

크리스타는 손수건을 보긴 했으나, 얼핏 본 이니셜만으로는 누구의 이름인지 알아낼 수 없었다. 고개를 갸웃하고 있자니 하인리는 반대 방향에서 다른 손수건을 꺼내 내밀었다.

"고마워요."

그녀는 이름의 주인에 대해 추측하기를 멈추고, 손수건을 받아 눈가를 닦았다. 하인리는 그 모습을 지켜보다가 조심스럽게 입을 열었다.

"형님께서 돌아가시기 전, 형수님을 지켜달란 유언을 남기셨습니다."

크리스타는 손수건을 눈가에 댄 채 눈을 동그랗게 떴다. 의외란 표정이었다. 하지만 곧 그녀는 손수건을 내리며 힘없이 웃었다.

"친절한 분이었지요."

"그래서 말인데, 혹시라도 형수님께 누군가 누가 될 말이나 행동을 한다면 제게 꼭 알려주십시오."

"말뿐이라도 고마워요."

"말뿐이 아니라 정말로요."

진지한 하인리의 당부에 크리스타는 머쓱한 표정으로 고개를 끄덕였다.

"그럴게요."

하인리는 몇 마디를 더 주고받은 후 크리스타를 두고 먼저 지하실에서 빠져나왔다. 하인리가 곧장 향한 곳은 그가 대관식이 끝날 때까지 임시로 사용하고 있는 거처였다. 맥켄나는 서류 더미에 파묻혀 있다시피 하다가 하인리를 보자 끙끙대며 일어났다.

"시간은 촉박한데 몸은 열 개라도 모자랍니다."

"열 개가 아니니 모자란 거겠지."

"그런 사람에게 동대제국까지 다녀오라 하시다니요."

툴툴거리는 맥켄나의 말에는 대꾸도 없이, 하인리는 그의 앞으로 가 책상에 놓인 편지들을 내려다보았다.

"대관식 초대장입니다."

하인리가 묻기도 전에 맥켄나가 얼른 설명했다.

"세 살배기 아이들도 전하께서 즉위하시리란 건 다 알지만, 그래도 대관식은 외국의 주요 인사들을 불러다가 확실하게 열어야죠."

하인리는 고개를 끄덕이고는 가장 위에 놓인 편지 하나를 집어 휙 뒤집으며 물었다.

"동대제국에 보내는 편지는?"

"그거 아닙니다. 여기 있습니다."

맥켄나는 다른 쪽에 있던 편지를 넉 장을 들어 내밀었다. 하인리는 그 편지들의 수신인을 확인했다. 세 통의 편지는 모두 어느 어느 가문 앞으로 되어 있었지만, 한 통은 황제 앞으로 되어 있었다. 황제가 직접 와줄 거라 기대하고서 보낸 편지라기보다는 단순히 황실에 보내는 편지라고 봐야 했다. 그리고 현재 황실 사람이라면…….

"택도 없습니다, 전하."

"나는 아직 아무 말도 하지 않았는데, 맥켄나."

"혹시 동대제국 황후 폐하께서 와주시진 않을까, 뭐 이런 생각 하시는 거 아닙니까?"

"맥켄나. 사람들은 말이야……. 가끔은 진실을 말할 때 더 짜증이 나기도 해."

"희망에 찬 거짓을 고해드릴까요?"

짜증 나 죽겠단 시선으로 맥켄나를 쏘아본 하인리는 고개를 설레설레 젓고서 이마를 짚었다. 맥켄나는 그런 왕자를 유심히 바라보다가, 까불거리기를 멈추고 진지하게 충언했다.

"전하. 물론 잘 알고 계시겠지만…… 그분은 황후십니다. 그것도 강대국의 황후 폐하시지요."

"절대로 내 왕비는 될 수 없는 사람이니 포기해라?"

"포기하는 외에 수가 있습니까?"

"……너 머리 좋잖아."

"예?"

"수를 내봐."

하인리의 무리한 요구에 맥켄나는 괜히 초대장을 열심히 훑어보는 척 시선을 내리고 손을 바쁘게 움직였다. 하지만 역시 첫사랑에 단단히 취한 사촌이 신경 쓰이는지라, 끝까지 무시하지 못하고서 슬쩍 고개를 들었다. 하인리는 무언가 곰곰이 생각에 잠긴 얼굴이었다.

문득 맥켄나는 등골이 쭈뼛해졌다. 하인리는 퍽 이성적인 성격이었으나, '이성적'이라는 게 평범한 행동만을 한다는 뜻은 아니었다. 그는 이따금 다른 사람들은 하지 않을 위험하고 모험적인 일들을 지극히 이성적인 방식으로 해내곤 했다. 그때마다 나오는 표정이 딱 저랬다.

"전하."

맥켄나는 하인리가 입으로 폭탄을 터뜨리기 전에 서둘러 그를 불렀다. 그러고는 하인리가 그를 쳐다보자마자, 몇 주 전부터 내내 생각해오던 일을 제안했다.

"선왕 전하의 유언도 계셨고 하니, 슬슬 준비하시는 게 어떨까요? 그⋯⋯ 전하의 결혼식 말입니다."

"상대가 없는데 누구와 하란 말이야, 맥켄나."

"찾아야지요."

"내가 원하는 사람은 멀리 있단 거 알잖아."

"그래도 찾아야지요. 의외로 가까운 곳에 전하의 짝이 있을지도 모릅니다."

"그게 너란 소린 하지 마라."

하인리의 단호한 말에 맥켄나는 발끈해서 인상을 썼다.

"끔찍한 농담은 하지도 마십시오."

하인리는 차갑게 웃으며 받아쳤다.

"너도 비슷한 수준의 말을 했잖아, 방금. 내가 원하는 사람과는 결혼할 수 없으니 아무나 가까운 사람과 하라며."

몹시 불쾌하단 투였다. 제가 언제 아무나라 했습니까⋯⋯. 맥켄나는 기어들어가는 목소리로 웅얼거리다가, 하인리의 눈치를 살피고는 다시 목소리를 조금 높였다.

"제 말씀은, 우선 가까운 곳에 있는 영민한 영애분들, 그러니까 우리 서왕국의 영애분들을 하나하나 살펴보시란 이야기였습니다. 전하께서는 늘 외국으로 돌아다니느라 오히려 서왕국 영애분들과는 교류가 없지 않습니까."

"⋯⋯."

"인상 쓰지 마시구요, 전하. 혹시 모르지요. 여기에도 나비에 황후 폐하 같은 영애가 있을지도요."

"물론 훌륭한 숙녀들이 많겠지, 여기에도."

하인리는 그렇게 말하고는 답답하다는 듯 한숨을 쉬었다.

"하지만 내가 원하는 건 그분을 닮은 여인이 아니라 그분이야. 그분을 얼마나 닮았는지는 아무 소용이 없어."

오기를 바라는 날은 느리게 찾아오는데, 내키지 않는 날은 눈 깜짝할 새 코앞까지 다가온다. 이번에도 마찬가지였다. 라스타의 아기를 기념하기 위한 연회 날 태양은 평소처럼 떠올랐고, 점심 무렵이 되자 마차가 하나둘 궁전으로 모여들기 시작했다.

나는 궁전 입구가 한눈에 보이는 창가에 선 채 끝없이 밀려들어오는 마차들을 잠시 구경했다. 서출이라지만 황제의 첫아기인 건 분명한지라, 찾아오는 손님의 수는 많았다. 한껏 꾸민 마차를 보아하니 손님들 역시도 가문의 가주나 주요 인사들이 분명했고.

'저 사람들도 소비에슈와 같은 생각을 하고 찾아오는 걸까?'

나는 아기를 평생 가지지 못할지도 모르니 라스타의 아기에게 잘 보여야 한다는 생각?

'하긴. 설령 그런 생각을 하지 않더라도 첫아이란 강렬한 법이지.'

게다가 라스타의 아기가 후계권을 노리지 않더라도, 귀족들 입장에서는 무작정 무시할 수만은 없을 터였다. 소비에슈의 총애만

잃지 받는다면 그 아기는 대공이나 공작 작위를 받아 고위 귀족이 될 가능성이 크니까.

한숨을 내쉬고서 몸을 돌려 내 방으로 돌아간 후, 저녁 시간 즈음 옷을 갈아입고서 연회장으로 갔다. 신년제만큼 격식을 차리는 자리는 아니기에 사람들은 이미 저마다 돌아다니며 웃고 떠드는 중이었다.

라스타와 소비에슈를 찾는 건 쉬웠다. 라스타는 오늘의 주인공 답게 특별히 중앙 끝 쪽 벽에 마련된 푹신한 소파에 앉아 있었고, 소비에슈는 그녀의 곁에 서 있었다. 소파 뒤쪽과 옆쪽으로는 손님 들에게 받은 선물을 쌓아두었는데, 연회가 시작된 지 한 시간 즈음 지났을 뿐인데도 이미 양이 상당해 보였다. 하지만 그걸로 끝이 아 니어서, 아직도 그녀에게 알록달록한 선물 상자를 들고 다가가는 이들이 많았다.

일부는 마지못해 초대 받은 티를 냈지만, 일부는 진심으로 그녀 에게 잘 보이고 싶어 하는 눈치였다. 그러나 내가 가까이 다가가자 그들 모두 다 입을 다물고서 순순히 양옆으로 물러났다. 나는 챙겨 온 선물을 들고서 라스타와 소비에슈 앞으로 다가갔다.

"황후 폐하!"

나를 발견한 라스타는 활짝 천사처럼 웃으면서 벌떡 일어났다.

"황후 폐하께서 오시니 너무 좋아요. 한 시간이 지났는데도 안 오셔서, 결국 안 오시는 줄 알았거든요."

라스타와 달리 소비에슈는 조금 긴장한 기색이었다. 반대로 주 위에 선 귀족들에게서는 호기심 가득한 시선이 느껴졌다.

나는 말없이 들고 온 선물을 내밀었다. 라스타와 소비에슈의 시선이 거의 동시에 내가 내민 선물로 향했다. 그래봤자 안 보일 테지만. 보검을 화려한 검집 안에 넣은 후 반짝이는 종이로 싸 리본을 맸기에, 내 선물은 겉으로 보아서는 어떤 선물인지 쉽게 분간하기 어려웠다. 그러나 내 선물이 무척 궁금했나 보다. 라스타는 굳이 내용물을 잘 알 수 없게 포장한 선물을 두 손으로 받아 들더니, 슬쩍 리본을 당겨 선물을 풀었다. 다른 선물들은 거의 풀지 않았으면서. 어쩌면 다른 사람들에게 내가 무엇을 선물했는지 보여주고 싶어서 저러는 걸 수도 있겠지.

"아, 이건……!"

꾸러미를 푼 라스타의 눈이 조금 커다래졌다.

6

뺏어야 한다

라스타는 내 선물이 마음에 드는 모양이다. 낯빛이 대번에 환해진 그녀는 퍽 기뻐하는 목소리로 외쳤다.

"세상에! 감사합니다, 황후 폐하! 너무 예뻐요!"

"마음에 드느냐?"

"네! 정말로 아름답습니다."

검집과 검 손잡이를 가득 채운 보석, 검에 세세하게 새겨진 무늬 등을 유심히 살피며 라스타는 몇 번이나 감탄했다.

"이렇게 예쁜 검이 있다니……."

환하게 웃으면서 연신 감탄사를 터뜨리는 모습은 진심으로 좋아하는 듯했다. 무슨 뜻으로 준 선물인지는 알아듣지 못한 모양이었다.

"마음에 든다니 다행이구나."

군이 설명해줄 필요는 없겠다 싶어서, 나는 빈말을 건네고 돌아섰다.

"저…… 황후 폐하."

그런데 몸을 반쯤 틀었을 때였다. 라스타가 조심스럽게 나를 불렀다. 왜 부르나 싶어 돌아보자, 그녀가 선물을 소파에 내려놓고는 배에 손을 올린 채 내 곁으로 다가왔다.

뭐 하는 거지?

그녀는 한 걸음 앞까지 와서는 자신의 배를 가볍게 문지르며 말했다.

"이렇게 와주셔서 정말로 감사드려요. 정말 감동했어요. 라스타는 황후 폐하와 꼭 좋은 사이로 지내고 싶거든요……."

사랑스러운 목소리와 천진한 태도, 뒤에서 지켜보는 소비에슈의 따뜻한 눈빛은 그녀의 부족한 궁중 예절을 상쇄시키기 충분했다. 하지만 그녀가 아무리 대단한 매력을 지니고 있다 한들, 입장이 정반대인 날 감동시킬 수는 없는 노릇이다. 나는 대답하는 대신 적당히 흘려듣고서 돌아섰다. 오늘의 주인공은 내가 아니니 이 정도면 됐겠지. 사이좋은 이들과 잠시 인사만 나눈 후 방으로 돌아가 목욕하고 쉴 생각이었다. 그러나 라스타는 할 말이 더 남은 모양이었다.

"황후 폐하. 저…… 괜찮으시다면 부탁을 하나만 해도 괜찮을까요?"

몸을 반쯤 돌리다 말고 나는 무표정하게 그녀를 쳐다보며 물었다.

"어떤 부탁을 하고 싶은 것이냐."

라스타는 두 손을 모은 채 눈을 커다랗게 뜨고서 기어들어가는 목소리로 부탁했다.

"태어날 아기를 축복해주셨으면 좋겠어요."

태어날 아기, 혹은 갓 태어난 아기를 축복해달라며 날 찾는 이들은 많았다. 라스타가 내게 이런 부탁을 한다고 해서 영 생뚱맞은 건 아니었다. 하지만…….

"그 부탁은 거절해야겠구나."

별개로 내가 해주고 싶지 않았다. 나는 내 축복에 어떤 대단한 효험이 있으리라 생각하지 않는다. 그러나 아주 약간이라도 내 축복에 정말 효험이 있다면, 라스타의 아기가 그 효험을 받게 하고 싶진 않았다. 라스타는 내가 사람들 앞에서 대놓고 거절할 줄은 몰랐던 듯 눈을 커다랗게 떴다. 가엾은 강아지 같은 표정이었다.

"마음에 없는 축복을 받는 아기가 행복하겠느냐?"

솔직하게 말해주자, 라스타는 얼굴이 벌게졌다.

"그래도 원한다면 해주마."

여기에 한 마디를 덧붙여주자 그녀는 귀까지 빨개져서 시선을 내리깔았다. 몹시 민망해하는 모습은 퍽 가엾어 보였다. 그 애처로운 모습은 소비에슈를 자극한 듯했다. 나를 어이없다는 듯 쳐다보는가 싶던 소비에슈, 결국 내 쪽으로 다가와서는 작은 목소리로 으르렁거렸다.

"꼭 이렇게 해야겠소?"

무슨 소리를 하는 건가 싶어 쳐다보자, 그가 주위를 살피더니 목소리를 더욱 낮추어 타박했다.

"사람들 앞에서 굳이 망신을 줘야 하오?"

"사람들 앞에서 망신을 당하고 싶진 않았으니까요."

"배 속의 아기를 축복해주는 건 황후가 거의 매일같이 하는 일이잖소. 한 마디 더 해주는 게 그리 어렵소?"

"한 마디 말이 천금보다 무거울 때도 있는 법입니다."

"이럴 때 쓰는 말이 아닐 텐데?"

"그럴 테지요. 이럴 때 듣기 싫은 말일 테니."

소비에슈가 짜증 나 죽겠단 표정으로 나를 쳐다보자, 주위 귀족들은 더욱 호기심 어린 눈길로 우리를 곁눈질했다. 작게 속삭이고 있어 소리가 들리지 않으니 상상의 여지가 더욱 풍부한 모양이었다.

"치정 연극을 찍고 싶은 게 아니라면 그만 붙잡아요."

무표정을 유지하며 딱 잘라 말하자 소비에슈는 질렸다는 듯 혀를 차고 돌아섰다. 소비에슈가 가까이로 오자, 두 손을 배 위에 올린 채 고통스러운 표정을 짓고 있던 라스타는 먹먹한 시선으로 그를 올려다보았다. 소비에슈의 표정은 그가 뒤돌아 있는 탓에 보이지 않는다. 두 사람만의 세계에 빠져 있으리란 건 안 봐도 뻔하지만.

더는 이 자리에 있기도 싫어서 돌아서서 가려다가 나는 생각을 바꾸었다. 내가 자리를 피하는 대신 가까이 다가오자, 소비에슈는 흠칫해서 나를 쳐다보았다. 무슨 짓을 하려고? 이런 노골적인 표정이었다. 하지만 나는 모른 척 두 사람 사이로 다가가 라스타에게 물었다.

"내 축복을 아직도 원하느냐? 꼭 받고 싶다면 해주마."

라스타에게 질문하면서 힐긋 소비에슈를 보았다. 축복을 해주겠다는데도 소비에슈는 떨떠름한 표정이었다. 내가 소맷자락이나

치마 틈에 칼을 감추고 다가오기라도 한 것처럼. 하지만 내가 칼을 감춘 곳은 옷이 아니다. 혓바닥이지.

라스타는 활짝 웃으며 "네." 하고 얼른 대답했다. 그녀의 손이 다시 한 번 자신의 배를 쓸었다. 아직은 아기를 품은 티가 나지 않는 그 배를 가만히 바라보다가 나는 느릿하게 말했다.

"아가야. 내가 선물한 검처럼 살거라. 화려하고 아름답게."

웃고 있긴 했지만 내가 저주라도 퍼부을 거라 여겼던 건가. 라스타는 몹시 기쁜 빛이 되어 소비에슈를 올려다보았다.

"황후 폐하께서 우리 아기를 축복해주셨어요!"

기뻐하는 라스타와 달리 소비에슈는 묘한 표정으로 나를 지그시 바라보았다. 할 말이 있으면 해봐. 시선을 피하지 않았지만, 그는 말없이 라스타의 어깨를 감싸 소파로 데려갔다.

라스타는 기분이 좋은 얼굴로 소파에 등을 기댄 채 배를 끌어안았다. 배 위에 손을 올리는 건 최근 들어 생긴 그녀의 중요한 일과였다. 배 위에 손을 대고서 아기에게 할 말을 속으로 해주는 것이다.

'아가, 저 사람들을 봐. 저 콧대 높은 귀족들이 모두 널 보려고 여기 왔어.'

'아가, 저 사람들을 봐. 천한 노예라며 경멸하던 이들이 네게 잘 보이려 금은보화를 바치네?'

'아가, 저 사람들을 봐. 모두 다 네 아래에 있을 이들이야.'

이건 소비에슈의 정부로서 사람들의 관심을 받을 때와는 미묘하게 기분이 달랐다. 소비에슈를 뒤에 업고 사람들의 사랑을 받는 것도 기분은 좋다. 그러나 그건 소비에슈의 권력을 빌린 위세였고, 그런 위세는 소비에슈의 마음에 따라 언제든 바뀔 수 있었다. 하지만 아기는 남이 아니었다. 이 아기는 누가 뭐래도 황제의 첫아기였고, 아기의 어머니는 그녀였으며, 이건 누구의 마음이 바뀐다 해도 변하지 않을 진실이었다.

이런 상황에서 늘 그녀를 투명인간처럼 대하던 황후까지 선물을 주고 축복을 해주다니! 라스타는 해맑게 웃으며 나비에가 주고 간 검을 손가락으로 만지작거렸다. 아기가 태어나 성장하면 허리춤에 이 검을 채워주고 싶었다. 검술을 익히게 하고 공부도 많이 시켜서 현명한 사람으로 만들어야지. 사람들은 그 아기를 볼 때마다 감탄할 것이다. 아기가 허리에 찬 검을 보며, 이 아기는 황후에게도 사랑 받고 있다 여기겠지. 아니, 실제로도 황후는 그녀의 아기를 보면 사랑해줄 게 분명했다. 황후는 불임일지도 모른다지 않은가.

'어떻게 해서든 로테슈 자작만 치워낸다면⋯⋯.'

행복한 미래에 드리운 유일한 먹구름이 로테슈 자작과 그 가족들이었다. 그나마 눈치는 있는지 여기에는 안 온 모양인데⋯⋯. 그러나 막 그런 생각을 하자마자 먼발치에 소름 돋는 얼굴이 보였다.

'저 자식은⋯⋯!'

로테슈 자작은 아니었다. 하지만 그만큼, 아니, 어떤 방면으로는 그보다 더 피하고 싶은 얼굴이다. 짙은 초록색 눈에 고불고불한 짙은 갈색 머리. 쓸데없이 선하고 순한 인상. 알렌 림웰, 로테슈 자작의 아들이자 그녀의 전 연인이었다.

라스타는 굳은 채 그를 응시했다. 충격은 한 박자 늦게 찾아왔다. 그녀는 정신을 차릴 수가 없었다. 뭐지? 어째서 저놈이 여기에 있는 거지? 로테슈 자작이 그를 수도로 불러왔단 말을 하긴 했지만, 그래도 어떻게……? 라스타는 낯빛이 하얗게 질려 배를 두 손으로 감쌌다.

'알렌이 입이라도 잘못 뻥긋한다면…….'

그러나 알렌 역시 움직이지 않기는 마찬가지였다. 그는 석상처럼 굳은 채 먹먹한 시선으로 라스타를 바라보고 있었다. 라스타처럼 공포에 질린 얼굴은 아니었으나 울 것 같은 표정이었다.

"아가씨?"

에르기 공작이 옆에서 부르자, 라스타는 그제야 표정 관리를 하고서 공작 쪽으로 고개를 돌리며 웃었다.

"언제 오셨어요?"

에르기 공작은 대답하는 대신 라스타가 쳐다보던 방향을 쳐다보았다.

"누굴 보고 있던 거야?"

라스타는 화들짝 놀라 에르기 공작의 소매를 잡았다. 에르기 공작은 알렌 쪽을 쳐다보는 대신 자신의 소매 위에 올라온 가느다란 상처투성이 손을 보았다.

"그냥 좀. 생각 중이었어요."

라스타는 둘러대고서 얼른 손을 내렸다. 에르기 공작이 다시 라스타가 보던 방향을 쳐다보았으나, 이미 알렌은 자리를 비킨 후였다. 라스타는 그제야 약간 안심했다. 알렌이 앞으로 어떻게 나올지는 모르겠지만. 로테슈 자작의 말마따나 당장 진실을 터뜨릴 생각은 없는 듯했다.

"안 좋은 생각이었나 봐?"

에르기 공작이 다시 물으면서 자연스럽게 라스타가 앉은 소파에 한 팔을 걸치고 기댔다. 그 모습은 배부른 늑대처럼 보여서, 주위에 있는 귀부인들은 작게 감탄사를 흘렸다. 에르기 공작은 사교계의 명사답게 그런 관심을 피하지 않았다. 대신, 오히려 더욱 멋들어지게 자세를 잡았다. 허세 가득한 모습에 라스타는 약간 기분이 풀려 웃음을 터트렸다.

"그렇진 않아요."

"표정이 나빠 보였어."

"이상하네. 아닌데요."

라스타는 고개를 귀엽게 기웃하다가 "아." 소리를 내며 옆에 놓인 보검을 살짝 들어 올렸다.

"이걸 봐요."

에르기 공작이 자연스럽게 라스타의 옆자리에 앉자 주위에서 약간 소란이 일었다. 바람둥이로 소문난 공작이 황제의 정부 옆에 너무 가까이 간다 여기는 눈치였다. 그러나 에르기 공작도 라스타도 사람들의 반응에는 별로 신경 쓰지 않았다.

"선물 받은 거야?"

"네. 황후께서 라스타에게 주고 가셨어요."

"황후가?"

"아기가 태어나면 전해줄 선물이에요."

라스타는 아까 알렌을 보며 초조해진 마음을 감추기 위해 더욱 해사하게 웃었다.

"봐도 괜찮아?"

에르기 공작이 물었다.

"그럼요."

라스타가 흔쾌히 허락하자 공작은 검집에서 검을 아주 반쯤 꺼내 살폈다. 신중한 눈으로 검집과 검 손잡이, 검날을 확인한 에르기 공작의 입가에 미소가 떠올랐다.

"어때요?"

라스타가 묻자 공작은 고개를 끄덕이며 칭찬했다.

"굉장히 훌륭한 보검이군."

라스타는 뿌듯한 기분에 배시시 웃었다. 하지만 에르기 공작의 표정이 어딘가 미묘했으므로 괜히 떨떠름해져서 물었다.

"왜요? 검에 이상한 점이라도 있나요?"

"이상한 점은 아니지만……."

"?"

"혹시 황후께서 이걸 주면서 뭐 별다른 말은 없었어?"

"아기가 이 검처럼 화려하고 아름답게 살라 축복해주셨어요."

에르기 공작의 입가에 미소가 더욱 또렷해졌다. 라스타가 영문을 몰라 쳐다보자, 공작은 힐긋 어딘가를 쳐다보며 알려주었다.

"아가씨. 이 검은 무척 값비싼 보검이지만 장식용이야."

"장식용……?"

"검으로서의 실용성은 없단 거지. 전쟁은커녕 결투에도 쓸 수 없어."

에르기 공작이 쳐다보는 방향에 서 있는 건 황후였다. 황후 역시 측근들에게 둘러싸인 채 공작을 보고 있었다. 에르기 공작은 황후 쪽을 보며 굳이 목소리를 낮추지 않고 설명을 이었다.

"화려하고 아름답게 살라며 이 검을 준 건, 아무 일도 하지 않고 놀고먹는 백수가 되란 이야기야."

"그, 그런⋯⋯!"

"뭐. 이것도 축복이긴 하지."

자기가 한때 놀고먹는 백수를 꿈꿨다면서 에르기 공작이 중얼거렸으나, 라스타는 이미 충격에 빠져 있었다. 말속에 품은 뜻도 불쾌했으나, 그런 속내를 모른 채 사람들 앞에서 이 선물을 받으며 좋아했다는 게 부끄러웠다. 귀족들은 머리가 좋으니 황후의 뜻을 다 이해했을 것이다. 속내를 이해하지 못한 건 아마 그녀 자신뿐이었을 터. 상대가 비꼬며 내민 선물을 기뻐하며 받았으니 얼마나 우습게 보였을까!

"황후가⋯⋯ 절 모욕한 거군요⋯⋯."

라스타는 눈가가 그렁그렁해져서 입술을 꽉 다물었다. 참으로 가엾고 처량해 보이는 모습이었다. 결국 눈물이 후두둑 떨어지자, 다른 곳에 있던 소비에슈가 그녀에게 다가와 물었다.

"왜 그러느냐, 라스타? 무슨 일이야?"

소비에슈가 에르기 공작을 차갑게 쳐다보았다. 혹시 그쪽이 울렸냐는 표정이었다. 에르기 공작은 대답하는 대신 우아하게 인사를 올리고서 자리를 피했다.

"라스타. 좋은 날에 왜 우는 거지?"

소비에슈는 공작의 인사를 무시하고서 라스타를 달랬다. 그러나 라스타는 쉽게 울음을 그치지 못했다. 아까 알렌을 발견하고서 몹시 놀란 터라 감정이 완전히 폭발한 탓이었다. 그녀가 설명을 하지 않았으므로, 소비에슈는 라스타의 어깨를 두드리며 근처에 선 다른 귀족을 보았다. 늘 라스타의 주위를 맴도는 귀족이었다. 당연히 소비에슈가 자리를 비운 사이, 라스타에게 무슨 일이 있었는지도 다 보았을 터였다.

설명해. 소비에슈가 눈빛으로 지시하자, 귀족은 얼른 가까이로 다가와 에르기 공작과 라스타가 나눈 대화를 보고했다. 다시 한 번 들어도 서글픈지 라스타의 어깨가 더욱 거세게 흔들렸다. 소비에슈는 한숨을 내쉬며 중얼거렸다.

"에르기 공작은 입이 가볍구나."

"공작님은 라스타가 바보가 되지 않게 도와주셨을 뿐이에요, 폐하."

"울지 말거라. 오늘의 주인공이 울보가 되어서야 쓰겠느냐."

"하지만…… 하지만 너무 슬픈걸요."

라스타는 까만 보석 같은 눈으로 소비에슈를 올려다보며 어깨를 떨었다.

"폐하께서는 왜 제게 그런 걸 알려주지 않으셨어요? 폐하도 황후께서 무슨 뜻으로 한 말씀인지 다 아셨지요?"

"……"

소비에슈는 대답 대신 라스타의 어깨만 토닥거렸다. 다 알면서
도 이야기 하지 않은 게 확실했다. 라스타는 다시 한 번 에르기 공
작이 소비에슈보다 더욱 믿을 만한 이라고 확신했다. 아기에 대해
소비에슈가 아닌 에르기 공작에게 털어놓은 건 정말로 잘한 선택
이었다. 그 오물거리는 입술과 떨리는 속눈썹을 내려다보며, 소비
에슈는 작게 한숨을 내쉬었다.

"넌 정말로 마음이 약하구나, 라스타."

라스타는 배를 두 손으로 감싸고서 고개를 푹 숙였다.

"겁이 나요."

"겁이 난다니?"

라스타는 아주 작은 목소리로 웅얼거렸다.

"황후께서는 사람들 앞에서 대놓고 저와 아기를 무시하셨잖아
요. 이렇게 거침없는 분이신데, 황자나 황녀를 나중에 황후께서 괴
롭히시진 않을까요……?"

그녀가 바란 건 '절대 그럴 일이 없을 거다'는 위로와 '내가 우리
의 아기들을 지켜주겠다'는 소비에슈의 약속이었다. 혹은 황후가
말을 좀 심하게 했다고, 소비에슈가 그녀를 편들어주기를 원했다.

그러나 소비에슈는 그보다는 다른 데 놀라 굳었다. 라스타가 서
출을 자연스럽게 황자와 황녀로 불렀기 때문이다. 놀란 건 소비에
슈뿐만이 아니었다. 곁에서 대화를 슬쩍슬쩍 듣던 이들도 덩달아
굳어서 서로 눈치를 살폈다.

그러나 라스타는 자신이 말실수를 한 줄도 모르는 얼굴이었다. 그녀는 고개를 숙이고 힘없이 바닥만 내려다보았으나, 실수 때문에 침울해진 건 아닌 듯했다. 소비에슈는 곁에 선 베르디 자작 부인을 쏘아보았다. 이런 것도 가르치지 않고 무얼 했냐는 무언의 질책이었다.

그 매서운 시선에, 베르디 자작 부인은 고개를 조아렸다. 구구절절하자면 그녀도 변명거리는 많았다. 베르디 자작 부인은 라스타와 속을 터놓는 이야기를 한 적이 없었다. 아니, 속내는커녕 일상적인 이야기조차 나누지 않는다. 당연히 이런 부분에 대해 설명할 기회 자체가 없었다. 그렇다고 먼저 이 부분을 설명할 수도 없는 게, 묻지도 않았는데 뜬금없이 '당신이 낳은 아기는 황자도 황녀도 될 수 없다'고 말한다면 라스타는 시비라고 생각할 게 아닌가. 하지만 어디까지나 이건 자작 부인의 사정일 뿐. 소비에슈가 이런 변명을 들어줄 리가 없었다. 그래도 사람들 앞에서 이 일을 공론화시키고 싶지 않았던 소비에슈는 자작부인을 탓하는 대신 자리에서 일어나 라스타를 일으켜 세웠다.

"라스타. 일어나거라."

라스타는 울먹거리면서 소비에슈를 따라 일어났다.

"폐하……."

"일단 들어가자."

"아. 라스타는 괜찮아요, 폐하. 참을 수 있어요."

"들어가자."

"피하고 싶지 않아요, 폐하. 라스타는 이겨낼 수 있어요."

소비에슈는 난처해졌다. 사교계에 데뷔한 어린 귀족들이 가장 먼저 배우는 건 자존심을 굽히고 참고 물러나는 법이었다. 자신의 집안과 영지에서는 신분제의 가장 위쪽에 있는데, 사교계에 들어 가자마자 더욱 부유하고 더욱 신분이 높고 더욱 권세가 대단한 이들 속에 던져지기 때문이었다. 이는 남작의 자식이든 공작의 자식이든 마찬가지였다. 황족인 소비에슈는 이 먹이사슬에서 예외적인 존재였으나 귀족들의 사정을 전혀 모르진 않았다. 그렇다 보니 이 상황에 자존심을 세우는 라스타가 난감하게 여겨졌다.

소비에슈는 단호하게 따라오란 눈짓을 보내고 앞서 걸어갔다. 그제야 라스타도 소비에슈가 자신을 달래기 위해 들어가자는 게 아니란 걸 알아차렸다. 사람들 앞에서 할 수 없는 이야기를 하려는 듯했다. 라스타는 서둘러 소비에슈를 따라갔다.

"……어째서 저럴까."

내가 중얼거리는 소리에 로라가 "네?" 하고 나를 쳐다보더니, 다시 내가 보는 방향으로 덩달아 고개를 돌렸다. 그곳엔 에르기 공작이 앉아 있었다. 그는 라스타와 나란히 소파에 앉은 채, 라스타 쪽으로 몸을 기울여 대화하고 있었다.

"와. 저렇게 바짝 붙어 앉아 있어도 돼요?"

로라가 작은 목소리로 혀를 찼다. 그녀의 말처럼, 에르기 공작과 라스타의 거리는 상당히 가까웠다. 로라뿐만이 아니라 그들 주위의 다른 귀족들도 힐긋힐긋 공작과 라스타를 살필 정도로. 하지만 소비에슈는 두 사람이 함께 있는 걸 보았으면서도 별생각이 들지 않는지, 수석비서와 이야기하느라 바빠 보였다.

"저 여자와 어울리는 걸 보니 에르기 공작은 눈이 발바닥에 달렸나 봐요."

로라는 아주 작은 목소리로 투덜거리고는, 꼴도 보기 싫다는 듯 다시 친구 쪽으로 몸을 돌렸다. 거의 동시에 에르기 공작이 내 쪽으로 시선을 던졌다. 눈이 마주치자 그는 희미하게 웃었다. 얼핏 친절해 보이는 웃음이었다. 하지만 저 미소에 속으면 안 된다. 내가 라스타에게 준 선물을 만지면서 두 사람이 대화를 나눌 때. 에르기 공작이 무어라 말을 하자, 처음에는 웃고 있던 라스타의 표정이 빠르게 굳어갔다. 정확히 무슨 대화를 나누었는지는 들리지 않지만, 자극적인 말을 한 게 틀림없었다.

그런 남자가 날 향해 친절하게 웃는다고? 말도 안 되지. 하지만 필요하다면 얼마든지 같이 웃어줄 수도 있다. 나는 에르기 공작에게 답례하듯 부드럽게 마주 웃었다. 에르기 공작은 잠시 흠칫했으나, 곧 입꼬리를 올리고서 고개를 돌렸다.

라스타를 그녀의 침실로 데려간 소비에슈는 천천히 설명해주었다.

"라스타. 네 아기는 황자나 황녀가 될 수 없단다."

"네?"

라스타는 놀라서 눈을 휘둥그렇게 떴다.

"그게 무슨 소리세요? 어째서요?"

"정부 소생의 아이들에게는 황자나 황녀 작위를 주지 않아."

"네?"

라스타는 어리둥절한 얼굴이었다.

"폐하의 아이들이잖아요? 폐하의 아이들은 모두 황자님 황녀님이 되는 게 아닌가요?"

"황자나 황녀가 되는 건 황후 소생의 아이들뿐이지."

"아…… 어?"

라스타는 소비에슈의 설명을 듣고서도 제대로 이해하지 못했다. 황제의 아이인데 황자나 황녀가 아니라니?

"그러면 제 아이들은 뭐라고 부르나요? 그냥 평범한 황족이 되는 건가요?"

소비에슈는 난처해졌다. 그는 황족과 귀족들의 일에 무지한 라스타에게 이것저것 알려주는 걸 재밌어했으나, 이번만큼은 그럴 수 없었다. '네 자녀가 혹시라도 황후의 자녀에게 해가 될까 봐 그렇다'는 말을 본인 앞에서 하긴 어려웠다.

"그 아이들은 고위 귀족이 될 거다. 황자나 황녀가 되진 않지만 이에 준하는 대우를 받게 될 거고."

애써 둘러 말해주었으나 라스타는 계속 울상이었다.

"이건 이상해요, 폐하."

"라스타."

"제 아기도 황후의 아기도 모두 폐하의 핏줄이잖아요. 황후가 황후가 된 건 폐하와 결혼했기 때문이고, 황후는 황제 폐하가 아니잖아요. 그런데 왜 황후가 낳은 아기들만 황자 황녀가 되는 거예요? 중요한 건 황제 폐하의 피를 이은 거지, 황후 폐하의 피를 이은 게 아니잖아요?"

그러나 라스타는 쉽게 물러나려 하지 않았다.

"그게 법이니까."

"엉터리 법이잖아요. 바꾸면 되잖아요."

"라스타."

"폐하께서 법이시잖아요. 폐하는 모든 걸 마음대로 할 수 있는 분이잖아요."

소비에슈는 어쩔 수 없이 그 법이 제정되게 된 원인과 역사를 두 시간가량 들려주어야 했다. 하지만 긴 설명도 라스타를 설득하진 못했다.

"태어나지도 않았고 태어나지 않을지도 모를 아기 때문에 우리 아기가 신분을 빼앗기다니. 라스타는 절대로 이해할 수 없어요. 말이 안 돼."

결국, 소비에슈는 딱 잘라 선을 그었다.

"네가 이해하지 못해도 이건 대신전에서 명문화된 법이고, 아무리 황제라 해도 혼자서는 바꿀 수 없다. 그러니 앞으로는 남들 앞에서 황자니 황녀니 하는 이야기는 하지 말거라. 알았느냐?"

"폐하……."

라스타는 충격을 받아서 눈시울이 축축해졌다.

"폐하의 아기잖아요……."

"사랑하고 아껴주고 막대한 부와 권력까지 줄 거다. 황자님 황녀님 소리는 듣지 못해도 다들 내 아기란 걸 알 거고. 그 아기가 가지지 못한 건 법적인 지위와 계승권뿐이야. 그러니 실망할 필요도 아쉬워할 필요도 없다. 알았느냐?"

"……."

고집스레 입술을 다물고 라스타는 대답하지 않았다. 그녀가 고개를 옆으로 돌려버리자 소비에슈는 한숨을 내쉬고서 덧붙였다.

"만약 황후가 불임이어서 아기를 가지지 못한다면 그땐 이야기가 달라지겠지."

"……어떻게요?"

"아마 네 아기를 황후가 입양하게 될 거고, 황후가 입양한다면 그 아이는 황자나 황녀가 될 거다."

소비에슈는 연회 때문에 오래 자리를 비울 수 없었다. 그가 먼저 돌아간 후, 라스타는 구석진 자리에 틀어박혀 다리를 끌어안고 무릎에 이마를 기댔다. 똑같은 황제의 자식인데 자신의 아이들은 황족이 아니라니. 너무 부당하게 여겨졌다. 이게 다 황후가 되지 못한 자신 때문인 것 같았다. 라스타가 울음을 터트리자, 시중을 들며 두 사람의 대화를 들었던 하녀 샌드리가 덩달아 울며 위로했다.

"울지 마세요, 라스타 님."

그녀는 하인리 왕자 사건으로 하녀 일을 관둔 체리니를 대신해 새롭게 라스타의 담당이 된 하녀였다.

"하지만 자꾸 눈물이 나와."

라스타는 소맷자락으로 눈가를 닦으며 서럽게 말했다.

"라스타는 평민 출신이라, 폐하의 사랑을 받는 지금 위치만으로도 고맙고 좋아. 하지만 태어날 아기는 아니잖아. 이 애는 날 때부터 폐하의 아이잖아. 그런데 폐하의 아이면서도 폐하의 아이로 대우받지 못하면 얼마나 속상하겠어."

"라스타 님……."

"황후가 아기를 낳아도 이 애보단 동생일 건데. 자기 동생은 황자님 황녀님 대우를 받는데 자기는 그 아래에서 살려면 얼마나 서글프고 자존심 상할지……."

"너무 걱정하지 마세요, 라스타 님. 성인이 된 지 몇 년이 지났는데도 황후 폐하는 아기님을 가지지 못하셨어요."

"라스타는 바로 아기를 가졌잖아?"

"그러니까요. 황제 폐하께는 아무 문제가 없단 게 증명이 되었으니, 황후 폐하가 불임이기 때문이었을 가능성이 커요. 그러니 황제 폐하 말씀처럼, 결국 라스타 님의 아기님이 황후 폐하께 입양되실 거예요."

충격에 젖은 라스타를 하녀가 열심히 위로하고 있는 바로 그 시각. 알렌은 예상하지 못한 곳에서 라스타를 본 데 놀라 흐느끼고 있었다. 사실, 그도 수도에 온 후 사교 모임에서 황제의 정부에 대한 이야기를 듣긴 했다. 그 정부의 이름이 라스타라는 것도 들었다. 하지만 알렌은 자신이 아는 라스타가 '황제의 정부 라스타'와 동일인일 거라 생각하지 않았다. 출신도 달랐고, 무엇보다 평범한 노예였던 라스타가 황제를 만날 수 있을 리가 없기 때문이다. 그래도 머리카락 색이라거나 눈동자 색, 외모에 대한 묘사가 비슷하기에 혹시나 해 파티에 참석한 것인데, 정말로 '황제의 정부 라스타'가 그의 전 연인이라는 걸 알게 되자 심장이 격하게 요동쳤다.

"아버지. 아버지는 아셨어요?"

알렌은 좀 진정이 되자마자 저택으로 돌아가 로테슈 자작을 찾았다. 로테슈 자작은 수도에 새로 산 대저택이 퍽 마음에 드는 듯, 뒷짐을 진 채 실내 장식을 여기저기 살피고 있었다. 그러다가 아들이 다짜고짜 알고 있냐 묻자, 자작은 "무슨 소리야?" 하고 되물었다. 그러면서도 로테슈 자작의 시선은 웅장한 벽화에서 떨어지질 않았다.

"황제의 정부인 라스타가, 우리가 아는 그 라스타였습니다."

아들의 이야기에 로테슈 자작은 미간을 찡그리고서 고개를 돌렸다. 입술을 덜덜 떠는 알렌을 본 자작은 혀를 차며 타박했다.

"황궁 연회에 갔느냐? 초대장이 없어졌다 했더니. 르베티가 아니라 네가 가져간 거구나."

로테슈 자작은 라스타가 황제의 정부라는 데에도 전혀 놀라는 태도가 아니었다. 알렌은 눈을 커다랗게 떴다.

"알고 계셨어요?"

아버지도 자신만큼 놀랄 거라 생각했는데. 저렇게 태연하게 굴자 당황스러웠다. 로테슈 자작은 말없이 턱수염을 만지작거리다가 손가락으로 소파를 가리켰다.

"앉거라."

알렌이 그가 가리킨 자리에 앉자, 자작은 간략하게 설명했다.

"사실 우리가 수도로 올 수 있던 건 모두 라스타 덕분이란다."

"예?"

알렌은 영문을 몰라 되물었다.

"라스타가 어째서요? 아. 혹시 안 때문에⋯⋯."

라스타가 자기 아들의 생존을 알고서 마음이 아팠나 보구나. 알렌은 자체적으로 해석하고서 고개를 끄덕거렸다. 생각이 훤히 드러나는 그 얼굴을 보며, 자작은 단호하게 충고했다.

"자세한 사정은 알려줄 수 없다."

"예? 왜요?"

"어쨌든. 되도록 라스타에게 알은척하지 말거라."

"하지만 아버지. 라스타가 무사하다면 안에 대해서 말을 해주어야⋯⋯."

알렌은 반박하려 했지만, 로테슈 자작은 딱 잘라 말했다.

"너도 들은 게 있겠지만, 폐하께서는 라스타에게 푹 빠져 계신다."

"!"

"그 말은, 너와 라스타 사이가 알려지면 네게도 불똥이 튈 수 있단 소리다. 알겠느냐?"

"……."

"그러니 입조심하고. 라스타에게는 아예 알은척을 하지 마라."

"하지만 아버지……."

"모든 건 이 아비가 다 알아서 하마."

오빠가 친구인 파르앙 후작과 함께 모습을 드러낸 건 연회가 끝난 다음 날이었다.

"나비에. 같이 산책이라도 할까?"

당장에라도 사고를 칠 것처럼 말해서 날 긴장시키더니. 의외로 오빠는 잘 참는 것처럼 보였다. 황궁에 난 산책길을 30분이 넘게 나란히 걸었지만, 오빠는 라스타나 아기 이야기는 꺼내지도 않았다.

"집에서 잘 쉬었어? 오랜만에 돌아오니까 좋지?"

"좋지. 편하고. 네가 있었더라면 더 좋았을 텐데."

"적당한 때 한번 놀러 갈게."

"네 집에 오는 건데 놀러 온다니. 무슨 표현이 그래?"

"그런가? 아. 파르앙 후작은 요즘 어때요? 잘 지내나요?"

"잔소리가 점점 더 늘고 있답니다. 이게 다 황후 폐하의 오빠 때문입니다."

파르앙 후작의 대꾸에 오빠는 가자미눈을 하고 그를 째려보았다. 파르앙 후작은 그래도 능청스럽게 웃으면서 자기가 오빠 때문에 고생이라고 계속 투덜거렸다.

"늘 사이가 좋네요. 보기 좋아요."

"코샤르가 다른 건 다 부족한데 인복만 많잖습니까. 친구인 저라든가, 누이인 황후 폐하라든가."

두 사람이 투닥거리는 걸 보고 있자 어린 시절이 떠올라 웃음이 나왔다. 옛날부터 저러더니. 다 큰 후에도 저렇게 격의 없이 지내는 게 보기 좋았다. 그런데 동궁 변두리로 난 산책로에 막 접어들었을 때였다. 돌담에 기대어 서 있는 라스타가 보였다. 내가 흠칫해서 멈춰 서자, 오빠는 무슨 일이냐고 물었다. 순간 두 가지 마음이 동시에 솟았다. 하나는 그냥 이대로 가던 길을 계속 가고 싶은 마음이었고, 다른 하나는 돌아서 다른 길로 가고 싶은 마음이었다. 그러나 돌아서 가자니 내가 라스타를 피하는 것 같아 자존심이 상했고, 이대로 가자니 오빠가 라스타를 보고 어떻게 나올지 몰라 불안했다. 결정할 필요는 없었다. 방향을 정하기 전에 라스타가 먼저 이쪽을 발견하고 놀란 표정을 짓더니, 다부진 표정을 하고서 다가왔기 때문이다.

오빠는 처음엔 라스타가 누구인지 알아보지 못했다. 오빠가 생각하기에 라스타는 동생을 괴롭히는 못된 악인일 텐데. 실제로 보는 라스타는 요정처럼 사랑스럽고 천사처럼 아름다우니 그럴 만도 했다.

"황후 폐하. 라스타가 꼭 드릴 말씀이 있어요."

라스타가 제 이름을 직접 밝히고서야 오빠의 표정이 험악해졌다. 라스타는 그제야 힐끗 오빠를 보더니 놀란 듯 눈썹을 세웠다. 아마 나와 오빠가 아주 흡사하게 생겼기 때문일 것이다. 하지만 라스타는 굳이 오빠에게 따로 인사하는 대신 하던 말을 계속했다.

"황후 폐하께서 라스타에게 검을 준 게 몹시 나쁜 뜻이라는 걸 들었어요."

그녀의 말 때문이 아니라 상황 때문에 저절로 한숨이 나왔다. 오빠와 파르앙 후작 앞에서 라스타와 싸우는 모습을 보여주고 싶진 않은데. 그렇지만 라스타의 모욕에 그저 웃고 흘려 넘기는 모습을 보이고 싶지도 않았다. 그랬다간 오빠가 더 마음 아플 테고, 다른 사람들은 라스타의 영향력을 실제보다 크게 생각할 테니까.

"욕심 없는 사람에겐 나쁜 뜻이 아닐 텐데?"

결국 냉랭한 목소리로 받아치자, 라스타가 단호하게 반박했다.

"아니에요. 욕심이 있든 없든, 그건 아주 나쁜 뜻이에요. 게다가 모든 사람 앞에서 라스타를 조롱하신 거잖아요."

딱 부러지는 말투와 달리 라스타는 서글픈 표정이었다. 잠시 말을 멈추었던 그녀는, 숨을 깊게 들이쉬더니 두 손을 가슴께에 모으고서 처량한 투로 말했다.

"하지만 라스타는 황후 폐하의 모욕을 참기로 했어요. 황후 폐하께서 계속 라스타를 비웃고 괄시하고 무시하신다 해도 라스타는 참아낼 거예요."

"사실을 이야기한 게 무시라니. 넌 스스로를 아주 높이 평가하고 있는 모양이구나."

"라스타는 폐하께서 사랑하는 여자예요. 그런데 라스타가 스스로를 높이 평가하지 않으면, 그건 폐하의 안목에 대한 무례잖아요."

"네 가치는 폐하의 사랑을 받을 때만 존재한단 것이냐?"

"!"

라스타는 멈칫하다가 울적하고 슬픈 모습으로 웅얼거렸다.

"무어라 말씀하셔도 라스타가 다 참을게요. 어차피 나중에 태어날 아기들을 위해서라도, 라스타는 황후 폐하와 싸우고 싶지 않으니까요……."

"무슨 뜻이지?"

내가 자기 아기들을 해코지라도 할 거라 여기나? 불쾌한데. 하지만 라스타의 말은 내 예상보다 더욱 기분 나쁜 뜻이었다.

"폐하께서 말씀해주셨어요. 황후 폐하께서는 불임일 가능성이 크니, 라스타가 낳은 아기들의 양어머니가 되어주실 거라고요."

"……뭐?"

어이가 없어서 헛웃음이 나온다. 내가 누구의 양어머니가 되어줘? 기가 차서 되물으려는데, 내 말이 끝나자마자 누군가 앞으로 휙 튀어 나갔다.

"방금 뭐라 지껄였어?"

오빠였다. 나와 닮은 얼굴이지만 오빠는 인상을 쓰면 무척 무서워 보인다. 여러 차례 변방 지대에서 목숨을 건 전투까지 치른 터라, 오빠가 예의를 집어치우고 거칠게 나오자 분위기가 심상치 않았다.

"황후 폐하께서 먼저……."

라스타는 뒷걸음질 치며 웅얼거렸다. 오빠의 기세에 많이 놀란 눈치였다. 그러다가 오빠가 위협적으로 더 가까이 가자, 비틀하더니 뒤로 휘청이며 넘어갔다.

"앗!"

제대로 엉덩방아를 찧고 넘어진 라스타는 가엾게 훌쩍거리며 배를 감쌌다. 나는 얼른 다가가 오빠의 옷자락을 잡았다.

"그만해."

거의 동시에 파르앙 후작도 오빠의 팔을 잡고 당겼다.

"멋대로 지껄이게 놔두게. 말려들지 마."

그 순간이었다. 배를 움켜잡은 채 겁먹은 눈길로 우리를 올려다보던 라스타가 돌연 날카로운 비명을 질렀다.

"아아아아! 배가!"

그러고는 고통스러워하는 표정으로 바닥을 기었다.

"어디서 꾀병을!"

화가 난 오빠가 발끈해서 진짜로 폭발하려는 걸, 파르앙 후작이 꼭 붙잡고 황급히 뒤로 당겼다.

라스타는 여전히 배를 안고 있었다. 그 모습을 보자, 심장이 툭 떨어지며 차가운 물이 뇌에 쏟아지는 기분이 들었다.

파르앙 후작이 오빠를 뒤로 이끌 동안 사람들이 몰려들었다.

"배가 아파요! 아아아아, 배가 아파!"

그 사이에도 라스타는 계속해서 비명을 질러댔다. 몰려든 사람들 중 오빠의 얼굴과 악명을 알아본 이들이 흠칫했다. 하지만 그것도 잠시. 라스타가 계속 고통을 호소하자 그들은 서둘러 움직이기 시작했다. 몇 명은 바쁘게 본궁으로 달려갔고, 몇 명은 라스타에게 다가가 상태를 살폈다. 호위병들은 파르앙 후작과 함께 오빠를 만류했다.

"거기 너! 한 번만 더 나비에더러 불임이니 니 애들을 나비에가 길러야 한다느니 막말해봐! 혓바닥을 뽑아버릴 테니까!"

억지로 뒤로 밀려나면서도 오빠는 버럭버럭 소리 질렀다. 그 소리에 라스타는 눈동자가 커다랗게 흔들렸다. 오빠가 하는 말이 자기가 했던 말이 맞긴 한데. 미묘하게 뉘앙스가 더 지독해졌기 때문일 것이다. 하지만 비명을 지르면서 반박하긴 어려운 듯, 그녀는 아무 말도 하지 못했다.

숨이 넘어갈 것처럼 헐떡거리는 오빠를 호위병과 파르앙 후작은 가까스로 데려갔다.

라스타는 궁정인들의 부축을 받은 채 나를 올려다보며 가엾게 흐느꼈다. 이마가 식은땀으로 젖어 있는 걸 보니 꾀병이 아니라 정말 많이 아픈 모양이었다. 라스타는 날 향해 무어라 입술을 달싹였다. 도와주세요……? 도와달란 입모양인데? 하지만 나는 그녀가 뭘 기대하는 건지 알 수 없었다. 곧 의원이 올 테고. 주위에 챙겨주는 궁정인들도 많고. 부축하거나 업어줄 호위병도 있다. 내가 그녀에게 해줄 수 있는 건 아무것도 없었다.

잠시 내려다보다가, 나는 몸을 돌려 오빠가 있는 곳으로 갔다.

"라스타는 괜찮으냐?"

궁의가 심각한 표정으로 연신 라스타를 살피자, 참다 못한 소비에슈가 물었다. 라스타는 눈물을 글썽이며 궁의를 쳐다보았다.

"아기부터요. 아기는 괜찮은가요?"

소비에슈는 혀를 찼다.

"이 와중에 아기가 문제더냐."

"라스타에겐 아이가 가장 중요해요."

"태어나지도 않은 아기보단 네가 더 중요하다."

"하지만 라스타는……."

"그만. 흥분하지 말거라."

소비에슈는 물수건으로 라스타의 이마에 묻은 식은땀을 닦아주며 궁의에게 눈짓을 보냈다. 빨리 대답하라는 신호였다. 궁의는 뒤로 한 걸음 물러나 침울하게 답했다.

"라스타 양은 반드시 안정을 취해야 합니다, 폐하."

"라스타가 다쳤다는 소리냐?"

소비에슈가 날카롭게 되물었다.

"그건 아닙니다."

궁의는 두 손을 송구스럽다는 듯 모으고서 조심스럽게 말했다.

"임신 초기에는 아주 조심하고 주의해야 하는데, 라스타 양은 원래도 몸이 튼튼한 편은 아닙니다. 잘못하면 유산할 수도 있으니 앞으론 이런 일이 없어야 합니다."

궁의가 나가자마자 소비에슈는 화를 내며 소파를 걸어찼다. 라스타는 눈가가 촉촉해져서 이불을 꽉 쥐었다. 소비에슈는 눈을 감고서 심호흡한 후 가까스로 침착하게 충고했다.

"라스타. 코샤르 앞에선 말을 조심하도록 해라. 그자는 성정이 불같고 쉽게 흥분해. 접근 금지령을 내려두겠지만, 눈이 돌면 어떻게 행동할지 모르는 자다."

라스타는 놀란 얼굴로 "네?" 하고 되물었다.

"말을 조심하라니요?"

"사람들에게 듣자 하니 너도 황후에게 불임이라는 등 불쾌한 말을 했다면서."

"아, 아니에요 폐하!"

라스타는 코샤르가 버럭버럭 외치던 걸 떠올리고는 서둘러 고개를 저었다. 그러나 목격자가 많았던지 소비에슈는 믿는 기색이 아니었다. 코샤르가 사람들 앞에서 자신에게 외쳐대던 말을 떠올린 라스타는 기가 막혀서 입을 뻐끔거렸다.

"진짜 아닌데……."

그때 말을 바로잡았어야 하는데. 당시엔 너무 배가 아파서 제대로 해명하지 못했다. 그 탓에 사람들이 코샤르의 주장을 믿어버린 게 분명했다. 억울해졌지만, 라스타는 아니라고 계속 변명하는 대신 울음을 터트리며 반박했다.

"황후가 먼저 라스타에게 무가치한 인간이라 했는걸요!"

그러나 소비에슈는 뜻밖에도 나비에를 두둔했다.

"황후는 과할 정도로 자기 이미지 관리에 투철한 사람인데, 설마 그러겠느냐."

라스타는 예상치 못한 그의 반응에 얼굴이 벌게졌다. 분명 황후
가 한 말이 맞는데. 자신의 말을 믿지 않는 소비에슈에게 섭섭했다.
이어서 불안한 마음이 치솟았다. 이대로 가다가는 꼼짝없이 자신
이 황후에게 모욕적인 언사를 퍼붓다가 제 풀에 넘어진 것처럼 되
어버릴 것 같았다.

'내가 혼자 나동그라진 건 맞지만. 그렇게 무서운 사람이 위협적
으로 다가오면 놀라서 넘어질 수밖에 없잖아.'

억울해진 라스타는 아랫입술을 꽉 깨물었다. 스트레스 때문일
까. 다시 배가 살살 아파왔다. 자연스레 몇 시간 전의 고통이 떠올
랐다. 황후의 싸늘한 시선도. 도움을 청하는 그녀를 서늘하게 내려
다보던 그 냉담한 눈길……

"라스타."

소비에슈가 달래듯 라스타를 불렀으나 라스타는 여전히 입술을
꽉 물고서 풀지 못했다. 아직 서운했다. 그녀는 혼낸 다음 한 번 얼
러주면 화가 풀리는 개가 아니었다. 게다가 초조하고 겁이 났다. 이
일로 소비에슈에게 나쁜 여자란 오해를 사버리면 어떻게 되지? '황
제의 정부'는 확고한 지위가 아니라 했다. 소비에슈의 미움을 사면
쫓겨나거나 방치될지도 몰랐다.

'이전 황제의 정부들처럼 될 거야.'

황궁에서 쫓겨나면 어떤 일이 벌어질까. 몇 푼의 돈을 받고서 아
기와 함께 쫓겨날까? 어쩌면 아기는 빼앗기고 그녀만 쫓겨날지도
모른다. 그뿐만이 아니다. 황후의 오빠나 랑드레 자작, 로테슈 자작

이 그녀를 노리고 있다가 해코지하려 들지도 몰랐다. 라스타는 심장이 철렁해졌다. 그녀는 이미 버림받은 적도, 아기를 빼앗긴 적도, 죽을 뻔한 적도 있었다. 두 번이나 같은 상처를 받고 싶진 않았다.

'이대로는 안 돼.'

황후는 라스타가 상상하고 기대했던 그런 인물이 아니었다. 위엄은 있는지 몰라도 냉혈한이다. 그녀의 오빠는 폭력적이고 무례하다. 귀족들은 그녀를 귀여워해주지만 은연중에 무시하고 손쉽게 돌아선다. 소비에슈를 사랑하지만 그를 신뢰하고 의지할 수는 없다. 라스타는 자신만이 스스로와 아기를 지킬 수 있단 걸 깨달았다. 판단을 끝내자마자 그녀는 낮게 웅얼거렸다.

"라스타는 황후에게 불임이라 하지 않았어요. 설령 라스타의 말이 오해를 샀다 해도…… 라스타는 폐하의 아기를 가지고 있는데. 함부로 떠밀어버리면 안 되잖아요."

소비에슈가 인상을 찡그렸다.

"코샤르가 널 밀었다고?"

"네. 세게 민 건 아니지만, 분명 밀었어요."

라스타가 조심스레 덧붙인 이야기에 소비에슈는 도끼눈을 떴다.

"그자가 결국……."

그렇지 않아도, 의원이 라스타를 진맥할 동안 목격자들에게 일의 전후를 간략하게 보고 받았으나, 아무도 그녀가 넘어진 원인을 모른다 하던 참이었다. 사람들이 도착했을 땐 이미 라스타가 쓰러져 있고 나비에와 파르앙 후작이 화가 난 코샤르를 말리고 있었으므로, 정확한 사정을 아는 이는 없었다.

그런데 코샤르가 라스타를 떠민 거였다고?

라스타가 자신을 넘어뜨린 게 나비에라 말했다면 소비에슈는 믿지 않았을 것이다. 하지만 코샤르는 충분히 그런 짓을 할 만한 작자였고, 전적도 화려했다.

"일단 쉬어라."

소비에슈는 바들바들 떠는 라스타에게 이불을 끌어올려 덮어준 뒤 방을 나갔다. 그러나 애써 침착을 유지하는 것도 몇 발자국뿐이었다. 소비에슈는 자신의 침실로 돌아오자마자 당장 수석비서인 카를 후작을 불러 지시했다.

"카를 후작. 앞으로 따로 허락이 있을 때까지, 코샤르 릴더 트로비의 황궁 출입을 전면 금하도록 해라."

"예? 아까는 접근 금지 명령으로……?"

"접근 금지만으로는 부족하다."

"하지만 폐하, 코샤르 경은 황후 폐하의 친오빠이자 트로비 공작가의 후계자입니다."

"그러니 이 정도 수준에서 멈춘 게 아니냐. 본인도 벌 받을 각오는 하고서 라스타를 떠밀었겠지."

"코샤르 경이 라스타 양을 밀었습니까?"

"라스타의 말로는."

소비에슈의 대답은 희한했다. 라스타를 두둔하는 것처럼 굴지만, 완전히 그녀의 말을 믿고 있진 않다는 게 희미하게 느껴졌다. 카를 후작은 소비에슈가 랑드레 자작의 보고서를 폐기하지 않고 간직해둔 일을 떠올렸다.

"황궁 출입을 금지한다고?"

황제의 시종이 오빠에게 내려진 황궁 출입 금지 명령을 전할 때, 오빠는 나와 함께 있었다. 오빠는 화가 나서 버럭 소리쳤고, 시종은 몸을 움츠렸다. 오빠의 난폭한 소문을 알고 두려워하는 눈치였다.

"예. 그리고 또다시 라스타 양을 밀친다거나 위협한다면 황족을 위협한 일로 처벌하리라 하셨습니다."

"누가 누굴 밀쳐?"

오빠가 낮게 으르렁거리며 한 주먹에 쿠션을 쥐어뜯자 시종은 황급히 달아났다.

"아주 기가 막히는구나!"

시종이 도망치듯 나간 후에도 오빠는 흥분을 가라앉히지 못했다.

"내가 그 여자를 밀쳤다고? 내가 밀쳤다면 그 여자가 멀쩡할 수는 있었겠어?"

"오빠."

"나비에. 그 여자의 혓바닥이 문제일까, 네 남편의 귀가 문제일까."

"오빠."

진정하라고 해봐야 지금은 들리지 않겠지. 다가가서 오빠의 등을 툭툭 두드렸다. 오빠는 뜯어진 쿠션을 끌어안고서 이를 부득부득 갈다가, 한참 후에야 사과했다.

"……쿠션 미안."

"괜찮아. 오빠는? 좀 괜찮아?"

"네가 옆에 없었더라면 말을 전하러 온 시종을 팼을지도 몰라."

"성질 좀 죽여."

"하지만 지금은!"

"억울하겠지."

내가 이렇게 억울하고 기가 막힌데. 장본인인 오빠는 더하겠지. 물론 '우리 측' 사람은 여럿이고 라스타는 혼자 있는 상황에서, 안 그래도 무시무시한 오빠가 라스타에게 흉흉하게 다가간 건 그 자체만으로도 위협이 되었을 거다. 라스타가 그 점을 두고서 자신의 실족을 오빠의 탓으로 돌린다면, 차라리 이해했을 것이다. 하지만 오빠가 '밀쳐서' 넘어진 거라니. 그건 완전히 거짓말이 아니던가. 심지어 소비에슈는 그 말을 믿고서 오빠에게 황궁 출입 금지 명령을 내렸다. 하인리 왕자의 편지 상대를 자청했을 때도 그랬지만. 라스타는 거짓말을 참으로 수월하게 하는 사람이었다.

"당분간은 조심하는 게 좋겠어, 오빠."

"그 망할 것의 눈치를 보라고?"

"투아니아 공작 부인이 이혼하게 된 경위는 들었어?"

"얼핏."

"이혼에 한몫한 게 그 여자야. 투아니아 공작 부인의 옛날 소문을 들춰내고 악의적으로 더욱더 나쁘게 조작했거든."

"!"

"단순히 신분 상승한 정부로 볼 상대가 아니야. 상당히 머리가 좋아."

소비에슈는 라스타의 말이라면 웬만해선 믿어주지. 라스타 본인은 여론을 조작하고 사람들의 사랑을 받는 재주가 있고. 이 와중에 배 속에는 황제의 첫아기까지 품고 있다. 그녀의 눈치를 볼 필요까진 없겠지만, 굳이 충돌할 필요도 없었다.

오빠는 무어라 외치려다가 내 표정을 보더니 입안으로 욕설을 삼켰다.

"제기랄! 썩을 것들!"

그날 밤. 코샤르는 친구인 파르앙 후작과 둘이서 독한 술을 늘어놓고 경쟁적으로 마셔댔다.

"어휴, 천천히 마시게."

파르앙 후작은 끝없이 술을 입에 들이붓는 친구가 걱정되어 말려보았지만 소용없었다.

"취하고 싶어서 그래. 놔둬."

"취해서 황궁 담이라도 넘을까 봐 그러지."

"자네가 말리면 되잖아?"

"죽을 일 있나? 맨 정신일 때도 말리기 힘든데, 술 취한 자네를 말리라고?"

코샤르는 코웃음을 치고서 도수 높은 술을 커다란 잔에 콸콸 따랐다.

"집에 가자마자 어머니 아버지가 잔소리를 해댔어. 내가 함부로 나섰다간 나비에게 해가 가니, 제발 몸 사리고 있으라고."

"……코샤르."

"사린다고 사렸는데. 결국, 이 지경이야."

코샤르는 술을 한 번에 입에 털어놓고는 쾅 소리가 나게 잔을 탁자에 내려찍었다.

"열 받는 건, 난 처벌을 받을 만큼 뭘 해보지도 못했단 거야!"

"음. 이번엔 좀 억울하지."

"난 그 여자를 떠밀지 않았어!"

"나도 봤네. 자넨 그냥 인상 구기고 다가간 것뿐이지."

파르앙 후작은 '하지만 그 정도로도 보통 사람들은 무서워서 달아난다'고 굳이 덧붙이진 않았다. 지금 친구에게 필요한 건 잔소리가 아니라 위로였다. 그러나 코샤르의 다음 말에는, 파르앙 후작도 위로만 하고 있을 수는 없었다.

"그런 여자가 아이를 낳았다간 언젠가 나비에를 잡아먹으려 들거다. 먼저 쳐야 해."

코샤르는 사레가 걸려서 콜록거리다가 가까스로 물었다.

"그 여잘 칠 거라고? 황제의 정부를?"

"그래."

"무슨 수로?"

"약점을 캐내봐야지."

"아서게. 자넨 황궁에 들어가지도 못하는데 어쩌려고."

"내가 들어가지 못할 뿐이지. 내 돈과 권력은 들어갈 수 있어."

"그야…… 그렇지만."

"자네도 들어갈 수 있고."

"어? 나도 끌어들이는 건가?"

파르앙 후작은 떨떠름하게 눈을 끔뻑거렸다.

"아니 뭐. 하긴. 그래, 바늘 가는 데 실도 따라가야지. 그래, 약점을 캐내서 어쩔 건가?"

"그건 약점이 어떤 건지에 따라 다르지."

"아까 자네가 황후 폐하와 있을 때 잠깐 수소문을 해봤거든? 그여자, 노예 출신이란 말이 돌고 있더라."

"노예?"

"로테슈 자작이란 자가 신년제 때, 그 여자가 자기 도망 노예라고 터뜨렸나 봐."

"정말이야?"

"하지만 바로 말을 바꿔서, 사람을 잘못 봤다고 했대."

"그걸 이용할 수는 없을까?"

"글쎄. 로테슈 자작이 말을 바꾼 게 폐하를 배알한 후라니까, 아마 그건 어려울걸. 폐하께서 직접 나서서 그 소문을 묻으려 하신 거니까."

"약점을 어떻게 이용할지는 일단 나중에 결정하고."

코샤르는 중얼거리고서 품 안에서 작은 주머니를 꺼내어 파르앙 후작에게 건넸다.

"이걸로 사람을 사서 풀자."

파르앙 후작은 주머니 안을 슬쩍 들춰보았다. 보석 알갱이들이 들어 있었다. 두 사람이 파르메 지방에서 도적들을 몰아낼 때 빼앗은 것들이었다.

"도적들이 모았던 보석들이니, 후에 걸리더라도 소유주를 추적하기 어려울 거야."

"알았어."

파르앙 후작은 고개를 끄덕이고서 주머니를 단단히 묶어 자신의 품 안에 넣었다. 코샤르가 손가락으로 그의 앞 탁자를 톡 두드렸다.

"하나 더 있어."

"뭔데?"

"효과가 확실한 낙태약을 구해야 해. 모체에는 되도록 해가 없는 것으로."

파르앙 후작의 눈이 커다래졌다. 이 상황에 낙태약을 먹일 사람이라면…….

"진심이야?"

코샤르의 입가에 위험한 미소가 떠올랐다.

"전하. 멀레이니 양이 도착해서 지금 응접실에 있답니다."

맥켄나가 이 이야기를 꺼냈을 때, 하인리는 침대에 앉아 자신의 재산 목록을 살피는 중이었다. 맥켄나가 말을 걸자 그는 종이를 내려놓으며 물었다.

"멀레이니 양은 또 누구야, 대체?"

"전하께서 만나보셔야 할 열두 번째 왕비 후보 영애이지요."

하인리는 한숨을 내쉬었다.

"또?"

요즘은 내내 이랬다. 맥켄나는 하루이틀에 한두 번 꼴로 가문이 좋고 지혜롭기로 소문난 영애들을 하인리에게 데려왔다. 하지만 하인리가 볼 때는 개중 반 정도는 그냥 가문의 명성에 기대어 온 이들이었다. 나머지 반은 물론 소문대로 현명하고 영민하긴 했다. 그러나 하인리는 그녀들이 명성만큼 현명하건 아니건, 그 누구에게도 관심이 없었다. 그게 중요했다.

"그만할 때도 됐지 않아, 맥켄나?"

"왕비님을 맞이하셔야 그만두지요."

하인리는 다시 한숨을 내쉬었지만 반박하진 못했다. 안다. 맥켄나는 단순히 오지랖을 부리는 게 아니었다. 누구보다 그가 잘 알았다. 그렇지만 받아들일 수도 없었다.

"꼭 1, 2년 내로 결혼할 필요는 없어."

"하지만 빠르면 빠를수록 좋습니다, 전하."

"……그건 그렇지. 형수님이 중간에 끼어 있으니까."

세대교체가 일어날 때는 다방면으로 커다란 변화가 함께 찾아온다. 사람들은 변화를 싫어하지만, 이 시기에는 변화에 열린 마음이 된다. 심지어 기대하기도 한다. 새로운 왕비가 궁정의 대소사를 자신의 방식대로 바꾸려면 이때가 적기였다. 이 시기를 놓치면 힘들었다.

게다가 서왕국은 상황이 더 미묘했다. 하인리의 옆에는 선대 왕비인 크리스타가 건재했고, 궁정인들은 그녀가 왕비인 시절 정비

해놓은 제도와 방식에 익숙해져 있었다. 이런 상태가 너무 오래 계속된다면, 사람들은 여기에 안주할 터. 이후에는 새 왕비가 자신에게 맞도록 궁정을 바꾸고 싶어도 사람들이 따르지 않을 위험이 있었다. 맥켄나는 이 점을 염려했다.

하인리는 굳은 표정을 하고서 자리에서 일어났다.

"그래. 가긴 가야지. 거절하더라도 얼굴 보고 제대로 해야지. 괜히 원한을 살 필요는 없으니까."

"그럼요."

맥켄나는 얼른 하인리가 벗어두었던 웃옷을 들고 와 걸치는 걸 도와주었다.

"그런데 재산 목록은 왜 계속 보고 계셨습니까?"

"기사 작위를 새로 만들어보려고."

"작위요?"

"어. 멋진 이름 하나 때려 박아서."

"예?"

"제일 용맹하고 충성스러운 기사에게 주는 거지."

"굳이 그럴 필요가 있을까요? 전하께는 이미 뛰어난 실력의 기사들이 많지 않습니까."

"인재는 계속 필요해, 맥켄나. 지금은 열여섯 살인 아이가 5년 후 세 손가락에 꼽히는 기사가 될지 누가 알아?"

"그건 그렇지요."

"그리고, 작위를 탐나게 포장해두면 쓸 만한 기사들이 앞다투어서 그 작위를 받고자 경쟁하겠지. 덕목 중 '충성심'이 있으니 자연스레 내게도 이득이 될 테고."

"아."

"문제는 어떻게 포장을 하느냐인데……."

뒷말이 더 있을 것 같은데. 하인리가 말끝을 흐리더니 멈추어 서서 맥켄나를 향해 '쉿' 하는 신호를 보냈다. 조용히 하란 뜻이었다. 갑자기 왜? 맥켄나는 어리둥절한 채 지시를 따랐으나, 곧 하인리가 왜 이런 행동을 한 건지 눈치챘다. 대화를 나누는 사이 두 사람은 멀레이니 양이 기다리고 있을 응접실 근처에 도착했는데, 그 응접실 안에서 날카로운 목소리가 오가고 있던 것이다.

하인리는 기척을 죽인 채 살금살금 문가로 다가갔다.

"제가 못할 말을 한 건 아니잖아요?"

"무엄하군."

"죄송합니다, 크리스타 님. 하지만 제 말이 맞잖아요? 크리스타 님은 이젠 왕비님이 아니세요."

"허나 그 자리는 공석이고, 현재 그 지위에 가장 가까운 건 나이지."

"아니요. 크리스타 님은 그 자리에서 가장 먼 분이시지요. 어떤 영애든 상황에 따라 왕비 자리에 오를 수 있어요. 누구도 결과를 알 수 없지요. 단 한 사람만 빼고. 우리 모두 알잖아요? 귀족 중 그 자리에 앉을 수 없는 단 한 사람이 있다면, 바로 크리스타 님이란 걸."

"새 왕비가 올 때까진 아무도 내게 그런 말을 할 수 없네. 게다가 내가 그 자리에서 물러났다 한들 명백히 선대 왕비인데. 멀레이니 양에게 그런 말을 들어야 할까?"

"먼저 찾아와서 온갖 명령을 한 건 크리스타 님이세요."

"내 집에 온 사람에게 충분히 할 수 있는 말이었네."

"여긴 크리스타 님의 집이 아닙니다."

"뭐라고?"

"크리스타 님은 왕의 어머니도 아니시고. 나이도 젊으신데. 계속 왕궁에서 지내면 이후 왕비가 될 사람이 불편해집니다. 지금처럼 계속 왕비처럼 구실 테니까요."

"멀레이니 양!"

"옛 사례를 봐도 이 경우 선대 왕비님들은 컴프셔의 대저택으로 가 지냈습니다. 그게 관례예요."

멀레이니 양과 선대 왕비인 크리스타 사이에 언쟁이 벌어진 듯했다. 맥켄나는 반쯤은 감탄하고, 반쯤은 혀를 내두르며 중얼거렸다.

"참으로 당찬 영애로군요."

서왕국은 선대왕의 사후에야 다음 왕이 즉위하기 때문에, 선대 왕비에 대한 직책을 따로 두지 않았다. 선대 왕비가 왕의 어머니라면 자연히 왕 이상의 공경을 받을 터이나, 왕의 어머니가 아닐 경우, 권력이 선대 왕비에게 분산되는 걸 막기 위해서였다. 하인리의 형이 죽어가면서 형수를 챙겨달라 유언한 것도 이런 제도 때문이었다. 권력의 꼭대기에 있던 사람이 뒤로 물러나는 과정에서 생길 충돌을 우려해서.

"크리스타 님에겐 죄송하지만, 지금 크리스타 님이 움켜쥔 권력을 되찾아 오려면 저 정도 배포는 있어야지요."

하인리는 맥켄나의 말에 대꾸하는 대신 가볍게 문을 두드렸다.

싸우던 소리는 대번에 멈췄다. 문을 열고 들어서자, 하인리를 본 멀레이니 양과 크리스타 모두 민망한 표정을 지었다.

하인리는 습관적으로 웃으며 두 사람에게 인사했다. 그 사이, 맥켄나는 크리스타에게 슬쩍 '우리는 나가지요.' 하는 눈짓을 보냈다. 하인리와 멀레이니 양 두 사람만 남을 수 있도록 자리를 만들어주려는 것이었다. 그러나 크리스타가 몸을 피하기도 전. 하인리가 먼저 멀레이니 양에게 말했다.

"멀레이니 양이 하는 말. 뒷부분은 다 들어버렸습니다."

멀레이니 양이 놀라서 눈을 동그랗게 떴다. 크리스타 역시 별반 다르지 않은 표정이었다. 아니, 굳이 저런 얘기는 왜 하시지? 맥켄나는 기가 막혀서 입을 벌렸다. 저 전하가 원래 저렇게 눈치 없는 사람이 아니신데?

그러나 하인리는 태연히 말을 이었다.

"충분히 현실적인 고민이었습니다, 멀레이니 양. 하지만 그대가 할 고민은 아니었어요."

말투는 부드러웠으나, 은연중 크리스타를 편드는 말이었다. 멀레이니 양은 멈칫했으나 곧 "그렇군요." 하고 차분하게 중얼거리고는 생긋 웃고서 다시 인사를 올렸다. 깔끔한 작별 인사였다.

그러나 멀레이니 양이 떠난 후의 상황은 깔끔하지 못했다. 크리스타까지 민망해서 자리를 피한 후. 맥켄나는 두 손으로 자기 머리를 쥐어뜯듯 감싸며 절규했다. 왕비의 재목을 갖추었다는 열두 번째 영애와는 아예 제대로 대화조차 나누지 않고 내보낸 게 마음에 들지 않아서였다.

"전하. 정말…… 정말 너무하십니다."

"그렇다고 거기서 형수님을 내보낼 수는 없잖아?"

"마음에서 나비에 황후님을 내보낼 수 없는 거겠지요."

"알면서 영애들을 부르는 너도 참 나쁜 건 알지?"

"전 전하를 위해서……."

"나한테가 아니라, 그 영애들한테."

"……."

"왕비가 급하다지만 당장 며칠 내로 맞이해야 할 정도는 아니야. 지금은 대관식도 그렇고, 여러 가지로 정비하고 싶은 제도도 많아. 그 일들부터 하자고."

딱 잘라 말한 하인리는 맥켄나의 어깨를 툭 치고서 응접실 밖으로 나갔다.

"그분을 왕비로 맞아들이려면 전쟁을 치러야 합니다, 전하."

맥켄나는 그 뒤를 조용히 따라가며 중얼거렸다. 작지만 충분히 들릴 만한 목소리였다. 하인리가 주춤했다.

"물론, 언젠가 전쟁은 하겠지요. 하지만 전쟁을 치러서 데려온 왕비를 환영하는 국민은 없어요."

맥켄나는 다시 덧붙였지만, 이번에는 하인리도 반응하지 않았다. 침실로 들어온 하인리는 재산 명단을 보는 대신 책상 앞에 앉아 편지와 펜을 꺼냈다.

퀸이 제 왕비였으면 좋겠습니다. 맥켄나는 서둘러 왕비를 들이라 쪼아대는데 쉽지 않네요. 퀸이 서왕국의 왕비가 되어주신다면 얼마나 좋을지⋯⋯.

간만에 파란 새가 가져온 하인리 왕자의 편지를 읽고 있을 때였다. 옆에서 나란히 머리를 맞대고 편지를 읽던 파란 새가, 돌연 날개를 쫙 펼치더니 몸을 바르르 떨었다. 어디 아픈가 싶어서 보자, 굉장히⋯⋯ 화가 난 얼굴이었다. 물론 새의 표정이니 확실한 건 아니지만, 적어도 내가 보기엔 그랬다.

"괜찮니?"

조심스레 묻자 새는 활짝 펼친 날개를 접으며 갑자기 조용한 척 쩍쩍거렸다.

"퀸도 그렇지만 너도 참 신기해."

─?

"꼭 사람 같아."

─!

"하인리 왕자님은 영리한 새들만 기르는구나."

아. 이런. 지금은 왕자가 아니지. 하지만 '하인리 왕'이라고 하기에는 영 어색하다. 괜히 새의 부리에 손가락을 가져다 대었다. 살짝 만져보려 한 것이지만, 새는 슬쩍 몸을 뒤로 해 내 손가락을 피했다.

'똑똑한 건 맞지만 퀸과 확실히 다른 점도 있구나.'

"안 만질게."

웃으면서 새에게 사과한 후, 나는 다시 보던 편지를 펼쳤다.

대관식이 멀지 않았습니다. 동대제국에서도 사절단이 오겠지요. 퀸이 사절단 대표가 되어 올 수는 없을까요?

대관식……. 편지에 쓰여 있는 날짜를 확인한 다음 달력을 보았다. 큰 행사가 없는 시기였다. 잘하면 갈 수 있을 것 같기도 했다. 어차피 대관식에는 황족이 가는 게 관례이기도 하고. 하지만 여기에 '갈 수 있다'고 썼다가 사정이 생겨 못 가게 되면 곤란하겠지.

되도록 갈 수 있게 일정을 점검해볼게요.

결국 애매하게 써 넣고서, 쪽지를 파란 새의 다리에 묶어주었다.

"잘 전해줘."

이후 퀸에게 해준 것처럼 파란 새도 머리를 쓰다듬어주려 했으나, 파란 새는 휙 내 손길을 이번에도 피했다. 머쓱하게 손을 내리자, 새는 미안하다는 듯 날개를 몇 번 푸드덕거리고는 얼른 창밖으로 날아갔다.

나는 창가에 서서 새가 보이지 않을 때까지 바라보았다. 간만에 하인리와 편지를 주고받아서인가. 몇 달 전의 일이 아련한 꿈처럼 떠올랐다. 라스타가 온 지 얼마 안 될 때여서 유독 마음이 아팠지만, 내 친구들이 가까이 있던 시절…….

그런데 추워져서 막 창문을 닫으려 할 때였다.

"황후 폐하!"

응접실이 소란스럽다 싶더니 날 찾는 소리가 났다. 들어와도 좋다는 신호를 보내자, 엘리자 백작 부인과 시녀들이 우르르 방 안으로 들어왔다. 다들 눈빛이 또랑또랑하고 흥분한 기색이었다.

"무슨 일이 있나요?"

어리둥절해서 묻자 로라가 콧김까지 내뿜으며 외쳤다.

"라스타, 그 여자의 식사에 낙태약이 섞여 있었대요!"

"라스타 양에게? 확실한가요?"

"네! 폐하께서 알아보셨다 들었어요."

소비에슈가 무슨 수로 그걸 알아보았는지 모르겠다. 하지만 그
정도 일이라면 시녀들이 이렇게 놀라 달려올 만도 했다. 아마 동궁
은 더 난리가 났겠지.

"라스타 양은 약을 먹었나요?"

그래도 소란이 '이 정도만' 나는 걸 보면 아직 먹진 않은 듯한
데…….

"이번에는 미리 발견한 모양이었습니다."

엘리자 백작 부인의 말은 의미심장했다.

"이번에는?"

"혹시 몰라 폐하께서 궁의를 불러 진맥하게 했는데, 이미 미량씩
몇 차례 먹었다더군요."

누가 한 짓일까? 잠시 생각해보고 있자니, 내가 아직 가장 중요
한 걸 묻지 않았다는 게 떠올랐다.

"라스타 양과 아기는 무사한가요?"

"사용된 약 자체가 모체에는 거의 해를 주지 않는 거라, 라스타
양은 괜찮다고 합니다."

"아기는……?"

"몸이 약해진 모양이지만 아직 괜찮다고 합니다."

문득, 라스타에게 독을 쓴 사람이 내 주변 사람은 아닐까 하는 생각이 들었다. 라스타의 아기를 죽여 이득이 될 사람이 나 말고 누가 있나? 당장 생각나는 사람은 달리 없어서, 이 생각은 더욱 불안하고 초조한 걱정을 끌어들였다. 혹시 소비에슈도 '아기가 사라지면 황후가 이득 아닌가?'라고 생각하면 어쩌지?

라스타가 온 후, 소비에슈가 내게 한 일들이 떠오른다. 그는 불만이 있으면 날 부르거나 자기가 찾아와 막말을 퍼부었지. 이번이라고 그러지 않으리란 법은 없었다.

"황후 폐하. 따뜻한 차를 가져다 드릴까요?"

"괜찮아요. 좀 혼자 있고 싶어서……."

엘리자 백작 부인이 나간 후. 나는 소비에슈가 또 날 불러다 닦달을 하더라도 마음 상하지 말자 다짐하고 다짐했다. 하지만 소비에슈는 날 부르지 않았다. 우리가 함께 식사하는 날이 될 때까지도.

소비에슈가 오늘은 식사를 하고 싶지 않다거나, 만나고 싶지 않다거나, 바쁘다는 말을 전해 오지 않았기에 나는 어쩔 수 없이 저녁 식사를 할 무렵 동궁으로 건너가야 했다.

"폐하께 내가 왔다 알리거라."

소비에슈의 침실 앞에 대기 중인 시종에게 지시하자, 시종은 얼른 방 안으로 들어갔다. 하지만 밖으로 나오는 시종의 표정은 어두웠다. 안에서 무슨 일이 있나? 의아해서 보고 있자니, 시종은 내게

다가와 말했다.

"저…… 황후 폐하. 황제 폐하께서 그게…… 아무 말씀도 하지 않으십니다."

무척 난처해하는 얼굴이었다. 나는 눈썹을 치켜올렸다.

"아무 말도 하지 않다니?"

돌아가란 것도 아니고. 아무 말도 하지 않아?

"예."

시종은 송구스럽다는 듯 내 눈치를 살폈다. 그러면서도 번복하지 않는 걸 보니, 정말인 모양이었다.

"한 번 더 들어가서 알려라."

거듭 명령하자 시종은 쩔쩔매면서도 방 안으로 들어갔다. 잠시 후, 시종은 다시 나와서 말했다.

"황후 폐하. 여전히 아무 말씀도 하지 않으십니다."

그는 숫제 거의 울 것 같은 얼굴이었다. 문 앞에 선 기사 두 명의 눈동자가 초조하게 흔들렸다.

나는 눈을 가늘게 뜨고 소비에슈의 방문을 가리켰다. 웬일로 내 탓을 하지 않는다 했더니.

'이미 하고 있었네.'

그 방식이, 불러서 잔소리를 하는 게 아니라 무시하는 방향인 모양이다. 한숨이 나왔다. 왜 소비에슈는 라스타가 관련된 일은 죄다 나를 탓하지?

"황후의 탓이니까."

단호한 소비에슈의 말에 수석비서인 카를 후작은 난처하다는 듯 손에 쥔 커피잔 손잡이를 만지작거렸다. 난처하다 못해 아주 민망했다. 그는 그저 얼마 후면 있을 서왕국의 대관식 문제에 대해 상의하기 위해 온 것뿐인데. 어쩌다 보니 황제와 황후 사이의 신경전에 끼어버린 것이다. 신경전도 얼굴을 마주 보고 하는 신경전이면 차라리 나았다. 소비에슈가 방 안에 틀어박혀 황후를 일방적으로 들여보내주지 않으니…….

"물론 파르앙 후작이 낙태약을 구입해 가긴 했지만, 그걸 꼭 황후 폐하와 연결 지을 필요는……."

"파르앙 후작은 코샤르의 절친한 친구이고, 코샤르는 망나니 같은 자이지만 제 동생 일이라면 난리 법석이지. 이래도 관련이 없을까?"

"그래도 황후 폐하께서 이 일에 직접 나서진 않으셨을 겁니다."

"그렇겠지. 그건 나도 아네."

"예?"

"하지만 라스타에 대해 언질은 했을 거야. 나쁘게."

차갑게 빈정거린 소비에슈는 문 너머를 심란하게 바라보았다.

"머리 좋은 황후가, 자기 말 한 마디에 멍청한 코샤르가 어떻게 나올지 과연 짐작하지 못했을까?"

"그건……."

"지금 당장 코샤르를 끌고 가 사실을 밝히라 고문하지 않는 것
만으로도 충분히 참아주는 거라 생각하는데."

고문을 하지 않고 참아주고 있다? 황제의 아이에게 해를 가하려
했던 정황이 있는데도? 카를 후작은 심정이 복잡해졌다. 소비에슈
의 말이 그를 더욱 헷갈리게 했다. 소비에슈가 라스타를 아끼는 건
누가 보아도 분명했다. 황제는 랑드레 자작이 알아낸 정보들을 묻
어버려서 라스타가 투아니아 공작 부인에게 한 짓을 감추어주었
고, 코샤르가 그녀를 떠밀었다는 증거 없는 말도 바로 믿어주었다.
로테슈 자작이 라스타의 신분을 밝혔을 때도 그에게 함구하라 지
시했다.

하지만 이토록 그녀를 챙기면서도, 사랑에 눈이 멀었다 하기에
는 이따금 애매한 부분이 보였다. 지금도 그랬다. 게다가 소비에슈
는 차갑게 말하면서도 연신 창문을 힐긋거렸다. 서궁과 동궁을 잇
는 회랑이 보이는 위치의 창문을.

"폐하. 신경 쓰이시면 지금이라도 황후 폐하께 들어오라 하십시
오. 저는 급한 안건이 아니니 나중에 다시 오면 됩니다."

"벌써 갔을 거다."

"가시는 걸 보셨습니까?"

"아니. 하지만 황후잖아."

"?"

"자존심 상하는 일은 절대 하지 않아."

"그러면 폐하께서 서궁으로 가시면 어떨까요······?"

"그러기엔 화가 나."

"헌데 폐하. 파르앙 후작이 낙태약을 구한 건 확실합니까?"

"짐의 수사관은 유능하지."

소비에슈는 명백한 대답을 하는 대신 자리에서 일어났다.

"피곤하군. 잠시 좀 걷겠나?"

그러고는 중얼거리며 문으로 다가갔다. 여기에 있으면 황후가 지나가는지 아닌지 신경이 쓰여서 힘든 모양이었다. 역시 그냥 서궁으로 가시는 게 낫지 않을까. 카를 후작은 속으로 생각하면서도 따라 일어섰다.

그러나 응접실을 지나 문 밖으로 나간 소비에슈는 복도로 한 걸음 내딛자마자 굳어버렸다. 가버렸을 줄 알았던 황후가 아직 서 있던 것이다. 카를 후작까지도 화들짝 놀라 서둘러 고개를 숙였다.

"간 줄 알았는데."

소비에슈가 자신도 모르게 작게 중얼거렸다. 이윽고 그 표정은 와그작 구겨졌다.

처음에는 그냥 돌아갈까 생각했다. 평소라면 그냥 돌아갔을 것이다. 하지만 막상 돌아가려니 오기가 솟았다. 그래서 제자리에 선 채 소비에슈가 나오기를 기다렸다.

'언제 나오든 나오긴 하겠지.'

다행히 소비에슈는 그렇게 오래 지나지 않아 나왔다. 라스타에 대한 걱정 때문일까. 문을 열고 나오는 소비에슈는 힘없어 보였다. 하지만 나를 발견하자마자 힘없던 표정이 대번에 구겨졌다. 불쾌하단 거겠지.

"간 줄 알았는데. ……왜 여기서 서 있는 거요. 그대가 뭐 벌이라도 서야 하오?"

게다가 저 퉁명스러운 목소리라니. 나는 최대한 싸늘하게 웃으면서 태연한 척 대답했다.

"이런 걸 원하시는 것 같기에."

"!"

"한번 보여드렸습니다."

그가 날 무시해서 자존심이 상했단 내색은 하지 않았다. 그런데 어째서일까. 자기가 날 먼저 무시한 주제에. 소비에슈의 눈동자가 크게 흔들렸다. 하지만 그것도 잠시였다. 그는 곧 만만치 않게 냉랭한 비웃음을 띠며 빈정거렸다.

"황후는 늘 나를 놀랍게 하는군. 라스타 건도 그렇고 이번에도 그렇고."

"폐하는 늘 진부하시군요. 라스타 양에 대해서도 지금도."

가까이 다가온 소비에슈는 주위 사람들에게 들리지 않도록 목소리를 낮추어 내 귀에 대고 중얼거렸다.

"황후가 내게 이럴 처지가 아닐 텐데? 가끔은 그 자존심을 누르는 게 어떨까."

"왜 그리 생각하시는지."

"내가 황후를 위해 그대 오빠의 중죄를 덮어주고 있잖소."

"라스타 양에게 약을 먹인 게 내 오빠란 건가요?"

"아닐 거라 생각하시오?"

솔직히 말하자면 나도 이 일에 대해서는 '우리 오빠는 그럴 사람이 아니다!'라고 확신을 가지고 말할 수가 없다. 서출은 후계권이 없다지만, 서출의 생부나 생모가 생전에 재산을 넘겨주는 것까지 막을 수는 없었다. 부부끼리 사이가 나쁠 경우에는, 작위와 영지, 성을 제외한 거의 모든 재산을 일부러 정부 쪽 자식에게 넘겨버리는 이들도 있었다. 하지만 이를 염려해, 상대의 정부나 정부가 낳은 아이를 죽이면 법으로 처벌 받는다. 몰래 죽이더라도 흔적이 남거나 소문이 나기 쉽다. 이런 상황이다 보니 귀족이나 황족들이 은밀히 낙태약을 이용해 서로의 정부를 공격하는 일은 적지 않았다. 그러나 여기에서 소비에슈의 말에 수긍할 수는 없었다.

"아닙니다."

딱 잘라 말하자 소비에슈는 코웃음을 쳤다. 그가 여전히 내 귓가에 대고 속삭이고 있었으므로, 귓가의 머리카락이 잘게 흔들리는 게 느껴졌다.

"팔은 안으로 굽지. 황후의 안목이 흐려진 건 아니라 생각하겠소."

내가 확신 없이 오빠를 편든 걸 다 알고 있단 투였다. 나는 오빠 일을 더 꺼내는 대신 소비에슈를 최대한 싸늘하게 노려보았다.

"폐하께서는 그런 생각으로 절 무시하고 방에 들여보내지 않으신 겁니까."

"화를 참는 중인데. 그대를 보면 그게 안 될 테니까."

소비에슈는 반걸음 뒤로 물러서더니 나를 한 번 살피듯 쳐다보고는 휙 지나쳐서 가버렸다. 라스타의 방으로 가려는 건가 했지만 그 방향은 아니었다. 그러나 몇 걸음 가지 않아서, 그는 다시 내게로 돌아왔다. 참으려 했는데 참지 못하겠단 얼굴로. 돌아온 소비에슈는 이번에는 주위 사람들을 다 물렸다. 그러고는 낮은 목소리로 내게 윽박질렀다.

"그냥 넘어가려 했는데. 화가 나서 안 되겠어. 황후는 황후의 오빠가 범인이 아니라 생각한다 했지?"

"예."

"그러면 황후가 직접 조사해보시오. 라스타에게 낙태약을 먹인 범인이 누구인가."

"폐하께서 해야 할 일 아닙니까?"

"그렇지. 내가 할 일이지. 하지만 내가 나서서 조사하면 그대에게 해가 가니까!"

"!"

"내 사람들은 내 사람들이오. 코샤르가 범인이라면, 그들은 내 아이를 해치려 한 코샤르에게 화가 나겠지. 그러면 내가 아무리 입조심 시켜도 말을 흘릴 수 있어."

"날 생각해주는 척하지 마요."

소비에슈의 표정이 일그러졌다. 그는 나를 쳐다보다가 낮게 으르렁거리며 돌아섰다.

"조사해. 조사하고, 그대 오빠가 한 짓이 맞다면 내게 찾아와 사과해."

그날 밤. 목욕을 마치고 침실로 돌아오자, 엘리자 백작 부인이 내 머리를 빗질하며 이야기해주었다.

"이번 일에 책임을 지고서 '그 여자'의 담당 하녀들과 황실 주방장이 모조리 쫓겨났답니다."

"쫓겨났다고?"

"음식이 섞이는 동안 알아차리지 못했으니까요."

"범인을 잡았다든가 하는 말은 없나요?"

"그런 말은 없었답니다."

"그래요."

엘리자 백작 부인이 나간 후. 나는 혼자 화장대 앞에 앉아 내 얼굴을 들여다보았다. 이번에는 소비에슈의 속내가 보이지 않아 혼란스러웠다. 정말로 날 위해서 이런 결정을 내린 걸까? 아니면 이런 식으로 내게 죄책감을 달아두어서 라스타를 건드리지 못하게 하려는 걸까?

'답을 찾으려면 진실을 찾는 수밖에.'

다음 날 아침, 나는 주베르 백작 부인에게 파르앙 후작을 불러달라 부탁했다. 오빠를 직접 불러 물어보는 게 가장 좋겠지만. 아직 오빠는 황궁 출입 금지 명령 때문에 이곳으로 올 수 없었다. 게다가 그 일 때문에 아버지가 진노해서, 집 밖으로도 잘 나오지 못하고 있다 들었다. 이런 상황이니 지금 이 일에 대해 물어볼 만한 인물은 파르앙 후작뿐이었다.

'하지만 정말 이상하지. 소비에슈는 도대체 무슨 수로 라스타의 식사에 낙태약이 섞였단 걸 알아차린 거지? 라스타 본인조차 모를 정도면 겉으로는 티가 안 나는 약이었을 게 분명한데······.'

다음 날. 파르앙 후작은 내가 부른단 소리를 듣자마자 바로 와주었다. 때마침 점심 식사를 할 시간이어서, 나는 둘이서 식사를 청했다. 그리고 10분 정도 조용히 식사하다가, 그에게 낙태약에 관해 물어보았다.

"파르앙 후작과는 어린 시절부터 알고 지냈으니까, 돌리지 말고 단도직입적으로 물어보겠어요."

"음. 감자가 좀 짭니다."

"메뉴 이야기는 아니에요."

"그럴 거라 생각했습니다."

파르앙 후작은 히죽 웃으면서 냅킨으로 입가를 닦았다.

"그래도 앞에 몇 마디 더 해야 할 것 같아서요."

"폐하의 정부인 라스타 양의 식사에서 낙태약이 발견되었어요."

"들어봤습니다. 휴, 참 몹쓸 짓을 했군요. 누가."

"그 몹쓸 짓을 한 사람이 나와 아는 사람일까요?"

"황후 폐하께서는 음. 귀족들의 대다수를 다 알고 계시니까요."

"귀족이 한 짓이란 거군요?"

"하인이나 하녀가 굳이 그런 일을 할 필요가 없으니까요."

파르앙 후작은 짜다는 감자를 입에 넣고 우물거리며 우아하게 웃었다. 하지만 우아한 표정과 달리 손이 덜덜덜덜 떨리고 있었다. 그는 예전부터 내 앞에서 거짓말을 하면 꼭 저랬다. 떨리는 손을 빤히 쳐다보고 있자니 파르앙 후작은 흠흠 헛기침을 하고서 다시 웃었다.

"굳이 황후 폐하께서 신경 쓸 필요 없는 일입니다."

"신경 쓰고 싶지 않아요."

"그러면 황후 폐하, 황후 폐하께서는 주방장에게 감자를 덜 짜게 조리하라 하시면 됩니다. 그런 끔찍한 일은 신경 쓰지 마시구요."

말없이 빤히 쳐다보고 있자 그는 눈을 내리깔면서 무의식적으로 손을 들어 뺨을 긁었다. 하지만 손이 여전히 덜덜 떨리자, 아차 싶어서 도로 손을 내렸다. 눈을 가늘게 뜨고 쏘아보자 파르앙 후작은 괴로워하는 표정으로 하소연했다.

"그렇게 쳐다보면 무섭습니다. 코샤르랑 똑같이 생기셔서 진짜 무서워요."

"파르앙 후작. 정말로 이 일에 내가 신경 쓸 필요가 없어요?"

결국 파르앙 후작은 울상을 지으며 물었다.

"모르는 일로 하시면 안 될까요?"

"오빠가 시킨 일인가요?"

"……"

"폐하께서는 이 일이 오빠의 짓이라 생각하고 있던데. 이래도 정말 내가 신경 쓰지 않아도 되나요?"

황제인 소비에슈가 오빠를 의심한다는데도 파르앙 후작은 놀란 얼굴이 아니었다. 그걸 보자 더욱 확신하게 되었다. 이 일에 파르앙 후작과 오빠가 관련이 있는 게 분명했다. 잠시 멀뚱히 있던 파르앙 후작은, 마침내 푹 한숨을 내쉬고서 아주 작게 웅얼거렸다.

"안심하셔도 됩니다, 황후 폐하. 결정적인 증거는 절대로 찾을 수 없을 테니까요."

"증거를 없앴단 건가요?"

"약을 산 증거를 없애긴 힘듭니다. 모체에는 거의 손상을 주지 않는 거라, 아주 비싸고 파는 곳이 한정적이거든요."

파르앙 후작은 고개를 숙이고서 괜히 냅킨을 희한한 모양으로 접더니, 자신의 접시 옆에 내려놓았다.

"하지만 낙태약을 산 증거를 없앨 수는 없어도, 낙태약을 다른 사람이 사용했단 증거는 만들 수 있지요."

그가 접은 건 날개가 부러진 백조였다.

"일이 잘못된다면 자신이 그 약을 사용했다고 나설 배우를 구해 두었습니다."

거짓말은 다 끝났나 보다. 그의 손이 더는 떨리지 않는 걸 보니. 파르앙 후작은 냅킨으로 접은 하얀 백조의 부리를 쿡 찌르고는 날 보며 웃었다. 그 모습을 보고 있자니 심장에 탁한 안개가 끼는 듯하다. 저절로 무거운 한숨이 나왔다.

"파르앙 후작. 일을 들키지 않는 것도 중요하지만……."

"?"

"그런 끔찍한 일을 내 사람들이 했다는 것도 중요해요."

여러 가지로 복잡한 감정이 치솟았다. 오빠와 파르앙 후작이 날 위해 위험한 일에 손을 댄 게 미안했고. 두 사람이 한 몹쓸 짓에 화가 났고. 소비에슈 말이 맞았다는 데 자존심이 상했다.

"황후 폐하. 빛이 있으면 그림자가 있는 법입니다."

"꼭 해야 할 일이었단 말은 하지 마요. 아닌 거 아니까."

"코샤르는 도덕적인 기준으로는 나쁘고 못된 놈이죠. 의심의 여지 없이."

"하지만 날 위해 한 짓이니 이해하라?"

"굳이 어두운 쪽을 찾아보지 마시란 겁니다."

"파르앙 후작?"

"예, 황후 폐하."

"내가 해야 할 일과 하지 말아야 할 일을 그대가 판단하지 마요."

"!"

파르앙 후작은 돌아갔지만 마음은 더욱 심란해졌다. 소비에슈에게 어떻게 말해야 할지 막막했다. 그에게 거짓말을 하는 건 자존심이 상하는 일이다. 어차피 모든 걸 알고 있을 텐데, 내 발버둥이 얼마나 우스워 보일까. 그렇지만 그의 말을 인정하고 사과하는 것도 자존심이 상했다. 결국 그날은 물론 밤새워 그 일을 고민하느라, 다른 일은 제대로 챙기지 못했다.

"황후 폐하. 괜찮으십니까? 안색이 나쁘십니다."

"생각할 게 좀 있어서……."

시녀들이 내가 심각하게 고민 중이란 걸 알아차리고 걱정스럽게 물어왔지만, 이 일은 시녀들에게도 털어놓을 수 없어 답답했다.

"괜찮아요."

나는 일부러 아무 일도 아닌 척 엘리자 백작 부인에게 웃어 보였다. 그녀도 내 말이 거짓이란 걸 눈치챈 듯했지만 굳이 캐묻진 않았다.

다행히 오후에는 서왕국의 사절단이 도착했기에 잠시 이 일을 밀어둘 수 있었다. 흰장미의 방에서 마주친 소비에슈는 나를 유심히 살폈지만, 조사가 어떻게 되어가는지 캐묻진 않았다. 그는 의례적으로 나를 대했고, 나 역시 무덤덤한 표정을 꾸며내며 사절단의 인사를 받았다. 사절단 대표는 나와 소비에슈에게 긴 인사치레를 끝낸 후 마침내 본론을 꺼냈다.

"……하여, 서왕국의 새로운 왕 하인리 1세께서는 즉위 전 동대 제국에서 지낸 시간이 무척 즐거우셨다며, 이번 대관식 때 꼭 동대제국의 귀빈들이 많이 참석하시어 자리를 빛내주길 바란다 하셨습니다."

그의 말이 끝나자 대표의 뒤에 있던 귀족이 길쭉한 금 상자를 가지고 걸어왔다. 우리 쪽에서는 소비에슈의 수석비서인 카를 후작이 나아가 금 상자를 소비에슈를 대신해 받아 들었다. 그가 뚜껑을 열자 길쭉한 두루마리가 나타났다. 카를 후작은 두루마리를 소비에슈에게 건넸고, 소비에슈는 두루마리를 펼쳐 안의 내용을 훑었다. 이후 두루마리는 다시 카를 후작에게로 건네졌다.

일련의 과정 동안 나는 사절단의 얼굴을 두루두루 살폈다. 모두 모르는 얼굴이었다. 하인리 왕자가 데리고 다니던 그 파란 머리 기사, 아니, 그 기사가 아니라도 전에 왕자를 따라왔던 다른 기사들이 있다면 혹시 파란 새나 퀸을 데려왔을지도 모른다 기대했는데…….

대관식에 참석할 수 있을지 모른단 편지를 적었던 게 마음에 걸려서 그렇다. 그 내용을 꼭 정정하고 싶었기에 실망스러웠다. 아무래도 지금 같은 상황에, 태연히 서왕국에 다녀올 수는 없을 테니.

아쉬움을 삼키느라 나는 더욱 무표정을 꾸며냈다. 그러다가 시선이 느껴져 옆을 보니, 소비에슈가 차가운 눈으로 날 바라보고 있었다. 빤히 쳐다보자 다시 고개를 원래대로 돌렸지만 여전히 불만스러운 표정이었다.

"하인리 1세에게 전하라. 뜻은 알겠지만, 동대제국의 황후는 업무에 바쁜 데다 귀한 몸이라, 그 먼 곳까지 친히 갈 수는 없다고."

그가 사절단 대표에게 하는 말을 듣고서야, 왜 저렇게 불퉁한 표정이었는지 이해했다. 내가 잠시 딴생각을 하는 사이, 사절단 대표가 이번 대관식에 날 황실 대표로 보내달라 청한 모양이었다.

"사절단 대표로는 릴테앙 대공을 보내겠다."

딱 잘라 거절한 소비에슈는 다시 한 번 나를 쳐다보다가, 아주 작게 속삭였다.

"약에 대한 일은 아직 조사 중이오?"

사절단을 맞이하는 행사가 끝난 후, 방으로 돌아와 멍하니 책상 앞에 앉아 있을 때였다. 창문을 작은 나뭇가지로 툭툭 치는 소리가 났다. 얼른 창가로 다가가자 파란 새가 손바닥만 한 편지 봉투를 부리에 물고 있었다. 창문을 열어주자 파란 새는 얼른 날아 들어와서는 내 앞에 편지 봉투를 내려놓았다.

"이걸 들고 왔어?"

놀라서 묻자 새는 고개를 끄덕이더니 기진맥진해서 침대에 엎어졌다. 평소에는 좀 조심스럽게 행동하는 새였는데. 오늘은 많이 힘든 모양이었다. 새에게 물을 떠다 준 후, 나는 얼른 편지를 열어보았다.

확답을 해주지 않으셨지만, 퀸은 아니라면 아니라고 딱 잘라 말씀하셨을 분이시지요. 만남을 기대해도 좋을까요? 퀸을 만날 수 있단 생각에 기쁩니다.

기대에 부푼 문구가 편지에서 춤을 추는 듯했다. 하인리 왕자가, 내가 대관식에 올 거라 예상하고 기뻐하는 모습이 눈에 선했다.

'왕자가 조금만 눈치가 없었더라면 차라리 나았을 텐데⋯⋯.'

그가 기뻐했을 만큼 미안해졌다. 하인리 왕자의 짐작처럼, 편지를 쓸 때에는 갈 생각을 한 게 맞았다. 문제는⋯⋯.

'어쩌지?'

지금 상황에서는 대관식에 갈 수 없다는 것. 낙태약에 대한 일로 상황이 좋지 않은데. 소비에슈는 내 친오빠가 범인이란 걸 확신하고 있다. 알아보니 실제로도 친오빠가 자기 친구와 둘이서 벌인 짓이었고. 이 와중에 내가 자리를 오래 비우는 건 곤란했다.

"후우……."

나는 책상으로 가 편지지를 꺼낸 다음 펜에 잉크를 묻혔다.

'그래도 왕자가 파란 새를 한 번 더 보내주어서 그나마 다행이지.'

사절단이 돌아가서 내가 아니라 릴테앙 대공이 대관식 축하 사절단의 대표가 되리란 걸 알릴 테지만, 그래도 직접 사정을 설명하는 게 좋을 거다.

거리가 먼 데다 그 즈음에는 다른 급한 일들이 많아 도무지 일정을 내기 어려워요. 축하의 마음만 전하겠습니다.

그런데 말을 골라가며 편지를 쓰고 있자니, 파란 새가 편지지 옆에서 이상한 소리를 냈다. 쓰기를 잠시 멈추고 돌아보자, 파란 새가 편지를 뚫어져라 쳐다보고 있었다. 내 시선을 느낀 건가. 새가 힐끗 나를 곁눈질하더니, 갑자기 자기 털을 고르기 시작했다.

"?"

꼭 딴청을 부리는 것처럼. 신기하고 귀여웠지만 지금은 편지를 쓰는 게 우선이었다. 나는 다시 편지에 몇 마디를 덧붙인 후, 파란 새의 다리에 묶어주었다. 바쁘기라도 한 걸까. 파란 새는 내가 편지를 묶자마자 곧장 휙 창문 밖으로 날아갔다. 멀어지는 새의 뒤꽁무니를 잠시 보다가, 나는 창문을 닫고 응접실로 나갔다.

그리고 그날 밤까지 깊게 고민해본 후, 마음의 결정을 하고서 소비에슈를 찾아갔다. 시간을 끌면서 '소비에슈에게 뻔히 보이는 거짓말을 할까, 자존심을 굽히고 사과를 할까'를 고민해보았자 소용없을 거란 결정을 내렸기 때문이었다.

이런 문제는 고민하면 할수록 복잡해진다. 어떤 방향을 선택하든 자존심이 상한다면 차라리 사과를 깔끔하게 해치워버리는 게 나았다. 사과를 하면 이 일은 이걸로 끝이지만, 거짓말을 하면 계속 거기에 매달려 있어야 하니까. 하지만 내일 아침까지 계속 기다렸다간 마음이 도로 변할까 봐, 늦은 시간이지만 바로 소비에슈를 찾아갔다.

'혹시 소비에슈가 라스타와 있진 않을까.'

동궁 복도를 걸어가면서 뒤늦게 이 생각이 떠올랐으나, 그래도 사과할 시간 정도 못 뺄까 싶어 그냥 갔다. 다행히 소비에슈는 침실에 홀로 있었다. 이번에는 그도 나를 바로 들여보내주었다.

"조사는 끝났소?"

문을 닫고 가까이로 걸어가자마자 소비에슈는 곧장 물었다. 내가 무슨 볼일로 왔는지 훤히 안다는 투였다. 하긴. 돌려 말할 필요는 없지.

"네."

고개를 끄덕이자 그가 눈썹을 치켜올리고서 내 대답을 기다렸다. 억울한 마음이 들었지만 참고서 억지로 입술을 떼었다.

"폐하의 말이……."

그러나 뒷말을 하기 전. 소비에슈가 손바닥을 뻗어 내 입술 위에 얹었다. 얼결에 입을 다물 수밖에 없었다. 무슨 짓이야? 눈에 힘을 주고 쳐다보자, 소비에슈는 그 상태로 말했다.

"여기까지만 해도 되오."

"······무슨 뜻입니까."

"그대가 하려던 말. 짐작하고 있으니 할 필요 없다고."

"사과를 원한다면서요."

"홧김에 한 말이었소. 아니까 말하지 마시오. 나한테 사과한 다음 방에 돌아가서 씩씩거리지 말고."

"라스타 양이 아파서 그러나요?"

"여기서 라스타 이야기는 도대체 왜 나오는 거지?"

애초에 내가 사과를 하게 된 계기가 내 오빠와 라스타니까. 하지만 소비에슈는 내가 라스타 이야기를 꺼낸 것만으로도 기분이 나쁜 모양이다. 입술을 달싹이는 표정이 불쾌해 보였다. 저 표정이 나왔으니 또 날 모욕하려나? 그러나 그는 라스타에 관해 무어라 하는 대신, 예상치 못한 경고를 했다.

"사과는 됐으니 이것만 기억해두시오. 이번엔 그대를 지키기 위해 그대 오빠가 내 아이를 해치려 한 걸 묻어주겠지만, 다음에도 같은 일이 생긴다면 내 아이를 지키는 선택을 할 거란 걸."

"······."

"알아들었소?"

소비에슈가 정말로 날 지키기 위해 오빠가 한 일을 묻었다는 건 믿을 수 없다. 차라리 이 일을 공론화한 후 벌어질 일들이 복잡하고 머리 아파 묻었다는 게 더 그럴듯하지. 하지만 지금은 오빠의 끔찍한 실수를 사과하러 온 자리였다. 굳이 이런 이야기를 꺼낼 필요는 없었다.

"명심하지요."

최대한 무덤덤하게 대답했으나, 소비에슈는 더욱 심각한 표정을 지으며 거듭 강조했다.

"황후는 현명한 사람이니 같은 실수를 두 번 반복하진 않을 거야. 믿겠소."

소비에슈는 창가에 서서 회랑을 쳐다보았다. 2층 창문에서는 돌아가는 황후의 옆모습을, 표정을, 바라볼 수 있었다. 그러나 황후는 지붕 아래로만 칼같이 걸어가는지, 돌아가는 모습을 조금도 보여주지 않았다. 서궁 쪽으로 완전히 들어가기 전, 잠시 그림자가 멈칫한 채 흔들렸을 뿐. 황후가 완전히 가버리는 걸 확인한 후에야 소비에슈는 창문을 닫고 침실을 나갔다. 그가 향한 곳은 근처에 있는 라스타의 방이었다.

"라스타 님은 잠드셨습니다, 폐하."

응접실 벽에 기대어 꾸벅꾸벅 졸고 있던 새로운 하녀는 소비에슈를 보자 얼굴이 하얘져서 얼른 보고했다. 그녀는 낙태약 사건으로 라스타의 기존 하녀들이 쫓겨난 후 새롭게 배정된 하녀였다.

소비에슈는 고개를 끄덕였으나 곧장 침실 휘장을 걷고 들어갔다. 라스타는 커다란 침대에 파묻히듯 누워 있었다. 그는 천천히 라스타의 앞까지 다가가 그녀를 내려다보았다. 소비에슈는 그녀를 깨우는 대신, 볼에 묻은 머리카락을 떼어준 후 침대에 걸터앉아 허리를 숙였다. 소비에슈는 심란한 얼굴로 라스타의 배를 가만히 바라보다가 조심스럽게 귀를 배 위에 대보았다.

그때였다.

"폐하?"

잠들어 있던 라스타가 잠긴 목소리로 그를 불렀다.

"나 때문에 깨었느냐."

"으음…… 네에. 하지만 괜찮아요. 일어나자마자 폐하가 보여서 좋아요."

소비에슈가 배에서 귀를 떼자 라스타는 쑥스러워 웃었다.

"아무 소리도 안 들릴 거예요. 아직 태동도 없는걸요."

"몸은 괜찮으냐? 아픈 곳은 없고?"

"요 며칠 라스타는 계속 심장이 욱신거리고 배가 아프고 허리도 아렸어요. 임신 때문이라 생각했는데…… 낙태약을 먹어서 그랬나 봐요. 아직도 배가 좀 아픈 걸 보니 아주 독한 약이었던 게 분명해요."

소비에슈의 손가락이 잠시 멈칫했으나, 그는 곧 안쓰럽단 표정을 지으며 배를 가볍게 다독였다.

"빨리 나아야지. 하지만 이젠 그런 일이 없을 테니 안심하거라."

"범인은 잡혔나요, 폐하?"

"잡아야지. 어쨌든 이 일로 주방장과 하녀들을 내보냈으니, 새로 온 이들은 아주 조심할 거다."

라스타는 소비에슈의 손 위에 자신의 손을 겹쳐 깍지 꼈다. 그러고는 커다랗고 예쁜 눈으로 그를 쳐다보며 애원했다.

"폐하. 라스타는 누가 라스타와 아기를 죽이려 한 건지 알 것 같아요."

"……누구라고 생각하느냐?"

"누군지는 말하지 않을래요. 그분도 궁지에 몰려서 그랬을 테니까요."

"혹시 그게, 황후를 가리키는 말이냐?"

"말하지 않을래요. 확실한 게 아니니까요."

"……."

"하지만 폐하. 범인이 어떤 사람이었든, 우리 아기는 꼭 지켜주셔야 해요. 꼭이요."

다음 날, 나는 다시 한 번 파르앙 후작을 불렀다. 이번에도 그는 부르자마자 바로 달려와주었다.

"화는 좀 풀리셨습니까?"

"당부할 게 있어요."

"어려운 부탁일까요?"

"오빠가 또 이번 같은 일을 하자고 하면 말려줘요."

같이 사고 치지 말고. 뒷말은 실례일 것 같아서 생략했다. 파르앙 후작은 눈썹을 눈사람처럼 처지게 만들었다. 가엾은 척하는 표정이었으나 전혀 가엾지 않았다. 오빠가 욱해서 나쁜 짓을 저지르는 유형이라면, 파르앙 후작은 차분하게 거기에 동참하는 유형이었다. 이번에 오빠가 낙태약을 쓰자고 했을 때도 놀라는 척하면서도 냉큼 그러자 나섰을 터였다.

"약속해줘요."

"황후 폐하도 아시다시피 코샤르가 무서운 성정이라⋯⋯."

"만만치 않은 거 압니다."

딱 잘라 말하자, 파르앙 후작은 눈꼬리를 휘며 웃었다. 하지만 웃고만 있을 뿐, 이번에도 대답은 없었다.

"이틀 전에도 말했지만. 폐하께서는 낙태약 사건의 범인이 누구인지 알고 있어요."

"⋯⋯."

"확신하고 있지요. 그리고 이번 일은 넘어가주겠지만, 다음에도 아기에게 해가 될 행동을 할 시에는 절대로 가만히 있지 않을 거라 하셨습니다."

소비에슈의 경고를 듣자 그제야 파르앙 후작도 심각한 표정이 되었다.

"그러니 제발 둘 다 자중해줘요. 폐하께서 알고 말고를 떠나서, 낙태약을 사용하는 건 나도 원하지 않습니다."

"마법사 기근 현상……."

하인리는 책상 앞에 앉아서 보고서를 빠르게 훑었다. 동대제국에 있을 때 마법청에서 슬쩍 베껴 온 보고서로, 사실은 극비 문서였다. 하인리는 심각하게 보고서를 읽으며 흐흠, 흐흠 소리를 냈다. 마법사들의 숫자가 줄어들고 있는 건 조금만 관심을 가져도 알 수 있는 일이다. 하지만 정확한 수치는 알려지지 않았는데, 보고서로 확인해보니 줄어드는 속도가 예상외로 심각했다.

'마법사들은 동대제국 황제를 지탱하는 힘이지.'

하인리는 흐릿하게 웃으며 보고서를 반듯하게 접었다. 그러다가 "응?" 하는 소리를 내며 창문을 쳐다보았다. 파란 새 한 마리가 창문 밖에서 날개를 요란하게 퍼드덕거리고 있었다. 다가가서 창문을 열어주자, 파란 새는 얼른 방 안에 들어오더니 숨을 헐떡거렸다.

"벌써 다녀왔어?"

하인리는 새의 작은 머리통을 손가락으로 쓸고서, 새의 다리에 매달린 편지를 빼냈다. 새는 토라진 듯 팩 고개를 돌리더니, 하인리가 편지를 가져가자마자 뒤로 물러서며 순식간에 나신의 남자로 변했다. 맥켄나였다. 하인리는 한두 번 겪는 일이 아닌 듯, 맥켄나 쪽은 쳐다보지도 않고서 편지부터 확인했다.

"고생했단 말씀도 없으십니까."

"휴가 열흘 추가."

"말하지 않아도 느껴지는 것들이 있죠."

하인리는 빙그레 웃고서 편지를 빠르게 훑었다. 그러나 입가에
띤 미소는 순식간에 사라지고 울적한 표정이 떠올랐다. 나비에가
편지를 쓸 때 옆에서 내용을 같이 보았던 맥켄나는 괜히 자기가 민
망해져서, 그를 위해 하인리가 준비해둔 옷을 바쁜 척 입었다.

"맥켄나."

"예, 전하."

"퀸께서 못 오신대."

"그러십니까?"

"다 알면서 뭘 시치미야."

"그게…… 네에."

하인리는 무겁게 한숨을 내쉬고서 편지를 원래대로 접어서 비밀
서랍 안에 집어넣었다.

"많이 바쁘신가. 건강도 생각하셔야 할 텐데……."

하인리는 눈가를 누르면서 중얼거린 후 다시 책상 앞에 앉았다.
속상하지만 막무가내로 졸라서 그녀를 부담스럽게 하고 싶진 않
았다.

"저…… 전하."

그런데 옷을 다 입은 맥켄나는 밖으로 나가지 않았다. 대신 책상
앞으로 다가왔다.

"왜 그래?"

하인리가 쳐다보자, 맥켄나는 동대제국에서 일어났던 낙태약 사
건에 대해 조심스럽게 설명했다.

"실은 동대제국이 한참 시끄러웠습니다. 소비에슈 황제의 정부

식사에 낙태약이 섞여 있던 게 발견되어서 난리가 났거든요."

하인리는 눈썹을 치켜떴다.

"황후 폐하께서도 그 일 때문에 바빠진 건가?"

"그게…….'

"뒷이야기가 더 있구나. 뭔데?"

"이건 아는 사람도 쉬쉬하는 데다 동대제국 귀족들도 거의 모르
는 이야기입니다만……."

"?"

"낙태약을 먹인 게 나비에 황후 폐하의 친오빠란 이야기가 있습
니다."

말을 하면서도 맥켄나는 '이 이야기를 해도 좋을지 모르겠다'는
표정이었다. 하인리는 깜짝 놀랐다.

"황후 폐하께서는? 괜찮으시냐?"

"낙태약을 먹은 사람과 아기는 괜찮습니다."

"황후 폐하께서는?"

"안 드셨으니 당연히 괜찮으시겠지요."

"그게 아니라, 소비에슈 황제가 또 황후 폐하께 함부로 대하지
않느냐 이 말이다."

"제가 도착했을 때는 이미 한차례 진정이 된 후라 그것까진 모
르겠습니다."

하인리의 표정이 일그러졌다. 특별 연회 때 라스타를 살뜰하게
챙기던 소비에슈의 모습이 떠오른 탓이다. 그 꼴을 보며 속상해할
누군가를 떠올리자 그의 심장도 덩달아 아파왔다.

"그 일 때문에 못 오시는가 보다."

"제 생각에도 그런 것 같습니다."

"그런데도 내가 걱정할까 봐 그런 내색조차 않다니……."

"그냥 황실의 치부라 안 적으신 게 아닐까요?"

맥켄나가 상당히 객관적인 의견을 제시했으나, 하인리는 고개를 저었다. 그 후부터 하인리는 한참 동안 뒷짐을 진 채 가만히 서 있었다. 기다리다 못한 맥켄나는 천천히 문으로 향했다. 깊게 고민에 빠진 듯하고. 그 고민이 나랏일은 아닌 듯하고. 아주 사적인 듯하니 자리를 비키려는 것이다. 그러나 맥켄나가 방문을 열고 나가기 직전. 하인리가 중얼거렸다.

"역시 이대로는 안 되겠다."

맥켄나는 문고리에서 손을 떼고 천천히 돌아섰다. 하인리가 복잡하고 서글픈 얼굴로 서 있었다. 뭔가를 단단히 결심한 표정으로.

"거기 있어보아라, 맥켄나."

하인리는 맥켄나에게 지시한 후 편지지를 꺼내 무어라 바쁘게 휘갈기기 시작했다. 순식간에 편지 한 통을 다 쓴 하인리는 맥켄나를 향해 그 편지를 내밀며 부탁했다.

"한 번만 더 수고해줘. 이번엔 에르기에게 전하고 오면 된다."

"……또 동대제국에 갔다 오라고요?"

"네가 제일 빠르잖아."

맥켄나는 절망적으로 편지를 받아 들었다.

소비에슈는 라스타의 기분을 풀어주기 위해 작은 규모의 파티를 열어주었다. 작은 규모라지만 황실에서 열리는 데다 초대장이 없는 파티여서, 상당히 많은 사람들이 모여들었다. 이들 중 3분의 1은 황제의 정부에게 가까워지고 싶어 하는 이들이고, 3분의 1은 어떻게 해서든 고위 귀족들과 인맥을 만들어보고 싶어 하는 이들이었다.

황후도 참석하지 않았기에 이 파티의 주인공은 그야말로 라스타였다. 라스타는 기쁜 마음으로 그들의 찬사와 아부를 받으며 웃고 떠들었다. 하지만 그 웃음은 보고 싶지 않은 얼굴을 발견하자마자 대번에 사라졌다.

"먼 시골에서 살다가 최근에 수도로 이사 온 친구랍니다. 참으로 재밌고 유쾌한 친구여서, 꼭 라스타 양에게 소개해주고 싶었어요."

한 귀족이 다가와 친구를 소개해주었는데, 그 친구가 다름 아닌 로테슈 자작의 딸인 르베티였던 것이다. 라스타는 르베티를 보고 너무 놀라서, 그녀를 소개해준 귀족이 재밌다는 듯 피식 웃었다는 걸 눈치채지 못했다.

주위의 몇몇 귀족들이 짓궂은 눈빛을 교환했다. 그들은 일전에 알렌에게 끊임없이 '황제의 정부 라스타'에 대한 이야기를 꺼낸 이들이기도 했다. 여러 가지 굵직한 사건들 탓에 묻혀버렸지만, 아직도 귀족들 중엔 라스타가 정말 로테슈 자작의 노예 출신인지 궁금해하거나 노예 출신이라 확신하는 이들이 있었다. 이들 중 짓궂은 이들은 '정말 라스타 양이 로테슈 자작의 노예였다면 알렌이나 르베티를 보고 반응이 있을 것'이라며 서로 내기를 걸기도 했다. 이런 내막까지는 알 수 없었지만, 라스타는 사람들이 자신에게 고의적으로 르베티를 데려다준 것은 대번에 알아차렸다. 하지만 라스타는 화를 내는 대신 표정을 정리하며 웃었다.

"처음 뵙겠어요."

알고 온 건 아니었던지 르베티도 처음에는 놀란 표정이었다. 하지만 라스타의 인사를 듣자, 그녀는 가소롭다는 듯이 웃었다. 라스타는 애써 계속 웃었지만 심장이 철렁 내려앉았다. 그러나 르베티가 무어라 말하기 전이었다.

"실례합니다, 실례합니다, 실례합니다."

사람들 사이를 헤치고서 알렌이 먼저 나타나더니, 집안일로 급히 돌아가봐야 한다며 동생을 데려갔다. 라스타 쪽을 힐긋 보긴 했지만 인사는커녕 알은척조차 하지 않았다. 관심도 일면식도 없는 사람인 것처럼. 사람들은 흥이 깨지자 재미없어하며 흩어졌다. 상황을 재밌게 지켜보던 이들도 다시 라스타에게 상냥하게 말을 걸었다.

하지만 라스타는 아까처럼 즐겁게 파티를 즐길 수가 없었다. 일부러 르베티를 데려왔으면서 악의 없었던 척 구는 이들이 영 꺼림칙했다. 그녀는 귀족들과 어울리는 대신, 적당히 기회를 보다가 밖으로 나와버렸다. 그러나 진즉에 떠났어야 할 알렌은 멀지 않은 곳에 있었다. 멈칫하는 라스타에게 알렌이 기다렸다는 듯이 바로 다가와 말했다.

"아버지는 널 모른 척 대하라고 하지만, 그래도 안에 대해선 얘기해줘야 할 것 같아서 왔어."

'안'은 에르기 공작이 알려준 그녀의 아기 이름이었다. 그런데 지금 이 남자가 그녀의 아들 이름을 입에 올린 것이다. 라스타는 낯빛이 창백해져서 서둘러 알렌의 입을 틀어막았다.

"지금 라스타를 협박하는 거야?"

알렌은 처음 들어보는 라스타의 반말에 잠시 놀랐지만, 곧 슬픈 표정으로 고개를 저었다. 그는 라스타의 손을 부드럽게 치우며 말했다.

"그런 게 아니다. 정말로."

"라스타가 황제 폐하의 연인이란 걸 알면서 그…… 이야기를 꺼냈잖아. 그런데도 협박이 아니라고?"

"네가 안을 위해서 수도에 저택을 마련해주었단 말을 들었어."

라스타는 눈을 가느스름하게 떴다. 그녀가 로테슈 자작의 저택 구입 비용을 주었단 걸 아는 이는 로테슈 자작뿐이었다. 에르기 공작도 돈을 빌려주기만 했을 뿐 무엇에 사용했는지는 모르니까. 그렇다면 알렌에게 저런 말을 해준 사람도 로테슈 자작일 텐데……. 알렌에게는 자기가 협박으로 저택을 뜯어냈단 말을 안 한 건가?

'하긴. 자식들에게 아버지가 협박범이란 말을 하긴 싫겠지.'

"그래서?"

라스타는 굳이 아니라 말하는 대신 차갑게 되물었다.

"안은 건강해. 널 닮아서 아주 예쁘고."

"……그래서?"

"네게 얘기해줘야 할 것 같아서."

"라스타한테 왜?"

"많이 힘들어했잖아. 안이 죽은 줄 알고."

"힘들어하는 라스타를 보면서도 무시하던 네가 할 말은 아닌데."

"미안해. 그땐 너무 무서웠어."

"라스타도 무서웠어."

"알아. 하지만 내가 더 무서웠어. 넌 잃을 게 없었지만 난 아니었 잖아. 모든 걸 다 버리고 널 선택하는 게……."

"옛날 얘긴 하고 싶지 않아."

라스타는 알렌을 가증스럽단 듯이 쳐다보다가, 빙그레 웃으며 그의 말을 돌려주었다.

"라스타도 지금은 잃을 게 많거든. 네가 겪었단 감정이니, 이해 할 수 있지?"

"!"

"너네 아버지가 라스타를 아는 척하지 말랬다며. 그럼 그렇게 해. 네 버르장머리 없는 동생도 똑바로 처신하라 하고."

로테슈 자작이 두려우면서도 미운 존재라면, 알렌은 그저 밉고 미운 존재였다. 차갑고 싸늘한 말은 거침없이 나갔다. 라스타는 알 렌을 벌레 보듯 쳐다보고서 휙 스쳐 지나갔다. 하지만 냉담한 태도 와 달리 심장은 쿵쿵 뛰고 있었다. 연인이지만 도련님이기도 했던 알렌에게 거침없이 말하는 자신이 대단하게 여겨졌고, 역전된 상황에 짜릿한 기분이 들었다. 반대로 안을 만나고 싶지 않다고 매몰차게 말한 게 신경 쓰였다.

결국 라스타는 자신의 방으로 돌아가던 방향을 틀어 에르기 공작을 찾아갔다. 이런 일을 상담할 수 있는 건 에르기 공작뿐이었다. 에르기 공작의 방문 앞에는 아무도 없었지만, 라스타는 망설임 없이 문을 열고 들어갔다. 무례하게 보일 수 있는 행동이지만, 에르기 공작이 라스타에게 허락한 일이었다. 그리고 이 허락은 에르기 공작에 대한 라스타의 신뢰를 더 높여주었다.

"독한 놈……."

그런데 방 안에 들어가자마자 에르기 공작이 중얼거리는 소리가 들려왔다.

'욕?'

라스타는 소리가 난 방향을 쳐다보았다. 에르기 공작이 한 손에 편지를 쥔 채 읽고 있었다. 창가에는 파란 새가 앉아 있었다.

"공작님?"

라스타가 그를 부르자, 파란 새는 놀란 듯 날아갔다.

"아가씨. 왔어?"

에르기 공작은 편지를 접어 품에 넣으며 웃었다.

라스타는 다가가며 물었다.

"안 좋은 소식인가요?"

"아아, 그건 아니고."

"험한 말을 하시던데."

"친구가 미칠까 봐."

"예?"

"이런 건 모른 척 넘어가줘, 아가씨."

라스타는 그가 말한 미친 친구가 누구일지 궁금했지만, 에르기 공작이 말하고 싶어 하지 않는다는 걸 알아차리고는 더 캐묻지 않았다. 대신 아까 알렌과 르베티를 만난 일, 알렌이 안에 대해 언급한 일에 대해 털어놓았다.

"전에도 말씀드렸다시피, 알렌은 라스타를 비참하게 버린 남자예요. 르베티는 알렌의 동생인데, 제가 자기 오빠와 연애하는 걸 싫어해서 늘 몰래 괴롭힌 못된 애구요. 두 사람은 제 아기에 대해서 알고 있는데, 어떻게 나올지 걱정이에요."

에르기 공작은 들은 후 별것 아니란 듯 대답했다.

"로테슈 자작이 알렌이란 놈한테 아가씨를 아는 척하지 말라 했다며. 그럼 로테슈 자작이란 작자도 지금 상태에 머물고 싶단 뜻이야. 자식들 단속은 알아서 시키겠지."

에르기 공작의 말에 라스타는 그제야 안심했다. 그녀 역시 같은 생각을 했으나, 에르기 공작이 거듭 말해주자 훨씬 안심이 되었다.

"그걸 상담하러 온 거야?"

"혹시…… 누군가 라스타의 식사에 낙태약 섞은 일은 아세요?"

"모르는 사람이 없을걸. 다행히 별문제가 없었다며. 왜? 아니야?"

"그건 맞아요."

"근데 왜?"

"그 일이 있기 며칠 전에…… 라스타는 개인적으로 다짐했어요.

라스타는 스스로를 지키고 아기를 지킬 거라고."

"좋은 결심이네."

"그렇죠. 문제는 그 결심을 하자마자 낙태약을 먹고 있었단 걸 알아차린 거예요."

라스타는 두 손으로 자신의 배를 살짝 감싸며 물었다.

"앞으로도 이런 일이 있을까 봐 겁이 나요. 피할 방도는 없을까요?"

"두 가지 방법이 있지."

"어떤 거요?"

"하나는 황제 폐하께 도움을 청하는 거야. 직접 나서지 말고, 무섭다고 계속 졸라봐. 뭐든 해주실 테니."

너무 수동적인 데다 이미 하고 있는 방법이었다. 이것도 방법이라고 할 수 있다면. 라스타는 고개를 저으며 물었다.

"다른 방법은요?"

"때로는 선공이 최선의 방어지. 공격 받기 전에, 아가씨를 공격할 만한 이들을 먼저 다 없애버려."

거침없는 에르기 공작의 발언에 라스타는 눈을 휘둥그렇게 떴다. 난폭하기는 하지만 꽤 그럴듯했다. 그녀는 혹해서 곰곰이 생각해보았다. 그러나 곧 침울해져서 고개를 저었다.

"라스타의 적은 라스타보다 신분도 높고 권력도 높고 재산도 많아요. 그런데 그게 가능할까요?"

"적이 누군지 확실히 아나 봐?"

"……."

"혹시 그 신분 높고 권력 높다는 적이 황후 폐하를 말하는 거야?"

라스타는 머뭇거리다가 고개를 끄덕였다.

"처음에 라스타는 그분과 친해지고 싶었어요. 자매처럼요. 물론 라스타가 그분보다 신분이 낮지만, 다들 입을 모아 황후 폐하를 칭송하니까, 그분의 사랑과 배려가 라스타에게도 올 거라 믿었어요."

"지금은 그런 마음이 없어?"

"하인리 왕자 앞에서 라스타를 거짓말쟁이로 만들었고, 라스타가 오해한 일을 모두 앞에서 말해 라스타를 우습게 만들었고, 드레스가 비슷하단 이유만으로 라스타를 따라쟁이로 만들며 모욕하고, 사람들 앞에서 나쁜 뜻을 가진 보검을 선물하며 라스타를 모욕하고, 그분의 오빠가 라스타를 때릴 때도 가만히 보고만 있었죠."

"흠."

"게다가 자기가 불임이라고 해서 라스타의 아기를 공격하다니. 라스타가 싫어도 아기는 무슨 죄인데요!"

"그렇지."

"지금은 황후가 싫어요. 무서워요."

딱 잘라 말한 라스타는 약간 겁먹은 얼굴로 덧붙였다.

"황후가 라스타를 공격하더라도 방어할 방법이 있을까요? 황후에게는 먼저 공격한다든가, 그럴 수 없잖아요."

에르기 공작은 손가락을 꿈틀거리며 자신의 볼을 두드렸다. 그는 재밌다는 듯 라스타를 유심히 바라볼 뿐 대답하지 않았다. 그러나 웃음 띤 입가와 달리 눈이 차가웠다. 황후 이야기를 꺼내서인가? 라스타는 잠시 고민했다. 황후에 대한 표현을 좀 다르게 할까?

하지만 라스타가 말을 바꾸기 전에, 에르기 공작이 부드럽게 웃으며 입을 열었다.

"황후의 공격을 막는 방법은 딱 하나지."

"있어요?"

"아가씨가 황후가 되면 돼."

"!"

"괜찮아. 황후는 의외로 자주 바뀌거든?"

라스타는 생각지도 못했던 대답에 눈을 커다랗게 부릅떴다. 황후를 동경할 때에도 싫어할 때에도 두려워할 때에도, 이건 상상조차 해보지 못한 일이었다. 그녀가 꿈꿀 수 있는 최대한의 행복은 황제의 사랑과 황후의 우정을 받으며 행복한 황궁 생활을 보내다가, 그녀의 아이들이 황자 황녀가 되는 것이었다. 그런데 직접 황후가 되라고……?

'노예 출신인 내가, 황후가?'

라스타는 얼굴이 하얘져서 무섭다는 듯 손을 저었다.

"그, 그런 말은 하지도 마세요!"

"어렵지 않아, 아가씨. 말했다시피, 황후는 의외로 자주 바뀌거든."

그래도 라스타가 쉽게 진정하지 못하고 손가락을 바르르 떨자, 공작은 하인을 불러다가 따뜻한 음료를 가져오라 지시했다. 라스타는 그걸 몇 모금 마신 후에야 손을 떨지 않고 물었다.

"정말인가요……?"

"물론."

"하지만 라스타는 출신이…… 가능할 리가 없어요."

"출신이야 바꾸면 되잖아?"

"바꾸다니요?"

"알고 보니 사실 아가씨의 '친부모'는 귀족이었다더라, 아가씨는
모종의 사건으로 인해 잃어버린 모모 귀족가의 영애더라. 이런 거."

"!"

에르기 공작은 무릎에 팔을 올리고서는 허리를 숙이며 속삭였다.

"자, 상상해봐. 아가씨의 부모는 잃어버린 아기를 찾아다니고 있
던 거야. 그러다가 아가씨가 동대제국 황제의 정부가 되고, 그 아름
다움으로 소문이 자자해지자 혹시나 싶어서 찾아오는 거지."

"동화 같아요……."

"동화 맞아. 그래서 사람들이 좋아하잖아?"

냉소적으로 말한 에르기 공작이 눈을 반짝이며 물었다.

"아가씨, 혹시 가족 있어?"

"……아니요."

"그러면 상관없어. 부모 노릇을 해줄 가난한 귀족들은 얼마든지
있거든."

에르기 공작은 잘됐다는 듯 호탕하게 웃었다.

"하지만 동대제국 귀족으로 하면 티가 날지 모르니, 내가 우리나
라 귀족을 주선해줄게."

라스타는 멍해져서 제대로 대답할 수조차 없었다. 가짜 부
모……. 자신의 딸이 노예가 되도록 만든 범죄자 부모가 아니라, 당
당한 부모……? 평생 족쇄처럼 여겨졌던 신분이, 이렇게 바꿔치기

하기 쉬운 거라고……? 라스타는 눈을 느리게 깜빡였다. 에르기 공작의 말이 너무 거대해서 거기에 감정이 짓눌린 듯했다. 지금 자신이 놀라고 있는지 좋아하는 건지조차 구분이 가지 않았다.

그러나 또렷한 감정도 하나 있었다. 소비에슈에게 섭섭한 마음. 이왕 거짓말을 해주는 김에 소비에슈도 처음부터 가짜 귀족 부모를 만들어주었더라면 좋았을걸. 어째서 그러지 않았을까? 에르기 공작이 말하는 걸 보니 그리 어렵지 않은 모양인데?

'폐하는 라스타를 황후로 만들 생각은 없으셨던 거야.'

"아가씨."

에르기 공작은 라스타의 앞에 대고 손가락을 튕겨서, 그녀가 다른 생각을 하지 못하게 시선을 집중시켰다.

"아. 미안해요."

"내 말대로 할 생각은 있어?"

"……있어요."

"쉽게 말했지만 위험한 방법이야. 그렇지만 아가씨가 황후에게서 스스로를 지킬 방법은 이것뿐이라 보거든."

"할래요."

라스타가 다부지게 말하자 에르기 공작은 손으로 입가를 가리고서 눈꼬리를 휘어 웃었다.

"그래. 대신 하나 약속해줘야 할 게 있는데."

"라스타가 황후가 되면 꼭 보답할게요!"

"아니. 그거 말고."

"?"

"누가 뭐라고 설득해도 친자 검사에 절대 응하지 마. 양부모란 게 들통나니까."

"당연하지요."

라스타는 웃으면서 수긍하고는, 손가락을 꼼지락거리면서 조심스럽게 물었다.

"저…… 그럼 그 후에는요? 출신을 바꾼 후에는 어떻게 하면 되나요? 단순히 귀족 출신으로 탈바꿈한다 해서 황후가 바뀌는 건 아니잖아요."

그러나 에르기 공작은 대답 대신 엉뚱한 질문을 했다.

"글을 못 읽는다던데. 지금은 익혔어?"

라스타는 부끄러워져서 작은 목소리로 대답했다.

"이제 간단한 책은 읽을 수 있어요. 쓰는 것도요."

"계속 공부해. 그리고 여러 가지 수업도 들어야 해."

하지만 에르기 공작의 말은 들으면 들을수록 이상했다.

"표정이 안 좋은데. 왜? 공부 싫어해?"

"그게 아니라…… 공부는 그다지 공격적인 방법 같진 않아서요."

"어쩔 수 없어. 나비에 황후는 평판도 명성도 좋거든, 아가씨."

"잘 포장되어 있으니까요."

"포장이든 사실이든, 대놓고 공격했다가는 오히려 역풍이 불어. 그러니 아가씨가 우선 해야 할 일은, 아가씨에 대한 평가를 황후만큼 올리는 거야. 싸울 수준으로는 올라가야 하잖아."

에르기 공작의 말속에는 은연중에 지금 라스타는 황후의 수준이 아니란 뜻이 포함되어 있었다. 라스타는 뾰로통해졌지만 인정하고서 질문했다.

"귀족들은 라스타를 무시해요. 편견이 확실한데, 라스타가 공부 좀 한다고 그 편견을 접을까요?"

"안 접지. 그러니 아가씨가 공략해야 할 건 평민들이야. 아가씨가 그들을 대표할 수 있다 생각하게 만들어."

"아!"

"평의회 의원들의 반은 평민인 거 알지? 뭐, 사실상 평의원은 그냥 명예직에 가깝고 하는 일이 거의 없긴 한데. 그래도 평민들 사이에서 이들이 갖는 의미는 제법 있지. 이 의원들이 아가씨를 지지하도록 만들면 돼."

"어떻게요?"

"황후는 인망이 높지만 지나치게 귀족적인 이미지가 강하잖아? 명문가 영애로 태어나 어린 시절에 황태자와 약혼하고 사교계에 데뷔하기도 전부터 황태자비가 되었으니까."

라스타의 머릿속에 자신의 어린 시절이 떠올랐다. 그리고 황후의 어린 시절을 떠올려보았다. 하지만 황후의 어린 시절은 잘 상상조차 하기 어려웠다. 그런 삶을 산다는 게 어떤 기분일지, 라스타는 도무지 짐작할 수가 없었다.

동시에 너무하단 생각이 들었다. 도대체 황후와 자신의 차이가 무엇일까. 어떤 차이가 황후는 태어날 때부터 황태자비로 만들고, 그녀는 태어날 때부터 노예로 만들었을까? 라스타의 얼굴이 어두워졌다. 에르기 공작은 그 표정을 유심히 살피며 덧붙였다.

"아무리 황후가 평민들에게 잘해준다 한들, 평민들은 벽을 느낄

수밖에 없거든. 그 틈을 파고들어. '같은' 평민 출신이라 평민들을
공감하고 이해할 수 있단 이미지를 만들라고."

어제는 소비에슈가 라스타를 위해 작은 파티를 열어주었던 날이
다. 내가 주최하는 파티도 아니고, 정식으로 열리는 파티도 아니기
에 당연히 나는 참석하지 않았다. 하지만 의외로 참석한 사람들 숫
자가 많았다더니. 본궁에는 어제의 열기가 약간 남아 있는 모양이
다. 몇몇 궁정인들이 어제의 파티에 대해 소곤거리는 소리를 어렵
지 않게 들을 수 있었다.

하지만 오늘은 그들이 떠드는 소리가 기분 나쁘지만은 않았다.
나는 최대한 빠르게 오늘 검토해야 할 몇 가지 사안들을 점검한 후
방으로 돌아왔다. 응접실에서 시녀들과 차를 마시며 기다리자, 어
제 외출했던 로라가 돌아왔다. 로라는 두 손 가득 들고 온 가방을
주베르 백작 부인에게 건네고는 얼른 내게로 다가와 눈을 빛내며
말했다.

"심부름 시키신 대로 했어요, 황후 폐하!"

기다리던 일이었다. 그리고 로라의 풍부한 표정만으로도 일이
잘 풀렸단 걸 알 수 있었다.

"알리슈테가 사람들 앞에서 로테슈 자작의 딸을 '그 여자'에게
보여주었대요!"

"반응은 어땠나요?"

"그 여자는 표정 관리를 한다고 하는데 너무 늦었대요."

로라는 기분 좋게 낄낄 웃으며 말했다.

"로테슈 자작의 딸은 표정 관리를 할 생각조차 하지 않았고요!"

라스타 때문에 벌을 받아 사교계 평판이 떨어졌던 그녀로서는, 이번에 내가 부탁한 일이 상당히 마음에 드는 눈치였다. 그녀는 발을 동동 구르다가 엘리자 백작 부인에게 눈총을 받고는 머쓱하게 웃었다. 하지만 곧 다시 부활해서 주먹으로 소파 손잡이를 퉁퉁 내리쳤다.

"근데 일이 막 재밌어지려는 찰나에 처음 보는 남자가 로테슈 자작 딸을 데려갔대요."

"처음 보는 남자?"

"자작 아들인가 봐요. 아, 자작 딸 이름은 르베티예요, 황후 폐하."

"잘했어요, 로라 양."

칭찬을 해주자 로라는 신이 나서 히히덕거렸다.

"다음에도 또 시켜주세요."

"르베티 양은 어떤 사람이던가요?"

"무척 밝던데요. 그리고 아직 정식으로 사교계 데뷔는 안 했대요. 알리슈테는 퍽 마음에 들어 하는 눈치였어요."

"알리슈테 양에게, 친하게 지내다가 자연스럽게 그 아이를 내게 데려오라 해요."

"네, 황후 폐하!"

로라가 씻기 위해 응접실 밖으로 나가자, 엘리자 백작 부인이 신기해하며 말했다.

"최대한 그 여자와 안 얽히려 하시더니. 심경에 변화가 있으셨나 봅니다."

"서로 모른 척하며 살아갈 기회는 지나갔으니까요."

라스타의 아기에게 약을 쓰려 한 건 정도를 벗어난 나쁜 방법이 었지만, 그전에 라스타 역시 나에게 불임 운운한 건 물론, 오빠가 자신을 떠밀었단 거짓말을 했다. 날 찾아와서 하는 말도 그렇고. 아무래도 자기 아기들을 꼭 황족으로 만들고 싶어 하는 모양이니, 미리 알려줄 셈이었다.

"적당히 선을 그어두어야 할 것 같아요."

파티에서 있었던 일은 소비에슈의 귀에도 들어갔다. 워낙 규모가 작은 파티였기에 '황제의 정부가 전 주인의 딸과 마주쳤다'는 소문이 사교계를 강타한 건 아니었다. 소비에슈가 미리 눈과 귀가 되어줄 이들을 그 파티에도 보내두었기에 받은 보고였다. 비서인 피르누 백작을 통해 그 일을 전해 들은 소비에슈는 심각한 표정이 되었다.

"걱정이군."

소비에슈는 무겁게 중얼거렸다.

"소문이 완전히 없어지려면 아무래도 시간이 걸리겠지요. 그래도 로테슈 자작의 아들인 알렌 경이 일이 커지기 전에 동생을 데려가서 다행입니다."

피르누 백작은 황제를 안심시킬 말을 했다. 실제로도 맞는 말이었다. 그러나 소비에슈의 표정은 풀리지 않았다.

"그 문제가 아니다."

"폐하?"

"귀족들이 라스타를 너무 무시하고 있어."

피르누 백작은 말도 안 된다는 듯 웃었다.

"평민 출신이라는 걸 무시하는 이들도 있긴 합니다. 하지만 훨씬 더 많은 사람들이 라스타 양이 사랑스럽고 귀여운 정부라 생각하고 있습니다. 라스타 양의 순수한 성격은 사교계에서는 보기 힘들지요."

"만만하게 여기고 있지 않느냐."

"예?"

"사랑스럽고 귀엽다. 첫인상이나 호감으로는 좋지. 하지만 그게 전부이지 않느냐."

"아."

"평범한 귀족에게라면 칭찬이겠지. 단순한 정부일 때는 그 칭찬도 괜찮지. 그러나 라스타는 곧 내 아기의 어머니가 될 거다. 이젠 귀족들이 라스타를 어렵게 여겨야 해."

"아아…… 그렇군요. 어렵게 여겼더라면 애초에 그런 장난질을 치지 않았겠지요."

피르누 백작은 난처해져서 어색하게 웃었다. 소비에슈의 말이 맞긴 했다. 뭘 말하는지도 이해가 갔다. 하지만 노예 출신이란 소문이 돌았던 평민 출신 정부를 어렵게 대하는 게 가능할까? 라스타가 하기에 따라 가능할지도 모르지만, 시간이 아주 많이 필요할 터였다. 게다가…….

"폐하. 그 외에도 더 보고할 일이 있습니다."

"무엇이지?"

"전에 말씀하셨던 로테슈 자작에 관한 건입니다."

소비에슈는 홍염의 반지 사건 때부터 로테슈 자작을 눈여겨보다가, 투아니아 공작 부인 사건을 겪으며 그를 주시하고 있었다. 로테슈 자작의 영지인 림웰과 그가 새롭게 구입한 저택을 감시하는 건 물론, 그가 이동할 때마다 행선지 역시 철저하게 확인했다. 하지만 별다른 행보를 보이진 않는 듯 별다른 보고가 없었는데. 드디어 피르누 백작이 무언가 말을 꺼내려는 것이다.

"말해보아라."

"자작의 영지에 부쩍 수상한 이들이 드나들고 있습니다."

"자작의 사람들인가?"

"그건 아닐 겁니다. 라스타 양에 대해 캐묻고 다닌다니까요."

"라스타가 정말로 노예인지 평민인지 알고 싶은 거로군."

"예. 제 생각에도 그 목적 같습니다."

소비에슈는 인상을 찡그리며 지시했다.

"배후가 누구인지 확인해보아라."

"예, 폐하."

그렇게 라스타에 대한 일이 거의 다 마무리 지어졌을 즈음. 조용히 두 사람의 대화를 듣고 있던 랑트 남작이 "폐하." 하고 조심스럽게 소비에슈를 불렀다.

"왜 그러지?"

소비에슈가 쳐다보며 묻자, 랑트 남작은 몇 걸음 소비에슈 쪽으로 가까이 다가와 말했다.

"그렇지 않아도 라스타 양에 관해 보고 드릴 게 있었습니다. 실은, 라스타 양이 제게 부탁을 해왔습니다."

"부탁?"

랑트 남작은 소비에슈의 비서들 중 라스타에게 가장 호의를 가진 비서였다. 소비에슈가 눈썹을 치켜올리며 묻자, 랑트 남작은 송구스러워하며 대답했다.

"예. 궁정 생활에 도움이 되는 귀족 예법을 배우고 싶다 합니다."

"귀족 예법을?"

"아무래도 그, 피르누 백작이 말씀하신 그 일 때문인 듯합니다."

파티에서 귀족들의 놀림거리가 된 게 동기가 아니겠냐는 말이었다.

"그래. 최고의 선생을 붙여주어라."

소비에슈는 흔쾌히 허락했다. 아직 글을 익히지 못해서 선생들을 붙여주지 못했을 뿐. 제대로 정부 생활을 하려면 여러 가지 배워야 할 게 많긴 했다. 하지만 선생을 붙여주라 명령하면서도, 소비에슈는 섭섭한 표정으로 중얼거렸다.

"라스타의 매력이 사라질까 봐 걱정이군."

"좀 더 격식에 맞는 행동을 할 수 있게 될 뿐입니다, 폐하."

"열 살짜리 어린아이들도 귀족식 예법 수업을 받고 나면 성인 귀족들과 행동이 비슷해지지. 라스타도 지금의 신선하고 새로운

면이 사라지고 다른 귀족들과 똑같아질 게 아니냐."

소비에슈는 심드렁하게 말했으나 명령을 철회하지는 않았다. 라스타가 남들과 다 같은 모습이 되면 재미가 없겠지만, 그렇다고 자신의 아기를 임신했는데 성격 탓에 무시 받게 둘 수는 없었다. 소비에슈는 한숨을 내쉬고서 손을 저어 두 비서를 물렸다.

하인리 왕자, 아니, 하인리 왕의 대관식에 갈 사절단이 출발하는 날이었다. 사절단의 대표가 된 릴테앙 대공은 이 여행길이 몹시 마음에 드는 듯, 소비에슈의 격려를 듣는 동안 홀로 히죽거렸다. 하지만 내 배웅 인사를 듣자 대번에 정색하고서는 무심한 척 시선을 아래로 내렸다. 몇 번이나 뇌물을 내쳐도 끈질기게 달라붙더니. 라스타와 친해지고 나자, 이제는 굳이 자존심 상하게 굴 필요 없다 여기는 모양이지.

나와 릴테앙 대공 사이의 냉랭한 분위기 탓일까. 소비에슈는 옆에서 우리를 힐긋거렸지만 굳이 말을 걸진 않았다.

잠시 후. 나는 창가에 선 채 긴 사절단이 천천히 궁정 문을 빠져나가 수도에 난 커다란 길을 따라 멀어지는 모습을 구경했다. 사람들이 행렬을 구경하기 위해 모여드는 게 보였다. 점차 멀어지는 말과 마차의 꽁무니를 지켜보고 있자 아쉬운 마음이 들었다.

이렇게 나의 작은 새와 친구는 천천히 멀어지겠지. 이번엔 이런 일로. 그다음엔 또 다른 일로. 그다음에도 또 새로운 일로. 다양한 이유 때문에 우리는 만나지 못할 것이다. 사심 없이 즐거운 마음으로 말장난하던 시절은 이미 끝이었다.

'이제는 그대 나라의 평안이 그대의 안부라 생각하며 사는 수밖에.'

행렬이 완전히 보이지 않게 되자 나는 괜히 싱숭생숭해져서 창가를 떠났다. 싱숭생숭한 마음은 계단을 하나하나 차분하게 밟아 내려가며 정돈했다. 그런데 서궁으로 돌아가기 위해 길고 구불구불한 회랑을 지나갈 때였다.

"황후 폐하."

가볍고 건들거리는 목소리가 나를 불렀다. 소리가 난 쪽을 보자 옷매무새가 흐트러진 에르기 공작이 보였다. 풀어진 단추와 구겨진 옷자락에 저절로 눈길이 갔다. 에르기 공작은 히죽 웃으며 단추 하나를 건성으로 채우고는 내 쪽으로 다가왔다.

"오랜만이군요."

그는 하인리와 친구이지만 나는 두 사람이 친하게 지내는 걸 본 적이 없다. 반면 에르기 공작은 라스타와 내 앞에서도 친하게 지냈지. 그래서일까. 내게는 공작이 꺼림칙하고 어색한 사람으로 여겨졌다. 하인리의 친구가 아니라 라스타의 친구 같았다.

"가끔 찾아뵙고 싶었는데. 기회가 나지 않아서 말입니다."

"그래요. 언젠간 좋은 기회가 있길 바랍니다."

"하하. 지금은 아니란 뜻이십니까?"

"그럴 리가요."

"그러면 잠깐 같이 걸어도 괜찮을까요? 길이 겹치는 동안만."

적당히 예의를 갖추고 지나가려 했는데. 에르기 공작은 일부러 눈치가 없는 척 따라오며 대화를 시도했다. 그가 아무리 꺼림칙하다 해도 블루 보헤안의 왕족이자 공작이었다. 이렇게 대놓고 나오자 거절할 수가 없었다.

"괜찮습니다."

웃으면서 허락하자 그는 매력적으로 웃으며 아까보다 좀 더 상냥하게 말을 걸었다.

"전 황후 폐하께서 서왕국 사절단 대표가 되실 줄 알았습니다."

"바빠서요."

"누가 많이 실망하겠네요."

"!"

무슨 뜻이지? 하인리를 말하는 건가? 쳐다보자, 에르기 공작은 "레이디 라스타 말입니다." 하고 웃으면서 내 생각을 정정해주었다.

"어째서 그렇게 생각하나요?"

"그야 황후 폐하께서 멀리 가 있는 게 레이디 라스타에게는 좋은 일이니까?"

"……."

"제가 너무 직설적으로 표현했습니까?"

"글쎄요. 그건 레이디 라스타만 알 수 있는 대답 같은데요."

에르기 공작은 그건 그렇다면서 유쾌하게 웃었다. 그러고는 잠시 조용히 웃으며 걷더니, 나를 떠보듯 물었다.

"황후 폐하께서는 레이디 라스타를 어떻게 생각하십니까?"

"대부분의 황후가 대부분의 정부를 대하듯 생각합니다."

"이런."

에르기 공작이 다시 웃음을 터트렸다.

"왜 이렇게 대답을 잘 피해 가십니까?"

"원하는 대답이 있었나요?"

"역공까지."

역공이라고 하기엔 글쎄……. 난 지금 이 남자의 의도를 전혀 모르겠는데. 라스타의 친구가 왜 내게 이렇게 살갑게 굴면서 은근히 괴상한 질문을 던져대는 거지? 내가 라스타를 욕하길 바라는 건가?

"내게 할 말이 있다면 해봐요, 공작."

결국 대놓고 물어버리자, 에르기 공작은 빼는 대신 내가 원하는 대로 해주었다.

"약한 사람을 괴롭히는 건 못난 짓입니다, 황후 폐하."

뼈 있는 말이었다. '약한 사람'은 라스타를 말하는 거겠지. 그렇다면 '못난 짓'은 뭘 말하는 걸까? 뭘 뜻하든, 대답하는 데는 상관없지만.

"먼저 나서서 건드리진 않겠지만."

"?"

"약한 사람이 칼을 들고 뛰어오는데, 상대가 약하단 이유만으로 찔려줄 수는 없답니다."

"!"

"공작은 약한 적을 만나면, 당신의 무기를 버리고 주먹을 감추고 당해줄 건가요?"

에르기 공작이 내 말에 바로 대답하지 않았으므로 무의미하게 시간이 흘러갔다. 그 사이 우리는 어느새 서궁 근처에 도착했다. 그를 안으로 초대할 마음까지는 들지 않아서, 나는 '여기까지'란 신호를 보내며 공작을 쳐다보았다. 공작은 아직도 내 말을 생각하는 듯 진중한 표정이었다. 그러다 눈이 마주치자 그가 눈꼬리를 휘며 웃었다.

'왜 저렇게 웃지?'

이상하게 생각하면서도 작별 인사를 하려는 순간.

"한 대만 때려주시겠습니까?"

그가 예상치 못한 부탁을 했다. 황당한 부탁에 나도 모르게 인상이 구겨졌다.

"그래야 할 이유가 있나요?"

뜬금없이 자기를 때려달라니. 황당했다. 희한해서 쳐다보자, 그가 알 수 없는 말을 중얼거렸다.

"죄책감을 덜고 싶거든요."

"죄책감? 무슨 죄책감을 말하는 건가요?"

당연하겠지만, 에르기 공작은 설명해주는 대신 멈춰 서서 자기가 가야 할 방향과 내가 가야 할 방향을 두 손으로 다르게 가리켰다.

"자, 우리가 같이 걷는 건 여기까지. 이제 서로 다른 길로 가야겠군요. 조심히 들어가시길 바랍니다."

에르기 공작이 말한 죄책감은 자기가 라스타를 편들기 때문에 생기는 죄책감일까? 아니면……. 문득 에르기 공작을 이곳에 불러들인 이가 하인리란 게 떠올랐다. 그리고 두 사람이 무언가 계획을 세웠다는 것도. 에르기 공작의 사과는 그들이 했던 그 계획 때문일까?

푹신한 소파에 앉아 한 번 마시는 데 5만 크랑이나 드는 차를 마시며, 로테슈 자작은 이게 행복이구나 생각했다. 이제 그는 정말로 많은 것들을 가졌다. 화려한 저택, 수많은 고용인, 귀족이란 지위, 언제든 돌아갈 수 있는 고향 영지, 믿음직한 두 자식, 건강, 그리고 그를 저 위까지 치솟게 해줄 성공한 노예까지. 이 얼마나 대단하단 말인가!

이제 그가 원하는 건 딱 세 가지였다. 건강이 좋지 않은 아내가 빨리 나아서 함께 행복을 즐기는 것. 그의 아들이 좋은 가문의 여자와 결혼하는 것. 그의 딸이 좋은 가문의 남자와 결혼하는 것.

자작은 두 자식 중 특히 르베티에게 큰 기대를 걸었다. 아들인 알렌은 안 그래도 별다른 재주가 없는데, 요즘은 노예가 낳은 아기를 애지중지하느라 쓸데없이 바빴다. 가문을 말아먹을 정도로 못난 놈은 아니지만, 가문을 더 드높여줄 것 같진 않았다. 하지만 사랑스럽고 똑똑한 그의 딸 르베티는 아니었다. 그 아이는 그가 뒷받침만 잘 해준다면 높이 올라갈 수 있을 만한 자랑스러운 아이였다.

"르베티! 르베티!"

딸을 떠올리자 부쩍 기분이 좋아진 로테슈 자작은 소리 높여 르베티를 불렀다. 차를 따라주던 집사가 대신 대답했다.

"아가씨께서는 새로 사귀신 친구들과 놀러 나가셨습니다."

"친구들?"

"모두 다 대단한 가문의 영애들이라 합니다."

집사의 눈치 좋은 대답에 로테슈 자작은 껄껄 웃었다.

"역시 그 애는 성격이 좋아. 누구와 있어도 잘 어울리지!"

"그럼요."

집사는 이번에도 눈치 좋게 바로 맞장구쳤다. 로테슈 자작은 흐뭇하게 고개를 끄덕였으나, 맞은편 긴 의자에 앉은 채 아기에게 젖병을 물리고 있는 아들을 보자마자 인상이 구겨져 호통쳤다.

"알아서 먹으라 해라! 뭘 네가 젖병까지 챙기느냐!"

"갓난아기가 어떻게 혼자 먹어요."

"9개월이면 제 앞가림은 혼자 할 수 있어야지!"

"……10개월이에요."

로테슈 자작은 혀를 찼다.

"넌 지금 노예 자식을 챙길 때가 아니라 네 동생을 챙길 때다, 이 멍청한 놈아. 네 동생이 올해 사교계에 데뷔하게 될 건데. 느끼는 바가 없어?"

"시간이 빨리 흐르네요……."

"집에서 애만 보지 말고 좀 다른 집안 영식들과 교우를 하란 거다!"

로테슈 자작은 아들의 맹한 대답에 화가 나 결국 버럭 소리 질렀다. 한두 번 있던 일도 아니기에 집사는 그러려니 하고 태연히 빈 찻잔에 차를 따라주었다. 자작은 아들을 향해 고래고래 삿대질을 했다.

"젊은 청년들과 교류도 하고 성격도 알아보고 해서 네 동생 데뷔탕트 때 에스코트할 귀족을 구해둬야 할 게 아니냐!"

"제가 고르면 마음에 안 들어 할걸요. 르베티는 제 취향이 이상하대요, 아버지. 직접 고르라고 해요."

로테슈 자작은 화가 나서 뜨거운 차를 한 번에 들이켰다. 때마침 아기가 울음을 터트렸다. 알렌은 얼른 젖병을 내려놓고서 아기를 능숙하게 얼렀는데, 그 모습은 자작을 더욱 열통 터지게 했다. 핏줄이니 챙겨야 하긴 하겠지만. 그래도 남들 앞에 드러낼 수조차 없는 아기를 저렇게 애지중지하는 게 이해가 가지 않았다.

그때였다.

"까아아아악!"

까마귀에 가까운 비명 소리가 문가에서 들리더니, 빠르게 가까워졌다. 자작은 찻잔을 내려놓고서 문을 쳐다보았다. 들어온 이는 그의 사랑스러운 딸 르베티였다. 친구들과 재미있게 놀고 왔는지, 표정이 아주 밝았다. 자작은 금세 기분이 좋아져 벌떡 일어났다.

"이리 와라, 아가. 감기 걸릴라. 집사, 우리 르베티에게 담요 좀 가져다주게."

"예, 주인님."

집사가 하인에게 눈짓하자 심부름을 하기 위해 대기 중이던 하인이 얼른 밖으로 나갔다. 르베티는 깡충거리면서 자작의 앞까지 뛰어왔다.

"르베티. 무슨 좋은 일이라도 있었느냐?"

자작은 별거 아닌 일이라도 맞장구를 칠 준비를 하고서, 싱글벙글 웃으며 물었다.

"네!"

그러나 르베티가 말한 '좋은 일'은, 절대로 맞장구쳐줄 수 없는 일이었다.

"아버지, 나 황후 폐하를 만나 뵐 수 있게 됐어요!"

로테슈 자작의 얼굴이 대번에 굳었다.

"누굴 만나?"

"황후 폐하요!"

르베티는 얼굴이 벌게져서 발을 동동 굴렀다. 림웰에 있을 때부터 르베티는 황후를 동경하고 있었으니, 좋을 만도 했다.

"잘됐네."

사정을 모르는 알렌은 이 와중에 진심으로 축하 인사를 건넸다가, 로테슈 자작이 던진 젖병에 이마를 맞았다.

"아버지?"

아버지의 이상한 태도에, 르베티가 의아한 얼굴로 자작을 쳐다보았다. 자작은 허둥거리며 안락의자에서 일어났다.

"어디 가세요?"

"황궁에 좀 다녀오마. 그리고 르베티?"

"네."

"그 얘긴 나중에 하자. 오늘 가진 않을 거지?"

7

나도 그대의 것인데

로테슈 자작은 그 길로 곧장 황궁에 들어가 라스타를 만났다. 라스타는 늘 그렇듯 그를 벌레 보듯 맞이했다. 그 시선을 괘씸하게 여기면서도 로테슈 자작은 참고 넘어가기로 했다. 잠깐의 분노로 황금알을 낳는 거위를 죽여버릴 수는 없지 않은가. 게다가 그 거위의 주인이 황제라면 더더욱. 하지만 자작이 아무리 놀랐다고 해도, 자작에게 르베티 이야기를 들은 라스타만큼은 아니었다.

"황후가 르베티를 왜 만나?"

말을 다 듣자마자 라스타는 깜짝 놀라 외쳤다.

"그거야 나도 모르지. 하지만 알리는 게 나을 것 같아서 왔다."

라스타는 곰곰이 생각해보다가 중얼거렸다.

"황후가 라스타 뒤를 캐고 있는 게 확실해."

작았지만 확신에 찬 목소리였다. 라스타는 초조하게 입술을 자기 이로 물었다 뗴길 반복했다. 불안하기도 했고 화도 났다. 이렇게 남의 뒤나 캐는 사람이 황후라니. 자신은 그런 줄도 모르고 황후를 쫓아다니며 언니, 언니 했단 게 아닌가. 하지만 화가 치밀어도 어쩔 도리가 없었다.

"입조심 시켜. 르베티도 알렌도 둘 다."

그녀가 할 수 있는 건 로테슈 자작을 단속하는 것뿐이었다.

"당연히 그래야지."

로테슈 자작은 자신도 놀라서 달려온 주제에, 기고만장하게 웃으면서 대답했다. 라스타는 그 꼴을 보자 너무 화가 났다. 탁자건 의자건 죄다 엎어버리고 싶었다. 하지만 그런 짓을 했다간 황제가 소식을 듣겠지. 발밑이 단단하지 못한 정부는 그런 행동은 할 수 없었다.

'왜 다들 라스타만 괴롭히는 거지? 라스타는 그냥 조용하게 살고 싶을 뿐인데!'

그런데 왜 저러나. 말할 거리가 떨어졌는데도 로테슈 자작이 미적거리면서 나가지 않았다.

"안 나가?"

라스타는 자작에게 차갑게 물었다. 이런 경우, 자작은 대개 라스타에게도 무리인 요구를 해왔다. 돈, 보석, 커다란 저택, 많은 고용인을 고용할 돈 등등. 이번에도 그럴 거라 생각하니 좋은 소리가 나가지 않을 수밖에.

"이런. 너무 흥분하지 말거라."

로테슈 자작은 히죽 웃으면서 능청스레 말하고는 오히려 의자에 더욱 깊게 몸을 묻었다.

"일은 너무 서두르면 안 되는 법이지 않니."

"또 뭘 원해서 이러는 거야?"

"넌 말귀가 빨라서 좋아, 라스타."

"당신이 느리니 라스타가 빨라지는 수밖에 없었거든."

로테슈 자작은 어깨를 으쓱하더니 주위를 살피는 시늉을 했다. 뭘 하나 싶어서 덩달아 그를 쳐다보자, 자작이 "달력 없니?" 하고 물었다.

"달력?"

라스타가 황당해 되묻자, 자작은 껄껄 웃으며 물었다.

"매년 봄은 데뷔탕트 시즌이지. 아느냐?"

그건 라스타도 알고 있었다. 하지만 자작이 이 이야기를 왜 하는지는 알 수 없었다.

"그게 왜?"

라스타가 꺼림칙해하며 묻자, 자작은 다시 한 번 껄껄 웃었다.

"우리 르베티가 이번 봄에 데뷔탕트를 치르거든."

라스타의 얼굴이 굳어졌다. 슬슬 자작이 뭘 말하려는지 짐작이 갔다. 데뷔탕트는 사교계에 '공식적'으로 첫선을 보이는 자리인 만큼, 아무래도 다들 최대한 화려하고 값비싸게 꾸미서 나타난다. 자작은 또 그 비용을 달라 하려는 게 틀림없었다.

"전에 가져간 돈을 벌써 다 썼어?"

라스타는 짜증이 솟아 물었다. 아기 선물로 받은 보석들이 많이 있었기에 이번에는 에르기 공작에게 돈을 꾸거나 랑트 남작의 눈치를 보진 않아도 된다. 하지만 돈이 많건 적건 남에게 협박당해 주고 싶지 않긴 매한가지였다. 게다가 그 얄미운 르베티가 입을 드레스라는데.

"돈을 달라는 게 아니란다."

"……그럼?"

"콧대 높은 디자이너 중엔 명성 높은 고객이 아니면 안 받는 작자들이 많거든."

"그래서?"

"그러니 네가 직접 드레스를 한번 맞추어다오."

"……."

"물론, 당연히 최고급 원단과 보석만 사용해야 해. 돈은 아끼지 말고."

그게 내 돈이지 네 돈이냐고, 라스타는 속이 부글부글 끓어올랐다. 진심으로 로테슈 자작을 죽이고 싶어졌다. 아니지. 먼 미래……

언젠가 황후가 될 미래를 생각한다면 정말로 지금 죽어버리는 게 낫지 않을까? 미리 손을 써두지 않으면 그가 어떤 거머리로 몸을 불릴지, 벌써부터 까마득했다. 라스타의 눈이 살벌하게 빛났다. 그런 라스타를 힐긋 내려다본 로테슈 자작은 히죽 웃으며 입을 열었다.

"라스타. 혹시나 해서 하는 말인데……."

"?"

"허튼 생각은 하지도 말거라."

라스타가 흠칫하자 그는 끌끌 웃으면서 중얼거렸다.

"내가 황궁에 이 두 발로 혼자 들어오면서 아무런 안전장치 하나 마련하지 않았을까?"

"무슨 소리야?"

"혹시라도 내게 무슨 일이 생기면. 그러니까, 죽거나 '어떤 행동'을 하지 못하게 되면, 날 대신해 즉시 네 비밀을 퍼트릴 이들이 여기저기 있단 말이다."

라스타의 눈이 커다래졌다. 여기저기라니? 비밀을 아는 사람이 도대체 몇 명이란 거지? 파르르 떠는 라스타를 내려다보다가 로테슈 자작은 피식 웃고서 그 자리를 벗어났다.

"로테슈 자작이 라스타 양을 또 찾아갔다……?"

"예, 황후 폐하."

"……알았어요. 알려줘서 고마워요."

아르티나 경이 로테슈 자작에 대한 소식을 들려주었을 때, 나는 카프멘 대공이 주고 간 뤼프트 서적을 읽는 중이었다. 뤼프트와의 무역이 지금 당장은 먼 길이 되어버렸지만. 그래도 만일을 위해 살펴보는 것이다.

엘리자 백작 부인은 청소 중이던 하녀들을 내보낸 후 물었다.

"내일 르베티 양이 오는 것 때문일까요?"

"아마 그렇겠지요."

로라는 도끼눈을 뜨고서 씩씩거렸다.

"그 사람들이 르베티 양의 입을 미리 막아두려나 봐요."

"그렇겠지요."

나는 아까와 같은 대답을 하고서 고개를 끄덕였다. 시녀들은 걱정스러운 표정으로 서로 눈길을 주고받았다. 하지만 나는 다시 책으로 시선을 내렸다. 태연한 척하기 위해서 이런 건 아니다. 실제로 별생각이 들지 않아서 책이나 보자 싶은 거지. 그럴 수밖에. 애초에 나는 르베티 양이 내게 라스타에 관해 이야기해줄 거란 기대는 하지도 않았으니까.

"내가 원하는 건 르베티 양이 해줄 이야기가 아니에요."

물론 만약을 위해 라스타의 과거에 대해 더 잘 알 수 있다면 그것도 유용하긴 하겠지만, 지금 당장 원하는 건 정보가 아니었다. 시녀들이 의아한 얼굴로 나를 쳐다보았다. 나는 책을 다시 한 장 넘기며 속으로만 대답했다.

'내가 원하는 건 라스타에게 경고를 하는 겁니다.'

내가 르베티 양을 부르면 라스타는 불안하고 초조해하겠지. 왜 부른 건지 추측하고 궁금해하고 심란해하겠지. 내가 원하는 건 그거였다. 그리고 이 일련의 과정을 통해 라스타가 느끼게 만들고 싶었다. 그녀는 절대로 당당하고 떳떳한 처지가 아니란 것을. 내가 눈을 감아주는 만큼, 그녀도 행동을 더 조심해야 한다는 것을.

내일 황후 폐하를 만날 생각에 들뜬 르베티는 이 옷을 입었다 저 옷을 입기를 반복했다. 알리슈테 양은 황후 폐하가 고귀한 얼음 같은 분이라고 했다. 고귀한 얼음은 도대체 어떤 얼음일까. 르베티는 도무지 짐작도 가지 않았다.

'높은 귀족가 영애들은 황후 폐하의 시녀가 되기도 한다던데. 나는 안 되겠지……?'

르베티는 한숨을 내쉬었다. 어쩌다 보니 수도의 저택에서 살게 되었다고는 하지만, 그렇다고 해서 작은 시골 영지의 자작이 대영주가 되는 건 아니었다. 연줄조차 없는 그녀가 황궁에 시녀로 들어갈 가능성은 거의 없었다.

그런데 한참 옷을 이것저것 입어보고 있을 때였다. 문을 두드리는 소리가 나더니 로테슈 자작이 들어왔다.

"아버지!"

르베티는 방방 뛰면서 자작을 가볍게 포옹했다 놓았다.

"이 옷 어때요? 저한테 잘 어울려요?"

그러나 평소라면 깊은 숲 요정 같다며 칭찬을 퍼부었을 자작이 오늘따라 조용했다.

"아버지?"

왜 이러나 싶어 살피고 있자, 자작은 르베티를 침대에 앉혀놓고서 당부했다.

"르베티. 내일 황후에게 불려가거든 말을 조심해서 해야 한다."

무척 심각한 표정이었다.

'내가 황궁에서 무례를 저지를까 봐 아버지가 많이 걱정하시는구나.'

르베티는 로테슈 자작의 뜻을 오해하고서 자신만만하게 대답했다.

"당연하지요. 황후 폐하 앞인데요?"

자작은 더욱 심각해져서 당부했다.

"좀 더 조심해야 해."

"그럼요. 깍듯하게 굴게요, 아버지."

"아니. 라스타나 안에 대해서 말이다."

"!"

"황후가 무엇을 묻든 절대로 라스타나 안에 대해서 대답해주지 말아야 한다. 알았니? 네 오빠가 라스타와 사귀었단 이야기는 당연히 금물이고."

달처럼 환하던 르베티의 표정이 구겨졌다. 안 그래도 며칠 전 파티에서 라스타가 황제의 정부가 되었단 걸 알게 된 후. 르베티는 도대체 라스타가 무슨 수로 그런 대단한 위치에 올라갔는지 궁금해 미칠 것 같았다. 하지만 아무리 캐물어도 로테슈 자작과 알렌은 그에 대해 대답해주지 않았다.

"르베티. 아버지가 한 말 기억하니?"

"……라스타가 오빠랑 연인이었고 아기까지 낳은 걸 폐하께서 아시면 질투할 거라고요."

"그래. 우리처럼 힘없는 가문은 황제 폐하의 진노를 사면 바로 끝이란다. 조심해야 해."

"……."

"르베티. 황후가 왜 갑자기 힘없는 가문 출신에다 사교계에 데뷔조차 안 한 너를 부르겠느냐?"

"그거야 알리슈테 양이⋯⋯."

"아니. 황후는 널 이용해 라스타를 견제하려는 게다. 라스타는 황후의 연적이니까."

"누굴 이용하고 그럴 분 아니에요!"

"만나 뵌 적도 없잖니."

르베티는 발끈했지만, 자작은 물러나지 않았다. 딸의 뾰로통한 얼굴에 마음이 아팠지만, 일이 잘못되면 마음이 아픈 정도로 끝나진 않을 터였다.

"현명하게 처신하거라."

자작은 어깨를 툭 두드리고 방을 나왔다. 철없지만 똘똘한 딸이었다. 철없는 행동으로 가문을 위태롭게 만들진 않을 것이다.

오늘은 알리슈테 양이 로테슈 자작의 딸을 친구들 틈에 섞어 데려오기로 한 날이다. 알현을 마친 후, 나는 여러 부서를 돌아보며 현재 내가 추진 중인 사업 몇 개를 서둘러 살폈다. 내가 추진하는 사업이라지만, 사실상 내가 하는 일은 여러 가지 안건 중 어느 곳에 국비를 얼마만큼 투자할지만 결정하면 된다. 이후는 실무자들이 일을 진행하고, 나는 진행 상황을 보고 받는 정도이기에 시간이 오래 걸리지 않았다.

모든 사업이 별다른 사건 사고 없이 진행되고 있는 걸 확인한 다음에야 나는 서궁으로 돌아가 옷을 갈아입었다. 귀족 영애들을 만나는 일은 그리 새로운 게 없지만, 오늘은 평소와 다른 목적이 있다 보니 괜스레 의상까지 신경 쓰였다. 차와 과자를 준비해두고서 기다리자 약속 시각보다 조금 이르게 로테슈 자작의 딸이 다른 영애들과 함께 찾아왔다.

"안, 안녕하세요, 아니, 안녕하십니까 황후 폐하."

"어서 와요, 르베티 양."

"제 이름을 아세요……?"

로테슈 자작의 딸은 생각보다 행동이 귀여웠다. 더듬거리며 인사를 하자마자 얼굴이 벌게지는데, 그 모습이 특히 사랑스러웠다. 게다가 로테슈 자작과 나는 접점이 거의 없다시피 한데. 어째서인지 그의 딸은 나를 무척 존경하는 눈치였다. 약 두 시간가량의 짧은 만남 후. 엘리자 백작 부인 역시도 이를 지목하며 웃었다.

"그 아이는 황후 폐하를 아주 좋아하는 모양입니다."

내가 말없이 웃자, 백작 부인은 날 놀리려는 듯 계속 그 영애 이야기를 꺼냈다.

"들어올 때는 얼굴이 빨갛더니. 나갈 때는 반쯤 넋이 나갔던걸요."

그러나 주베르 백작 부인은 르베티 양의 성격보단 다른 게 더 중요하다 여기는 듯, 침울하게 말했다.

"하지만 그 아이에게 라스타 양에 관해 물어보지 못한 게 아쉽습니다."

주베르 백작 부인은 르베티를 통해서 라스타의 과거를 알아낼 수 있으리라 기대했던 눈치였다. 다른 시녀들도 주베르 백작 부인의 말에 동의하며 걱정스레 한 마디씩 보탰다.

"라스타 양에 대해서는 왜 아무 말도 하지 않으셨나요, 황후 폐하?"

"황후 폐하께 도움이 될 아이는 아니었습니다."

"아는 게 많이 없던데. 괜히 '그 여자' 쪽의 경계심만 기른 게 아닌지 모르겠습니다."

처음엔 별생각이 없던 시녀들조차도, 나중에는 다른 시녀들의 걱정에 물들어갔다. 내가 그 아이를 초대한 걸 라스타가 알게 되고, 라스타가 소비에슈에게 전하고, 소비에슈가 화가 나서 나를 닦달해대는 일이 또 반복될까 염려되는 듯했다.

사실, 그건 나 역시 생각해본 일이었다. 르베티 양을 부른 건 라스타에게 '너는 지금 거짓말로 다른 사람을 공격하고 다닐 처지가 아니다'는 걸 보여주기 위해서라지만. 거기에 자극 받는 게 꼭 라스타 한 사람만은 아닐 거란 각오도 은연중에 했다.

하지만…….

"생각보다 괜찮았습니다."

그래. 각오한 이상으로 르베티를 부른 건 잘한 일이 되었다. 시녀들을 안심시키기 위해서, 나는 일부러 웃으며 차를 마셨다.

"그 아이는 충분히 다 알려주고 갔어요."

내가 영애들을 초대한 자리에 함께 있었던 시녀들은 어리둥절해서 눈짓을 주고받았다. 르베티 양이 귀엽긴 했지만, 라스타에 대해서는 한 마디도 하지 않았는데. 뭘 어떻게 말해주었단 건지 이해가 가지 않는 모양이었다. 하지만 몇 명은 내가 뭘 말하는지 알아듣고서 의미심장하게 웃었다. 엘리자 백작 부인 역시도 내 말을 알아들은 시녀 중 한 명이었다.

늦은 밤. 시녀들도 잠들러 간 후. 엘리자 백작 부인은 둘만 남게 되자 그제야 조용하게 물었다.

"르베티 양은 '그 여자'에 대해 잘 아는 모양입니다. 그렇지요?"

나는 고개를 끄덕였다. 파티장에서 '우연히' 만난 라스타와 알리슈테 양의 반응도 반응이지만. 라스타는 무척 아름다운 얼굴이라 소문이 안 날 수가 없었다. 르베티 양은 라스타에 대해 모를 수가 없었다. 그런데도 르베티 양은 라스타에 대한 화제를 전혀 꺼내지 않았다. 로테슈 자작이 입단속을 시켰다고밖에 볼 수 없었다.

"라스타가 로테슈 자작의 노예였다면, 지금의 라스타에게 르베티 양과 로테슈 자작은 더없이 짜증 나고 걸리적거리는 존재일 겁니다."

"예."

심지어 로테슈 자작은 한 번 사람들 앞에서 라스타를 망신 주기까지 했지. 그런데도 계속 두고 보는 건 물론 종종 궁정에서 만나고, 수도까지 불러들인다? 소비에슈는 라스타가 노예란 걸 알고 있지만 받아들였다. 로테슈 자작이 라스타를 협박한다고 해도, 신분을 두고서 협박하는 건 아닐 터. 여러 가지를 종합해볼 때, 나오는 답은 하나였다. 라스타가 감추고 싶은 비밀은 그 가문의 노예였던 것뿐만이 아니란 거지.

"아마 로테슈 자작은 라스타가 감추고 싶어 하는 다른 약점을 쥐고 있을 겁니다."

그리고 그 약점에 대해 아는 건 로테슈 자작뿐만이 아니겠지.

"로테슈 자작과 르베티 양 주위를 조사해봐요. 뭘 감추려다 협박 당하고 있는지 알아두어서 나쁠 건 없습니다."

르베티는 꿈을 꾸는 기분으로 하얀 회랑을 따라 걸어갔다. 늘 초 상화로만 보았던 황후 폐하와 직접 만나고 바로 앞에서 차를 마셨 다. 황후 폐하는 그녀를 향해 웃어주었고, 며칠 후 있을 티파티에도 초대해주었다. 르베티는 갑자기 얻게 된 화려한 저택과 수많은 하 인들보다 이 사실이 더욱 좋고 설렜다.

'티파티 때 직접 쿠키를 구워 가야지. 좋아하실 거야. 르베티 표 쿠키는 세상에서 최고로 맛있으니까!'

그러나 좋던 기분은 회랑 끝에서 만난 라스타를 보자마자 쏙 가 라앉았다. 라스타는 팔짱을 낀 채 서 있었는데, 일부러 그녀를 기다 리고 있던 게 분명했다.

"뭐야?"

르베티는 인사를 생략하고 뚱하게 물으며 라스타 앞에 마주 섰 다. 그녀의 눈이 빠르게 라스타를 위아래로 훑었다. 원래도 아름다 웠지만 지금의 라스타는 정말로 천사처럼 보였다. 하지만 상대가 아무리 아름답다 해도 르베티에게는 아무 감흥도 주지 못했다. 르 베티는 라스타가 오빠인 알렌과 사귈 때부터 그녀가 싫었고, 이 감 정은 알렌과 헤어진 지금 역시 마찬가지였다.

"황후 만났어?"

라스타 역시 르베티가 싫기는 마찬가지여서, 변두리를 다 치우고 본론부터 꺼냈다.

"황후? 너 말이 좀 짧다?"

"황후한테 무슨 말 했어?"

"아직도 짧은데?"

"무슨 말 했냐니까?"

"무슨 말 했으면 뭐. 어쩌라고."

"……얘기했어?"

"무슨 얘기?"

라스타는 '네 오빠와 아기 얘기'라고 말하지 못하고 입술만 우물거렸다. 입 밖으로 꺼내기도 괜히 불안한 탓이었다. 라스타가 웅얼거리자 르베티의 표정은 오만하고 짓궂어졌다. 영리한 르베티는 라스타가 하고 싶은 말을 다 알아차렸다. 또한 그녀는, 라스타가 황제의 정부가 된 후에도 여전히 과거에 사로잡혀 있단 것도 알아보았다. 과거가 들통나면 곤란해지는 건 저쪽 역시 마찬가지였던 것이다.

"뭘 걱정하는지 알 것 같은데, 라스타. 너무 염려하지 마."

르베티는 빙그레 웃고서 놀리는 투로 말했다.

"너 같은 걸 뭐 하러 황후 폐하 앞에서 말하겠어. 신경 쓸 가치도 없는데."

모욕적인 말에 라스타의 얼굴이 벌게졌다.

"내가 가치가 없다고?"

"네가 우리 오빠랑 사귄다고 해서 귀족이 되지 않듯, 네가 황제 폐하의 노리개가 되었다고 해서 황족이 되는 게 아니잖아?"

르베티가 얄밉게 조롱하자 라스타는 화가 치밀어 올라 그녀의 뺨을 찰싹 내리쳤다. 내리치고서야 아차 싶었지만 이미 일은 벌어진 후였다. 르베티는 입을 벌리고 라스타를 쳐다보며 외쳤다.

"미쳤구나!"

르베티도 얼른 라스타를 때리려 했지만, 라스타는 자신의 배를 감싸며 그녀를 흘겼다. 르베티는 멈칫했다. 로테슈 자작의 생각처럼, 르베티는 똑똑한 영애였다. 그녀는 라스타의 배 속에 누가 들어 있는지 떠올리고는 분해서 이를 악물었다. 말다툼은 흔적이 남지 않는 데다, 서로 입을 다물어야 하니 아무렇게나 내뱉어도 괜찮다. 하지만 몸싸움은 아니었다. 아무리 무시해도 라스타는 황제의 정부였고, 배 속에는 황제의 아기가 있었다.

"천한 게 폭력적이기까지 해. 천해서 그래!"

르베티는 같이 때리는 대신 씩씩거리며 욕을 했다.

"천하다고?"

천하단 말로도 라스타는 화가 다시 치밀었지만, 그보다는 순간 뺨을 때린 게 더 후회되었다. 미안해서가 아니다. 딸을 끔찍하게 아끼는 로테슈 자작이 어떻게 나올지 겁이 나서였다. 두 사람은 서로를 흘겨보며 주춤거렸다. 결국, 르베티가 말없이 라스타를 스쳐 지나가는 걸로 악의에 가득 찬 만남은 끝이 났다.

'어쩌지……'

라스타는 르베티가 사라지자 초조해져서 엄지손톱을 깨물었다.

르베티는 분명 자작에게 빰 맞은 이야기를 할 것이다. 자작은 찾아와서 또 돈을 뜯어내려 하겠지……. 억울하게도, 르베티와 달리 라스타는 소비에슈에게 이 일을 이를 수조차 없었다. 하지만 가장 억울한 건, 저 건방지고 재수 없는 르베티를 위해 데뷔탕트 드레스를 구해주어야 한다는 점이었다.

"오늘 재미있는 일이라도 있었소?"

소비에슈와 저녁 식사를 하는 도중이었다. 조용히 샐러드와 소스를 뒤섞고 있는데, 소비에슈가 뜻밖에도 이렇게 물었다.

"영애들을 불러서 놀았다더니. 재밌었나 보군?"

라스타를 부르지 않았다고 해서 비꼬는 걸까? 아니면 로테슈 자작의 딸을 불러서 저러나? 여러 가지 가능성을 생각해보았으나, 소비에슈는 화나거나 조롱하는 표정은 아니었다. 태연하게 바삭한 생선 요리를 자르고 있을 뿐.

"네. 활기 넘치는 영애들이다 보니 기분이 덩달아 좋아졌습니다."

나도 굳이 르베티 양 이야기를 꺼내는 대신 평소처럼 대답했다. 소비에슈는 고개를 끄덕이며 중얼거렸다.

"그래. 마음 맞는 이들을 불러서 노는 건 좋지. 황후는 일에 너무 몰두하는 편이니 가끔씩은 숨을 돌리면서 지내시오."

"그러겠습니다."

"그대의 건강이 나라의 안녕이란 사실을 잊지 말고."

"……그러지요."

나는 천연덕스럽게 대답하면서도 소비에슈를 유심히 살폈다. 최근 들어 우리는 늘 신경전을 벌였는데. 지금 그의 태도는 라스타가 나타나기 전과 비슷했다.

'왜 저러지?'

소비에슈가 전략을 바꿨나? 내게 라스타를 잘 대해주라 강요하는 대신, 직접 본보기를 보이기로 한 건가? 그가 내게 잘 대해주면 나도 라스타를 잘 대해줄 거라 생각하나? 머리를 굴려보았지만 당장 그의 속내를 알기는 힘들었다. 중요한 것도 아니기에, 나는 굳이 더 소비에슈의 속내를 짐작해보는 대신 일 얘기를 꺼냈다.

"마법청에서 대학자를 보내달라 요청했다 들었는데. 맞나요?"

"제대로 들었소."

엄밀히 따지자면, 마법청이나 마법사, 대학자 등에 관한 건 내가 맡은 일은 아니다. 하지만 마법사 군대는 동대제국 황제의 힘의 상징이었다. 마법사들의 숫자가 줄어들고 있는 지금, 신경이 쓰이지 않을 수가 없었다.

"마법사 감소 현상 때문인가요?"

"맞소."

소비에슈는 무거운 얼굴로 이마를 살짝 찡그렸다.

"지금까지는 태어나는 마법사의 숫자가 줄어든다고만 알려졌지 않소. 그런데, 마법사였던 사람이 평범하게 돌아가기도 한단 보고가 올라왔거든."

"정말인가요?"

"사실인지 확인해봐야겠지."

사실 여부를 확인하려는 건, 마법사인 척 사기를 치는 이들이 가끔 나오기 때문일 것이다. 나는 고개를 끄덕이고서, 이 일이 정말이라면 앞으로 어떻게 될지 생각해보았다. 영주들은 일정 수의 사병을 가질 수 있고 자치권도 국법의 범위 내에서는 어느 정도 보장된다. 하지만 아무리 대단한 영주라 해도 마법사는 절대로 고용할 수 없었다. 마법사를 고용할 수 있는 건 왕실과 황실뿐으로, 마법사들은 영주와 귀족들이 황제와 왕에게 머리 숙여야만 하는 힘의 원천이었다. 그런데 이 와중에 마법사의 수가 줄어든다면…….

"황후."

한참 이리저리 머리를 굴리고 있을 때였다. 소비에슈가 나지막한 목소리로 나를 불렀다. 쳐다보자, 소비에슈가 뜬금없는 부탁을 했다.

"한 번만 웃어보시오."

"?"

무슨 부탁이 저러지? 이상했지만 그가 원한 대로 웃어주었다.

"……아니, 그런 웃음 말고."

하지만 소비에슈는 만족하지 않았다. 그는 고개를 젓더니 다시 부탁했다.

"거울 보며 연습한 미소 말고. 진짜 미소를 보여주시오."

인상을 찡그리자 소비에슈가 손을 뻗더니 허공에 대고서 내 입꼬리를 올리는 시늉을 했다.

"예전엔 잘 웃었던 것 같은데."

무슨 소리지? 가만히 쳐다보자 소비에슈가 아섭다는 듯 한숨을 내쉬었다.

"옛날엔 날 보면서 잘 웃었잖소. 진심으로."

"지금도 진심으로 웃고 있습니다."

"무슨 진심?"

"웃어보겠단 진심."

"기쁘다거나 행복하다거나, 그럴 때 나오는 진심을 말하는 건데, 난."

"그렇다면 먼저 기쁜 일, 행복한 일이 있어야 하지 않을까요?"

하지만…… 생각해보면 퀸이 떠난 후 진심으로 웃을 일은 거의 없었다. 그나마 시녀들과 대화를 나누며 어울리는 게 즐거울 뿐. 소비에슈는 의외로 내 말에 수긍하며 고개를 끄덕였다.

"그렇지. 기쁜 일, 행복한 일이 있어야 하지."

갑자기 왜 저러나 싶어 보고 있자니, 소비에슈가 테이블에 있는 종을 울렸다. 곧 대기하고 있던 시종인 손수레를 끌고 다가왔다. 손수레 위에는 커다란 접시가 있고 접시 위에는 은색 뚜껑이 덮여져 있었다.

'뭐지?'

의아해서 보고 있자, 소비에슈는 시종을 물리고는 눈으로 은색 뚜껑을 가리키며 말했다.

"열어보시오."

뚜껑을 열자 안에는 은색 반지가 있었다.

"어떻소?"

소비에슈는 슬쩍 내 눈치를 살피며 물었다.

"선물인가요?"

잠시 생각해보다 묻자, 그가 약간 실망한 투로 물었다.

"선물이 맞긴 한데. 더 할 말은 없소?"

"고마워요."

뭘 기대하는 걸까. 소비에슈는 여전히 날 뚫어져라 보고 있었다. 더 다른 말이 필요한가? 아. 웃어달라 했지. 미약하게 웃으면서 다시 한 번 "고마워요"라고 말했다. 그러나 여전히 소비에슈는 "더 할 말이 없소?"라고 물을 뿐이었다.

"더 말해야 하나요?"

"이 반지를 보고 할 말이, 고맙단 말뿐이오?"

"소덴부른에서 나온 반지로군요. 알리트 공방의 3대 장인이 만든 물품이고, 156년 전 칼 마이런 황제가 전쟁에 나가며 주문 제작한 걸로 알고 있습니다. 이후 행방이 묘연하더니 폐하께서 가지고 계셨군요."

이 말을 원한 게 아닌가? 소비에슈는 입술을 움찔하더니 한숨을 내쉬면서 손으로 음식을 가리켰다.

"그냥 드시오."

라스타는 건조한 시선으로 스케치북을 넘겼다. 디자이너는 초조하고 불안하게 라스타를 지켜보았다. 라스타가 무심하게 보는 스

케치북은 그녀가 공들여 디자인한 드레스 도안들이었다. 디자이너
는 라스타의 반응을 기대하며 마른침을 삼켰다. 라스타는 사교계
는 물론 평민들 사이에서도 화젯거리였다. 디자이너는 모두의 이
목이 집중된 라스타가 파티에 자신이 만든 드레스를 입고 나가주
길 원했다.

"후우······."

하지만 한참 만에 라스타가 내뱉은 건 한숨이었다.

"마음에 들지 않으시나요?"

디자이너는 안타까워하며 물었다. 라스타는 고개를 젓고서 스케
치북을 덮었다.

"응. 마음에 안 들어. 너무 예뻐서."

울상을 지을 뻔한 디자이너는 라스타가 덧붙인 말에 "네?" 하고
저도 모르게 되물었다. 너무 예뻐서 마음에 들지 않다니?

"혹시 좀 더······ 소박한 스타일을 원하시나요?"

철저하게 고집하는 스타일이 있기라도 한 걸까? 그래서 너무 예
쁜 드레스는 싫다는 걸까? 라스타는 이번에도 고개를 저었다.

"아니."

디자이너는 어리둥절했으나, 라스타는 손을 저어 그녀를 내보냈
다. 라스타는 디자이너가 나가자 다시 무겁게 한숨을 내쉬며 소파
베개에 이마를 기댔다. 싫어하는 사람을 위해 데뷔탕트 드레스를
골라주고 있고, 그래서 드레스가 예쁠수록 마음에 들지 않는단 말
을 어떻게 한단 말인가. 라스타는 르베티에게는 작은 손수건 하나
주고 싶지 않았다.

"고르기 싫으면 제가 적당히 알아볼까요?"

라스타가 멍하니 있자 베르디 자작 부인이 다가와 맞은편에 앉으며 물었다. 그녀는 처음엔 라스타를 꺼려하는 게 눈에 보였으나, 라스타가 황제의 아기를 임신한 후로는 나름대로 가깝게 지내려 시도하고 있었다.

"그런 게 아니에요."

라스타는 뚱하게 대답하고서 아예 눈을 감아버렸다.

그때였다.

"라스타 님, 라스타 님!"

하녀인 델리스가 소란을 부리며 방 안으로 들어왔다. 그녀는 라스타에게 새롭게 배정된 두 하녀 중 한 명으로, 특이하게도 하녀로서의 경력이 하나도 없었다. 하지만 그만큼 의지가 강하고 의욕도 넘쳐났으며, 처음으로 모시게 된 주인을 몹시 좋아했다. 소비에슈가 일부러 그런 점을 노리고 경험 없는 하녀를 고른 것이기도 했다.

"호들갑스럽게 떠들지 마라, 델리스."

베르디 자작 부인이 날카롭게 꾸중하자 델리스는 움칠했다.

"괜찮아요. 무슨 일인데, 델리스?"

하지만 라스타가 친절하게 웃으면서 괜찮다고 하자, 델리스는 얼른 라스타의 곁으로 다가가 말했다.

"황후 폐하께서 곧 티파티를 여신다 합니다."

"티파티?"

라스타가 베르디 자작 부인을 쳐다보았다. 베르디 자작 부인은 날짜를 잠시 계산해보다가 대답했다.

"네. 이맘때쯤이면 가까이 사는 영애들을 모아놓고 티파티를 여십시다."

라스타는 잠시 바닥을 내려다보았다. 이제는 그녀도 황후가 자신을 싫어한다는 걸 알고 있었기에 기대되는 게 없었다.

"그래서 어쩌란 거야. 황후는 라스타를 초대하지 않을 거잖아."

"지금 초대장을 돌리고 계신다니까 염려 마세요. 라스타 님도 초대하실 거예요."

라스타는 그럴 리 없다고 생각하면서도 약간은 기대했다. 황후가 자신을 싫어하는 건 확실하지만, 그래도 체면이라는 게 있지 않은가. 대놓고 이쪽을 무시한다면 사람이 쌀쌀맞게 보일 테니, 체면치레를 위해서도 초대장을 줄지 모른다 생각했다. 하지만 어느 집안 누구누구가 초대 받았더란 이야기가 다 돌았는데도 초대장은 결국 오지 않았다.

에르기 공작이 찾아왔을 때. 라스타는 결국 참고 있던 눈물을 터트리며 하소연했다.

"라스타는 이곳에서 가장 힘없는 사람인데. 황후는 라스타를 앞장서서 고립시키려고 해요."

"왜 그래, 아가씨? 무슨 일인데?"

라스타에게 황후의 티파티 이야기를 들은 에르기 공작은 쯧쯧 혀를 찼다.

"사교계에서 가장 영향력 있는 분이 앞장서서 아가씨를 무시하면 안 되지. 괴롭히는 거랑 다른 게 뭐야. 안 그래?"

"맞아요. 황후는 그런 여자예요."

라스타는 훌쩍거리면서 물었다.

"라스타의 양부모가 될 분은 찾았어요?"

"음. 아직. 조건을 최대한 맞추어야 하잖아."

"조건……?"

"실제로 아이를 잃어버린 사람을 찾으려고."

"아!"

"그거야 내게 맡겨두고. 그보다 아가씨. 아가씨는 이 일에 어떻게 대처할 거야?"

"대처하다니요?"

"황후가 아가씨를 따돌리려 하는데. 당하기만 할 거야?"

"하지만…… 초대 받지 않았는데 찾아가면 우스갯거리만 되잖아요."

"그렇지. 막무가내로 찾아가는 건 좋지 않아."

"그럼 라스타가 뭘 어떻게 한단 말이에요."

라스타는 울상을 지었다.

"황후랑 친해지게 노력해보란 말은 하지 마요. 충분히 해봤는데 안 됐으니까."

에르기 공작의 눈가가 야릇하게 휘었다. 그는 눈웃음을 지으며 라스타의 가까이 다가가 앉더니, 목소리를 사근사근하게 해서 제안했다.

"황후와 같은 날에 티파티를 열어, 아가씨. 그러면 돼."

소비에슈가 권력의 정점에서 차갑고 오만한 매력을 뿜어낸다면, 에르기 공작은 그 반대였다. 그는 신분이 아주 높은 데다 거친 성정이었지만, 필요할 때 자신을 숙여 사람들에게 맞추어주길 꺼리지 않았다. 에르기 공작이 따뜻한 눈길로 시선을 맞추어 바라보자, 라스타는 얼굴에 열이 올라 시선을 피하며 웅얼거렸다.

"같은 날에 해봤자 소용없어요. 귀족들이 황후를 두고 라스타에게 올 리가 없잖아요."

"당연하지."

"……그런데 왜 그런 걸 제안해요? 더 우스갯거리가 될 텐데?"

"아무것도 하지 않으면 아무것도 되지 않아."

"그래서 우스갯거리가 되라고요?"

라스타가 황당해서 묻자, 에르기 공작은 빙그레 웃으며 고개를 저었다.

"동정표를 얻으란 거야."

"동정표……?"

"황후가 정부를 초대하지 않고 귀족들을 불러 놀았다."

"?"

"황후와 정부가 같은 날에 티파티를 열었는데, 귀족들이 평민 출신 정부가 연 티파티에는 아무도 가지 않았다. 황후가 그렇게 유도한 거다."

에르기 공작이 위험하게 웃으면서 손가락으로 소파 끝을 눌렀다.

"어감이 다르지?"

"아!"

"말했다시피, 아가씨가 공략해야 하는 건 평민이야. 그리고 평민들은 귀족들 사정을 아예 모르지. 여기까지만 소문을 내면 알아서 자극적인 뒷이야기를 만들어줄걸?"

"뒷이야기라면······?"

"황후가 일부러 아가씨와 같은 날에 티파티를 연 거라고."

"!"

며칠 전, 나는 르베티와 영애들을 돌려보내며 조만간 티파티를
열기로 약속했다. 나는 약속을 지키기 위해 그날 온 영애들에게 초
대장을 돌렸다. 어차피 이즈음에는 매년 영애들을 불러 티파티를
열었기에, 거기에 르베티를 참석시킨다고 해서 소비에슈가 꼬투리
를 잡지도 못할 터였다. 주로 근방에 사는 영애들에게 초대장을 보
내는데, 르베티 역시 최근에 근방으로 이사 왔으니까. 라스타는 귀
족 영애가 아니기에 당연히 초대하지 않았다.

티파티 당일 날. 르베티는 무도회라도 오는 것처럼 차려입고 와
서 잠시 놀림을 받았지만, 대체적으로 다른 영애들과 잘 어울렸다.
분위기는 시종일관 밝고 유쾌했다. 티파티가 끝난 후에는, 영애들
은 다 돌아갔지만 나는 일부러 르베티는 남게 했다가 함께 산책하
자 제안했다.

"제, 제가 감히 그래도 될까요?"

르베티는 가여울 정도로 오들오들 떨면서 물었다. 그러면서도
내 마음이 바뀌기라도 할까 봐, 얼른 그러겠다고 소리치더니 허둥
지둥 가까이로 와 붙었다. 우리는 서궁에서 시작되어 은의 정원으

로 이어지는 산책로를 걸었다. 나는 일부러 라스타나 림웰 영지에 관한 일은 묻지 않았다. 로테슈 자작이 그녀에게 입단속을 시켰다면, 괜히 경계심을 자극할 필요는 없으니까.

"저, 저는 황후 폐하 초상화를 가지고 있어요."

"내 초상화를? 정말인가요?"

"네. 그게…… 네. 샀어요."

"그런 걸 팔아요?"

"인기가 많아요. 저는 나오는 것마다 다 다서 종류별로, 아."

"종류별로 샀다면 한 점만 가지고 있는 게 아닌가 봐요?"

"그, 그게……."

"다섯 점?"

"……."

"열 점?"

"……."

르베티는 얼굴이 벌게져서 열다섯이라고 웅얼거리다가 울 것 같은 얼굴로 고백했다.

"서른 점이요."

"정말 내 초상화를 서른 개나 가지고 있어요?"

놀라서 묻자, 르베티는 귀까지 빨개져서 웅얼거렸다.

"저 절대로 이상한 애 아니에요."

"이상하게 안 봐요."

귀여워서 웃음을 터트리자 르베티는 안도한 표정을 지었다. 하지만 괜히 말했다고 후회하는 듯 여전히 눈동자가 그렁그렁했다.

"정말로 이상하게 안 보니까 울지 마요. 응?"

"저…… 네. 네에."

"울보 아가씨네. 정말 괜찮다니까?"

"네에……. 그런데 저, 초상화는 황후 폐하만큼 멋지지 않아요."

그런데 한참 대화를 나누며 걸어가고 있을 때였다. 남궁의 한 방에서 라스타가 나오는 게 보였다. 라스타의 옆에는 에르기 공작이 함께 있었다. 먼 거리가 아니어서 우리는 시선이 마주쳤다. 마냥 착한 영애는 아닌지, 르베티는 라스타를 보자마자 표정이 쌀쌀맞아졌다. 내 눈치를 보며 다시 착한 표정을 꾸며냈지만 순간 떠오른 표정은 분명 상당히 까칠했었다. 사교계에서 잘 살아남겠구나. 속으로 감탄하고 있자니, 에르기 공작과 라스타가 이쪽으로 다가와 먼저 인사했다.

"황후 폐하, 이렇게 또 우연히 보게 될 줄이야."

에르기 공작은 묘한 미소를 지으며 내게 말을 건넨 후, 슬쩍 르베티 쪽을 쳐다보았다. 르베티는 에르기 공작의 날카로운 시선을 받자 괜히 움찔해서 내 옆으로 슬쩍 더 붙었다.

"황후 폐하. 옆에 장신구처럼 데리고 다니시는 이 조그맣고 귀엽게 생긴 영애는 누구입니까?"

에르기 공작은 그런 르베티가 귀엽다는 듯 빙그레 웃으면서 내게 물었다. 굳이 장신구라고 덧붙인 걸 보니 좋은 뜻으로 한 칭찬은 아니었다. 라스타는 르베티 쪽을 불쾌하다는 듯 노려보았다.

나는 '로테슈 자작의 딸'이라고 르베티를 소개하려다가, 라스타를 보고 마음을 바꿨다. 라스타가 한동안 내게 자꾸 언니라 부르려

한 일이 떠올라서였다.

"새롭게 알게 된 영애랍니다. 참으로 사랑스러운 아가씨지요."

나는 일부러 르베티를 한껏 칭찬한 다음, 그녀를 부드럽게 내려다보며 칭찬했다.

"동생으로 삼고 싶을 만큼 마음에 들어요."

르베티는 라스타와 날카로운 시선을 주고받다가, 내가 동생이라부르자 화들짝 놀라 얼굴이 벌게졌다.

"황후 폐하……."

르베티가 기어들어가는 목소리를 냈다. 나는 일부러 활짝 웃으며 그녀에게 제안했다.

"부담스럽지 않다면 언제 한번 언니라고 불러볼래요?"

르베티는 완전히 라스타를 잊은 것처럼 눈가가 그렁그렁해졌다. 정말로 귀엽고 사랑스러운 모습이었다. 나는 그녀의 망토가 자꾸만 어깨에서 흘러내리는 걸 손수 챙겨 끌어올려주었다. 그러면서슬쩍 라스타 쪽을 보았다. 그런데…… 대체 왜? 의도한 거긴 하지만, 라스타는 내 예상보다 훨씬 상처 받은 표정이었다. 오히려 내가당황스러울 정도로.

'생각보다 라스타와 르베티의 사이가 훨씬 나빴을지도…….'

그날 밤. 라스타는 소비에슈에게 자신의 티파티에는 에르기 공작 외에는 아무도 오지 않았고, 모든 영애들이 황후의 티파티에 갔단 이야기를 털어놓았다.

"다른 날로 했어야지."

소비에슈는 참 이상한 짓을 한다는 듯 말했지만, 가엾다는 듯 라스타를 끌어안고 등을 보듬어주었다.

"설마 아무도 라스타에게 오지 않을 줄은 몰랐어요."

"황후와 네가 같이 부르면 당연히 황후에게 가겠지."

"황후가 모든 영애들을 전부 다 부른 건 아닐 거잖아요."

라스타는 입술을 내밀며 귀엽게 투덜거렸다. 에르기 공작은 아니라고 말했지만, 실제로 라스타는 황후에게 초대 받지 않은 영애 한두 명은 자신에게 올 거라 믿었다. 하지만 황후에게 초대 받지 않은 이들조차 라스타의 티파티에 오지 않았다. 에르기 공작의 설명에 따르면 '황후와 대립하는 것처럼 보이기 싫어서' 그랬을 것이다.

그러나 그건 그 사람들의 사정이었다. 어떤 사정으로 못 왔다고 한들, 라스타가 받은 상처는 쉬이 사라지지 않았다. 게다가 르베티. 그 얄밉고 재수 없는 르베티가 황후에게 귀여운 동생처럼 대접 받다니…….

"너무 신경 쓰지 말거라. 에르기 공작이 열 사람 몫은 될 테니."

"황후는 라스타가 많이 미운 걸까요?"

"황후는…… 목석같지."

"?"

"자기감정에도 무심한데, 남의 감정까지 신경 쓰겠느냐."

한편, 낙태약 사건이 실패한 데다 동생에게 폐를 끼쳤다는 데 실망한 코샤르는 로테슈 자작을 캐내는 일에 더욱 몰두하고 있었다. 나비에는 '지금 라스타를 쳐내더라도 황제는 또 새로운 정부를 만들 것'이라고 했지만, 코샤르의 생각은 달랐다. 지금 정부를 쳐낸 다음, 황제가 새로이 정부를 들이면? 또 쳐내면 되는 일이다. 새로운 정부가 또다시 나타나면? 이번에도 쳐내면 된다. 모든 황제들이 정부를 다 두었다지만 그게 무슨 상관이란 말인가. 그 황제들은 그의 동생과 결혼하지 않았는데.

'차라리 나비에의 남편이 황제가 아니었더라면 일이 쉬웠을 텐데.'

코샤르는 이를 갈면서 로테슈 자작의 뒤통수를 노려보았다. 며칠간 조사를 했기에, 로테슈 자작이 라스타를 돕고 있다는 건 그도 알고 있었다. 로테슈 자작은 자신이 라스타를 돕는 걸 굳이 감추지도 않았다. 본인은 '내 실수로 라스타 양에게 폐를 끼쳤으니 갚으려는 것'이라지만…….

'말도 안 되지.'

마침 로테슈 자작이 술집 안으로 들어갔다. 코샤르는 적당히 시간 차를 두고서 그 술집에 따라 들어갔다. 술집 안은 활기차고 소란스러웠다. 평민들이 많이 모인 술집이지만 나름 고풍스러워서, 귀족 같은 이들도 몇몇 보였다. 로테슈 자작은 의외로 그런 분위기를 즐기는 듯 가장자리에 테이블을 잡고 앉아 있었다. 맞은편에는 친구 같은 이가 두 명 더 있었다. 아직 요리가 나오지 않은 듯 그들 앞의 탁자는 텅 비어 있었다.

코샤르는 근처에 자리를 잡으려 했지만 빈자리가 없어서, 어쩔 수 없이 2층 난간 자리를 잡았다. 말소리는 들리지 않지만 로테슈 자작을 내려다볼 수 있는 자리였다.

"나리. 무엇으로 주문하실 겁니까?"

아직 열대여섯 살밖에 되어 보이지 않는 점원이 달려와 주문을 받았다.

"저 사람들이 시킨 것과 같은 걸로."

코샤르는 손가락으로 로테슈 자작의 테이블을 가리켰다. 심상치 않은 주문에 점원이 기민하게 눈을 굴렸다.

"저 사람들이 주고받는 대화까지 같이 가져오면 더 좋고."

그러나 코샤르가 추가 주문을 하며 작은 보석을 내밀자, 점원은 눈을 빛내며 얼른 보석을 품 안에 넣었다. 팁으로 은화를 주는 이들은 몇 명 있었고 손이 큰 이들은 이따금 1크랑짜리 금화를 주기도 했지만, 이렇게 손이 큰 손님은 처음이었다.

"기다려주세요. 곧 음식 올리겠습니다."

점원은 영리하게 인사하고서 얼른 계단을 내려갔다. 가만히 지켜보자, 점원이 음식을 서빙하며 로테슈 자작 일행 주위를 맴도는 게 보였다. 코샤르는 그제야 긴장을 약간 풀고서 편하게 의자에 몸을 기댔다. 주위 사람들이 떠드는 소리도 하나둘 들려오기 시작했다. 하지만 코샤르는 사람들이 떠드는 이야기를 듣자 더는 편하게 있을 수 없었다.

"그러면 황후 폐하가 일부러……?"

"그래. 황제 폐하의 정부가 티파티를 연다니까, 일부러 같은 날짜를 잡았다더라."

"와. 안 그럴 것 같은 분인데 너무하네. 따돌리는 거잖아?"

"정부가 연 티파티에는 아무도 참석을 안 했대."

"남편의 애인인데 싫겠지. 그럴 수도 있지."

"그래도 그렇지. 지금 폐하의 정부는 우리 같은 평민이라며. 무시해서 더 그러는 거 아냐?"

"그래. 귀족들이 엄청 무시하고 괴롭힌다더라."

"전에 가면무도회 때, 나 그분 본 적 있어. 그 정부. 엄청 귀여운 분이던데."

"나도 들었어. 귀족들은 다 거들먹거리고 빼는데, 그분만 평민들하고 잘 어울리셨다며?"

"안 봐도 뻔하네. 황궁 안에서 어떤 취급 당할지 그림이 나와."

"난 그래도 황후 폐하 편이야."

"그렇지. 그냥 황후 폐하도 어쩔 수 없는 사람이었던 거지."

여기저기서 말소리가 섞여 순서가 엉망이었지만, 사람들이 황제와 황후, 그리고 황제의 정부에 대해 이야기하는 중이란 건 분명했다. 코샤르는 눈을 가늘게 뜨고서 한참 이야기 중인 이들을 살폈다. 반 정도가 그 얘기인데, 개중 몇 명이 이상했다. 황후를 이해한다는 것처럼 말하면서도, 교묘하게 황후가 정부를 괴롭힌다는 식으로 소문을 퍼뜨리고 있었던 것이다. 대놓고 황후를 편드는 자들이나 정부를 편드는 자들보다 코샤르는 오히려 그런 자들이 더욱 거슬렀다.

"황제 폐하는 줏대가 없고. 황후 폐하는 표독스럽고. 황제 폐하에게 찍혀서 정부가 된 라스타 님만 불쌍하시지."

"그러게 말이야. 정부로 들어앉혔으면 제대로 보호는 해줘야지."

"평민 출신인 라스타 님이 뭔 수로 폐하의 정부가 되었겠어? 다 폐하가 억지로 정부로 삼았을 거 아냐."

"황후 폐하는 그것도 모르고 라스타 님만 괴롭히시니……. 쯧쯧."

처음에는 황제 쪽 사람들이 보낸 이들인가 의심했으나, 이야기를 주도하는 이들이 황제까지 싸잡아 깎아내리는 걸 보면 그것도 아닌 듯했다.

'그 여자가 보낸 사람인가?'

코샤르는 주먹을 꽉 쥐었다.

티파티가 있은 지 나흘째 되는 날이었다. 파르앙 후작이 날 찾아와 최근 돌고 있는 이야기를 전해주었다.

"그런 소문이 돌고 있습니까……."

들어서 기분 좋은 이야기는 아니었다. 미간을 찡그리고서 중얼거리자, 파르앙 후작이 내 눈치를 살피며 커피를 홀짝였다. 그는 커피잔을 내려놓으며 털어놓았다.

"코샤르가 들었답니다."

"오빠가……."

날 아끼는 오빠가 동생 흉을 들으며 얼마나 속상했을까. 마음이 아프다. 내색하지 않으려 정색하자 파르앙 후작이 쩔쩔매며 말했다.

"너무 화내지 마세요, 황후 폐하. 코샤르가 사람들 멱살 잡고서 소문을 캐고 그러진 않았습니다."

"……화낸 게 아닙니다. 슬퍼하고 있어요."

"아닌가요?"

"네."

후작은 더욱 당황해서 쩔쩔매다가 조심스레 물었다.

"저도 조금 손을 써볼까요? 그 여자를 희대의 악녀처럼 만들어 보겠습니다."

"제 살 파먹기입니다."

"어째서요?"

"누군가는 우리 측 말을 믿겠지만, 누군가는 라스타 양의 말을 믿을 테니까요. 그게 반복되면 나중엔 '둘 다 똑같다'는 양비론이 나올 거고, 결국 황실은 그저 우스운 가십거리가 됩니다."

후작은 치를 떨면서 끙끙거렸다.

"그렇다고 그 여자 손에 놀아날 수는 없지 않습니까."

"말보다는 행동으로 보여야 합니다."

"행동이야 늘 보이고 계시지요. 하지만 황후 폐하, 사람들은 완벽한 사람을 믿지 않습니다. 황후 폐하께서 올바른 행보를 보이면 사람들이 감탄할까요? 아니요. 폐하, 사람들은 영웅을 좋아합니다. 하지만 그보다 더욱 좋아하는 게 추락하는 영웅이에요."

"파르앙 후작. '그 여자'는 자신만을 위해 여론을 조작할 수 있겠지만, 나는 그럴 수 없어요. 나는 황후이고, 내 나라와 국민을 생각해야 합니다."

이번 여론 조작을 라스타가 꾸몄는지, 라스타의 옆에 있는 에르기 공작이 꾸몄는지, 혹은 로테슈 자작이 꾸몄는지 모르겠다. 내 생각엔 에르기 공작이 한 짓 같지만. 어쨌든 세 사람 중 누가 했더라도, 셋 다 멍청했다.

"내가 악역을 맡든 라스타가 악역을 맡든, 결국 폐하는 다른 사람에게 휘둘리는 줏대 없는 황제로 여겨질 겁니다. 위엄이 상하겠지요. 여론이 나쁘면 통치도 힘들어져요."

"이 와중에도 폐하를 챙기십니까?"

"장기적으로 보는 겁니다."

소비에슈가 무능한 황제가 되면 내가 빛날까? 아니. 소비에슈가 폐제가 되면 나도 같이 폐비가 될 뿐이다. 그가 아무리 미운 짓을 하더라도, 황후 자리에 있는 이상 나는 그를 챙겨야 했다. 그게 지금 당장 내게 상처가 되더라도.

게다가…….

"에르기 공작을 주시하세요."

"에르기 공작이라면, 그 바람둥이 말입니까?"

"네."

라스타가 자신의 개인적인 야욕을 위해 여론을 조작했다면 차라리 그냥 욕심이겠거니 하지만……. 이 여론을 조작한 게 에르기 공작이라면 좀 위험하다. 그는 동대제국의 국력이 탄탄해지는 걸 원하지 않을 외국인이었다. 게다가 에르기 공작 본인도 말했지. 하인리 왕자가 무언가를 계획해서 그를 불러들였다고. 조심해서 나쁠 건 없었다.

그 시각. 에르기를 동대제국에 밀어 넣은 하인리는 막 대관식 행사를 끝낸 후였다. 사람들은 음악에 맞추어 춤을 추었고, 외국 사절들은 새로이 왕좌에 오른 이 젊은 미혼 왕을 틈틈이 살폈다. 하인리는 부드럽게 웃으며 그 모든 시선을 여유롭게 받았다. 사람들의 머리 굴러가는 소리가 여기저기에서 들려오는 듯했지만, 하인리의 입가에 떠오른 미소는 풀이라도 붙여둔 마냥 빈틈이 없었다.

그 태도는 동대제국의 사신인 릴테앙 대공을 보았을 때 더욱 돈보였다. 사절단 대표로 온 게 나비에 황후가 아닌 걸 안 하인리는 몹시 실망했지만, 릴테앙 대공 앞에서는 이를 내색하지 않았다. 릴테앙 대공은 하인리의 환대에 기분이 좋아져서 연신 껄껄 웃어댔다. 그러나 릴테앙 대공이 왕비 이야기를 꺼냈을 때는 하인리도 잠시 표정이 흐트러졌다.

"전하께서는 아직도 왕비를 맞이하지 않으셨다지요. 혹시 라스타 양 때문입니까?"

"……왜 그렇게 생각하지?"

"하하하하. 동대제국 귀족이라면 모두 다 그렇게 생각할 겁니다."

소리 높여 웃은 릴테앙 대공은 하인리가 라스타를 짝사랑 중이라고 아직도 생각하는 눈치였다. 맥켄나는 하인리의 뒤에 선 채 속으로 혀를 찼다. 그러나 릴테앙 대공이 하인리를 기분 좋게 하기 위해 라스타를 한껏 칭찬했을 때에는, 대놓고 혀를 찰 뻔했다. 이 와중에도 부드럽게 웃고 있는 하인리가 새삼 대단하게 여겨질 정도였다. 하지만 한껏 기분이 달아오른 릴테앙 대공이 라스타를 치켜세우기 위해 황후를 욕할 때는, 맥켄나는 표정 관리를 하지 못하고 입을 쩍 벌렸다.

"라스타 양은 아기를 가진 후로 아주 찬밥입니다, 찬밥. 황후께서는 어찌 그리 사람이 모진지 몰라요. 하인리 전하께서 나비에 황후가 라스타 양 괴롭히는 걸 직접 보셨더라면, 어후. 마음이 아파 못 견디셨을 겁니다."

맥켄나는 당장 달려가 하인리의 귀를 막아주고 싶어 손을 움찔했다. 하지만 하인리는 의외의 반응을 보였다.

"그런가요."

하인리가 굳이 오해를 풀지 않는 것이다. 맥켄나는 눈을 휘둥그렇게 떴다. 커다래진 눈동자가 하인리의 옆모습을 훑었다. 전하께서 왜 저러시지? 이해가 가지 않았다. 저럴 분이 절대 아니신데? 릴테앙 대공은 하인리가 진짜로 좋아하는 게 누군지도 모르고서, 그저 제대로 아부했단 생각에 껄껄 흐뭇하게 웃어댔다. 하인리는 대공과 헤어질 때까지도 그의 오해를 풀어주지 않았다.

"좋아하는 분이 누구란 건 말하지 않더라도, 오해는 왜 안 풀어
주신 겁니까?"

결국, 맥켄나는 둘만 있게 되자 하인리에게 대놓고 물었다. 호기
심이 턱 끝까지 치솟아서 견딜 수가 없었다. 하인리는 끝까지 갑갑
하게 채운 웃옷 단추를 한 손으로 풀면서 피식 웃었다.

"누구 좋으라고."

"일단…… 제가 좋겠죠. 호기심이 풀리니까."

"그 외에는?"

"글쎄요. 먼 미래를 생각한다면 릴테앙 대공에게도 좋았겠지요.
전하 앞에서 헛소리를 조금이라도 덜했을 테니까요."

이미 충분히 했지만요, 맥켄나가 작게 덧붙였다. 하인리는 단추
를 다 풀고서 웃옷을 한 손으로 벗어 툭 던지듯 옆에 놓았다. 맥켄
나는 옷을 가져다가 섬세하게 접으면서 하인리의 대답을 기다렸
다. 하인리는 왕자였고 맥켄나 역시 서출이지만 왕의 피를 이었다.
그러나 두 사람은 궁정 밖을 하도 많이 돌아다녀서, 직접 이런 일
을 하는 게 익숙했다.

"네 조언을 잘 생각해봤거든."

"예?"

"왜 오해를 안 풀었냐며. 네 조언을 따른 거라고."

"……제가 그런 조언을 했던가요?"

"전쟁으로 데려온 왕비를 환영하는 국민은 없다며."

"그랬……죠. 그런 말을 한 적이 있네요."

맥켄나는 어리둥절해서 하인리를 쳐다보았다. 그 말이 릴테앙

대공의 오해를 풀지 않은 것과 무슨 관련이 있단 걸까? 하인리는 바지만 입은 채 침대 위에 걸터앉으며 웃었다.

"우리는 전쟁을 할 거잖아?"

"그렇지요."

"퀸 때문에 결심한 전쟁은 아니야. 적어도 계기는 절대 아니었지."

"전쟁의 계기는 절대 아니시지요."

맥켄나는 고개를 끄덕였다. 오히려 정반대였다. 맥켄나는 동대제국에 있을 무렵, 하인리가 나비에 황후에게 반해서 전쟁을 포기할지도 모른다 생각했다. 매일같이 지도와 전법서만 펼쳐놓고 끙끙대던 인간이, 몇 달간 편지를 물고 꽁지가 빠져라 날아다니는 걸 보면 그렇게 생각할 수밖에 없었다. 착각이었지만.

"하지만 내가 퀸을 사랑한단 이야기가 퍼지면 사람들은 무조건 퀸을 전쟁과 관련지어서 생각할 거야. 퀸을 전쟁의 원흉이라 여기고 원망하겠지."

"음. 아무래도 그렇겠지요."

"그런 식으로 퀸이 얽히게 하고 싶진 않아. 네 말이 맞아. 전쟁의 계기라며 씹히는 건 다른 사람에게 맡겨야지."

맥켄나는 눈을 끔뻑거렸다.

"제가 드린 말씀은 맞지만…… 좀 어감이 달라진 것 같은데요?"

"넌 똑똑해, 맥켄나."

"해석이 너무 자유로우십니다, 전하."

"맥켄나?"

"……예."

"난 그 여자를 방패로 내세워서 퀸이 가십거리가 되지 않게 할 거야."

맥켄나는 혀를 내둘렀다. 무슨 뜻으로 저러는지 이해는 갔지만, 좀 걱정스러웠다. 하인리는 오래전부터 동대제국과의 전쟁을 준비했다. 그 과정에서 그는 퀸—나비에 황후를 만났고 그녀를 사랑하게 되었다. 진심으로. 아주 강렬하게.

하지만 맥켄나는 하인리가 이다음으로 무엇을 계획하는지 알 수 없었다. 하인리는 여전히 전쟁을 준비하고 있었다. 그렇다고 황후를 억지로 옆에 데려다 둘 생각도 아닌 듯한데. 전쟁 상대를, 그것도 친구라 여겼던 전쟁 상대를 그 자존심 강한 황후가 스스로 받아들일 수 있을까?

"맥켄나. 동대제국을 무너뜨리고 나면, 퀸을 모욕한 그자의 입에 돌을 채워 넣을 거야."

"돌……."

"돌을 넣고 꿰맨 다음 퀸 앞에 무릎 꿇고 빌게 해야지."

즐거운 상상에 빠져 하인리가 웃었다. 맥켄나는 혀를 찼다.

"뭐 그것도 괜찮겠지만, 전하. 그보다는, 모국을 공격한 나라의 왕을 나비에 황후님이 받아들이실지부터 걱정하는 게 먼저 아닐까요?"

"그래?"

"예. 사랑이고 뭐고 우정부터 박살 날 것 같습니다만."

"……."

"'옆나라 왕자'로도 마음을 못 얻으셔놓고서는. '적국 왕'으로 마음을 어떻게 얻으시려고요?"

"새는 구애할 때 춤을 추잖아, 맥켄나. 우리는 새잖아."

"구애의 춤이라도 추시려고요?"

"안 통할까?"

농담인지 진담인지 모를 표정으로 하인리가 진지하게 물었다. 맥켄나는 시선을 옆으로 돌린 채 턱에 힘을 주고서 거짓말했다.

"통할 겁니다. 잘 춰보세요."

서서히 봄기운이 싹트기 시작하고 있었다. 바람은 코끝에서 여전히 차가웠으나 시리지 않았다. 나는 창문을 열고서 카프멘 대공이 주고 간 륍트의 책을 읽고 있었다. 카프멘이 주고 간 책들도 이젠 거의 다 읽었고, 이건 세 권 남은 책 중 하나였다.

아직도 나는 륍트와의 거래가 없던 일이 된 게 아쉬웠다. 일이 잘되었다면 두 대륙 사이에서 무역의 요충지 역할을 할 수 있어 큰 이득이 났을 텐데……. 물론 그것도 무역이 잘 풀렸을 때 가능한 일이지만.

'슬슬 대관식에 참석한 사절단도 돌아오겠지.'

릴테앙 대공의 입을 통해서지만 하인리가 무사히 왕좌에 올랐단 소식은 듣고 싶다. 나뭇가지에 끄트머리만 살짝 올라온 초록색 몽우리를 쳐다보다가 나는 손을 뻗어 창문 손잡이를 잡았다. 봄기운이 조금 돈다지만 오래 창문을 열어두기엔 아직 추웠다. 그러나 창문을 닫기 전, 파란 새가 쏜살같이 내 앞으로 날아왔다. 새는 들여보내달라는 듯 창가를 빙글빙글 돌더니 창틀에 앉았다.

"퀸의 친구구나!"

하인리 왕자가 기르는 또 다른 새였다. 파란 새! 기뻐서 외치자 새는 뒤뚱거리면서 창문 안으로 들어왔다. 나는 창문을 반만 닫은 뒤 새에게 물그릇을 챙겨주다가 깜짝 놀랐다. 새가 작은 반지를 목걸이처럼 꿰어 목에 걸고 있었다.

'저걸 왜 걸고 왔지?'

이상한 생각이 들었지만 반지는 건드리지 않고, 새의 다리에서 편지만 빼내 읽었다. 답은 편지에 적혀 있었다.

반지는 퀸에게 보내는 선물.

퀸이 나의 왕비님이었으면 좋겠습니다.

퀸을 보고 제 눈이 너무 높아졌어요.

안 오셔서 섭섭. 하인리 섭섭.

쪽지가 작다 보니 문장이 짧게 끊어져 있었다. 그 탓일까. 약간 유치한 것 같으면서도 귀여웠다. 이젠 한 나라의 왕이니 그만큼 존중해야 하는데, 그런 걸 알면서도 웃음이 나왔다. 마지막에 3인칭으로 쓴 건 라스타를 따라 한 건가? 배를 잡고 웃어대자 파란 새가 머리를 기웃거리면서 나를 희한하단 듯이 쳐다보았다.

"네 주인은 정말로 재미있는 사람이야."

파란 새에게 말해주자, 새는 풍성한 눈썹을 들어 올리며 괴상한 표정을 지었다. 파란 새가 고개를 숙여주었으므로, 나는 손쉽게 녀

석의 목에 걸린 반지 목걸이를 빼냈다. 거기서 반지만 빼고 목걸이는 도로 걸어준 다음, 반지를 자세히 살폈다. 반지에는 서왕국의 문장이 새겨져 있었다.

처음 두 번째 손가락에 끼워봤을 땐 조금 작았지만, 네 번째 손가락에 끼우자 딱 맞았다. 나는 반지를 도로 빼서 보석함 한 자리에 잘 넣은 후, 편지지를 꺼내 책상 앞에 앉았다. 간만에 참지 못하고 웃어대서일까. 기분이 좋았다. 나는 편지지를 잡고 한참을 망설였다. 나도 하인리 왕자, 아니, 하인리에게 같은 기분을 느끼게 해주고 싶어서. 형의 죽음과 대관식, 새롭게 정비해야 할 여러 가지 일들로 바쁠 텐데. 이 모든 걸 잊고 정신없이 웃게 해주고 싶었다.

"……."

하지만 난 남을 웃기는 데에는 재주가 없었다. 아무리 생각을 쥐어짜도 그에게 웃음을 줄 말이 떠오르지 않았다. 결국, 그냥 진심으로 조언했다.

현명하고 지혜로운 여자는 많습니다. 좋은 왕비를 찾을 수 있을 거예요.

하지만 이렇게 쓰고 나니 너무 형식적인 대답으로 여겨졌다. 친구가 아니라 그냥 옆 나라 황후의 편지 같았다. 사절단을 통해 보내도 될 만한 그런 편지.

"이건 아니야. 그렇지?"

파란 새에게 묻자, 새가 커피잔을 기웃거리다 말고 흠칫해서 쩍 소리를 냈다. 나는 한참 망설이다가 좀 더 개인적인 일을 아래에 적어 넣었다.

<u>나는 데뷔탕트 무도회를 준비하는 중.</u>

좋아. 이러면 좀 편안한 대화 같은 느낌이 나겠지.

"어때? 친근해 보이니?"

파란 새에게 편지를 보여주며 묻자, 파란 새는 흠칫해서 나와 편지지를 빠르게 훑었다.

"친구끼리 주고받는 말 같지?"

다시 묻자, 파란 새는 잠시 부리를 꼭 다물고 가만히 있다가 고개를 천천히 끄덕였다.

"도저히 못 고르겠어."

라스타는 디자이너의 도안을 모아둔 스케치북을 내려놓으며 투덜거렸다.

"이 사람 옷도 다 예뻐. 왜 다들 이렇게 재주가 좋지?"

데뷔탕트 무도회 날이 거의 다가왔는데. 아직도 그녀는 르베티의 드레스를 고르고 있었다. 기다리다 못한 로테슈 자작이 이틀 전부터 채근했지만, 도무지 라스타는 르베티의 드레스를 고르기 힘들었다.

"예쁘면 안 돼. 그렇지만 너무 소홀한 티가 나도 안 되는데……."

라스타는 중얼거리면서 스케치북을 다시 넘기기 시작했다. 하지만 라스타에게 명단이 오는 디자이너들은 하나같이 사교계에서 이름난 디자이너들인 데다, 데뷔탕트 드레스는 원래 화사하고 화려하기로 유명했다. 당연히 예쁘지 않은 걸 찾기 어려웠다.

"아니면 그냥 남들이 다 입을 만한 무난한 거로 할까?"

비슷비슷한 드레스를 입은 사람들이 모이게 되면 아주 볼만할 터였다.

'비슷한 드레스?'

그때, 라스타의 머릿속에 예전 일이 떠올랐다. 황후와 드레스가 겹쳤다가 대대적으로 모욕을 받았던 그 일이. 그 불쾌한 일이 라스타의 머릿속에 묘안으로 만들어졌다.

'르베티에게 나와 똑같은 옷을 입히면 되잖아?'

그러면 사람들이 수군거리겠지. 이전에는 황후의 지위가 높기에 자기가 따라 한 사람이 되어버렸지만, 르베티를 상대로는 달랐다. 사교계의 유명 인사는 라스타였고 르베티는 작은 영지의 딸이었다. 드레스가 같으면 르베티가 따라 한 게 될 터였다. 물론 르베티도 로테슈 자작도, 데뷔탕트 드레스를 협박으로 뜯어냈단 말은 할 수 없을 것이다. 라스타는 입꼬리를 올리고서 하녀를 불러 지시했다.

"라스타가 골라둔 드레스 있지?"

"예, 라스타 님."

"똑같은 건데 치수가 좀 더 작은 걸로 마련해줘. 여기, 이거 이 치수에 맞춰서."

라스타는 르베티의 신체 치수가 적힌 종이를 내밀었다. 미리 로테슈 자작에게 받아두었던 종이였다. 라스타가 협박을 당하는 걸 몰랐지만, 누군가의 데뷔탕트 드레스를 골라주고 있던 건 아는지라 하녀는 깜짝 놀라 물었다.

"라스타 님과 같은 드레스를 맞춰주시려고요?"

"응. 도무지 뭘 골라야 할지 몰라서."

"하지만…… 드레스가 같으면 너무 눈에 띄지 않을까요?"

"그렇지만 아무리 생각해도 라스타가 고른 드레스가 가장 예뻐서. 덜 예쁜 걸 주자니 미안하잖아."

"라스타 님…… 왜 이렇게 착하세요."

하녀가 한숨을 내쉬었다. 라스타는 나비에 황후가 짓는 것처럼 입 끝을 맴도는 미소를 부드럽게 지었다.

데뷔탕트 무도회가 열리는 날이었다. 무도회 자체는 신년제 때만큼 화려하지 않지만, 오늘은 사교계에 새로운 얼굴들이 대거 등장하는 날이니만큼 분위기 자체가 아주 활기찼다. 태어나서 가장 화려하게 차려입었을 영애와 영식들의 옷차림을 보는 것도 재미있었다.

"당분간은 무도회마다 저렇게 입고 다니겠지요."

"한 1, 2년쯤 지나면 조금씩 레이스와 보석이 줄어들기 시작할 테지만요."

시녀들도 앳된 티가 남은 영애와 영식들이 귀여운 듯 깔깔거리며 웃었다. 황제인 소비에슈가 일이 바빠 참석하지 않았기에 분위기가 더 가볍기도 했다.

"저기 르베티 양이 있네요."

몇 번 얼굴을 보았기 때문인지, 로라가 반갑게 르베티를 가리키며 말했다. 르베티는 새롭게 데뷔하는 소녀와 소년들 틈에 섞여 있었다. 짧은 머리카락을 곱슬곱슬하게 말고서 노란 드레스를 입은 그녀는 병아리처럼 귀여웠다. 슬쩍 내 쪽을 보기에 손을 흔들어주자, 르베티는 얼굴이 벌게져서는 발을 총총 굴러댔다.

"저 아이는 정말로 황후 폐하가 좋은가 봅니다."

엘리자 백작 부인이 웃으면서 말했다. 나는 쓸쓸한 기분을 감추며 고개를 끄덕였다. 날 진심으로 좋아해주는 아이의 뒷조사를 하는 사람이 나란 게 떠오른 탓이다. 음악이 시작되자 영애와 영식들이 서로 짝을 맞추어 춤을 추기 시작했다.

나는 음악 소리를 들으며 홀 안을 살폈다. 데뷔탕트 무도회이기에 참석한 이들은 데뷔탕트를 치르는 사람들, 데뷔탕트를 맞은 친척이나 지인이 있는 사람들, 사교계에 관심이 많아 새로운 얼굴을 먼저 확인해보고 싶은 사람들 등이 대다수였다. 사교계의 명사이자 바람둥이로 유명한 에르기 공작은 오지 않았다. 너무 어린 영애들은 관심이 안 가는 모양이었다. 의외인 건 라스타 역시 보이지 않는단 점이었다.

'르베티 때문에 안 온 건가?'

의아하게 여기면서 나는 하인이 가져다준 작은 케이크 조각을 베어 물었다. 입안에서 달콤한 생크림과 땅콩 향이 났다. 그러나 몇 번 입에 넣고서 케이크를 씹고 있을 때였다. 사람들이 어딘가에서 수군거리는 소리가 났다. 무슨 일인가 싶어 쳐다보자, 라스타가 뒤늦게 입장한 듯 사람들의 시선을 받고 서 있었다. 문제는 라스타가 입은 옷이……. 시선이 저절로 르베티가 입은 옷으로 향했다. 나는 이마를 짚었다. 라스타가 입은 노란 드레스와 르베티가 입은 노란색 드레스는 거의 흡사했다. 이런 상황을 모른 채 르베티는 영식과 손을 잡고 춤을 추느라 바빴다.

"저게 또……!"

로라가 이를 갈며 씩씩거렸다.

"저 따라쟁이, 이번엔 르베티 옷을 따라 입었나 봐요!"

음악이 끝난 뒤에야 르베티는 라스타를 발견했고, 라스타가 입은 드레스를 발견했다. 안 그래도 커다란 눈이 더욱 커다래졌다. 사람들이 수군거리자 르베티는 아까와 다른 의미로 얼굴이 빨개졌다. 그걸 보자 안됐단 생각이 들었다. 내 편견 때문일까. 똑같이 놀란 표정을 짓고 있지만 라스타는 고의로만 보였다.

르베티가 울상을 짓고, 또래 귀족들이 르베티를 이상하게 쳐다보았다. 보다 못해서 나는 자리에서 일어나 르베티 쪽으로 다가갔다. 사람들이 놀라서 옆으로 자리를 피해주었다. 걸치고 있던 망토를 벗어 르베티의 어깨에 둘러주자, 르베티는 눈을 휘둥그렇게 뜨고 나를 올려다보았다.

"이 옷이 유행인가 보구나. 이러면 좀 다르려나?"

웃으면서 일부러 그렇게 말하자 르베티는 눈가가 그렁그렁해졌다. 안도하는 소리와 내 기지를 칭찬하는 소리가 들려왔다. 굳이 내 칭찬을 들으려 한 일이 아니기에, 나는 르베티를 다독인 다음 내가 앉아 있던 곳으로 데려갔다. 그러면서 힐긋 라스타를 쳐다보았다. 도대체 무슨 생각을 하기에 또 같은 드레스를 입고 나온 걸까? 저

애의 머릿속이 궁금해졌다. 그러나 라스타는 의외로 르베티를 쳐다보고 있지 않았다. 그녀는 나를 힐긋거리며 작은 수첩에 무언가를 바쁘게 적고 있었다.

소비에슈가 라스타에게 선생 몇 명을 붙여주었다.

"말도 안 됩니다!"

소식을 들은 엘리자 백작 부인은 분노를 토해냈다. 얼마나 화가 났는지 얼굴빛이 하얬다. 그럴 수밖에. 그 선생들이 한때 내 선생이었던 이들이라 하니. 소식을 전한 부관이 자기가 죄를 지은 양 움츠러들었다. 나는 따뜻한 물에 발을 담그고 피로를 푸는 중이었다. 편안한 휴식 시간에 찾아와 이런 소식을 전한 게 죄스러운 모양이지.

"어떻게 된 건가? 좀 더 자세히 설명해보게."

소비에슈가 라스타에게 선생을 붙일 거라 예상은 했다. 라스타는 궁중 예법에 대해 아는 게 많이 없으니까. 하지만 내 교육계를 그대로 붙인다고? 이건 예상하지 못했다. 아니, 내 교육계를 그대로 붙이는 게 가능하긴 한가? 게다가 '선생 중 몇 명'이라고 표현하잖아. 복수형이다. 선생 숫자가 많은 모양인데?

"황태자비이시던 시절의 교육계는 아닙니다. 그 전에 공작가에 계실 때 교육계입니다."

아아. 어쩐지. 황태자비 시절 내 교육계는 소비에슈의 교육계와 많이 겹쳤지. 황태자와 황태자비를 교육하던 이들이 그대로 라스타에게 갔다고 해서 깜짝 놀랐는데. 그건 아닌 모양이다. 하지만…….

"선생이 한두 명이 아닌 모양이군?"

이건 분명한 사실이었다.

"예. 궁중 예법, 무도, 처세, 그림, 피아노 등등 어린 귀족들이 받는 기본 교육을 모두 받는답니다."

"그래."

부관이 내 눈치를 살폈다. 달아나고 싶은 얼굴이네. 나가도 좋단 신호를 보내자 역시. 서둘러 사라진다. 다시 엘리자 백작 부인과 둘만 남게 되자, 나는 등받이에 몸을 편하게 기댔다. 이렇게 하면 불편한 마음이 조금이라도 사라지려나?

"대체 그 여자는 황후 폐하를 왜 자꾸 따라 하는 거랍니까? 전에는 드레스를 따라 하더니 이제는 교육계까지."

왜 따라 하냐고? 그 이유는 알고 있지. 본인이 직접 말했으니.

"나처럼 되고 싶다더군요."

"세상에! 그 여자가 그러던가요? 대놓고?"

나는 고개를 끄덕였다. 사실, 롤모델의 교육계를 통째로 데려가는 일이 드물진 않았다. 적어도 사교계에서는. 선생들 역시 이 일을 거리끼지 않았다. 그 사람들도 지금까지 함께 일한 동료들과 계속 같이 일하는 게 편리할 테니. 투아니아 공작 부인의 교육계와 내 교육계는 아예 그런 쪽으로 유명하기까지 했으니, 라스타가 평범한 귀족 영애였다면 나는 오늘 이야기를 들으며 귀엽다고 여겼을지도 모른다. 항상 그랬듯.

하지만 라스타는 내 남편을 데려간 여자였다. 그래서인가. 그녀가 내 교육계를 데려간 게 괜히 찝찝하고 불쾌했다. 엘리자 백작부인 말처럼 드레스 건도 그렇고……. 라스타는 특별 연회 때 내말투를 따라 했지. 내 옆에 딱 달라붙어서 외국 사절들에게 같이인사하려 들었고. 어제는 내가 르베티를 챙기자, 그걸 뚫어져라 보며 수첩에 무언가를 기록했다.

'어디부터 어디까지 날 따라 하고 싶은 거지?'

물이 식어서인가 마음이 식어서인가. 발을 담근 물이 더 이상 따뜻하지 않다. 나는 족욕을 끝내고서 아르티나 경을 불러오라 지시했다. 그리고 아르티나 경이 오자마자 르베티와 로테슈 자작에 대해 물었다.

"내가 지시한 조사는 어떻게 되어가고 있나요?"

"아직 이렇다 할 성과는 없습니다."

아르티나 경은 평소처럼 조용한 목소리로 대답했다. 나는 고개를 끄덕이고서 그만 나가도 좋단 신호를 보냈다. 라스타가 날 자꾸 따라 한다는 생각에 잠시 초조한 기분이 솟았을 뿐. 남 뒷조사를 하루 이틀 내로 끝낼 수 없다는 건 잘 이해하고 있었다. 뒷조사가 성공해 결과가 나오더라도 마찬가지. 어마어마한 비밀이 나온다 한들, 그 비밀을 어떻게 처리할지도 아직 결정하지 못했다.

"황후 폐하."

그러나 아르티나 경은 나가는 대신 나를 조심스럽게 불렀다. 의아해서 쳐다보자, 그녀는 가까이 다가오더니 목소리를 낮추었다.

"정보라고 하기에는 부족하지만 걸리는 점은 있습니다."

"걸리는 점?"

"로테슈 자작가에서 일하다 잘린 하녀와 하인이 제법 많답니다."

아르티나 경의 말처럼, 이건 정보라 하기엔 좀 부족한데. 까칠한 성격으로 아랫사람들을 들들 볶아 그만두게 하는 귀족들은 상당히 많으니까.

"그래요."

하지만 너무 약한 정보라 말하면 아르티나 경이 섭섭할까 봐, 나는 신중한 표정으로 고개를 끄덕였다. 그러나 아르티나 경의 말은 거기서 끝이 아니었다.

"로테슈 자작가에서 일하다 잘린 이들에게 접근해보았고, 그중 하녀 한 명에게 몇 가지 이야기를 듣는 데 성공했습니다."

아르티나 경은 더욱 목소리를 낮추었다.

"자작가에는 '어떤 구역'이 있어서, 그 구역으론 집사와 가족들 외에는 아무도 들어오지 못하게 한답니다."

"구역……?"

엘리자 백작 부인이 끼어들었다.

"하지만 황후 폐하, 아르티나 경. 많은 귀족들이 집에 비밀 공간을 둘 텐데요?"

나 역시 엘리자 백작 부인의 말에 동의한다. 귀족들은 보물이나 가보를 감추기 위해 비밀스러운 방이나 구역을 많이 두었다. 아르티나 경도 흔쾌히 수긍했다.

"예. 그래서 바로 보고하지 않았습니다."

"그래요……."

"하지만 이상한 점이 하나 더 있습니다."

"이상한 점?"

"로테슈 자작가에는 어린 아기가 있는데, 아무도 그 아기의 얼굴을 본 적이 없답니다. 그 아기를 그 '비밀 구역' 안에서만 기르고요."

감추어두는 게 보물이나 가보가 아니라…… 사람. 그것도 아기?

"그건 흥미롭군요."

로테슈 자작이 이사 올 때 아기를 데려왔단 이야기를 스치듯 들었지. 그 아기인가? 미혼 자녀의 아기라든가 조카, 먼 친척의 아기 등 여러 가지 상상의 여지가 있긴 하지만, 아기 자체는 내가 관여할 문제가 아니지. 하지만 그 아기를 감추어 기른다는 게 호기심을 자극했다. 그 아기가 로테슈 자작만의 비밀이 아니라면?

"……."

'너무 지나친 생각인가?'

로테슈 자작이 데뷔탕트 무도회 소식을 들은 건, 무도회가 끝나고 나흘이 지난 후였다. 말하지 않으려고 버티던 르베티는, 로테슈 자작이 요리 툭 조리 툭 유도하자 결국 씩씩거리면서 데뷔탕트 드레스에 관해 털어놓았다.

"가만히 있었더니 라스타 그게 사람을 아주 멍청이로 알아요! 일부러 나랑 똑같은 데뷔탕트 드레스를 입고 왔어요! 어떻게 그랬지?"

처음부터 자신의 드레스를 라스타가 골랐다는 걸 몰랐기에, 르베티는 라스타가 중간에 교묘하게 술책을 부려 자신과 같은 드레스를 입었다 생각했다. 로테슈 자작은 차마 진실을 밝히진 못하고 얼굴만 붉으락푸르락 해졌다. 고얀 것. 감히 이런 식으로 날 물 먹여? 그는 다음 날이 되자 바로 라스타를 찾아가 이 일을 따졌다.

"내가 딸아이 데뷔탕트 드레스를 만들어달라 했지, 웃음거리를 만들어달라 했느냐?"

라스타는 로테슈 자작이 화를 내는데도, 안락의자에 앉아 작은 수첩만 들여다보았다.

"라스타!"

로테슈 자작이 버럭 소리를 지르자, 라스타는 그제야 수첩을 뒤집어 무릎 위에 내려놓고 고개를 들었다.

"왜?"

라스타가 고개를 갸웃하며 묻자, 로테슈 자작은 화가 나 씩씩거렸다.

"그까짓 드레스, 몇 푼이나 한다고 주기 싫어서 장난질을 친 모양인데. 이런 식으로 나오면 재미없단 걸 알아라."

"그 몇 푼밖에 안 하는 드레스가 없어서 나한테 달라 한 건 누구지?"

"!"

로테슈 자작은 라스타가 조곤조곤한 목소리로 따지자 흠칫했다. 평소라면 감정이 눈에 보일 듯 흘러나오는 라스타가, 최대한 감정을 감추며 따지는 모습이 낯설었다.

"왜 그러느냐. 안 어울리게."

"안 어울려?"

"가면이라도 쓴 것 같구나."

"그래?"

라스타는 고개를 갸웃하더니 이윽고 차갑고 쌀쌀맞은 표정을 지었다. 그러고는 로테슈 자작을 째려보며 목소리를 높여 역으로 꾸짖었다.

"라스타한테 따질 게 아니라, 그쪽 딸한테 따져. 네 자식 관리를 똑바로 하라고."

"누구 관리를 해?"

로테슈 자작은 어이가 없어서 입을 커다랗게 벌렸다. 데뷔탕트를 겪은 게 르베티가 아니라 라스타였나? 며칠간 못 보긴 했지만, 사람이 그사이에 어떻게 말투가 이렇게 확 바뀐단 말인가?

라스타는 슬쩍 무릎 위에 뒤집어둔 수첩을 다시 들춰보았다. 그러고는 인상을 찡그리더니 다시 수첩을 내려놓으며 로테슈 자작에게 경고했다.

"르베티는 입이 가벼운 애잖아. 그런 애를 황후 옆에 딱 붙어 있게 할 거야? 그러다 못 할 말이라도 하면 어쩌려고?"

"그 애는 입이 가볍지 않아."

"원래 제 자식 허물은 못 보는 법이지."

"자식 허물은커녕 몸뚱이조차 안 보려는 네가 할 말이더냐?"

로테슈 자작의 질문에 라스타가 뒤늦게 흠칫했다. 그제야 라스타가 방패처럼 뒤집어쓴 커다란 가면이 벗겨진 듯 보여서, 로테슈 자작은 안도의 한숨을 내쉬었다. 차라리 저렇게 감정을 파닥거리는 게 상대하기 나았다. 아까처럼 의뭉스러운 태도는 괜히 보는 사람을 찝찝하게 만들고 꺼림칙했다.

라스타는 온몸에 가시를 두른 고슴도치처럼 로테슈 자작을 노려보며 경고했다.

"그런 식으로 라스타를 협박하지 마."

"협박당할 짓을 하지 않으면 되잖니?"

"……자작. 당신이 망하면 당신 혼자 망하진 않을 거라 했지?"

"?"

"나도 같아. 내가 망하면 나만 망하진 않을 거야."

날카로운 말에 로테슈 자작은 헛웃음을 터트렸다. 그는 아직도 라스타를 좀 무시하고 있었기에, 이 노예의 경고가 현실적으로 여겨지지 않았다.

"뭐라?"

라스타는 냉랭하게 웃고서 한 손으로 턱을 괴었다. 다른 손으로는 이제 조금씩 불러오고 있는 자신의 배를 만지며 말했다.

"과거가 드러나서 폐하의 총애를 잃더라도 라스타에겐 폐하의 피를 이은 아기가 있어. 폐하는 라스타가 노예 출신인 걸 알면서도 받아주셨으니, 라스타의 '불쌍한' 과거를 알고서도 받아주실지도 모르지."

"!"

"하지만 그쪽은 아니야. 명심해."

소비에슈는 라스타에게 가던 중 낯익지만 불쾌한 남자를 발견했다. 라스타가 노예이던 시절, 그녀를 데리고 있던 로테슈 자작이었다. 로테슈 자작은 소비에슈를 보자 황급히 허리를 숙이며 굽신거렸다.

"아이고, 황제 폐하. 이런 곳에서 뵙게 될 줄이야……."

소비에슈는 눈을 가느스름하게 떴다.

'이런 곳에서 보게 될 줄이야'는 소비에슈가 할 말이었다. 소비에슈는 라스타의 손이 거칠고 상처투성이란 걸 알고 있었다. 발도 마찬가지였다. 그 상처들은 노예 시절 그녀가 한 고된 고생을 보여주었다. 로테슈 자작은 그녀를 고생시킨 놈이었고, 입을 함부로 놀려 라스타를 사교계에서 묻을 뻔했다. 그런 작자가 이제 와서 라스타를 보러 오가는 게 좋게 보이지 않았다.

"너무 자주 보이는군."

소비에슈가 낮게 중얼거리자, 자작이 "예?" 하고서 눈을 휘둥그렇게 떴다. 소비에슈는 입술 끝을 까칠하게 올리면서 삐딱하게 그를 쳐다보았다.

"너무 자주 보인다고 하였다."

"아…… 그게…… 폐하?"

로테슈 자작은 소비에슈의 불쾌한 기색을 눈치채고는 눈을 데굴데굴 굴렸다.

"네가 라스타를 찾아올 일이 뭐가 있다고 이리 자주 보이지?"

"자주 오진 않았습니다, 폐하."

"짐의 말에 반박하지 마라."

황제의 느리고 단호한 어조에 로테슈 자작은 입을 꾹 다물었다. 어릴 때부터 황태자로서 확고한 생활을 해온 탓일까. '그의 노예인 라스타에게 목매는 황제'라 여기면 좀 만만해 보이는데. 실제로 마주하는 소비에슈는 눈빛이 서늘하고 표정이 냉랭해서 눈조차 마주하기 어려웠다.

"황송합니다. 용서해주십시오, 폐하."

로테슈 자작은 애써 태연한 척 그에게 용서를 청하며 얼른 덧붙였다.

"전에 오해를 한 일이 계기, 아니, 인연이 되어서 지금 라스타 양을 많이 돕고 있습니다. 그 때문에 찾아오는 겁니다."

"너 같은 자가 라스타를 도와?"

소비에슈의 질문에 로테슈 자작은 낯빛이 하얘졌다. 자존심이 상했다. 동시에 소비에슈가 그에게 보이는 적의가, 혹시 라스타가 무슨 말을 해서는 아닐까 염려되었다. 라스타의 말이 옳았다. 과거를 안 소비에슈가 과연 어느 쪽으로 화풀이를 할지는 모르는 일이었다.

"라스타는 짐이 알아서 챙길 테니, 너는 해가 되지나 마라."

"물론입니다, 황제 폐하."

소비에슈는 더러운 것을 보듯 로테슈 자작을 흘기고는 그를 스쳐 지나갔다. 로테슈 자작은 식은땀을 뻘뻘 흘리다가, 소비에슈가 완전히 사라지자 가까스로 허리를 폈다. 라스타의 도움을 받아 사교계에서 이름을 날리고 승승장구한다 해도, 황제인 소비에슈에게 미움을 사면 아무 소용이 없는데. 소비에슈가 아직까지 그를 저렇게 차갑게 쳐다보자 걱정되었다.

그러나 소비에슈와 헤어지고서도 소비에슈 생각만을 하는 로테슈 자작과 달리, 소비에슈는 로테슈 자작이 보이지 않게 되자 대번에 그를 생각에서 치워버렸다. 소비에슈는 라스타의 방문을 열고 들어갔다. 라스타는 안락의자에 편하게 앉아 작은 수첩을 보고 있었다. 소비에슈는 약간 부른 그녀의 배를 보자 괜히 심장이 울컥해졌다. 저 안에 자신의 아이가 들어 있다니.

'아기를 가진 게 황후였더라면 더 좋았겠지만……'

소비에슈는 고개를 저어 그 기대를 털어냈다. 내색하지 않으려 하지만, 그는 황후가 불임일 거라고 반쯤 확신하고 있었다.

"폐하?"

라스타는 뒤늦게 소비에슈의 시선을 눈치채고는 고개를 돌리며 웃었다.

"몸은 좀 어떠하냐?"

소비에슈가 다가가자, 라스타는 수첩을 뒤집어 탁상 위에 놓아두고는 그의 허리를 두 팔로 끌어안고 배에 뺨을 기댔다.

"좋아요. 폐하를 뵈니 그저 좋습니다."

"……말투가 좀 바뀌었는데?"

"예법을 배우는 중이잖아요. 앞으로 더 변해가야지요, 폐하."

"글쎄. 예전에 쓰던 말투도 귀여웠는데."

"말투가 바뀌어도 라스타는 라스타인걸요. 그렇지요?"

"그렇겠지?"

소비에슈는 빙그레 웃고서는 라스타에게 계속 안락의자에 기대 있으라 한 후, 맞은편에 앉으며 물었다.

"공부를 배우는 건 어떻지?"

"이제 시작인걸요. 하지만 아주 재미있어요."

라스타는 배시시 웃으면서 말하고는 책상을 가리켰다. 펼쳐진 책과 두툼하게 쌓인 책들, 종이 뭉치들……. 책상에는 공부한 흔적이 가득했다.

"라스타가, 폐하의 자랑스러운 연인이 될 거예요."

"넌 이미 사랑스러운 연인이다, 라스타."

"자랑스럽고 싶어요."

소비에슈는 가볍게 웃었다.

"황제인 내가, 굳이 널 누구에게 자랑해야 한다고."

"그야……."

라스타는 주저하며 눈을 깜빡거렸다. 문득 물어보고 싶어졌다. 황후에게도 그렇게 말씀하세요? 사랑스럽기만 하면 된다고? 그러나 차마 그 말을 드러내놓고 하긴 힘들었다. 라스타는 입을 귀엽게 오물거리며 소비에슈의 눈치를 살폈다. 그러다가 이상한 점을 발견했다. 소비에슈의 표정이 평소보다 어두웠다.

"폐하?"

라스타가 조심스레 부르는데도 소비에슈는 쉬이 대답하지 않았다.

"폐하? 무슨 일이라도 있으셨나요?"

혹시 오는 길에 로테슈 자작을 만나서 그러나? 로테슈 자작이 헛소리라도 했나? 라스타는 괜히 불안해져서 억지로 웃었다.

"폐하, 말씀해주세요."

소비에슈는 한참만에야 입을 열었다.

"누군가 너와 로테슈 자작의 뒤를 캐고 다니는구나."

"누구……요?"

"누군지는 알 거 없다. 어쨌든, 자작을 자주 부르지 마라."

내가 부른 게 아닌데. 라스타는 억울해서 입을 뻐끔거렸으나, 그 말을 할 수는 없었다. 소비에슈는 라스타를 가만히 살피다 제안했다.

"그리고 라스타. 혹시 자작이 널 협박하고 있다면 반드시 내게 말하거라. 적당한 죄목을 붙여서 죽이거나 추방해줄 수도 있으니."

적당히 죄목을 붙여서 죽일 수 있다고……? 그게 가능한가? 라스타의 커다란 눈동자가 미세하게 떨렸다. 황제가 그녀를 떠보기 위해 저런 말을 하는지 아닌지 구분하기 어려웠다. 진심이라면, 왜 로테슈 자작이 처음 나타났을 때는 그렇게 해주지 않았지?

'맞아. 거짓말일 거야.'

"라스타."

소비에슈가 다시 한 번 진중하게 라스타를 불렀다.

"혹시라도 내게 감추는 게 있고, 자작이 그걸로 협박한다면 솔직하게 말하거라. 협박은 끌려다니기 시작하면 끝이 없다."

라스타는 순간 흔들렸다. 소비에슈에게 진실을 털어놓는다면 어떨까? 소비에슈는 그녀가 도망 노예라는 걸 알면서도 받아주었다. 어쩌면 그는 그녀가 과거에 다른 남자와의 사이에서 아이를 낳은 것도……?

'아니야.'

라스타는 아지랑이처럼 피어오르는 희망을 직접 흩어버렸다. 착하고 순하던 알렌. 모든 걸 다 바쳐 사랑을 주겠다던 알렌. 고작 자작의 아들인 알렌도 최후의 순간 그녀를 버렸다. 소비에슈는 다를 수도 있겠지만, 그 기대만으로 모험을 하고 싶진 않았다.

"라스타는 감추는 게 없어요, 폐하."

"……정말이냐."

"당연하지요."

라스타는 맑은 종처럼 웃었다. 하지만 소비에슈는 여전히 굳은 얼굴이었다.

"폐하……?"

거짓말이 티가 나나? 뭘 알고서 물어본 거였나? 라스타는 불안한 목소리로 그를 불렀다.

"폐하. 라스타는 정말로 괜찮아요. 떳떳하니까요."

라스타가 거듭 말하고서야 소비에슈는 알겠다며 고개를 끄덕였다.

'도대체 누가 로테슈 자작의 뒤를 캐고 있기에 폐하께서 이러시지?'

황후일까? 아니면 다른 귀족? 라스타는 주먹을 꽉 쥐었다. 적이 누구든 비밀을 알아낼 수는 없을 것이다. 림웰에서 임신했을 적. 로테슈 자작은 낯부끄럽고 수치스럽다며 라스타를 가두어두었다. 사람들이 임신 사실을 알지 못하게 철저히 막았다. 당시에는 괴롭고 속상했지만, 덕택에 지금 라스타의 비밀을 아는 사람은 거의 없었다. 로테슈 자작과 알렌, 르베티만 입을 조심한다면.

"폐하. 빈말이 아니라 정말로, 정말로 로테슈 자작님께 이유 없이 해코지하진 말아주세요."

라스타는 두 손을 꼭 모으고 입가에 귀엽게 가져다댔다.

"혹시라도 자작님이 라스타 때문에 이유 없이 미움받는다면, 라스타는 죄책감을 견딜 수 없을 거예요."

"그래. 알겠으니 안심하거라."

계속해서 안심시킨 효과가 있나. 소비에슈가 설득된 얼굴로 라스타의 어깨를 토닥였다.

"저, 폐하."

그러고서는 몸을 돌리려는 걸, 라스타가 얼른 그의 뒤까지 다가가 불렀다.

"왜 그러느냐?"

"폐하, 라스타를 재워주시면 안 될까요?"

누군가 자신의 뒤를 캐고 있단 이야기를 들어서인가. 괜찮을 거라 생각하면서도 초조하고 불안해졌다. 소비에슈가 곁에서 다독여준다면 괜찮을 것 같아서 하는 청이었다.

"이런. 라스타."

그러나 소비에슈는 힐긋 시계를 보더니 대번에 거절했다.

"바쁜 일이 있어서 그건 안 되겠는데."

"아……."

"착하지?"

자상한 목소리가 달래는 척 재청을 막았다. 그는 라스타를 안락의자에 도로 데려다 앉힌 후, 푹신한 담요를 가져다 그녀의 무릎에 덮어주었다.

"놀고 있거라."

소비에슈는 라스타의 방에서 나와 곧장 자신의 집무실로 갔다. 집무실에서는 그의 수석비서인 카를 후작이 대기하고 있었다. 소비에슈는 책상 앞에 앉자마자 물었다.

"조사는?"

카를 후작은 들고 있던 종이를 책상 위에 슬쩍 올려두었다.

"말씀하신 대로 조사해보았습니다. 하지만 아직 이렇다 할 만한 게 없었습니다."

"그래."

소비에슈는 이마를 구기고서 툭 툭 책상을 손가락으로 두드렸다.

"분명 뭔가가 있는 것 같은데……."

도망 노예와 주인. 절대로 좋을 수 없는 관계인데, 로테슈 자작이 라스타를 찾는 횟수가 지나치게 잦았다. 두 사람이 자주 만날수록 '라스타는 내 노예가 아니었다'는 로테슈 자작의 주장이 더 그럴 듯해 보이기에 억지로 못 만나게 하진 않지만……. 소비에슈는 진실을 알기에 로테슈 자작과 라스타의 잦은 만남이 영 이상하게 여겨졌다. 그렇기에 로테슈 자작이 무언가를 미끼로 라스타를 흔드는 게 아닌가 의심하고서, 카를 후작에게 조사를 지시한 것이었다.

"라스타 양은 뭐라 합니까, 폐하?"

"그런 건 없다는군."

"폐하께서 해결해주시겠다 하는데도 말입니까?"

"그래. 내게 폐를 끼치고 싶지 않은 거겠지."

소비에슈는 어쩔 수 없다는 듯 한숨을 내쉬며 고개를 저었다.

"머리를 굴린다고 해도 아직 순진할 테니까."

"폐하께서 적당한 핑계를 만들어 로테슈 자작을 멀리 보내시는 건 어떨까요?"

"그래봤자 누가 봐도 내가 한 행동처럼 보일 게 아니냐."

"그건 그렇지요."

소비에슈는 쯧 혀를 찼다. 로테슈 자작이 폭탄 발언을 한 후부터 몇 개월. 그러나 아직 그의 발언은 온전히 잊히지 못했다. 이 와중에 로테슈 자작을 이유 없이 쫓아낸다? 귀족들은 뒤에서 소곤거릴 게 분명했다. '역시 라스타가 도망 노예였던 게 아니냐'고. 그렇다고 꼬투리를 잡아 쫓아내기에는, 로테슈 자작을 건드리지 말라는 라스타의 간절한 청이 걸렸다. 소비에슈는 손을 저었다.

"일단 자작에 관한 건 두고 보도록 하지. 나가보아라."

"저…… 폐하."

그런데 카를 후작은 나가는 대신 주저하며 소비에슈를 불렀다.

"왜 그러지?"

소비에슈는 서랍에서 종이 묶음을 꺼내다가, 도로 서랍을 닫으며 카를 후작을 보았다. 카를 후작은 어두운 얼굴이었다. 왜 저런 표정인가, 살피고 있으려니 카를 후작이 느릿하게 보고했다.

"실은 로테슈 자작에 대해 조사하다가 특이한 이들을 발견했습니다."

"특이한 이들?"

"로테슈 자작의 뒤를 캐는 이들이 저 외에 또 있었습니다."

"정말이냐?"

불쾌하단 표정이 황제의 얼굴에 떠올랐다.

"예."

"누구지?"

카를 후작은 입을 다물고 턱에 힘을 주었다. 먼저 말을 꺼냈지만, 대답하기 난처하단 듯.

"누구지?"

소비에슈가 거듭 묻자 그제야 카를 후작은 무거운 목소리로 대답했다.

"코샤르 경 쪽 같습니다."

소비에슈의 얼굴이 무섭게 일그러졌다.

"또 그 사고뭉치인가."

"엘리자 백작 부인 쪽도 로테슈 자작가를 주시하고 있습니다. 황후 폐하의 명령도 따로 있었던 것 같습니다."

"라스타에겐 전혀 관심이 없다더니. 황후와 황후 가문이 모두 달라붙어 라스타를 뒷조사하는구나."

소비에슈는 골치 아프단 표정으로 이마를 문질렀다.

"어떻게 할까요? 로테슈 자작이 하도 철두철미한 터라, 그쪽도 아직 별다른 정보는 알아내지 못한 눈치였습니다."

소비에슈는 명령을 내리는 대신, 미간을 구기며 중얼거렸다.

"곤란한데."

속이 갑갑해졌다. 코샤르. 이번에도 코샤르가 문제라니. 황후는 황실의 대외 이미지와 자신의 이미지를 몹시 신경 썼다. 로테슈 자작을 통해서 라스타가 노예란 점 외의 다른 무언가를 캐내더라도, 경우에 어긋난 행동은 하지 않을 것이다. 하지만 코샤르는 달랐다. 그는 라스타가 노예라는 확실한 증거를 얻는 즉시 모든 귀족에게 전단지를 만들어 뿌릴 인간이었다. 무슨 수를 써서든 라스타가 도망 노예가 맞다는 걸 공론화할 것이다. 그 외에 다른 비밀이 있다면, 그 비밀까지도 전부 까발릴 인간이었고.

"나가보아라."

소비에슈는 혼자 생각하고 싶어져서 카를 후작까지 내보냈다. 카를 후작이 문을 닫고 나가자, 소비에슈는 창가에 서서 눈을 반쯤 감았다. 도망 노예 출신이라는 건 사교계에서 크나큰 치부였다. 라스타 본인에게도, 후에 태어날 아기에게도. 그나마 라스타 본인은 정부일 뿐이니 문제가 생기면 사교계에 나가지 않으면 될 뿐이지만, 아기는 절대 그럴 수도 없었다.

'이를 어쩐다…….'

반쯤 감았던 눈을 뜨고서 소비에슈는 창밖을 내려다보았다. 훗날 아기가 '노예 어머니를 두었다'며 받을 취급이 걱정되었다.

평소처럼 알현이 끝났다. 나는 꼭 있어야 할 만큼만 머무르다가 얼른 자리에서 일어났다. 투아니아 공작이 돌연 공작 부인과의 이혼을 취소하고 재결합하고 싶단 청을 올려서, 그 관련 서류를 보기 위해서였다.

"바쁘지 않다면 할 말이 있는데."

그러나 자리를 떠나기 전. 소비에슈가 먼저 나를 불렀다. 그가 옥좌에서 일어나 내게 다가왔다. 알현실에 난 두 개의 문에는 호위병들이 서 있었지만, 알현실 내부에는 우리뿐이었다. 가만히 그를 기다리자, 근처까지 온 소비에슈가 짜증을 누르는 표정으로 물었다.

"그대 오빠는 도대체 이성이란 게 있기는 한 거요?"

불쾌함 가득한 목소리가 텅 빈 알현실을 울렸다. 목소리가 너무 크다 싶었나. 소비에슈는 갑자기 확 낮아진 목소리로 뒷말을 이었다.

"낙태약 사건을 일으킨 지 얼마나 되었다고 또 다른 짓을 하고 있던데."

"또 다른 짓이라니요?"

"모르오?"

"아는지 모르는지는, 일단 무슨 일인지 알려주셔야 판단할 수 있습니다."

"모르나 보군."

소비에슈는 눈썹을 치켜세우더니, 곧 당연하다는 투로 중얼거렸다.

"하긴. 이 일에 그대는 관련이 없겠지. 관련이 있다면 똑같은 일을 안 하고 있었겠지."

똑같은 일……?

"코샤르 경이 로테슈 자작을 뒷조사하고 있소."

아. 오빠도? 속으로 탄성을 뱉었지만, 나는 겉으로는 무표정을 유지했다. 소비에슈는 불만스러운 듯 눈을 가느스름하게 떴다.

"정확히는 라스타를 뒷조사하는 거겠지."

"그런가요?"

"황후와 마찬가지로."

대답 대신 소비에슈의 까만 눈동자만 가만히 들여다보았다. 보석과 금줄기로 장식한 시계 소리가 유난히 크게 들렸다. 소비에슈는 마찬가지로 내 눈을 빤히 들여다보다가, 먼저 뒷짐을 지고 몸을 뒤로 돌리며 충고했다.

"황후로서의 위험을 지키시오."

나야 언제나 그러려고 노력 중이지. 황후의 위엄을 패대기쳤다면, 나는 벌써 소비에슈의 머리채를 몇 번은 잡아 뜯었을 것이다. 물론, 그런 일을 했다가는 잠시만 속이 시원할 뿐 더 큰 폭풍이 몰아치겠지만.

"그러겠습니다. 늘 그랬듯이."

굳이 말다툼을 하는 대신 나는 이번에도 적당히 수긍했다. 그러고서 돌아서려는데, 소비에슈가 뒤에서 물었다.

"도대체 뭐가 그리 불만이오?"

돌아보자, 그가 진심으로 궁금하다는 투로 말을 이었다.

"그 아이에겐 아무것도 없고, 그대는 모든 걸 가지고 있는데."

"폐하를 가져갔지 않습니까."

내 남편인 당신을.

소비에슈는 헛웃음을 지었다.

"나 역시 그대가 가진 것들 중 하나요. 말도 안 되는 소리 하지 마시오."

나야말로 어이가 없어서 바람 빠진 소리를 낼 뻔했다. 소비에슈가 내 것이라고?

"제가 폐하를 라스타 양에게 대여라도 해주었단 건가요?"

"뭐?"

"그런 게 아닌 이상, 폐하는 제가 가진 분은 아니십니다."

소비에슈는 내 말에 묘한 표정으로 중얼거렸다.

"……역시 그대는 라스타를 질투하는 것 같은데."

"제가 폐하를 사랑하든 하지 않든, 우리는 이미 법적으로 부부니까요."

"차라리 날 사랑해서 질투한다 하시오. 그러면 듣기라도 좋을 테니."

"!"

"물론 그대는 그런 소리를 하지 않겠지. 그대는 날 사랑하지 않으니."

딱 잘라 말한 소비에슈는 자기가 한 말에 자기가 놀란 눈이었다. 그의 검은 눈동자가 상처 받기라도 한 듯 떨리는 걸 보자니 기가 찼다. 혼자 말하고 혼자 상처 받다니. 그는 톡 치면 오그라들어버리는 가느다란 미모사 같았다.

"더 할 말이 없다면 가겠어요."

딱 잘라 말하고서 몸을 돌리는데, 소비에슈가 다시 나를 불렀다.

"황후."

이번에는 또 뭐야. 돌아보자, 소비에슈는 어느새 미모사의 탈을 벗고 늠름한 황제의 태도로 물었다.

"마법 능력이 사라졌다는 마법사에 대해 조사하러 이틀 정도 자리를 비울 거요."

"직접 갈 건가요?"

"아무래도 진짜 같아서."

"그래요."

이건 좀 걱정이네. 마법사는 국력이었다. 물론 동대제국은 일반 군대도 강했지만, 마법사 군대에 비할 만큼은 아니었다.

"조심해서 잘 살펴보고 와요."

이번에는 진심으로 말했다.

"……"

소비에슈는 대답하지 않았다. 내 말을 무시하나, 싶었지만 그런 눈치는 아니었다. 그런데 왜 말을 안 해? 의아해서 쳐다보자, 소비에슈가 천천히 물었다.

"같이 가겠소?"

"조사를요?"

"내내 일만 하지 않소. 다녀오는 길에 숨도 좀 돌리고……."

내가 지그시 바라보자, 소비에슈는 관광과 휴양으로 이름난 지명을 몇 개 읊었다. 일을 마친 후 놀다 오자는 건가 보다. 나는 고개를 저었다.

"안 되겠어요."

착각인가? 소비에슈는 실망한 것처럼 보였다.

"안 되오?"

"제 생일에 며칠간 자리를 비웠잖아요."

"?"

"그때 이미 알현을 며칠씩 하지 못했습니다. 둘 다 자리를 비우면 알현을 하지 못할 텐데, 그 후로 며칠이나 지났다고 또 알현을 생략하겠어요."

"고작 이틀이오."

"알현을 청한 이들은 궁전 근처에서 하루를 쪼개어가며 기다리고 있습니다."

"황후는 폐하보다 일이 먼저인가 봐요."

라스타는 불쾌해하는 소비에슈의 손가락을 잡았다 떼길 반복하며 말했다. 소비에슈는 대꾸하는 대신 눈을 감아버렸다. 라스타는 온 얼굴에 화가 묻어난 소비에슈를 신기해서 처다보았다. 그녀와 있을 때에는 늘 황제의 모습인 소비에슈가, '황후가 함께 시찰을 나가자는 제안을 거절했다'면서 눈을 감을 때에는 평범한 남자처럼 보였다.

'도대체 어떤 분위기에서 무슨 말이 오고 갔기에 이렇게 골이 나신 걸까?'

라스타는 화를 낼 때조차 그림 같은 소비에슈의 옆모습을 넋을 놓고 바라보다가, 뒤늦게 다시 중얼거렸다.

"황후는 어떻게 폐하를 두고 그럴 수 있을까요?"

소비에슈는 여전히 눈을 감고 있었다. 라스타는 그의 볼에 가볍게 입을 맞췄다 떼며 속삭였다.

"라스타에게는 폐하가 항상 먼저인데. 정말 이상해요."

"황후는 바쁘니까."

"라스타가 황후를 대신할 수는 없지만……."

라스타가 말끝을 흐리자, 소비에슈는 그제야 눈을 뜨고서 그녀를 보았다. 작은 머리가 그의 어깨에 올라왔다.

"괜찮다면 라스타가 함께 가도 좋을까요?"

"네가?"

"업무에 도움이 되진 않겠지만, 폐하께는 도움이 될 거예요. 그리고 폐하께 도움이 되는 게 결국 나라에 도움이 되는 거잖아요."

"재미있는 여정은 아닐 거다."

"괜찮아요."

라스타는 욕심 없는 미소를 지으며 소비에슈를 올려다보고는 활짝 웃었다.

"폐하와 함께 가는 게 중요한 거지요."

이어서 그녀는 한 손으로 자신의 배를 쓸며 슬프게 말했다.

"그리고 폐하가 안 계신 동안 궁정에 혼자 남아 있고 싶지 않아요. 무서운걸요. 또 누가 우리 아기를 해치려 들지도 모르고……."

낙태약 사건을 떠올리게 하는 말에, 소비에슈는 허락할 것처럼 고개를 끄덕거렸다.

"생각해보자."

"감사합니다, 폐하."

라스타는 소비에슈의 단단한 어깨에 머리를 기대고 팔을 꼭 끌어안으며, 에르기 공작의 조언을 떠올렸다.

'라스타는 아직 황후가 아니야. 라스타가 평민들의 지지를 받으려면 직접 이리저리 몸으로 뛰어야 해.'

이틀간 시찰을 떠나는 소비에슈를 배웅하기 위해, 궁전의 정문 안쪽에 난 넓은 부지로 나왔을 때였다. 라스타 역시 하얗고 소박한 드레스 차림으로 나와 있었다. 늘 그렇듯 그녀에게 눈길을 주지 않으려 했으나, 신경 쓰일 정도로 라스타가 자꾸 나를 쳐다보았다. 결국 마주 쳐다보자, 뜻밖에도 그녀는 나를 노려보고 있었다. 평소 놀라울 정도로 표정 관리를 하는 라스타답지 않은 행동이었다. 무표정하게 쳐다보자 곧 얼굴이 붉어져서 고개를 내리긴 했지만……

확실히 의외였다.

'무슨 일이 있었나?'

의아하게 여기며 소비에슈를 쳐다보니, 소비에슈는 신경 쓰인단 표정으로 라스타를 곁눈질하는 중이었다.

'둘 사이에 문제라도 있었나?'

궁금하지만 굳이 호기심을 가질 일은 아닌 듯해서, 나는 그저 평소처럼 무표정하게 서 있었다. 소비에슈가 마차에 올라 떠난 후에야 나는 라스타가 날 노려본 이유를 알 수 있었다.

"라스타는 황후 폐하가 부러워요."

슬그머니 다가온 라스타는 내게 인사를 하고서 힘없이 웅얼거렸다.

"라스타는 황제 폐하를 사랑하는데도 늘 마음을 눌러야 하는데. 황후 폐하는 황제 폐하를 사랑하지 않으면서도……."

"폐하께서 시찰에 널 데려가지 않는다 하셨느냐."

라스타가 '어떻게 알았지?' 하는 표정으로 눈을 휘둥그렇게 떴다. 간이 평소보다 부어 있기에 알았다……라고 대답한다면 황후답지 않겠지. 나는 길게 말을 섞는 대신 손가락을 뻗어 라스타의 눈썹 부근을 가볍게 눌렀다.

"황후 폐하……?"

라스타가 동그란 눈동자로 내 손가락을 올려다보았다. 덕택에 안 그래도 순한 눈매가 더욱 내려가며 토끼 같은 얼굴이 되었다.

"눈에 힘을 빼거라. 그렇게."

손을 떼자, 라스타는 잠시 멍하니 눈을 깜빡거렸다. 내가 무슨 말을 한 건지 쉽게 이해가 가지 않는 듯했다. 그러다가, 뒤늦게 내가 하려던 말을 눈치채고는 낯빛이 붉어졌다. 더 말을 섞기도 싫어서, 나는 그녀를 뒤로한 채 내 방으로 돌아왔다. 알현을 하기까지는 아직 멀었으니 구두를 벗어두고 좀 쉬어야지.

하지만 방 안에 들어와 안락의자에 몸을 기대자, 어제 소비에슈가 한 말이 떠올랐다.

'라스타를 뒷조사하는 일을 그만두라 했지.'

대놓고 말한 건 아니지만, 굳이 그 일을 내게 직접 언급했다. 나나 오빠가 조사를 그만두기를 바라서일 것이다.

"후……."

아쉽지만, 이렇게 된 이상 이대로 일을 밀어붙일 수는 없었다. 나는 아르티나 경과 엘리자 백작 부인을 불러, 소비에슈가 알아버렸으니 로테슈 자작과 르베티를 뒷조사하는 일을 그만두라 지시했다.

"조금 더 조사해보는 게 낫지 않을까요?"

"들키지 않도록 신경을 기울이겠습니다."

아르티나 경과 엘리자 백작 부인은 일을 이대로 접기 아쉬운 듯 말렸지만, 나는 단호하게 거절했다. 그리고 좀 더 생각해보다가 파르앙 후작을 불러서도 조언을 빙자해 명령했다.

"로테슈 자작을 뒷조사하는 일은 잠시 그만두는 게 좋겠습니다."

"어……? 어떻게 아셨습니까?"

"폐하께서 알려주셨어요."

"폐하께서는 어찌 아셨답니까?"

파르앙 후작은 당황해서 눈썹 윗부분을 비볐다. 이전에 낙태약을 쓴 걸 들켰을 때와는 반응이 달랐다. 이번에는 절대로 들키지 않을 거라 확신이라도 했던 건가.

"그건 저도 모르지요. 하지만 당분간은 몸을 사리도록 해요."

"폐하께서, 화가 많이 나셨습니까?"

"그 여자의 일에 관한 한, 폐하께서는 화가 많아지십니다."

파르앙 후작은 눈썹을 치켜세웠다가 내리며 짧게 "아." 하고 숨을 토했다.

"그렇군요."

하지만 여전히 알겠다는 대답은 나오지 않았다.

"파르앙 후작."

목소리를 무겁게 해 다시 부르자, 그는 입가를 손으로 막으며 주저하는 소리를 냈다. 난처한 얼굴로.

"그게…… 물론 당장 몸을 사릴 수 있다면 좋겠지만요……."

"안 될 이유라도 있나요?"

"어제 코샤르가 술을 마시러 갔다가, 좀. 나쁜 말을 들었습니다."

나쁜 말? 그게 무슨 말인지 궁금했으나, 파르앙 후작은 그 말이 무슨 말인지는 설명하지 않았다.

"나에 관련된 말이군요."

그가 왜 곤란해하는지 눈치채고서 묻자, 파르앙 후작은 어색하게 웃고는 말을 이었다.

"사람들이야 뭐, 다 가십거리에 달려들지 않습니까."

"내가 가십거리로 돌고 있는 모양입니다."

"……."

파르앙 후작이 울 것 같았으므로, 계속 말해보란 뜻으로 입을 다물고 눈을 깜빡였다.

"어쨌든 코샤르는 알다시피, 어, 좀 그렇지 않습니까. 황후 폐하를 음해하는 말을 듣자마자 머리 뚜껑이 열려서……."

"때렸나요?"

"다행히 제가 중간에 나서기도 했고, 맞은 상대방과도 잘 해결을 보았습니다."

파르앙 후작은 슬며시 내 눈치를 보다가 오빠를 변호하는 말을 더했다.

"어쩔 수도 없던 게, 최근에 몇 번 그런 일이 있었나 봅니다. 그 성질머리치고는 많이 참았어요."

"그러면 된 게 아닌가요?"

"어제라고는 하지만 아직 하루가 안 지난 일이어서요."

파르앙 후작은 한숨을 내쉬었다.

"아직 코샤르가 화가 많이 나 있습니다."

"진정이 안 될 것 같나요?"

"제가 오기 전까지는 그랬습니다."

'오기 전까지?'

"말리는 중에 황후 폐하의 부름을 받고 들어왔거든요."

파르앙 후작의 말을 듣자 나 역시 불안한 마음이 솟았다. 파르앙 후작이 저렇게 곤란해할 정도면 오빠가 무척 화가 많이 난 모양인데. 자중하고 있으란 당부를 들으려 할까? 내가 소비에슈에게 눈치를 받는다며 더욱 불같이 날뛰진 않을까?

"너무 염려하지 마십시오, 황후 폐하. 제가 일단 말리는 대로 말려보겠습니다."

"고마워요."

"그러면, 이만 일어나겠습니다."

파르앙 후작은 시계를 살피더니 의자에서 일어나 서둘러 벗어둔 겉옷을 챙겼다.

"마음 같아서야 더 있다 가고 싶지만, 지금은 코샤르를 혼자 두기 불안해서요. 나중에 다시 들르겠습니다."

그 시각. 코샤르는 파르앙 후작과 나비에의 우려대로 화가 머리 끝까지 치솟아 있었다. 폭발하기 직전이 아니라 폭발한 상태였다. 혈관 속 피는 이미 용암이나 다름없었다. 파르앙 후작이 알게 된다면 경악할 일이지만, 그는 공작가 안에 있지도 않았다. 심부름꾼에게 로테슈 자작이 집을 나섰단 보고를 듣자마자, 그를 뒤쫓아 나온 것이다. 그런데 로테슈 자작을 찾아가기도 전. 한 무리의 덩치 큰 남자들이 코샤르에게 다가왔다. 무슨 피라미들인가 싶어 무시하려 했으나, 뜻밖에도 덩치들은 코샤르의 바로 앞까지 다가왔다. 그러고는 주위에 사람이 없는 걸 확인하더니 돌연 코샤르의 멱살을 잡으며 물었다.

"그쪽 반반한 도령이 코샤르 트로비인가?"

코샤르는 인상을 찡그렸다. 불량배들과 쌈박질을 한 적은 많았지만, 그의 신분을 알면서도 시비를 걸어오는 이들은 거의 없었다. 있더라도 술에 완전히 이성을 상실한 작자들뿐. 그런데 이자들은 코샤르가 트로비 가문 사람인지부터 확인부터 한다? 그 말은…….

'누군가 날 노리고 보낸 놈들이로군.'

코샤르는 판단을 마치자마자 "그런데." 하며 비릿하게 웃었다. 상대를 깔아 보는 그 미소에, 코샤르의 멱살을 잡은 덩치가 눈가를 씰룩였다. 덩치는 코샤르가 자신을 향해 한쪽 눈을 찡긋하자 인상을 더욱 험악하게 하며 외쳤다.

"이게 지금 뭘 하자는……."

그러나 말을 마치기도 전에 그는 온몸이 한 바퀴를 돌아 바닥에 내팽개쳐졌다. 코샤르가 멱살을 잡은 덩치의 손목과 어깨를 잡아 그대로 들어 패대기쳐버린 것이다. 뒤의 덩치들은 몹시 놀라 욕을 뱉었지만, 인원수를 믿고서 코샤르에게 달려들었다. 결과는 오래 지나지 않아 나타났다. 목숨이 오가는 전쟁터를 휩쓴 코샤르가, 고작 주먹질이나 하고 다니는 이들과 정면 대결에서 질 리가 없었다. 심지어 코샤르는 검까지 가진 채였다.

"비겁하게 무기를 쓰다니!"

"비겁하게 여럿이 덤볐잖아?"

코샤르는 덩치 다섯을 줄지어 눕게 한 후, 도망치려 할 때마다 검을 들이밀며 히죽였다. 그러고는 가장 시끄러운 덩치의 앞에 가서, 급소 부근에 검을 들이밀며 물었다.

"누가 시켰어?"

"시, 시키기는 누가……."

덩치는 입이 무거운 척하려 했으나, 코샤르가 "미래의 자식들과 작별 인사. 안녕." 하고 중얼거리며 검에 힘을 주자 기겁하며 배후를 털어놓았다.

"삐쩍 마른 중년 남자였어! 이름은 몰라!"

마른 체형의 중년 남자가 한둘은 아니겠지만, 코샤르의 머릿속에는 대번에 범인의 윤곽이 그려졌다. 로테슈 자작.

코샤르가 무서운 표정을 짓자 덩치들이 힉 힉 소리를 냈다. 급소에 검이 닿은 덩치는 특히 얼굴이 퍼렇게 떠 있었다. 코샤르는 검을 돌려 잡고서 검집으로 그들의 머리를 내리쳐 기절시킨 후, 골목 안쪽에 끌어다 놓았다. 그러고는 심부름꾼을 불러 다시 한 번 로테슈 자작의 위치를 확인했다.

"궁전에 가는 게 틀림없습니다."

"마차로 가느냐?"

"아니요, 걸어가고 있습니다. 옆문으로 들어갈 모양입니다."

"내 말을 가져와라."

심부름꾼이 말을 가져오자, 코샤르는 말 위에 올라타고서 빠르게 이동했다. 심부름꾼까지 뒤에 태운 채였다. 먼저 궁전 부근으로 간 코샤르는 말에서 내린 다음, 심부름꾼에게 말을 가지고서 다른 곳으로 가 있으라 지시했다. 그리고 본인은 궁전에 가려면 꼭 지나가야 하는 길목에서 지키고 있다가, 로테슈 자작이 보이자마자 달려들어 인적 드문 길로 끌고 들어갔다.

"으헉! 뭐냐! 뭐야!"

로테슈 자작은 온 힘을 다해 버둥거렸지만 코샤르를 뿌리칠 수 없었다.

"놓아라 이놈아! 놓아라!"

로테슈 자작이 고함을 질러대자, 코샤르는 로테슈 자작의 앞에 단도를 보이며 윽박질렀다.

"이거 보여?"

"!"

"시끄럽게 굴면 이걸로 목구멍을 막아버릴 줄 알아."

"이…… 이런……."

로테슈 자작은 분에 차 부들부들 떨었지만, 분기보다 공포가 더 컸다. 코샤르는 흉폭한 짐승 같기로 유명했다. 구해줄 사람이 없는 곳에서 오기를 부리다가 죽고 싶진 않았다. 로테슈 자작이 조용해지자, 코샤르는 그대로 그의 목덜미를 내리쳐 기절시켰다. 축 늘어진 몸뚱이는 코샤르의 어깨에 메인 채 몇 년째 폐가인 저택으로 옮겨졌다.

폐가 안쪽에는 창문 없는 방이 있었다. 코샤르는 그 안에 자작을 밀어놓고 문을 닫았다. 나쁜 놈들의 시선은 거기서 거기인가. 그가 준비한 건 아니지만, 방 안에는 마침 전에도 비슷한 용도로 사용된 듯한 의자와 밧줄이 준비되어 있었다. 코샤르는 선객이 남기고 간 의자 위에 로테슈 자작을 올린 후, 그를 밧줄로 꽁꽁 묶었다. 재갈까지 만들어 능숙하게 자작의 입에 물린 코샤르는, 뺨을 내리쳐 기절한 자작을 깨웠다.

로테슈 자작은 눈을 뜨자마자 코샤르의 흉흉한 안광이 보이자 놀라서 버둥거렸다. 그러나 목소리는 재갈에서 흩어졌고 몸은 잘 움직이지 않았다. 힘껏 움직여보아야 의자가 덜컹거릴 뿐으로, 오히려 이렇게 몸을 들썩이다간 탈출은커녕 의자째 넘어질 것 같았다.

로테슈 자작이 눈을 부릅뜨고 씩씩거리자, 코샤르는 자작의 귓가를 만지작거리며 충고했다.

"지금부터 재갈을 풀어줄 건데, 비명 지르지 마. 그러면 귀가 아플 거야."

물론 내 귀가 아니라 네 귀가. 속삭이듯 덧붙인 말에 로테슈 자작은 손을 덜덜 떨었다. 그러나 재갈을 풀자마자 로테슈 자작이 비명을 질렀으므로, 코샤르는 거침없이 그의 귀를 뜯어버렸다. 악명을 들었으면서도 설마설마했던 로테슈 자작은 입을 크게 벌리고 으아악 온몸에서부터 비명을 질러댔다. 하지만 코샤르가 그 사이에 도로 재갈을 물렸기에 소리는 크게 울리지 않았다.

코샤르는 반쯤 뜯어진 귀를 바닥에 던지고는 콧노래를 부르면서 로테슈 자작을 응시했다. 반쯤 실성했던 로테슈 자작은 정신이 돌아오자 코샤르를 찢어 죽일 듯 노려보았다. 그러나 코샤르가 피 묻은 손으로 그의 눈가를 쓰는 순간. 그는 괜히 반항할 필요가 없단 걸 깨달았다. 저 막무가내인 짐승은 어떤 동정심도 없었다. 반항하면 할수록 더 날뛰기만 할 뿐. 피를 보면 흥분하다니. 그야말로 야수가 아닌가.

"진작 이러면 좋았잖아."

로테슈 자작이 침착해지자 코샤르는 칭찬하듯 어깨를 툭툭 두드렸다. 그 변한 태도에, 로테슈 자작은 얌전히 굴길 다행이라고 생각했다. 하지만 생각이 다 끝나기도 전에 주먹이 날아왔다. 얌전히 구는데도 왜 때린단 말인가! 로테슈 자작은 억울해서 입을 벌렸으나 입은 벌어지지 않았고, 이어서 사방에서 주먹질이 날아왔다.

한참 동안 로테슈 자작을 밀가루 덩어리처럼 두들긴 코샤르는, 그가 기절을 한 후에야 옷 안에서 회중시계를 꺼내 시간을 확인했다. 그 태도는 평범한 신사처럼 보였다. 다시 시계를 옷 안에 넣은 코샤르는, 축 늘어진 로테슈 자작을 내려다보았다. 옛날부터 축적된 경험 덕에 그는 이 정도로는 사람이 죽지 않는다는 걸 알았다. 로테슈 자작도 지금은 시든 잎마냥 늘어져 있지만 죽진 않을 거다. 게다가 일부러 맞으면 아프지만 죽거나 불구는 되지 않을 부위만 골라 때린 터였다.

"이봐."

코샤르는 로테슈 자작의 뺨을 두드려 다시 깨어나게 했다. 눈을 뜬 로테슈 자작은 실핏줄이 빨갛게 올라온 눈동자로 코샤르를 노려보았다.

"일어났어?"

코샤르는 빙그레 웃으며 인사를 하고는 그의 입에서 재갈을 벗겨주었다. 두 번째 시도. 로테슈 자작은 이번에는 아무 말도 하지 않았다. 작게 신음이 비어져 나왔지만, 코샤르는 그 정도는 괜찮다는 듯 때리지 않았다. 대신 그는 품 안에서 손수건을 꺼내 로테슈 자작의 입가를 친히 닦아준 다음 물었다.

"되도록이면 조용하게 알아내서 가려 했는데. 왜 사람을 건드려서 피를 보게 만들어."

"건드리다니. 내가 언제 그쪽을 건드렸……."

항의하려던 로테슈 자작은 코샤르의 눈동자를 보고 입을 얼른 다물었다. 코샤르가 라스타를 노리고 있단 이야기를 듣고, 사람을 사서 코샤르가 몇 개월은 일어나지도 못하게 만들라 명령을 내렸는데. 코샤르가 그 일을 알아낸 게 틀림없었다. 어쩐지 주먹에 감정이 실려 있더라니…….

코샤르는 다른 의자를 끌어다가 로테슈 자작과 마주 보게 놓고는, 그 위에 앉으며 물었다.

"넌 그 여자를 돕고 있지?"

"그 여자라니?"

"황제의 정부."

"나는."

"그럴듯한 거짓말이 아니면 시도도 하지 마."

"……."

로테슈 자작은 입을 다물었다. 워낙 드러내놓고 라스타를 찾아다닌 터라, 자신이 생각해도 '아무 사이도 아니다'는 말은 영 말이 안 되었다.

코샤르는 생글 웃으며 명령했다.

"말해."

"말하라……니요."

"그 여자에 관해서."

"무엇을……."

"내가 흥미를 가질 만한 모든 것들."

코샤르는 로테슈 자작이 사람을 사서 그를 공격한 일에 대해서는 따지지 않았다. 일부러 따지지 않는다기보다는, 이미 그 일은 주먹을 날리며 잊어버린 상태였다. 지금 코샤르는 라스타의 비밀을 밝히겠단 생각만이 가득했다.

로테슈 자작은 마른침을 삼켰다.

"그분은 평민 출신이시고…….”

"노예 출신이라지? 도망 노예. 네가 직접 말했잖아.”

"그건 착각해서…….”

"인내심이 긴가 봐, 자작?”

"!"

"유감스럽게도 난 아니야, 자작.”

코샤르가 입꼬리를 올리며 말하자, 로테슈 자작은 등골이 오싹해졌다. 저 미소. 아까 주먹을 날리기 직전에 날리던 미소였다. 로테슈 자작은 얼른 외쳤다.

"라스타는, 라스타는 도망 노예가 맞다! 맞습니다!”

"알아. 다른 거.”

"다른 거?”

"걔가 도망 노예란 건 그쪽이 옛날에 공개적으로 한 말이잖아? 다른 거.”

로테슈 자작은 코샤르가 무엇을 원하는 건가 생각했다. 돈은 아니다. 코샤르는 이미 부유했다. 아마 라스타보다 더욱. 그런 인물이 돈 때문에 라스타와 그를 협박할 리 없었다. 그렇다면 흥미? 곧 로테슈 자작은 정답을 찾아냈다. 약점. 지금 코샤르는 라스타의 약점을 알려달라는 거였다. 로테슈 자작은 답을 찾자마자 얼른 털어놓았다.

"아기. 아기가 있습니다!"

"아기가 있으니 살려달라는 거야?"

코샤르는 푸핫 웃음을 터트리며 조롱했다.

"너무 불성실한 애원인데? 토끼와 여우 수식어까지 제대로 붙이지그래?"

로테슈 자작은 버럭 외쳤다.

"그게 아니라, 라스타에겐 이전에 낳은 아기가 있습니다!"

"어?"

코샤르는 잠시 멀뚱멀뚱히 있다가 "호." 하고 나지막하게 웃었다.

"정말이야?"

로테슈 자작을 캐어보면 라스타를 무너뜨릴 방도가 있을 거라 생각은 했지만. 설마 아기가 있단 이야기까지 나올 줄이야. 이건 예상외였다.

"라스타와 누구의 아기지?"

"그건 모르겠습니다."

"몰라? 네가 왜 몰라?"

"아무리 작은 영지라지만 노예가 한두 명 있는 건 아닙니다. 제가 노예들을 일일이 보고 있을 수는 없습니다!"

"흠."

"시, 시기적으로 볼 때 어디 여행객이 아닐까 싶지만……."

로테슈 자작은 공포에 젖은 와중에도 라스타의 상대가 자기 아들이었단 건 밝히지 않았다. 일이 어떻게 번져 나갈지 모르는데, 그의 아들까지 엮이게 하고 싶진 않았다. 로테슈 자작에게는 다행히도, 코샤르는 아기 아버지가 누군지까지는 관심이 없었다.

"그 아기는 어디 있는데?"

"아비는 누군지 모르고 어미는 애를 버리고 도망쳤으니 어쩝니까. 제가 길러야지요."

코샤르는 푸하하하 입꼬리를 길게 찢으며 웃어젖혔다. 약점을 찾아다니기는 했지만, 설마 이런 일이 있었을 줄이야! 무섭게 웃어대는 코샤르를 보며 로테슈 자작은 마른침을 삼켰다. 이 일로 라스타가 무너지게 될까? 무너지게 된다면 어떻게 해야 발을 뺄 수 있을지, 그는 머리를 빙빙 굴렸다. 그러거나 말거나, 코샤르는 한참을 웃어대다가 기분 좋은 표정으로 요구했다.

"좋아. 그리고 다른 건?"

"다른 건 없습니다. 정말로요!"

"잘 생각해봐. 있을 거야."

"아닙니다, 정말로 없어요!"

코샤르는 속내를 들여다보겠다는 듯 허리를 굽혀 로테슈 자작의 눈동자를 빤히 쳐다보았다. 로테슈 자작은 마른침을 삼키면서 그 무서운 시선을 견뎠다. 호랑이 앞에 맨몸으로 던져진 기분이었다. 다행히 코샤르는 그의 말을 믿기로 한 듯, 얼마 지나지 않아 허리를 폈다.

"라스타가 노예라는 증거는 없어?"

"증거요?"

"사람들에게 라스타가 노예라고 확실히 알릴 만한 증거."

"제가 나서서 말하면……."

"그쪽은 이미 라스타를 노예로 몰았다가 아니라 번복한 전적이 있지. 그쪽 증언은 신빙성이 부족해."

태연하게 말을 하면서도 코샤르는 내내 자기 허리춤에 찬 검을 만지작거렸다. 위협이었다. 말을 하지 않으면 베어버리겠단 암묵적인 위협. 로테슈 자작은 얼른 외쳤다.

"매, 매매 증서가 있습니다!"

"매매 증서?"

"노예 매매 증서입니다! 거기에 라스타의 외모가 세세하게 쓰여 있습니다."

이 시각. 폐저택 안에 있는 건 로테슈 자작과 코샤르만은 아니었다. 코샤르는 뛰어난 솜씨의 기사였고 감도 좋았으나, 미세한 모든 소리까지 다 잡아내는 이종족은 아니었다. 아무리 코샤르라 한들, 로테슈 자작이 비명을 고래고래 질러대는 틈에 들어온 침입자들까지는 알아차릴 수 없었다. 숨어 들어온 이 역시 만만치 않게 뛰어난 실력자라면 더더욱.

'이럴 수가 있나.'

몰래 숨어 들어온 또 다른 침입자는, 수석비서인 카를 후작의 부하였다. 원래는 카를 후작의 명령으로 로테슈 자작의 뒤를 따라다니고 있었는데, 어쩌다 보니 이런 장면까지 목격하게 된 것이었다. 부하는 로테슈 자작이 퉁퉁 부은 얼굴로 하는 말을 들으며 입을 벌렸다. '라스타'라면 황제가 최근에 완전히 홀려 있다는 그 '평민' 정부 아니던가. 그런데 노예, 그것도 도망 노예 출신인 데다가 이전에 아기까지 낳았다고……?

황제의 정부들이 모두 미혼이었던 건 아니었다. 개중엔 결혼했던 사람도 있었고, 아이가 있는 사람도 있었다. 하지만 아이가 없는 미혼이라 하였다가 나중에 거짓말인 게 들통난 사람은 없었다. 심지어 로테슈 자작과 라스타는 아예 작정하고 소비에슈를 속이고 있지 않은가.

부하는 숨을 죽이고 더 엿들었으나, 그 이상의 이야기는 나오지 않았다. 그는 아주 조용히 마른침을 삼켰다. 카를 후작은 로테슈 자작이 무엇을 이용해 레이디 라스타를 협박하는지 알아내라 했다. 어쩌다 보니 맡은 임무는 완수되었다. 그러나 상황이 상황이다 보니 뭘 어찌해야 좋을지 알 수 없었다.

'로테슈 자작을 구해 가야 하나?'

하지만 저 악명 높은 짐승 코샤르와 싸워 이길 자신은 없었다. 게다가 들어올 때에는 비명을 틈타 들어왔는데, 지금은 너무 조용해서, 혼자 빠져나가기도 여의치 않았다. 심지어 지금은 최적의 몸 상태도 아니었다. 시계에 욱여넣은 몸에서는 어느새 쥐가 났다. 얼마나 그러고 있었을까. 코샤르가 로테슈 자작에게 웃으면서 손을 흔드는 게 보였다.

"잘 있어."

그러고는 몸을 돌렸다. 이대로 자작을 버려두고 혼자 나가려는 것 같았다.

"잠깐! 나, 나는? 저는요?"

로테슈 자작은 혼자 이 폐가에 버려질까 봐 겁이 나는지, 기겁해서 코샤르를 불렀다.

"그래, 나도 잘 갈게. 다른 사람이 곧 구해줄 테니 걱정 말고."

하지만 코샤르는 딴소리만 하고서 휙 나가버렸다. 부하는 코샤르의 의미심장한 말에 잠시 심장이 서늘해졌으나, 우연일 거라 생각하고서 말을 흘려 넘겼다. 그가 아는 코샤르는 숨어 있는 상대를 찾아내면 당장 끄집어내 패대기칠 인간이지, 이대로 순순히 갈 사람이 아니었으니까. '다른 사람이 곧 구해줄 거다'라는 건…… 폐가라도 불량배들이 자주 오가는 곳이니 안심하란 뜻일 터.

'아니, 이게 더 위험하지 않나?'

섬뜩해진 부하는 괜히 자기 팔을 손으로 삭삭 쓸었다. 로테슈 자작이 묶은 거라도 풀고 가라고 울고불고 외치는 소리가 고막을 마구 때려댔다. 그러나 부하는 본인 역시도 바로 로테슈 자작을 구하지는 않았다. 그는 곧장 카를 후작에게로 갔다.

"후작님. 로테슈 자작이 뭐로 레이디 라스타를 협박했는지 알아냈습니다."

카를 후작은 얼른 부하를 방 안으로 들였다.

"빨리 말해보아라."

부하는 자신이 보고 들은 것을 전부 다 털어놓았다. 부하에게 라스타의 비밀에 관해 전해 들은 카를 후작은 눈을 커다랗게 떴다. 황제의 비서 몇몇은 라스타가 도망 노예 출신이란 걸 알거나 확신했는데, 카를 후작도 그중 한 명이었다. 그렇기에 라스타가 진짜로 도망 노예였단 건 놀랍지 않았다. 어차피 이건 소비에슈 황제가 직접 나서서 묻기로 한 일이므로, 로테슈 자작 역시 입을 함부로 놀릴 수 없는 사안이었고. 하지만 아기라니⋯⋯!

"이런."

카를 후작은 초조하게 방 안을 서성거렸다.

"어떻게 할까요?"

부하가 조심스럽게 물었지만, 후작은 쉽게 대답하지 못했다. 이건 너무나 어려운 문제였다.

"하필 폐하께서 자리를 비우셨구나."

카를 후작은 창밖을 쳐다보며 중얼거렸다. 그렇게 30분가량을 더 생각하다가, 결국 그는 황제에게 바칠 편지를 적었다. 그러고는 또 다른 부하를 불러 지시했다.

"폐하께서는 그린램블로 가셨다. 공식적으로 방문하셨으니 위치를 찾기 어렵지 않을 게다. 당장 폐하께 가서 이 패와 편지를 전해라."

"예."

부하가 편지와 패를 들고 나가자, 카를 후작은 의자에 털썩 주저앉아 허허 힘없이 웃었다.

"아기라니⋯⋯."

"그러면 원래도 마법사 수가 감소하고 있었다는 건가?"

"예. 마법사 감소 현상은 20년 가까이 계속된 현상입니다. 문제는, 그 현상이 최근 몇 년간 급속히 진행되고 있단 거지요."

"원인은?"

"그 원인을 찾기 위해 백방으로 노력하는 중입니다."

늦은 밤이었으나 소비에슈는 잠들지 못했다. 마법청의 수장과 나눈 대화 때문이었다. 그는 안락의자 등받이에 몸을 기대고 팔을 괸 채, 이 일이 동대제국 정세에 미칠 영향에 대해 생각했다. 안 그래도 귀한 마법사의 숫자가 더 줄어들고 있다……?

마법사를 제외하더라도 동대제국의 국력은 탄탄했고, 군대는 가장 강력했다. 그래도 마법사가 있고 없고의 차이는 컸다. 마법사가 있음으로써 동대제국은 압도적인 국력을 자랑할 수 있었다. 그렇지만 마법사가 사라진다면, 분명 이 틈을 타서 동대제국과 맞먹고자 하는 나라들이 나타날 터였다.

'가장 가능성이 높은 건 서왕국.'

"군대를 정비하고 예산을 증비해야겠군."

중얼거린 소비에슈는 결론을 내리자마자 바로 종이를 꺼내 신하들에게 내릴 지시서를 미리 작성했다. 그런데 지시서를 반 정도 썼을 때였다. 밖에서 부하가 소비에슈를 부르더니, 카를 후작의 심부름꾼이 찾아왔다 했다.

'카를 후작이?'

소비에슈는 의아하게 여기면서도 그자를 들여보내라 지시했다. 카를 후작이 시찰을 나간 그에게 군이 사람을 보낼 정도면 무척 바쁜 일이 있는 게 분명했다. 예상대로, 방 안으로 들어온 심부름꾼은 급히 말을 달려 온 듯 지친 얼굴이었다.

"무슨 일이지?"

도대체 어떤 일이 있었기에 이렇게 급히 온 건가. 소비에슈는 궁금해져서 인사 받기를 생략하고 물었다. 심부름꾼은 바닥에 무릎을 굽히고서 카를 후작이 건넨 패와 서신을 내밀었다.

"카를 후작님이 이것을 황제 폐하께 바치라 하였습니다."

"편지?"

소비에슈는 서신을 받아 봉투를 열었다.

"……."

소비에슈의 눈동자가 편지를 위아래로 빠르게 훑었다. 그러다가 어느 한 지점에서 소비에슈는 우뚝 멈췄다. 그 표정을 본 부하는 공연히 걱정되어 소비에슈를 살폈다. 무슨 일이 있는 건가? 소비에슈의 표정이 점점 그늘져갔으므로, 부하는 더욱 난처한 기분이 되었다. 얼마나 그러고 있었을까. 소비에슈는 서신을 반으로 덮으며 지시했다.

"우선 로테슈 자작을 구하고, 코샤르를 집에 감금시켜두어라."

부하는 깜짝 놀라 소비에슈를 쳐다보았다. 이 부하는 폐가에서 어떤 일이 있었는지 몰랐기에, 황후의 오빠를 감금시켜두라는 소비에슈의 명령이 아주 놀랍게 여겨졌다. 하지만 그는 황제에게 의견을 제언할 위치가 아니었다.

"예."

허리 굽혀 인사한 부하는 서둘러 다시 밖으로 나갔다.

황궁에 다녀오겠다며 나간 아버지가 돌아오지 않는다. 처음엔 아무 생각 없이 아기를 돌보며 지내던 알렌은, 하루가 다 지나가도록 아버지가 오지 않자 조금씩 걱정이 되기 시작했다. 로테슈 자작은 황궁에 들른 후에는 절대로 다른 곳으로 새지 않고 돌아왔다. 언제나. 그런데 이 시간까지 오지 않다니……?

'무슨 일이라도 생기셨나?'

알렌은 걱정하다가 결국 가장 좋은 옷을 입고, 황궁에 들어갈 준비를 했다. 아버지가 황궁에서 만날 사람이라고 해봐야 누군지 뻔했다. 라스타. 그녀에게 찾아가 아버지에 대해 물어볼 셈이었다. 물론 그 이면에는, 라스타와 다시 한 번 만나보고 싶단 생각도 있었다.

집을 나서기 전. 알렌은 주저하다가 아기의 머리카락 끝을 아주 조금 잘라냈다. 라스타에게 주기 위해서였다. 머리카락을 부드러운 천으로 곱게 싸 품에 넣은 알렌은 괜스레 두근거리는 마음으로 황궁 안으로 들어갔다. 황궁은 비교적 입장이 쉬운 구역과 그렇지 않은 구역이 나누어져 있었다. 알렌은 입장이 쉬운 구역으로 들어간 다음, 라스타를 만나고 싶단 청을 넣고서 초조하게 정원을 거닐며 기다렸다.

얼마 지나지 않아 하녀 하나가 뛰어 나와 알렌을 어딘가로 안내
해주었다. 그런데 하녀가 알렌을 데려간 곳은 소담한 정원 안쪽이
었다. 아직 황궁의 지리를 잘 모르는 알렌은 그곳이 어디인지 알
수 없었으나, 라스타가 머무는 곳은 분명 아니었다. 왜 여기로 온
거지? 의문을 품을 새도 없이, 하녀가 떠나자마자 교대하듯 라스타
가 나타났다. 알렌은 라스타를 보자 반사적으로 활짝 웃었으나, 라
스타의 표정은 매서웠다.

"무슨 일이야?"

라스타는 작지만 날카로운 목소리로 알렌의 다섯 걸음 앞에 멈
춰 서서 물었다. 알렌은 라스타의 험악한 표정을 보고 움찔했으나,
주저하며 품 안에서 가져온 천을 내밀었다.

"뭐야."

"주고 싶어서……."

"이게 뭔데?"

"머리카락이야."

"장난해?"

"안의 머리카락."

라스타는 알렌이 내민 손을 찰싹 내리쳤다. 천은 바닥으로 툭 떨
어졌다. 곱게 접은 천이 열리자 그 안에서 라스타와 똑같은 은색
머리카락이 약간 나타났다.

"미안해. 좋아할 줄 알고……."

"그 앤 네 애지 라스타의 애가 아니야. 라스타가 왜 좋아하겠어?"

"그렇지. 응. 미안하다."

알렌은 약간 실망하면서도 얼른 사과했다. 하지만 라스타가 진심으로 하는 소리는 아니라 여겼다. 이러니저러니 해도 라스타는 안을 위해서 수도에 커다란 저택까지 마련해주지 않았던가.

"이딴 거 주러 나타난 거야?"

라스타는 우물거리는 알렌에게 짜증스럽게 물었다. 알렌의 의도가 어쨌든, 라스타에게는 알렌이 눈앞에 나타나는 것부터가 협박으로 여겨졌다. 당연히 좋게 볼 수가 없었다.

"아, 아니."

알렌은 뒤늦게 자신이 여기로 온 진짜 목적을 떠올렸다.

"혹시 어제 아버지를 만났어?"

"아버지? 로테슈 자작?"

라스타는 미간을 찡그리며 "아니." 하고 대답했다.

"안 오셨다고?"

"왜?"

"널 만나러 가신다더니 하루 종일 연락이 없으셔서……."

알렌은 우물거리다가 힘없이 떠났다. 라스타는 하녀를 시켜 알렌을 데려다주라 지시하고는, 혼자 남아 초조하게 입술을 짓씹었다. 로테슈 자작이 이쪽으로 오다가 사라졌다고? 다른 때라면 그냥 마음이 바뀐 거겠거니, 하겠지만 얼마 전 소비에슈가 해준 말이 마음에 걸렸다.

'누군가'가 로테슈 자작을 미행하고 있다 했다. 혹시 관련이 있을까? 그러나 지금은 소비에슈가 자리를 비운 터라 이 일을 알릴 수도 없었다. 라스타는 속으로 욕을 뱉으며 그 자리를 떠나려다가,

알렌이 떨어트리고 간 천과 머리카락을 발견하고 멈칫했다.

"……."

라스타는 주위를 둘러본 후 손을 뻗어 천과 머리카락을 주웠다. 머리카락은 정말로 그녀와 꼭 같은 색이었다. 하지만 더욱 보드라워서, 어린 아기의 머리카락이란 티가 났다. 라스타는 흔들리는 눈으로 머리카락을 바라보다가 결국 천으로 돌돌 말아 방으로 가져갔다.

그날 밤. 소비에슈의 명령을 받은 부하가 수도에 도착했다. 부하는 카를 후작에게 황제의 명을 전했고, 카를 후작은 부하를 시켜 아직도 폐가에 방치되어 있는 로테슈 자작을 구하라 지시했다. 하지만 코샤르를 자택에 감금해두는 일은 황제의 근위기사들에게 맡겼다. 무력으로는 코샤르를 순순히 잡아두기 힘들기에, 황제의 명령임을 앞세우려는 것이었다.

그렇게 해서 황제의 근위대가 코샤르를 잡아두기 위해 트로비 가문을 찾았을 때. 코샤르는 친구인 파르앙 후작에게 자신이 보고 들은 것들을 이야기해주고 있었다. 파르앙 후작은 허어, 허어 감탄사를 뱉으며 코샤르의 이야기를 듣다가, 밖이 소란스러워지자 입을 다물고 문 밖으로 나가보았다. 계단실 난간에 몸을 기댄 그는, 입구에서 벌어지는 상황을 빠르게 파악했다.

근위기사들이 트로비 공작 부인에게, 코샤르를 자택에 잡아두란 황제의 명령이 있었다며 양해를 구하고 있었다. 파르앙 후작은 대번에 일이 어떻게 돌아가는지 눈치챘다. 그는 서둘러 코샤르의 방 안으로 돌아와 친구에게 말했다.

"지금 황제 폐하의 기사들이 와 있네. 자네를 자택에 감금해두란 폐하의 명령이 있었대."

"하."

"아무래도 폐하께서 자네가 로테슈 자작을 협박한 걸 알고 입을 막으려는 모양이야."

계단을 올라오는 발소리가 가까워졌다.

"난 안 온 걸로 해줘. 황후 폐하께 가서 이 일을 알리겠네."

파르앙 후작은 더 설명을 멈추고서, 서둘러 창문을 열고 밖으로 뛰어내렸다.

"황후 폐하."

카프멘 대공이 주고 간 뤼프트의 책 중 마지막 권을 읽던 참이었다. 엘리자 백작 부인이 평소보다 초조한 모습으로 다가와 속삭였다.

"파르앙 후작님께서 찾아오셨습니다."

"이 시간에?"

반사적으로 시계에 눈길이 갔다. 아주 늦은 시각이었다.

'무슨 일이 있구나.'

이 시각에 파르앙 후작이 날 찾아올 정도면, 아주 급한 일이 있는 게 분명했다.

"들어오라고 해요."

나는 책을 덮어 창가에 놔두고서 응접실로 나갔다. 잠시 후, 반 대편 복도 쪽으로 난 문이 열리며 파르앙 후작이 심각한 표정으로 들어왔다.

8

가장 위대한 게 사랑인가

"너무 늦은 시각에 찾아와 죄송합니다, 황후 폐하."

파르앙 후작은 내게 인사하고는 '사람들을 물려달라'는 신호를 슬쩍 보냈다. 하지만 눈치 좋은 엘리자 백작 부인은, 내가 말하기도 전에 먼저 나서서 다른 시녀 둘을 데리고 복도로 나갔다.

"무슨 일인가요?"

우리만 남게 되자, 파르앙 후작은 얼마나 다급한지 의자에 앉지도 않고서 이야기를 시작했다. 라스타가 도망 노예 출신이 맞다는 것, 소비에슈를 만나기 전에 아기를 낳았다는 것 등등.

"아기? 라스타의 아기라고요?"

"네. 아비가 누군지는 모르겠고, 라스타가 아기를 버려두고 도망 가는 바람에 지금은 로테슈 자작이 기르고 있답니다."

"라스타의 아기……."

몇 번 로테슈 자작이 아기를 데리고 있다는 이야기는 들었지만.
설마 했는데, 정말로 라스타의 아기일 줄이야.

"아기 아버지를 모른다는 거. 정말인가요?"

"뭐, 본인 말에 따르자면요. 어차피 길러서 팔든가 노예로 보충
하든가 할 텐데, 아버지가 누군지 뭐가 중요하겠습니까."

차갑게 빈정거린 파르앙 후작은 손을 휘휘 젓고서 말을 이었다.
그다음 내용은 라스타에 대한 일이 아니라 내 오빠와 소비에슈에
대해서였다. 오빠가 로테슈 자작에게 정보를 알아내기 위해 무력
을 동원했는데, 어찌 된 건지 소비에슈가 그걸 알고는 기사들을 보
내 오빠를 자택 감금시켰다고……. 어떻게 알아냈는진 모르겠지만
감금시킨 이유는 뻔했다. 오빠가 라스타가 진짜 도망 노예였단 소
문을 사람들에게 퍼뜨릴까 봐 그렇겠지.

"우리가 한발 늦었군요."

오빠에게 행동을 주의시키려 했는데. 그 사이에 일이 터지다니.
안타까움에 탄식하자, 파르앙 후작은 웃으면서 고개를 저었다.

"우리가 한발 빨랐던 거지요."

"?"

"로테슈 자작은 '그 여자'와 한패이니, 폐께 '그 여자'의 약점
을 털어놓지 않을 겁니다. 폐하께서는 코샤르를 전혀 신뢰하지 않
는 데다 싫어하시니, 코샤르가 뭔 말을 할 수도 없을 테고요."

"그 말은…… 나더러 라스타의 비밀에 대해 폐하께 말씀드려
라?"

"예."

"……."

"남의 약점 가지고 휘두르시는 거, 안 좋아하신단 거 압니다."

파르앙 후작은 강렬한 시선으로 날 바라보았다.

"하지만 황후 폐하. 고상하고 우아한 백조보다는 그 살을 뜯어먹고 살아남는 짐승이 낫지 않습니까? 피와 찌꺼기는 씻어내면 될 뿐입니다."

파르앙 후작이 떠난 후, 엘리자 백작 부인은 말없이 뜨거운 커피를 가져다주었다. 나는 응접실 창가에 앉은 채 달을 보며 한참 동안 생각하고 생각하고 또 생각했다. 라스타의 과거가 놀랍긴 하지만, 이걸 소비에슈에게 고자질하듯 전하는 일이 내키진 않았다. 그약점이라는 게, 지금 황제의 사랑을 받으며 사교계의 새로운 나비가 되기 시작한 라스타, 거짓말로 내 오빠를 공격하고 날 흉내 내는 라스타가 아닌, 가장 약자였던 시절의 라스타이기 때문이다.

그 시절의 라스타를 팔아넘기는 건, 소비에슈가 내내 내게 요구하던 동정심의 문제가 아니었다. 내 자존심의 문제였다. 게다가 로테슈 자작이란 자도 신뢰하기 어렵다. 그는 오빠에게 '라스타가 아기를 버리고 갔다'고 했지만, 글쎄. 라스타가 아기를 버리고 간 건지 로테슈 자작에게 아기를 빼앗긴 건지는 결국 둘만 아는 일 아닐까?

아르티나 경에게 듣기로 로테슈 자작은 아기를 감춰놓고 기른다

했는데. 라스타가 버리고 간 아기라면 감춰놓고 기를 필요가 있을
까? 지금은 라스타와 한패가 되었으니 과거를 덮어주기 위해 그런
다지만, 예전에는 그런 관계가 아니었을 텐데?

"……."

하지만…… 파르앙 후작의 말도 맞았다. 라스타를 없는 사람처럼
대하거나 그녀의 가엾은 과거를 눈감아주는 것도, 우리가 서로를
무시할 수 있을 때 가능한 일이었다. 오빠가 감금되어 있는 지금 같
은 상황에서, 위엄만 붙들고 있는 건 멍청하고 미련한 짓이었다.

'우선 소비에슈와 오빠에 대해 이야기해보자.'

심란한 건 나비에뿐만이 아니었다. 수도로 향하는 마차 안에서
소비에슈는 마법사에 관한 문제도 제대로 고민하지 못했다. 몇 번
을 시도해도 자꾸만 생각이 옆으로 새어 나갔다. 라스타가 이전에
도 아기를 낳았단 사실 때문만은 아니었다. 아기에 관한 이야기는
분명 놀라웠으나, 라스타에게 사랑한 남자가 있었다는 게 이 정도
로 신경 쓰일 문제는 아니었다. 소비에슈가 찜찜한 부분은 그녀가
자신에게 거짓말을 했다는 점. 그리고 아기를 버려두고 도망쳤다
는 점이었다. 그렇다고 해서 소비에슈는 라스타를 무조건 비난할
수도 없었다. 지금도 구조 당시 그녀의 처연하고 가련한 모습이 눈
앞에 생생한데. 아기를 뺏긴 건지, 버린 건지, 도대체 무슨 일이 있
던 건지 모르면서 마음대로 판단하고 싶진 않았다.

다음 날 이른 아침. 결국, 소비에슈는 마음을 정리하지 못한 채 궁전으로 돌아왔다. 그는 우선 라스타를 찾아가보았다.

"라스타 님은 아직 깨지 않았습니다. 곧 깨우겠습니다, 폐하."

하녀가 라스타를 깨우려 했으나, 소비에슈는 되었다 말하고서 방 안으로 조용히 들어갔다. 라스타는 침대에 곤히 누워 자고 있었다. 소비에슈는 문가에 선 채 라스타를 바라보며 한숨을 내쉬었다. 그러다가 탁자 위에서 특이한 걸 발견하고 멈칫했다. 그는 탁자 가까이로 다가갔다. 탁자 위에 놓인 건 아름다운 은색의 머리카락이었다. 슬쩍 쓸어보자 촉감이 아주 보드라웠다.

'머리를 잘랐나?'

처음에는 라스타의 머리카락이라 여겼으나, 아니었다. 만져보니 아기의 머리카락 같았다. 그때였다.

"폐하?"

라스타가 침대에서 상체를 일으키며 잠긴 목소리로 그를 불렀다. 소비에슈가 쳐다보자, 라스타는 얼른 침대에서 뛰어내렸다.

"언제 오셨어요?"

하지만 잠기운에 취한 그 밝은 얼굴은, 소비에슈가 탁자 위에 놓인 머리카락을 보고 있었단 걸 깨닫자 바로 사색이 되었다.

"폐……하?"

라스타는 겁에 질린 목소리로 소비에슈를 불렀다.

"그, 아, 아까 머리끝을 조금 다듬었는데. 실수로 놔두었나 봐요."

그러고는 소비에슈의 대답을 듣기도 전에 얼른 달려와 머리카락을 챙겨 침대로 돌아갔다. 그 어색한 행동이 오히려 소비에슈에게 깨달음을 주었다. 소비에슈는 라스타가 가지고 있던 머리카락이 누구의 것인지 눈치챘다. 라스타가 예전에 낳았다던 아기. 그 아기의 머리카락이 분명했다.

'머리카락을 보관하고 있다니. 역시 아기를 버린 건 아닌 건가.'

소비에슈는 혀를 찼다.

그는 어쩔 수 없이 아기와 생이별을 한 라스타가 아기를 그리워하며 머리카락이나마 몰래 간직하는 거라 생각했다. 그러자 라스타의 처지와 애정이 가엾어졌다. 그 생각이 소비에슈의 마음을 바꾸는 데 마지막 역할을 했다. 아직도 거짓말 문제는 해결되지 않았지만…….

'내 마음이 떠나갈까 봐 말하지 못한 거겠지.'

소비에슈는 일단 이 일을 아는 척하지 않기로 했다. 그래도 다시 한 번 동궁에 난 작은 정원을 홀로 산책하며 마음을 정리한 후에야, 소비에슈는 침실로 돌아가 카를 후작을 불렀다. 소비에슈가 환궁한 때부터 이미 황궁에 달려와 대기 중이던 카를 후작은 얼른 들어왔다. 라스타의 비밀을 함께 안 터라 잔뜩 긴장한 얼굴이었다.

"다녀오셨습니까, 폐하."

"코샤르는?"

"코샤르 경은 얌전히 저택 안에 있습니다."

"……."

"라스타 양 문제는…….."

"이혼할 생각이다."

"라스타 양과 정부 관계를 끝내시려고요?"

"아니. 황후와."

그러나 소비에슈의 결정은 카를 후작이 생각한 반응과 방향이 아예 달랐다. 라스타에게 실망해 정부 계약을 끝내고, 이 일의 화풀이를 코샤르에게 하실 거라 여겼는데. 카를 후작은 당황해서 더듬더듬 물었다.

"황후 폐하는 갑자기 왜……?"

방향이 왜 그쪽으로 튀는지 이해하기 어려웠다.

"코샤르 그 망나니는 황후도 통제할 수 없어."

"아."

"코샤르 그자가 사고를 친 게 벌써 두 번째다. 심지어 낙태약 사건이 벌어진 지 얼마 되지도 않았어."

"라스타 양은……."

소비에슈는 머리가 아프다는 듯 이마를 짚었다.

"라스타에게 실망을 하고 말고를 떠나서 이미 그녀는 내 아기를 임신 중이다. 지금 라스타를 공격하는 건 내 아기를 공격하는 것과 같아."

"하지만 폐하, 아무리 그래도 이혼이라니……."

카를 후작은 망연자실한 표정으로 중얼거렸다. 나비에 황후는 인자하고 자상한 황후는 아니었다. 하지만 칼 같은 일 처리와 그런 듯한 황후의 이미지로 국민들의 동경을 받아왔다. 그런데 이혼이라니.

"이런 말씀을 드리는 게 주제넘을지도 모르지만, 폐하. 다시 재고해주십시오."

카를 후작은 황제의 진노를 각오하고서 솔직하게 말했다.

"코샤르 경이 문제라면 코샤르 경에게만 벌을 내리면 됩니다."

황후를 위해서도 황제를 위해서도 이혼을 막아야 한단 생각에 조마조마했다.

"코샤르는 황후의 친오빠이자, 황후 가문의 후계자가 아닌가."

"그렇다고 코샤르 경의 죄를 황후 폐하께 미루는 건…… 아닙니다. 정말로 아닙니다."

소비에슈는 짧게 한숨을 내쉬었다.

"유일한 후계자인 코샤르가 처벌을 받으면 트로비 가문의 입지가 흔들리겠지. 친오빠가 처벌을 받고 가문은 입지가 흔들린다면, 황후는 입장이 난처해질 거다."

그러고는 1인용 의자에 앉으며 침울한 목소리로 말을 이었다.

"황후의 입장이 난처해지면, 그녀가 아무리 잘하려고 노력해도 독하다 치를 떠는 이들이 나올 테고."

카를 후작은 소비에슈의 말을 바로 이해하지 못하고 눈을 깜빡였다.

"예?"

황후와 이혼을 할 거라면서. 마치 황후를 위하는 것처럼 말하고 있지 않은가. 황제의 태도가 이해 가지 않았다.

"코샤르 그 망나니에게서 내 아기를 지키고, 그 여파에서 황후를 지키려면 이 방법뿐이야. 다른 방법을 강구해보았으나, 역시 이 방법이 가장 나아."

"황후 폐하를 지키기 위해 이혼하시겠다니요?"

"난 무조건 그 망나니 코샤르를 처벌할 거다. 하지만 코샤르를 처벌하면서 황후를 가만히 두면, 황후에게 피해가 가지."

"?"

"그렇지만 반대로 생각해보아라. 코샤르를 처벌하면서 황후와 이혼하면 다들 내가 너무 심하다 생각할 거다. 그대가 지금 생각하듯이."

"그렇겠……지요?"

"이혼을 하더라도 황후는 관례상 재혼을 하지 않으니, 계속 홀로 있겠지. 사람들은 황후를 동정할 거야."

소비에슈는 턱 끝을 만지작거리며 눈을 가늘게 떴다.

"그 사이에 라스타를 황후로 올릴 거다."

충격적인 발언의 연속이었다. 카를 후작은 거의 기절하기 직전까지 갔다.

"폐, 폐하!"

"아기가 태어나 한 해를 보낼 때까지만이라도 라스타를 황후로 둘 거다. 그러면 그 아기는 정통성을 가지게 돼."

"말도 안 됩니다! 라스타 양은…… 죄송합니다, 하지만 폐하, 라스타 양은 황후 역할을 해낼 재목이 못 됩니다!"

"아기를 낳은 지 얼마 안 된 산모가 무슨 일을 본격적으로 하겠느냐. 그저 기본적인 일이나 몇 가지 하면서 1년간 적당히 자리만 지켜주면 된다."

"그래도 못 해낼 겁니다. 라스타 양이 사랑스럽고 아름답지만, 나랏일은 얼굴로 하는 게 아닙니다!"

"그래. 다들 그렇게 생각할 거야."

"예?"

카를 후작은 다시 황당해져서 소비에슈를 쳐다보았다.

"라스타가 아무리 일을 '괜찮게' 하더라도 다들 황후와 비교할 테고 황후를 그리워하겠지. 자연스럽게 황후를 다시 복권시키고자 하는 여론이 생길 거고……"

"설마…… 폐하?"

"그때 다시 황후를 황후 자리에 올릴 거다."

소비에슈는 괴로워하는 표정으로 눈을 감으며 중얼거렸다.

"2년 정도 걸리겠지. 황후가 이혼을 받아들이지 않는다면, 재판 때문에 더 길어지겠지만."

카를 후작은 정신이 멍멍해졌다. 그는 더듬더듬 입을 뻐끔거리다가 간신히 목소리를 쥐어짜냈다.

"폐……하. 하, 지만 황후 폐하께서 나중에 아기를 가지실 수도 있잖습니까."

소비에슈는 어두운 얼굴로 중얼거렸다.

"……황후는 불임이다. 그럴 수 없어."

작은 목소리지만 단호한 말이었다. 카를 후작은 소비에슈가 왜 저렇게 황후가 불임이라 확신하는지 이해하기 어려웠다. 결혼한 지 오래되긴 했으나 두 사람은 아직 젊은 나이였고, 황제와 황후 모두 건강하지 않은가.

"하지만 폐하……"

소비에슈는 카를 후작이 무어라 말하려는 걸 손을 저어 끊어내며 딱 잘랐다.

"뭐라 해도 소용없다. 난 내 아기를 지킬 거고, 코샤르를 이대로 두고 볼 수 없다."

카를 후작은 다리에 힘이 풀려 옆의 테이블을 손으로 짚었다. 소비에슈는 눈을 내리뜬 채 바닥만 쳐다볼 뿐, 카를 후작에게 더 말을 걸지 않았다. 그 역시도 나름대로 힘든 결정을 내린 눈치였다. 그 결정을 번복할 마음도 없는 듯하고.

"그러면 폐하, 라스타 양의 과거에 대해서는 묻어두실 생각이십니까?"

카를 후작은 당장 집으로 달려가 뜨끈한 물속에 들어가고 싶은 마음을 꾹 누르며 물었다.

"예전에 낳은 아기를 데려와 길러줄 생각은 없지만, 굳이 찾아내 죽일 마음도 없다. 나와는 관련 없는 아기니까."

보통은 연인에게 그런 과거가 있다면 배신감을 느끼거나 질투할 텐데. 소비에슈는 오히려 그런 쪽으로는 담백했다.

"폐하. 평민 출신 정부를 황후에 올리려 하면 반대가 크지 않을까요? 아기 때문이라면, 차라리 다른 가문 좋은 영애를 구해서 재혼하시는 건 어떻습니까?"

"가문이 좋은 집안의 영애가 황후 자리에 오르면 나비에를 찾는 여론이 강하지 않을 거고. 그러면 나비에를 다시 복권시키기가 힘들지 않느냐."

"!"

"반대가 있겠지만, 라스타가 내 아기를 가지고 있으니 누를 수 있지. 선례가 없던 것도 아니고. 그래도 정 안 된다면 적당히 몰락한 귀족 가문에 편입시키거나."

"라스타 양은요? 황후가 된 라스타 양은 그 자리를 쉽게 양보하려 하겠습니까?"

"욕심이 아주 없진 않지만, 그래도 정도를 아는 아이다. 적당히 착하고 영리해. 자신이 감당할 자리가 아니란 것도 알겠지."

"황후 자리에 있는 동안 욕심이 생길지도 모릅니다."

"내려가고 싶어 하지 않는다면 내려가게 만들면 될 일."

소비에슈는 팔을 괴며 눈을 가늘게 떴다.

"라스타가 로테슈 자작과 짜고서 투아니아 공작 부인을 음해한 사건. 그 정도면 도로 내려 보낼 수 있겠지."

"!"

카를 후작은 놀라서 황제를 쳐다보았다. 랑드레 자작이 쓴 보고서를 파기하지 말고 보관해두라더니. 설마 그때부터 이런 경우를 생각하고 있었던 것인가. 앞으로 큰 태풍이 황궁을 휩쓸겠구나. 카를 후작은 속으로 탄식했으나, 그가 뭘 어찌할 수는 없었다.

"예."

그저 느리게 대답할 뿐.

중요한 말을 해야 하기 때문인지 시간이 빨리 가지 않았다. 새벽부터 눈이 떠지는 바람에, 나는 시녀들을 너무 일찍 깨우지 않기 위해 인내심을 발휘해야 했다. 견디다 못해 책을 읽어보았지만, 마음이 어지러우니 글자에 집중하기도 어려웠다. 결국, 아침 식사를 할 때에는 완전히 진이 빠져서 오히려 더 차분해졌다. 나는 식사를 마치고 씻은 후, 치장을 하자마자 본궁으로 가 소비에슈부터 찾았다. 오빠 이야기 외에도 소비에슈와 나눌 이야기가 있었기에, 어차피 찾아가기는 해야 했으니.

"황후."

소비에슈는 나를 보자 부드럽게 웃으면서 책상에서 일어났다. 평소보다 좀 더 다정한 태도였다.

'내 오빠를 감금시켜두었으면서. 도대체 무슨 꿍꿍이지?'

의아해서 보았으나, 그는 오빠 이야기를 하는 대신 서류를 내려놓으며 내게 다가와 물었다.

"아침 식사는 했소?"

나는 그에게로 다가가며 눈으로 서류를 빠르게 훑었다. 하나는 마법사 감소 현상에 대한 서류였고, 다른 하나는 군비를 늘리라는 지시서였다.

'줄어드는 마법사를 대신하기 위해 군비를 늘리려는 건가?'

"황후?"

"아. 하였습니다."

"건강이 우선이지. 잘 챙겨 먹도록 하시오."

소비에슈는 부드럽게 충고하고는 나를 향해 웃었다. 내가 괜한 생각을 하는 게 아니다. 정말로 평소보다 태도가 좀 더 상냥했다.

'오빠를 가두어둔 게 미안해서 이러나?'

하던 대로 하는 게 익숙한데. 소비에슈가 예상치 못한 부드러운 태도를 보여주자, 괜히 이상한 생각만 든다. 내가 떨떠름하게 마주 웃자, 소비에슈는 그게 웃긴지 바람 빠지는 소리를 내며 웃었다.

"건강을 챙기란 말이 그렇게 이상한가?"

"지금 상황에 할 말은 아니란 생각이 드는군요."

"나는 항상 황후가 건강하길 바라는데."

"저 역시 마찬가지입니다."

어째서일까. 소비에슈는 이번에는 나를 좀 심란하단 눈으로 보았다. 입가에는 여전히 다정한 미소가 감돌았으나, 눈동자에는 깊은 슬픔이 보였다. 더 어색한데. 그 눈을 가만히 들여다보고 있자니 소비에슈는 대뜸 마법청 이야기를 시작했다.

"마법청 수장인 칼렌잘로를 만났소."

그래. 차라리 이렇게 일 얘기를 하는 편이 편하지. 나는 얼른 그의 말을 받았다.

"마법 능력이 사라졌단 사람. 정말로 마법사가 맞았나요?"

"안타깝게도."

"원인은요? 왜 그런지는 밝혀졌나요?"

"아직 모른다더군. 그 마법사의 능력이 사라진 이유도, 마법사가 줄어드는 현상에 대한 이유도 모른다 하오."

"이런."

"하지만 신경 쓰이는 이야기를 들었소."

신경 쓰이는 현상?

"무엇인가요?"

"수장이 말하기를, 마법사 감소 현상은 근 20년 전부터 계속된 현상이었다더군."

"들은 적이 없는 이야기인데요."

"그렇지. 그때에는 학자와 마법사들 정도나 눈여겨볼 수치였다니까."

"그 말은……."

"그래. 최근 들어서 급격하게 숫자가 줄어드는 거라 하오."

"그건 확실히 이상하군요."

우리는 서로 할 말이 따로 있으면서도 돌려 돌려 다른 이야기만 하는 두 마리의 능구렁이 같았다. 동대제국 황후의 입장에서, 소비에슈가 지금 하는 말은 진지하게 고민하고 생각해야 할 문제인데. 지금 내 머릿속에는 다른 일이 가득 차서 집중하기 어려웠다. 그래도 억지로 심각하게 고개를 끄덕이고 있자니, 소비에슈가 분위기를 바꾸며 다시 질문했다.

"그리고 그, 기억하시오? 황후가 후원하는 국립 고아원 아이들 중에 아카데미에 간 아이가 있었잖소."

"에벨리예요."

소비에슈가 에벨리 이야기를 꺼낸 후에야 나는 이야기에 온전히 집중할 수 있었다.

"그 아이가 왜요?"

불안해져서.

왜 갑자기 에벨리 얘기를 꺼내지? 여기서 그 아이 이야기가 나올 구석이 없는데? 소비에슈는 에벨리의 이름조차 모르잖아?

"그 아이가 아카데미에 제대로 적응하지 못한다 들었소."

"환경이 변해서 그렇겠지요."

"아니, 단순히 그런 수준이 아니라 했소."

"?"

"또래 문제나 성격 문제, 환경적 적응 문제라면 칼렌잘로 수장이 내게 말하지 않았겠지."

소비에슈의 말에 '설마' 하는 좋지 못한 생각이 들었다. 소름이 돋았다. 우리는 방금 전까지 마법 능력이 사라져버린 마법사에 관해 이야기했잖아. 그다음 순서로 소비에슈가 그 아이 이름을 언급한다는 건…….

"처음엔 마력이 풍부한 데다 본인도 의욕적이라 수업에 열심히 참여했다 하오. 제법 잘 따라와서 교수들도 예뻐했고. 하지만 점차 마력의 양이 줄어들기 시작하면서 수업을 못 따라간다 했소."

"아……!"

"아이가 의기소침해지긴 했지만, 다들 노력의 문제나 환경의 문제 정도로 여겼지. 하지만 이번에, 마법사에게서 마법 능력이 사라지기도 한다는 게 알려지면서, 다들 그 아이를 눈여겨보고 있다 하오."

아카데미에서 잔뜩 긴장해 굳어 있던 아이의 모습이 떠올라 마음이 아파왔다. 내색하진 않았지만 아카데미에 오게 된 걸 아주 좋아하는 눈치였는데. 노력이 부족하거나 기초 지식이 부족해서 수업을 못 따라가는 거라면 그나마 괜찮았다. 하지만 만약 정말로 마법 능력을 상실하고 있는 거라면…….

'편지를 써보아야겠다.'

착잡한 기분에 괜히 바닥을 내려다보았다. 그런데 상념에서 깨어나 보니, 주위가 너무 조용했다. 소비에슈가 더 말을 잇지 않고 있었다. 고개를 들자, 그가 나를 복잡한 눈으로 보고 있었다.

'이제야 자기가 내 오빠를 가둬둔 게 생각났나?'

소비에슈의 무거운 시선을 보자, 이제 우리가 좀 더 사적인 대화를 할 시간이 되었단 걸 알 수 있었다. 어제 이야기를 들은 후 내내 초조하게 기다린 일이 드디어 눈앞에 닥친 것이다.

"에벨리는 내가 후원하는 아이이니, 내 쪽에서도 따로 신경을 쓰겠어요."

나는 최대한 태연한 얼굴을 유지하려 애쓰며 차분하게 물었다.

"그리고, 괜찮다면 내 오빠를 언제까지 감금시켜둘지 물어보고 싶은데요."

내 질문 한 마디에, 소비에슈가 지금까지 내게 보내던 다정한 눈빛이 사라졌다. 그는 차가운 표정으로 고개를 돌렸다.

"곧 풀려날 거요."

"어디로 풀려나는지가 중요한 것 같습니다."

단순히 자택 감금을 풀어줄 생각은 아닌 모양이다. 소비에슈는 말없이 책상 위에 내려놓은 서류만 쳐다보았다.

"폐하."

거듭 부르자, 그가 음울한 목소리로 입을 열었다.

"나는…… 황후, 그대 오빠의 입도, 행동도 믿을 수 없소."

"!"

"내가 믿는 건 그대가 그자를 통제할 수 없단 거고, 그자는 절대 변하지 않을 거란 사실이지."

"폐하."

"그자가 변한다고 해도, 그게 내 아기가 태어나기 전은 아닐 거요. 그렇지?"

오빠에 관한 이야기를 시작한 이후. 말을 하면서도 나와 눈을 마주치려 들지 않던 소비에슈가, 돌연 내 쪽으로 휙 고개를 돌리며 단호하게 말했다.

"황후는 이미 그대 오빠가 집에 감금되어 있는 걸 알고 온 듯하니 말해주지."

의자에서 일어난 소비에슈는 내 바로 앞까지 다가와, 내 눈을 똑바로 쳐다보며 말했다.

"난 내 아이를 지키기 위해서, 그대 오빠를 추방시키겠소."

그 목소리에는 조금의 흔들림도 없어서, 아까 나와 눈을 마주치지 못하던 사람과 다른 사람처럼 보였다.

'내가 밤새도록 소비에슈에게 할 말을 고를 동안, 소비에슈는 내 오빠를 어떻게 처리할지 고민했구나.'

나는 깨달았다. 그가 이미 오빠를 추방하기로 완전히 결정을 내렸다는 걸. 그 결정에는 철회의 여지가 없었다. 정신을 차리고 보니 어느새 나는 내 아랫입술을 물고 있었다. 소비에슈의 손가락이 내 입술 근처까지 올라온 후에야, 나는 그걸 알아차렸다.

"물론 영원히 추방시키겠단 뜻은 아니오."

내가 확 몸을 돌려 피하자, 소비에슈가 얼른 덧붙였다.

"비공식적인 추방일 테고, 나중에 코샤르가 '반성한다면' 다시 돌아올 수 있게 해줄 거요."

"……."

내가 아무 말도 하지 않자, 그가 내 어깨를 가볍게 잡아 돌려세웠다. 나는 내 감정을 최대한 숨기려 했으나, 생각처럼 쉽지 않았다. 그래도 눈에 힘을 똑바로 주고 소비에슈를 쳐다보자, 어찌어찌 통했나 보다. 소비에슈가 질린단 표정을 하는 걸 보니. 이 와중에도 무덤덤한 내가 참으로 목석같다 생각하는 거겠지. 나는 빠르게 심호흡을 하고서 평이한 어조로 물었다.

"꼭 이렇게까지 해야 하십니까."

"그 질문, 내가 그대 오빠에게 똑같이 하고 싶은데."

"정확히 내 오빠를 무슨 죄로 추방하시겠단 거지요?"

"그대는 자기 오빠가 갇힌 이야기만 듣고, 사람 하나를 넝마로 만들었단 이야기는 못 들었소?"

"그 넝마가 제 오빠를 먼저 습격한 일은 못 들으셨습니까?"

"어. 못 들었소."

"!"

"먼저 습격을 당했단 건 그대 오빠의 주장일 뿐이지. 하지만 로테슈 자작이 넝마가 된 건 사실이오. 그대 오빠가 로테슈 자작을 넝마로 만든 건 전부 다 라스타를, 라스타 배 속의 내 아이를 해치기 위해서지."

소비에슈는 로테슈 자작의 이야기가 나오자 더욱 화가 난 듯 눈동자가 부들부들 떨렸다. 도대체 소비에슈가 무슨 수로 오빠가 로테슈 자작을 폭행한 걸 알아차렸나 모르겠다. 오빠는 욱하는 성격이니 대로변에서 자작을 때렸을 가능성도 있지만……. 어쨌든 소비에슈는 오빠가 로테슈 자작이 산 사람들에게 습격 당한 일은 모르고, 화가 나서 로테슈 자작을 납치해 폭행한 일만 잘 알고 있는 게 분명했다.

라스타에 대한 건?

'라스타의 과거에 대해서는 들었을까?'

떠볼까 말까 망설이는 사이. 소비에슈는 확 돌아서서 책상으로 가더니 거칠게 앉으며 명령했다.

"황후가 뭐라 설득해도 코샤르를 또 용서해줄 수는 없소. 코샤르를 용서해달라 청하려는 거라면, 그만두고 가시오."

에벨리에게 보낼 편지를 쓰면서도 나는 몇 번이나 펜을 내려놓았다. 자꾸만 마음이 다른 곳으로 향해서.

'소비에슈는 라스타를 정말로 많이 사랑하는구나.'

이 생각을 할 때마다 심장이 욱신거리고 마음이 갑갑해졌다. 라스타와 그녀의 아기를 지키기 위해 위험 요소인 내 오빠를 추방시킬 생각을 하다니……. 그는 '비공식적 추방'을 하겠다며 날 배려하듯 말했지만, 글쎄. 내게는 법원을 통해 일을 처리하다 라스타가 추문에 휩싸이면 안 되니, 비공식적으로 처리하겠단 걸로만 들렸다.

소비에슈는 오빠를 '자작을 공격한 것'이 아니라 '황제의 아기를 공격한 것'으로 몰아가고 싶은 모양인데. 그가 원하는 대로 오빠가 로테슈 자작을 공격한 일이 황제의 아기를 공격한 게 되려면, 법원에서 로테슈 자작과 라스타가 그 정도로 밀접한 관련이 있단 걸 밝혀야 할 테고, 그 과정에서 라스타가 도망 노예가 맞단 이야기가 퍼질 테니까. 소비에슈로서는 막고 싶은 일이겠지.

하지만 참 웃기다. 뭐? 반성하면 돌아올 수 있게 해줘? 두고 보아야 알겠지만, 솔직히 이 말 역시 믿을 수 없다. 태어나지도 않은 아기를 위해 오빠를 추방시키려는 소비에슈가, 과연 태어난 후의 아기 곁으로 오빠를 부르려 할까? 픽이나. 소비에슈는 그냥, 오빠가 라스타에게 거추장스러우니 치워버리려는 거였다.

이렇게 머리가 분노로 가득 차 있다 보니, 나는 거의 두 시간가량이 지나서야 에벨리에게 보낼 한 장 반짜리 편지를 완성할 수 있었다. 너무 초조하게 생각하지 말란 위로와, 성적이 좋든 나쁘든 나는 널 계속 후원해줄 것이란 내용이었다. 웃기지. 초조해서 편지조차 제대로 쓰지 못하는 내가 할 만한 위로는 아닌데.

"이걸 내일 이 주소로 보내줘요."

그래도 보내긴 해야지. 씁쓸한 기분은 누른 채, 나는 편지를 봉투에 넣어 엘리자 백작 부인에게 맡겼다. 이후에는 방 안을 서성이며 본격적으로 소비에슈와 라스타, 오빠에 관한 일을 고민했다. 그렇게 다시 두 시간 정도를 보낸 후에야 나는 마음을 다잡고 방을 나섰다. 내가 직접 나서서 라스타의 과거를 사교계에 퍼뜨릴 생각은 없지만, 이걸 패로 이용해서 소비에슈와 거래를 할 생각이었다.

오빠를 추방시키지 말아달라고.

회랑을 걸어가고 있으려니 찬바람이 뒤에서 나를 밀어붙이듯 몰아쳤다. 어서 소비에슈에게 가보라 떠미는 것처럼. 나는 몇 번이고 심호흡을 하고서 동궁 안으로 들어갔다. 늦은 밤이기 때문일까. 평소에도 적막한 동궁 안은 더욱 조용했다. 내 발소리만 너무 울려 퍼지는 것 같아서, 나는 회랑을 지나 계단을 올라가면서부터는 일부러 최대한 소리를 내지 않으려 뒤꿈치를 들었다.

그런데 소비에슈의 방으로 가는 도중이었다. 소비에슈의 방으로 가려면 라스타가 머무는 방을 지나쳐 가야 하는데, 뜻밖에도 아는 얼굴이 보였다. 베르디 자작 부인이었다. 나를 배신하고 라스타에게 간 시녀. 그녀는 문간에 초조하게 서 있었는데, 나를 보자 자신도 놀랐는지 눈을 휘둥그렇게 떴다.

'이럴 땐 알은척을 해야 하나.'

알은척을 하기도 하지 않기도 애매한 상황인데. 나는 그녀를 잠시 가만히 바라보았고, 그녀는 내 시선을 받으며 괜히 허둥거렸다.

'서로 인사를 나누어봐야 더 어색해지지.'

베르디 자작 부인이 내게 인사를 하러 올 것 같지도 않아서, 나는 몸을 돌렸다. 황후를 보고서도 인사조차 하지 않는 점을 꼬집으며 꾸중할 마음도 들지 않았다. 그러나 그녀를 지나쳐 몇 걸음 걸어갔을 때였다.

"폐하."

들릴 듯 말 듯 아주 미세한 소리가 뒤에서 들려왔다. 제대로 들은 게 맞는지 착각인지 헷갈릴 정도로 작은 목소리가. 그 목소리는 슬픔에 가득 차 있었다. 돌아보자, 베르디 자작 부인이 문 앞에 서서 눈물을 글썽이고 있었다. 내가 그녀를 쳐다보자 베르디 자작 부인은 더욱 애처로운 얼굴이 되었다. 날 배신하고 라스타에게로 갔으면서. 그녀는 오히려 자기가 더 힘들어 보였다. 하지만 지금은 그녀를 위로해줄 상황이 아니었다. 그녀가 위로를 바라고 있을지도 모르고. 나는 다시 고개를 돌리려 했으나, 베르디 자작 부인이 다시 한 번 속삭였다.

"황후 폐하."

그 말을 남긴 베르디 자작 부인은 문 뒤쪽으로 유령처럼 가버렸다.

'할 말이 있어 보였는데.'

왜 말없이 가버린 걸까? 말하기 어려운 이야기를 하려던 걸까? 나는 베르디 자작 부인이 사라진 방향을 쳐다보며 몸을 돌리다가 멈칫했다. 방문이 아주 살짝 열려 있었다. 평소라면 실수라고 생각했을 것이다. 하지만 바로 전까지 베르디 자작 부인이 서 있던 곳이 여기였다. 그 탓일까. 그녀가 울 것 같은 얼굴로 서서 나를 쳐다보던 그 자리. 바로 그 옆의 문틈으로 시선이 갔다.

'내게 뭘 이야기하고 싶었나?'

의아했지만 이해하기 어려워서, 그냥 가던 길을 가기로 한 바로 그때였다.

"하지만 폐하. 이혼이라니…… 황후 가문이 반대할 텐데요?"

놀라움에 찬 작은 목소리가 들려왔다. 나는 우뚝 멈춰 섰다. 라스타 목소리인데? 그러나 라스타의 목소리를 듣고서 멈춘 건 아니었다. 그녀가 뱉은 단어 때문이었다.

'이혼?'

'알렌, 걔는 도대체 인생에 도움이 안 돼!'

소비에슈가 안의 머리카락을 쳐다보다 떠난 후. 라스타는 치솟는 화를 가라앉히기 위해 한참을 애썼다. 아기의 머리카락과 자신의 머리카락이 꼭 같은 색이어서 다행이었지. 아니라면 분명 소비에슈가 '이게 무엇인데 간직하고 있느냐'고 물었을 터였다. 라스타는 당장 그 머리카락을 휴지통에 버려버렸다. 애틋하고 그리운 마음이 들어 혼자서나마 간직하려고 챙긴 것인데. 또다시 첫째에게 발목이 잡힐 뻔했다. 첫째 아기와 그녀는 아무래도 뭔가가 맞지 않는 게 틀림없었다.

머리카락을 버리고서도 라스타는 하루 종일 조마조마해서 방 안에만 틀어박혔다. 로테슈 자작이 어떻게 되었는지도 모르겠고, 소비에슈에게는 아기의 머리카락을 가지고 있다 들켰고, 어떤 이들은 그녀의 뒤를 캐고 다닌다. 모든 게 너무나 피곤하고 힘들었다. 이 와중에 연인인 소비에슈는 밤이 되었는데도 얼굴조차 보여주지 않으니……

라스타는 그가 뒤늦게라도 머리카락에 대해 알아차린 건 아닐까, 로테슈 자작이 입을 함부로 놀린 건 아닐까 무서워졌다. 그리고 자신이 가진 모든 것들이 허상이란 걸 절절히 깨달았다. 한 사람의 호의에 매달린 안락함이란 얼마나 위태롭단 말인가. 이 지경이 되었는데도 그녀는 두려워 떠는 것 외엔 할 수 있는 게 없었다. 아니, 혹시라도 소비에슈의 애정과 사랑이 식으면 반항조차 못하고 받은 것들을 다 빼앗길 터였다.

"라스타 님, 황제 폐하께서 오셨습니다."

하녀가 슬쩍 일러준 후에야 라스타는 가까스로 정신을 차리고 안락의자에서 벌떡 일어났다. 깊게 생각하느라 하녀가 가까이 온 줄도 모르고 있었다.

"폐하께서 오셨어?"

"네."

"그런데 왜 침실로 안 들어오시구?"

"술을 마시고 싶다 하셔서, 응접실에 계세요."

라스타는 서둘러 머리카락을 하나로 묶고 침실을 나섰다. 소비에슈는 탁자 앞에 그림처럼 앉아 있었고, 새로 온 하녀인 델리스가 그의 앞에 술상을 차리고 있었다. 반갑게 다가가려던 라스타는, 델리스의 얼굴이 붉어진 걸 보고 심장이 덜컹 내려앉았다. 델리스는 탁자 위에 술잔과 술, 안주가 될 만한 몇 종류의 음식을 내려놓고 있는데, 이 모든 움직임이 달팽이처럼 느릿느릿했다.

'쟤는 왜 저렇게 꾸물대지?'

하나가 불안해지자 다른 것들도 불안해 보인다. 라스타는 일부러 평소보다 더욱 살갑게 소비에슈를 부르며 다가갔다.

"폐하아."

델리스는 그제야 평범한 속도로 음식들을 마저 내려놓고 밖으로 나갔다. 다행이라면 소비에슈는 델리스에게 전혀 관심이 없어 보인단 점이었다. 아니, 그는 어디에도 관심이 없어 보였다. 등받이에 몸을 기댄 채 턱을 괴고 홀로 생각에 잠겨 있었는데, 라스타가 거듭 "폐하." 하고 부른 후에야 정신을 차리고 고개를 돌렸다. 라스타는 얼른 소비에슈의 앞까지 다가가 사랑스럽게 투덜거렸다.

"라스타는 하루 종일 폐하를 기다렸어요!"

소비에슈는 귀엽다는 듯 빙그레 웃었다. 온종일 걱정한 바와 달리, 소비에슈는 라스타에게 화가 난 것 같진 않았다. 라스타는 진심으로 안도해서 소비에슈의 맞은편에 앉으며 헤헤 웃었다.

"라스타가 한잔 따라드릴까요?"

소비에슈가 고개를 끄덕이자, 라스타는 얼른 길쭉한 샴페인 잔에 투명한 노란빛의 액체를 쏟아부어 그에게 내밀었다. 그러나 소비에슈는 잔을 손 안에서 굴리기만 할 뿐, 입에 가져가진 않았다.

"폐하?"

화가 난 게 아닌 것 같았는데. 사실은 화가 나 있었나? 라스타는 다시 겁이 나서 소비에슈를 불렀다.

"폐하아."

"라스타."

"예, 폐하. 라스타는 폐하께 집중하고 있어요."

"……."

"?"

"1년간 황후가 되어라."

그러나 소비에슈가 한 말은 라스타의 예상 범위를 완전히 뒤엎는 것이었다. 라스타는 순간 자신이 뭘 잘못 들은 줄 알았다. 그다음에는, 혹시 소비에슈가 에르기 공작과 자신이 한 말을 듣고서 떠보는 거라 생각했다. 기쁨보다 공포심이 먼저 치솟았다. 라스타가 얼어붙어 있자, 소비에슈가 한숨을 내쉬었다.

"하긴. 네게는 부담스러운 자리겠지."

라스타는 간신히 입술을 열었다.

"그……게 무슨 말씀이세요? 황후 폐하는 어쩌고요?"

"황후와는 이혼을 할 생각이다."

이혼!

이혼 이야기가 나오자 라스타는 그제야 안도했다. 뒤이어 벅찬 감동과 기쁨, 두려움이 밀려왔다. 라스타는 입술을 뻐끔거렸다. 소비에슈가 눈에 띄게 부담스러워하는 그녀를 보며, '역시 라스타는 황후 자리에 큰 욕심은 없어 보이니 다행이다'고 생각한다는 건 짐작도 하지 못했다. 라스타는 두 손으로 제 뺨을 덮은 채 소비에슈만 멍하니 바라보았다.

"1년간이니 너무 부담스러워하진 마라."

"왜…… 1년…… 그런 막중한 자리를……."

"1년이면 네 아기가 정식으로 황자나 황녀가 될 수 있으니까."

"아!"

소비에슈는 라스타를 가만히 바라보다가 손을 뻗어 그녀의 손을 덮었다.

"네가 1년간 그 자리를 버텨준다면, 나는 평생 널 버리지 않고 책임져주겠다."

라스타는 눈동자를 휙휙 굴렸다. 왜 굳이 1년인지는 모르겠지만, 이건 기회였다. 그러나 눈앞의 기회가 진짜 기회일까? 에르기 공작은 라스타에게 황후와 맞설 준비를 하라 했다. 그러나 그녀는 아직 준비된 게 없었다. 자신도 그걸 잘 알았다. 교육은 이제 막 받기 시작했고, 평민들 사이에서 동정 여론이 돈다고는 하지만 동정 여론과 지지 여론은 다른 법이었다. 라스타는 황후를 싫어하는 이들도 황후 자리에 자신이 올라간다고 하면 손을 내저을 거란 걸 알았다.

그러나 눈앞에 덥석 내밀어진 사탕은 너무나 달콤한 향을 냈다. 에르기 공작의 말처럼 황후가 되기 위한 준비를 하더라도, 결국 소비에슈가 황후와 이혼하지 않으면 아무 소용이 없지 않나. 이런 기회가 이후에 다시 찾아올까? 준비를 하고 황후가 되는 게 아니라, 황후가 되고 준비를 해도 되지 않을까? 소비에슈는 1년이라고 하지만, 사람 일은 모르는 법. 태어날 아기가 소비에슈의 사랑을 한 몸에 받는다면……. 열심히 공부해서 황후의 역할을 자신이 잘 해낸다면……!

"하지만 폐하. 이혼이라니……. 황후 가문이 반대할 텐데요?"

"당연히 반대하겠지."

"그런데 어떻게 하시려고요?"

"그건 내가 알아서 할 문제이니 신경 쓰지 말거라."

라스타는 소비에슈의 손을 꼭 잡고서 눈을 내리떴다. 겁먹은 듯 보였으나 흥분이 더욱 컸다. 심장 어딘가가 꽉 막힌 것 같아서 숨을 못 쉬겠는데, 기분 나쁘지 않은 답답함이었다. 노예에서 황후의 자리에 오르는 것이다. 노예에서 황후의 자리에.

"라스타."

"네, 폐하."

"넌 그저 열심히 배우고 몸을 건강하게 하고 있거라."

"네……."

소비에슈는 라스타의 거칠한 손을 안쓰럽다는 듯이 쓸며 당부했다.

"그리고 이 이야기는 아무에게도 하지 말거라. 알았느냐?"

"알았어요."

소비에슈는 라스타의 등을 토닥거리며 물었다.

"먹고 싶은 거나 가지고 싶은 건 없고?"

"음…… 없어요."

"이렇게 욕심이 없어서야."

"라스타는 폐하만 있으면 되는걸요."

라스타가 미풍 같은 목소리로 속삭이며 소비에슈의 어깨에 머리를 기대자, 소비에슈는 가만히 그녀를 한 팔로 감싸 안았다.

한 시간 정도 후. 라스타가 그 상태로 잠이 들자, 소비에슈는 하녀를 시켜 커다란 쿠션을 가져오게 했다. 쿠션을 자신의 어깨 대신 라스타의 머리에 받쳐준 소비에슈는 조용하게 방을 빠져나왔다. 평소라면 안아서 침대까지 옮겨주었겠지만, 오늘은 그러고 싶진 않았다. 아기와 생이별을 한 처지가 가엾지만, 감쪽같이 그에게 과거를 다 속였단 걸 떠올리면 아무래도 아직 꺼려졌다. 그러나 문을 열고 나간 소비에슈는, 바로 자신의 침실에 가는 대신 문 앞에서 잠시 주위를 두리번거렸다.

"?"

착각일까. 익숙한 향기가 남아 있는 듯했다. 황후가 즐겨 사용하는 장미 입욕제의 향……. 소비에슈는 잠시 생각하다가 베르디 자작 부인과 하녀들을 불러 물었다.

"혹시 황후가 다녀갔느냐?"

"저희는 본 적이 없습니다, 폐하."

소비에슈는 고개를 갸웃했으나, 설마 황후가 이 시간에 여길 다녀갔으리란 생각은 하지 않고서 자리를 떠났다. 낮보다 어두컴컴해진 복도를 걸어가며, 소비에슈는 카를 후작이 낮에 한 말을 떠올렸다.

"계획을 황후 폐하께 미리 말씀드리는 건 어떨까요? 아무리 후에 복권시킬 계획이라 하셔도, 황후 폐하께서는 많이 놀라고 상처받으실 겁니다."

'그럴 수 있다면 그렇게 했겠지.'

소비에슈는 속으로 혀를 찼다. 그는 나비에의 단단한 자존심을 잘 알고 있었다. 또한 나비에가 소비에슈와 라스타 사이에서 태어날 아기에게 어떤 애정, 아니 한 조각의 호의조차 없다는 점도 잘 알았다. 좋아하지도 않는 아기를 위해서 황후 자리를 떠나 있으란 말을, 나비에가 받아들일 리가 없었다.

머릿속이 어지럽고 귓속에서는 위잉거리는 이상한 소리가 들려온다. 나는 가까스로 발을 움직였다. 오른발과 왼발을 의식적으로 순서대로 움직였으나, 앗 하는 사이에 자꾸 다리에서 힘이 풀렸다. 몇 번이나 멈추길 반복하며 간신히 내 방으로 돌아왔다. 나는 창가에 앉아 내가 들은 이야기를 떠올려보았다.

소비에슈가…… 소비에슈가 라스타에게 황후 자리를 주겠다고 약속했다. 그래. 나와 이혼한 후 라스타에게 황후 자리를. 그 다정한 목소리. 라스타의 흥분한 목소리. 목소리 목소리 목소리……!

숨을 쉬는 게 고통스럽게 여겨질 정도로 폐가 따끔거린다. 나는 심장 부근에 손을 가져다 댄 채 허리를 숙였다. 소비에슈와 나의 이혼이라니. 단 한 번도 생각해보지 못한 일이었다. 우리가 연애를 해 결혼한 사이는 아니지만. 최근 들어 라스타를 사이에 두고 여러 번 싸웠지만. 그래도 우정이라고 부를 만한 건 있지 않나? 함께 나라를 부강하게 만들자며 머리를 맞대던 남자는 어디로 간 걸까. 우리는 부부이니 하나라던 남자는 도대체 어디로 갔단 말인가.

오빠가 라스타와 그녀의 아기를 싫어하는 게 소비에슈에게는 그토록 위협적으로 여겨졌을까? 아니, 그보다 소비에슈와 이혼하면 난 어떻게 되는 거지? 카프멘 대공이 한 말이 떠올랐다. 소비에슈와 이혼하면 난 황후가 아니니, 그 자리에 너무 매달리지 말라 했던가. 당시에는 말도 안 된다 생각했는데. 지금 생각하니 틀린 말도 아니었다. 소비에슈가 정말로 나와 이혼하고 싶을 줄은…….

주먹을 쥐고서 팔에 이마를 댔다. 한참을 그러고 있다가 나는 가까스로 자리에서 일어나 서재로 갔다. 간략하게 정리된 동대제국의 역사 기록물을 꺼내 그걸 방으로 가져와 샅샅이 살폈다. 평민 출신 정부…… 황후…… 가능한가?

"……"

몇 번이나 거듭 살핀 후에 나는 망연자실해 책을 내려놓았다. 황제가 평민 출신 정부와 처음부터 결혼한 사례는 없었다. 하지만 정략결혼 상대인 황후가 죽거나 쫓겨난 후, 평민 출신 정부가 황후가 된 적은 몇 번 있었다. 흔한 경우는 아니지만, 아주 희귀한 사례도 아니었다.

'이제 난 어떻게 될까.'

책을 다 읽고 나자 아까처럼 숨 쉬는 게 힘들 만큼 충격적이진 않았다. 나는 책을 덮어 탁상 위에 놓은 후, 정자세로 심호흡했다. 그 상태로 몇 시간을 보냈을까. 눈앞이 서서히 밝아진단 기분에 눈을 떠보자 커튼 사이로 불그스름한 새벽 햇살이 들어오고 있었다. 그 광경을 멍하니 보고 있자니 모든 게 부질없단 생각이 들며 허무해졌다. 아무리 열심히 살아도, 아무리 노력해도, 결국, 위대한 건 사랑 하나뿐이었나. 사랑이야말로 모든 것의 중심이자 원동력이라던, 음유시인들의 그 낭만적인 말은 사실일지도 모르겠다. 소비에슈와 라스타의 그 사랑 때문에 나는 모든 걸 빼앗기게 되었으니까. 대단한 가문도, 함께한 추억과 시간도, 길고 긴 노력과 교육도, 우리가 나눈 부부의 맹세조차 그 위대한 사랑이란 게 다 잡아먹게 생겼으니까.

"세상에. 황후 폐하!"

목욕 준비를 하기 위해 하녀를 데리고 들어왔던 엘리자 백작 부인은, 나를 보자 당황해서 소리쳤다. 그녀는 하녀에게 물을 마저 채워 넣으라 지시하고서 내게 가까이 다가왔다.

"무슨 일이라도 있으셨습니까?"

나는 무거운 머리를 들고서 그녀를 응시했다. 햇빛을 오래 보고 있었더니 그녀가 하얀빛의 실루엣처럼 보였다.

"세상에. 세상에."

내 꼴이 많이 이상한가. 엘리자 백작 부인은 연신 허둥거리다가, 책상 위에 놓인 역사책을 발견하더니 더욱 어리둥절한 표정이 되었다. 뜬금없이 역사책을 가져다 놓고 울적해하는 게 이상하게 여겨지겠지.

"혹시…… 코샤르 경 때문이십니까?"

내가 아직까지도 멍하니 있자, 엘리자 백작 부인은 알겠다는 듯 조심스럽게 물었다.

"맞아요."

나는 힘없이 대답하고서 자리에서 일어났다. 엘리자 백작 부인의 당혹스러운 표정을 보자, 내가 이러고 있을 때가 아니란 생각이 들었다. 그래. 이대로 망연자실 슬퍼하다가 쫓겨날 수는 없었다. 소비에슈가 나와 이혼을 생각하더라도 당장 오늘이나 내일 하지는 않겠지. 소비에슈가 원한다면 나는 이혼을 할 수밖에 없다. 황제가 원해서 이혼하지 못한 황후는 없었다. 그 아무리 대단한 가문의 황후라도, 무서운 황후라도, 뛰어난 후계자를 낳은 황후라도. 단지 어느 정도로 지지부진하게 재판을 끌어가느냐가 문제일 뿐. 그렇더라도 대책을 세워서, 살길을 찾아야 했다.

"오늘은…… 분홍색 드레스로 줘요."

나는 간단하게 씻은 후 엘리자 백작 부인에게 최대한 화사하게 꾸며달라 부탁했다. 잠을 한숨도 자지 못해 퀭해진 눈가를 화장으로 가리고, 밝은 분홍색 드레스를 입어 우울한 분위기를 털어버렸다. 소비에슈는 내가 자기 대화를 들었단 걸 모르겠지만, 날 보며 떠올리겠지. 어제 자기가 라스타에게 사랑을 섞어 밤새도록 속삭였을 그 약속들을. 그의 앞에서 짓눌려 있고 싶지 않았다.

그사이. 엘리자 백작 부인은 내 치장을 도우면서, 어제 내가 에벨리에게 쓴 편지를 오늘 오후 11시쯤 발송하겠다고 했다. 그녀의 말을 듣자, 생각도 정리할 겸 내가 에벨리에게 직접 다녀오는 게 나을 거란 생각이 들었다. 게다가 저 편지를 쓸 때에는 마음이 온통 다른 데 가 있어서, 온전히 진심을 담지 못했다. 그 아이를 직접 보고서 위로해주는 게 나을 거야.

"편지는 부치지 말아요. 내가 직접 갈 테니까."

나는 엘리자 백작 부인에게 당부한 후, 최대한 태연한 모습으로 알현실로 갔다. 그러나 알현실 근처에 도착하자 다시 심장이 두근두근 뛰었다. 어제 그 충격적인 소식을 듣고 서궁에 황급히 돌아갈 때가 떠오르면서, 혓바닥이 미친 듯 가려워졌다. 날 버릴 이야기를 하며 라스타에게 사랑을 속삭이던 소비에슈. 나와 이혼하기로 마음먹은 소비에슈. 그가 날 어떤 눈으로 볼지, 어떻게 대할지 아주 궁금했다.

"밝은 색상도 잘 어울리는군."

그러나 예상외로 소비에슈는 평소와 다를 바 없었다. 덕택에 나 역시도 평소의 차분함을 찾을 수 있었다. 방으로 돌아간다면 다시 심란해지겠지만, 적어도 소비에슈의 앞에서는 태연한 척할 수 있을 것 같았다. 나는 소비에슈의 칭찬에 빙그레 웃으면서 고맙다 인사한 후, 내게 내미는 그의 손을 못 본 척 스쳐 지나가 옥좌로 다가갔다.

"방금 내 손 못 보았소?"

"못 본 척한 겁니다. 못 본 척해주세요."

"……그대 오빠 때문에 화가 나서 이러는 거요?"

"바람을 쐬고 싶은데."

"같이 산책할까?"

"에벨리도 볼 겸 월월에 다녀오겠어요."

"월월에? 언제 말이오? 당분간은 내가 시간을 빼기 어려울 텐데."

"괜찮아요. 혼자 다녀올 생각이니까."

나비에가 뜬금없이 월월에 가겠다고 했지만 소비에슈는 그녀를 잡지 않았다. 나비에가 그와 함께 가기를 거부한 건 속상했지만, 마침 소비에슈에게도 그녀가 없는 사이 해야 할 일들이 몇 가지 있었기 때문이다.

"로테슈 자작은 어디에 있지?"

"남궁에서 치료를 받고 있습니다."

"못 움직일 정도이냐."

"그건 아닙니다."

"그 정도면 됐다. 데려와."

소비에슈는 우선 로테슈 자작을 불러들여 라스타와의 일에 관해 물었다. 로테슈 자작은 황제의 측근이 자신을 구해주었다는 걸 알기에 영리하게 굴었다. 그는 자신이 코샤르에게 한 말을 소비에슈가 모두 다 전해 들었을 거라 짐작하고서, 엉엉 울면서 코샤르에게 한 말을 반복했다. 그러나 소비에슈의 반응은 싸늘했다.

"그러면 넌 라스타의 아기를 감춰주는 대가로 그녀를 협박하고 있었다, 이 말이로군."

"아닙니다, 폐하!"

"그게 아니라면 라스타가 널 계속 챙겨야 할 이유가 있을까? 도망칠 정도로 싫었던 너를?"

로테슈 자작은 소비에슈가 여전히 라스타를 챙기는 걸 보고서, 그가 라스타의 과거를 묻기로 했단 걸 깨달았다. 사랑 때문인지 임신 중이기 때문인지는 모르겠지만, 저 태도를 보니 분명했다. 로테슈 자작은 한 번 더 머리를 굴려 거짓으로 털어놓았다.

"라스타가, 아니, 라스타 양이 저와 계속 연락을 주고받는 이유는 제가 라스타 양의 아기를 키워주고 있기 때문입니다."

로테슈 자작은 최대한 가엾어 보이도록, 반이 뜯겨 나간 한쪽 귀가 잘 보이게 고개를 굽신거렸다.

"물론 라스타 양이 약간 제 편의를 보아주긴 하였지만, 그건 아기를 잘 길러달라 부탁하기 위해서였습니다. 협박이라니요, 말도 안 됩니다. 저희 사이는…… 그러니까, 일종의 거래에 가깝지요."

소비에슈는 눈을 가느스름하게 뜨고서 그를 내려다보았다. 로테슈 자작의 말은 앞뒤가 맞았다. 게다가 라스타는 늘 로테슈 자작을 감싸지 않던가. 심지어 며칠 전, 소비에슈는 그녀가 몰래 간직하고 있던 아기의 머리카락을 보기도 했다. 이런저런 것들이 겹쳐지면서 자작의 말은 더욱 그럴듯하게 들렸다. 로테슈 자작은 소비에슈가 더 추궁하지 않자 안도해 한숨을 내쉬었다. 그러나 소비에슈의 추궁은 끝난 게 아니었다.

"라스타의 노예 매매 증서는 어디에 있지?"

"예?"

"코샤르에게는 노예 매매 증서 이야기도 했다던데."

그것까지 들으셨나! 로테슈 자작은 흠칫해서 소비에슈를 보았다. 소비에슈는 태연하게 그를 내려다보고 있었다. 로테슈 자작은 황제가 '왜 매매 증서를 파기하지 않고 간직했냐'고 꼬투리를 잡을까 봐, 얼른 납작 엎드리며 말했다.

"매매 증서는 베어상회에 맡겨두었는데, 아마 코샤르 경이 찾아갔을 겁니다."

로테슈 자작을 돌려보낸 소비에슈는, 코샤르에게는 직접 찾아갔다. 코샤르는 2층에 있는 자신의 방 안에 갇힌 채 의외로 얌전히 있었다. 갇혀 있다지만 먹을 것은 제대로 나왔고 방 안에는 욕실이 딸려 있었다. 시중을 들어주는 하인도 함께 있었기에 그의 모습은 평소처럼 깔끔하고 아름다웠다. 소비에슈는 코샤르와는 굳이 말을 길게 섞고 싶지도 않아서, 바로 본론을 꺼냈다.

"널 추방시킬 거다."

나비에를 사이에 두고서 어린 시절부터 알고 지냈지만, 소비에슈와 코샤르는 그 알고 지낸 기간 내내 사이가 나빴다. 코샤르는 소비에슈가 이렇게 나올 줄 각오를 하고 있었던지, 추방 이야기에도 놀란 표정이 아니었다. 오히려 그는 차갑게 빈정거렸다.

"폐하의 노리개가 어떤 사람인지는 아십니까?"

"들을 건 다 전해 들었지. 수고했다."

소비에슈는 코샤르의 도발에 넘어가는 대신, 역으로 코샤르를 더욱 열 받게 만들었다.

"수고했다고요?"

"그 애가 과거에 뭘 하던 사람이었는지, 대신 나서서 알아봐주었지 않나."

소비에슈는 태연하게 말하고는 방 안을 한 바퀴 휘 둘러보며 물었다.

"라스타의 매매 증서는 어디 있지?"

"로테슈 자작이란 자, 입이 나풀거릴 때부터 짐작은 했지만. 참으로 입이 가벼운 작자로군요."

"주먹과 뇌가 가벼운 너보단 낫겠지."

소비에슈가 빙그레 웃으며 말하자, 코샤르는 차가운 눈으로 소비에슈를 쏘아보다가 덩달아 웃으면서 말했다.

"물론 그렇겠지요."

그 갑작스러운 변화에 소비에슈는 인상을 찡그렸다. 코샤르가 웃은 이유는 뒤늦게 그다음 말로 바로 알 수 있었다.

"매매 증서는 베어상회에서 제가 찾아왔습니다. 하지만 폐하의 기사 중 하나가 압수해 가서요."

소비에슈는 무슨 헛소리냐는 듯 코샤르를 보았으나, 코샤르는 태연하게 중얼거렸다.

"전 당연히 폐하께서 명령하신 일이라 여겼는데. 지금 보니 아닌 모양입니다?"

그러고는 소비에슈가 무어라 말하기도 전에 자진해서 두 팔을 벌리며 웃었다.

"얼마든지 뒤지셔도 됩니다. 정말로 제게 없으니까요."

"……."

소비에슈는 코샤르를 노려보다가, 함께 온 카를 후작에게 지시해 매매 증서를 찾으라 명령했다. 그러나 저택 안을 샅샅이 뒤져도 매매 증서는 나오지 않았다. 베어상회에도 사람을 보냈으나, 상회에서는 코샤르가 매매 증서를 가져갔다 말했고, 실제로도 그들은 지금은 매매 증서를 가지고 있지 않았다.

소비에슈는 부하들이 다시 한 번 저택과 상회를 샅샅이 뒤지는 동안, 응접실 소파에 앉아 팔짱을 끼고 분노를 애써 눌렀다. 그러나 아무리 뒤져도 결국 매매 증서는 나오지 않았고, 소비에슈는 화가 머리끝까지 치솟았다. 매매 증서가 사라져버렸으니, 라스타가 나중에라도 다시 노예 의혹에 휩싸일 여지가 남게 된 것이다.

'혹시 황후에게 있나?'

소비에슈는 나비에가 단 몇 시간 만에 코샤르가 자택에 감금된 일을 알던 걸 떠올리고 의심했다. 기사들 중엔 나비에를 숭배하는 이들이 많았다. 라스타를 싫어하는 황후라면 매매 증서가 손에 들어오더라도 절대로 건네주지 않을 터. 이렇게 생각하니 분명 수상쩍었다.

'황후가 없는 사이에 방을 수색해보라 해야겠군.'

저택을 나서기 전. 저택을 몇 번이나 뒤지고도 부족했던 소비에슈는 트로비 공작 부부를 불러 경고했다.

"트로비 공작, 공작 부인, 그대들의 아들이 내 아기를 죽이기 위해 온갖 짓을 저지른 건 아시오?"

"어제 들었습니다."

"황후의 얼굴을 보아서 '공식적'인 추궁은 하지 않겠소. 하지만 코샤르는 지금 당장 내 나라에서 추방이오."

황제의 기사들에게 사건의 전후 사정을 듣긴 했지만, 그래도 막상 아들이 큰 처벌을 받게 되자 공작은 이마를 짚고 비틀거렸다. 공작 부인은 공작을 부축하며 소비에슈를 원망스레 바라보았다. 나비에를 닮은 시선에 소비에슈는 괜히 심장이 철렁했으나, 겉으로는 눈도 깜짝하지 않고 말을 이었다.

"추방된 동안 코샤르는 동대제국에서 어떤 법적인 권한도 행사할 수 없으며, 들어오는 즉시 감옥에 갇힐 거란 걸 명심하시오."

내게는 수많은 일이 있었는데. 윌월은 여전히 밝고 건강한 기운으로 가득 차 있었다. 마법사의 도시라지만, 아직 마법사 감소 현상이 사람들을 침울하게 만들진 않은 듯했다. 젊은 학자들은 온갖 연구 도구를 든 자루를 끙끙거리며 들고 지나갔고, 키가 큰 여자는 손 위에서 노란 바람을 굴려대며 무언가를 곰곰이 생각했다. 어린 학생들은 두꺼운 책을 양손으로 끌어안은 채, 알아듣기 힘든 말을 주고받는 중이었다.

날 호위하기 위해 따라온 기사들은 이런 광경이 신기한지 연신 주위를 두리번거렸다. 나는 그들이 주위를 둘러보는 사이, 일부러 느린 속도로 걸어갔다. 그러다가 예전에 하인리와 함께 들렀던 식당을 지나가게 되었다. 저절로 발걸음이 멎었다. 고작 1년도 지나지 않은 일인데. 그때 즐겁게 웃고 떠들던 일이 벌써 아득한 옛날처럼 여겨졌다.

물론 당시에도 소비에슈와 라스타 때문에 힘들었지만……. 그래도 오빠는 추방을 당하게 되었고 나는 황후 자리에서 쫓겨나게 된 지금에 비한다면 그나마 평화로웠지. 식당을 보자 강한 그리움이 느껴져서, 나는 결국 배가 고프단 핑계를 대고 식당 안으로 들어갔다.

그런데 예전에 하인리 왕자와 앉았던 자리를 찾아갔을 때였다. 전에 우리가 앉았던 그 자리. 바로 그 자리에 익숙한 뒤통수가 보였다.

'하인리 왕자?'

그럴 리가 없는데. 이미 왕이 된 사람이 여기에 있을 리가 없는데. 아무리 봐도 저 연한 금발과 곧은 자세는 하인리 왕자 같았다. 놀란 마음을 누르며 나는 그쪽으로 천천히 다가가보았다. 슬쩍 얼굴을 확인하고서, 다른 사람이라면 그냥 근처에 앉을 셈이었다. 그러나…… 아니었다. 정말로 하인리 왕자였다.

"왕자?"

나도 모르게 입 밖으로 소리를 내어 중얼거리자, 심각하게 팸플릿을 보고 있던 하인리 왕자가 내 쪽을 보았다.

"퀸……."

하인리 왕자 역시 예상치 못했던 만남인 듯, 깜짝 놀라 벌떡 일어났다. 그는 식당 안에서 나를 황후로 부를 뻔한 걸 깨닫고 얼른 입을 다물었다. 하지만 날 보는 표정은 환하고 밝았다. 사심 없는 그 표정을 보자 아까까지의 어두운 마음이 가시며 덩달아 웃음이 나왔다.

"말도 안 돼."

그는 한 손으로 자기 머리카락을 뒤로 넘기며 중얼거렸다.

"이런 우연이 있다니요."

나는 기사들에게 다른 테이블에 가 있으라 지시하고서, 하인리 왕자에게 물었다.

"내가 합석해도 되겠어요?"

"물론입니다."

하인리 왕자는 얼른 일어나 맞은편 의자를 빼주었다. 의자에 앉자, 그는 다시 자기 자리로 가 앉고는 손등으로 연신 제 뺨을 눌렀다.

"퀸께서는 지금 제가 얼마나, 얼마나 놀라고 감동했는지 모르실 겁니다. '이 식당'에서 뵙게 될 줄은 몰랐거든요."

하인리 왕자는 날 만난 것도 만난 거지만, 우리가 '이 식당'에서 만날 걸 유독 신기해하는 눈치였다. 그에게도 이 식당이 특별한 추억이 되었단 걸까?

"나도 놀랐어요. 하인리 왕자는 지금쯤…… 이런."

이젠 왕자가 아니지. 말실수를 인지하고서 어색하게 웃자, 하인리 왕자, 아니, 하인리는 따라 웃으며 말했다.

"하인리라고 불러요."

"……그건 곤란해요."

"제대로 부르면 더 곤란하잖아요."

"하지만……."

"괜찮습니다. 하인리, 하고 불러줘요."

하인리는 자기 이름조차도 설탕 덩어리처럼 속삭이는 재주가 있었다. 신기하기에 그가 자기 이름을 부르는 방식을 따라 하자, 하인리는 부끄러운지 귓가를 만지작거리며 시선을 피했다. 얼굴은 불그스름해진 채여서, 여전히 자유로운 왕자처럼 보였다. 그 모습은 귀여웠지만 현실적인 걱정을 불러왔다.

"그대가 입국했단 이야기는 듣지 못했는데. 어떻게 여기에 온 건가요?"

주위에는 그의 호위로 보이는 이들도 없는데.

"음."

하인리는 쑥스러운지 어색하게 웃으며 앞의 잔을 만지작거렸다.

"아. 이런."

그러다가 뒤늦게 자신의 앞에만 찻잔이 있단 걸 눈치채고는, 종업원을 불러 몇 종류의 음식을 주문했다.

"이거면 괜찮으시겠습니까?"

"난 괜찮아요."

하인리가 주문한 음식은 예전에 우리가 함께 먹었던 바로 그 음식들이었다. 하인리는 나와 눈이 마주치자 깍지 낀 손 위로 턱을 올리고서 웃었다.

"사실, 신하들 잔소리를 피해서 몰래 놀러 나왔습니다."

웃으면서 하는 말치고는 심각했지만.

"몰래 나왔다고요?"

나는 깜짝 놀라 되물었다.

"왕이 몰래 놀러 나올 수 있나요?"

위험한 것도 위험한 거지만, 그게 가능한가? 하인리는 피식 웃더니 의뭉스럽게 중얼거렸다.

"서왕국의 왕족만큼 탈출에 재능 있는 이들은 없을 겁니다."

"위험한 일이에요."

"하지만 가끔 위험을 감수할 만큼 놀랍고 멋진 일들이 일어나죠. 오늘처럼."

그의 말을 듣고 있자면, 날 만나는 일이 놀랍고 멋진 일이라는 것 같았다. 빈소리이든 진심이든 아니면 내 착각이든, 적어도 듣는 사람을 기분 좋게 해주는 말이다. 웃으면서 고개를 젓자, 하인리는 나를 지그시 바라보았다. 눈도 깜빡이지 않고 보기에 "왜 그래요?" 하고 묻자, 그는 낮은 목소리로 말했다.

"보고 싶었거든요."

"!"

깜짝 놀라 눈에 힘을 주었다. 하인리는 부드럽게 웃으면서 덧붙였다.

"황후 폐하와 함께 지낸 날들은, 제가 왕자로 자유롭게 지내던 마지막 시기니까요."

그의 말을 듣고서야 나는 편안하게 같이 고개를 끄덕일 수 있었다. 하지만 하인리는 지금 일이 많이 힘든지, 끙 소리를 내며 고개를 떨구었다. 그 모습을 보자 처음 황후 자리에 올랐을 때의 내가 떠올랐다. 선대 황후 폐하를 따라다니며 교육을 받았는데도, 막상 내가 황후가 되자 모든 게 낯설고 겁이 났다. '이건 이렇게 처리하면 된다'는 건 알았지만, 자꾸만 불안하고 초조했었다. 혹시라도 내 선택이 나쁜 결과를 불러와 국민들에게 해가 될까 봐. 하인리도 같은 고민을 하는 거겠지.

"괜찮아요, 하인리. 그대는 계속 잘해나갈 거예요."

"방금 전 앓는 소리는 그것 때문에 낸 게 아닌데요."

"아닌가요?"

"언젠가…… 기회가 생기면 말씀드리겠습니다. 너무 사적이어서요."

"?"

"어쨌든 감사합니다. 하지만 일은 지금도 해나가기 어렵지 않아요."

어리둥절해 보고 있자, 하인리는 자신만만하게 웃으면서 찻잔을 집었다. 종업원이 음식 수레를 끌고 왔기에 우리는 잠시 말을 멈췄다. 종업원이 사라지자, 하인리는 찻잔을 내려놓으며 말을 이었다.

"절 힘들게 하는 건 일이 아니라 다른 문제죠."

"다른 문제?"

하인리는 말하기 민망한 듯 주저하다 털어놓았다.

"신하들이 자꾸 왕비를 들이라 해서요."

"아……."

"전 아직 괜찮다 말하는데, 자꾸만 하루라도 빨리 결혼하라며 난리 법석들입니다."

하인리는 지친다는 듯 한숨을 내쉬었다. 신기해라.

"아직 후보에 오른 영애들이 없나요?"

어린 시절부터 황태자비로 낙점된 내가 보기엔, 하인리의 나이가 되도록 정략결혼 상대가 없다는 게 더 특이하게 여겨졌다.

"전 왕세자가 아니어서, 그 문제에서 좀 자유로웠거든요."

하인리는 어깨를 으쓱하고는 슬쩍 나를 보며 덧붙였다.

"하지만 제게 필요한 왕비는 당장 국정에 참여해야 할 사람인데. 아무리 영민한 영애라도 왕세자비 시절 없이 바로 국가 일을 맡아 보긴 어렵죠."

하인리의 말도 일리가 있어서 고개를 끄덕이고 있자니, 그가 조금 더 낮고 느리게 말했다.

"게다가 전 퀸을 보면서 눈이 너무 높아졌습니다."

"고마워요."

"칭찬이 아니라 사실인걸요. 전 정말로, 퀸 같은 분이 아니면 왕비로 맞이할 수가 없어요. 눈이 너무 높아져서."

그의 말은 농담조였지만 눈동자만큼은 낯간지러울 만큼 진지했다. 나는 민망한 기분에 어색하게 웃으며 시선을 피했다. 쓸쓸하기도 했다. 소비에슈는 나와 이혼을 하려 드는데, 하인리는 나 같은 왕비를 맞이하고 싶어 하다니……. 괜히 텁텁한 기분이 들었다.

하인리는 두 손으로 찻잔을 꽉 잡은 채 내 눈치를 살피며 다시 말했다.

"정말로, 가끔 생각합니다. 퀸이 서왕국의 왕비라면, 국민들이 아주 좋아할 것 같다고요."

그의 말은 웃기기도 하고 재밌기도 했다. 소비에슈, 내 남편은 날 버리고 싶어서 이혼하기만 기다리고 있는데. 내 남편은 내가 무정하고 매정하다 탓하는데. 다른 나라의 왕은 국민들이 날 사랑해 줄 거라 말하며 칭송을 늘어놓다니……. 이게 무슨 이상한 일일까.

"칭찬해줘서 고마워요."

나는 쓸쓸한 기분을 감추기 위해 웃으면서 인사했다. 하인리는 대번에 이상한 점을 알아차리고서 물었다.

"퀸? 표정이 좋지 않은데. 무슨 일이라도 있었습니까?"

"아니요."

"아닌 게 아닌데요……?"

"……."

"퀸?"

그가 진지하게 거듭 물었지만, 나는 대답하지 않았다. 아무리 하인리가 좋은 친구라지만, 그에게 내 굴욕적인 사정을 전부 알리고 싶진 않았다. 곧 소비에슈에게 일방적으로 이혼 당할 거란 이야기를 하는 건 몹시 자존심 상하는 일이었으니까. 내 잘못이 아니란 걸 알면서도 그랬다.

하인리는 나를 유심히 살폈으나, 내가 끝까지 입을 열지 않자 무슨 일인지 더 이상은 캐묻지 않았다. 대신, 잠시 망설이더니 아주 진지하고 심각한 표정을 짓고서 아까 하던 이야기를 계속했다.

"말뿐인 칭찬을 한 게 아닙니다. 진심이에요."

"진심?"

"전 퀸 같은 분이 아니면 왕비로 맞이하고 싶지 않습니다."

"!"

"아니, 퀸이 제 왕비였으면 좋겠어요. 퀸은 한 분뿐이니까."

그의 목소리는 단호했다. 누가 들어도 농담이 아니란 걸 알 수 있을 만큼. 내가 빤히 쳐다보자, 하인리는 얼굴이 약간 붉어졌지만 시선을 피하는 대신 나를 함께 마주 보았다. 그의 시선에서는 열기가 느껴졌다. 하인리는 단순히 나 같은 왕비를 두고 싶단 뜻으로 하는 칭찬이겠지만…… 저 곧은 눈빛 때문일까. 내게는 그의 말이 괜히 이상하게 들렸다. 민망한 기분에, 나는 배고픈 척 눈앞에 놓인 수프를 한 숟가락 떴다. 그러나 하인리의 시선이 계속해서 느껴졌으므로, 일부러 농담했다.

"그러다가 내가 정말로 왕비로 받아달라 하면 어쩌려고 그래요."

스프는 아직 뜨거웠다. 나는 다시 스프를 한 모금 떠먹고서 하인리를 보았다. 하인리가 내 농담에 웃을 줄 알았는데. 전혀 웃는 소리가 나지 않아 이상했다.

"!"

하인리를 보자마자 나는 다시 놀랐다. 그는 얼굴이 환해져서 입꼬리가 한껏 올라가 있었다.

"그러면 정말로 좋을 겁니다."

"농담한 거예요."

"전 진담입니다. 퀸께서 제게 오신다면 저는 당장 퀸을 모시고 갈 테니까요."

"……"

"제 생명을 걸고 맹세할 수도 있습니다."

우리는 분명 하인리의 왕비 이야기를 하고 있었는데. 도대체 왜 화제가 하인리의 생명을 건 맹세로 번져 나갔나 모르겠다. 나는 대답하는 대신, 소리 내지 않고 조용히 웃었다. 그가 진심으로 하는 말인지, 날 위로하기 위해 꺼낸 빈말인지는 모르지만 저렇게까지 나와주는데 기분이 나쁠 리 없었다.

'상처 난 마음에 꿀을 바르면 딱 이런 기분이겠지.'

쓰지만 달았다.

"좋게 봐줘서 고마워요, 하인리."

정말로.

"있는 그대로 보았을 뿐입니다."

잠시 동안 우리는 말없이 식사만 계속했다. 나는 슬픈 마음, 고마운 마음이 뒤섞여 아무 말도 하고 싶지 않았는데, 하인리 역시도 별다른 말을 꺼내지 않다 보니 테이블은 내내 조용했다. 그러다가 식사가 다 끝나갈 즈음. 하인리가 물었다.

"퀸께서는 무슨 일로 이곳에 오신 겁니까? 공식적인 방문은 아니신 듯한데."

"제가 후원하는 아이들 중에 마법 아카데미에 오게 된 학생이 있습니다."

"아카데미에 입학한 겁니까? 대단한데요?"

"대단한 아이지요. 그 아이를 보러 왔습니다."

"아. 응원을 해주시려는 거군요?"

"위로를 해주러 온 겁니다."

"무슨 일이라도……?"

"그 아이의 마력이 줄어들고 있단 이야기를 들어서요."

"!"

마법사가 줄어드는 문제는 숨길 일이 아니었다. 특히 본인부터가 이미 마법사이며 아카데미에 자유롭게 오가는 하인리라면 이 현상에 대해 더욱 잘 알고 있을 터였고. 예상처럼 이미 그런 현상에 대해 알고 있던 듯, 하인리는 잠깐 놀란 표정을 지을 뿐이었다.

"안됐군요."

둘 다 식사를 마쳤기에, 우리는 자리에서 일어났다. 그러나 하인리는 이후 아카데미로 가는 길에는 식당에서보다 더욱 조용해졌다. 처음 내가 '마력이 줄어드는 이야기'를 했을 때에는 크게 놀란 눈치가 아니더니. 같은 마법사이기 때문일까. 무언가 신경 쓰이는 듯 내내 심각하고 무거운 얼굴이었다.

덕택에 나는 '언제까지 따라올 거냐'고 묻지 못했고, 하인리는 자연스럽게 아카데미 안까지 따라 들어왔다. 정확히는, 입구 부근에서 헤어졌는데 학장실로 가보니 그가 먼저 와 있었다. 놀라 쳐다보자, 하인리는 장난스레 웃으면서 들고 있던 커피잔을 건배라도 하듯 허공을 향해 들어 보였다.

"따라온 건가요?"

내가 웃으면서 묻자, 하인리는 덩달아 웃으며 반박했다.

"퀸께서 절 따라온 거지요. 제가 먼저 왔잖습니까."

그가 정말로 날 따라온 건지 아닌지는 모르겠으나, 하인리 왕자는 학장에게 그저 놀러 온 것일 뿐이었기 때문에 나는 내 볼일을 먼저 볼 수 있었다.

"이게 에벨리의 성적표입니다."

에벨리에 대해 묻자, 학장은 매주 기록한다는 학업 성취도 기록을 내게 보여주었다.

"보시다시피 초반에는 곧잘 따라오고 있습니다."

"그렇군요."

"교양과목이나 기초 지식에서는 음, 좀 적응하기 힘들어했지만 마력은 아주 우수한 편이었고, 마법 관련한 과목들은 거의 다 상위권이었지요."

아이의 성적표는 과목에 따라 그래프가 들쑥날쑥했지만, 그의 말처럼 마법 관련한 강의는 다 성적이 우수했다. 학장은 한숨을 내 쉬더니, 파일을 빠르게 넘겨 뒤쪽의 성적표를 보여주었다.

"그리고 이게 최근 성적표입니다."

옆에서 구경하고 있던 하인리가 혀를 찼다. 교양과목이나 기초 지식 성적이 중간 즈음으로 올라갔는데, 마법 관련된 성적이 처참 할 정도로 뚝 떨어져 있었다. 그나마 순위권을 유지하는 건 모두 다 이론 수업뿐. 학장은 아이의 파일을 덮으며 안타깝다는 듯 말했다.

"열심히 하는데 따라가질 못하니 아이가 많이 힘들어합니다. 황후 폐하의 후원을 받는데도 성과를 내지 못하는 데 많이 압박감을 받는 눈치였지요."

"이런."

"방문해주셔서 감사드립니다, 황후 폐하. 그렇지 않아도 어제는 아이가 무리해서 훈련을 하다가 실신해버려서요."

"괜찮나요?"

놀라 묻자, 학장은 무거운 얼굴로 고개를 저었다.

"그 후 마력이…… 완전히 사라졌습니다."

아이가 날 만나는 걸 부담스러워할까? 만나지 않았을 때에도 내 후원을 받는 데 압박감을 느끼던 아이인데. 혹시라도 지금 만났다 가 아이에게 더 나쁜 영향을 주면 어쩌지? 한참 고민했지만 결국 아이를 만나보기로 결정했다. 그 아이에게는 이 힘든 상황에 힘이 되어줄 사람이 필요할 거야.

하인리는 나를 따라왔지만 아이를 만나는 데까지 들어오진 않았고, 나는 혼자서 아이가 머문다는 방 안으로 들어갔다. 미리 내가 올 거란 연락을 받고서 초조하게 방 안을 서성거리던 아이는, 내가 들어오자 울음부터 터트렸다.

"황후 폐하!"

끌어안고 다독거리자, 찔끔찔끔 울던 아이는 곧 더욱 크게 엉엉 울었다. 무척이나 서러워하는 울음소리를 듣자, 어쩐지 덩달아 눈시울이 시큰해졌다. 아이가 조금 진정한 후. 나는 아이와 침대에 나란히 앉아서 말해주었다.

"네 능력은 소중하고 특별한 능력이지만, 그 능력이 사라진다고 해서 네가 덜 소중해지고 덜 특별해지는 건 아니란다. 넌 단지 오른쪽 길로 가다가 왼쪽 길로 방향을 바꾸게 될 뿐이야."

"!"

"네가 마법사가 되든 되지 않든 넌 내 소중한 에벨리이고, 나는 계속 널 도울 거다. 그러니 몸이 망가질 정도로 힘들어하진 말거라. 응?"

아이는 어깨까지 떨면서 울다가 말했다.

"전 황후 폐하를 위해 살 수 있기를 바랐어요."

"에벨리……."

"황후 폐하께 쓸모 있는 사람이 되는 게 제 평생의 목적이에요, 황후 폐하. 하지만 전 마력 외엔 가진 게 없어서, 마법사가 되어야만 황후 폐하께 그나마 쓸모 있는 사람이 될 수 있어요. 그런데 마법 능력이 사라진다는 건…… 그냥 저라는 사람의 가치가 사라지는 거나 마찬가지잖아요."

최대한 달래보았지만 에벨리는 자괴감에서 쉽게 벗어나지 못했다. 울다 지쳐 잠들 때까지 아이를 달래다 나와 보니, 하인리는 문 옆의 벽에 기대어 선 채 눈을 감고 있었다. 처음엔 그도 기다리기 지쳐 잠든 줄 알았으나 아니었다. 하인리는 내가 나오자마자 눈을 반짝 뜨고 보라색 눈동자로 나를 보았는데, 그 눈이…… 무척 심란해 보였다.

'하인리도 마법사이기 때문에 에벨리의 일이 걱정되는 걸까?'

아카데미에서의 볼일은 다 끝났지만, 나는 하인리와 아카데미를 한 바퀴 거닌 후에 돌아가기로 했다. 오랜만에 만난 데다 앞으로 몇 년을 더 못 볼지도 모르기에 하인리와 더 이야기를 나누고 싶은데. 아카데미 밖에는 기사들이 대기 중이었기 때문이다. 기사들 중에서도 날 따르는 이들이니, 월월에서 보고 들은 내용을 쉽게 사람들에게 퍼 나르진 않겠지만. 그래도 다른 남자와 지나치게 오래 있는 모습은 되도록 보이고 싶지 않았다. 어차피 이혼하게 생긴 마당에 뭐 어쩌라고…… 싶은 마음도 들긴 하지만.

"이걸 입고 가시면 됩니다."

학장이 학생용의 커다란 로브를 빌려주었으므로, 나와 하인리는 똑같이 생긴 그 로브를 덮어쓴 채 나란히 교정을 거닐었다. 학생들이 입는 로브와 똑같은 데다 모자까지 푹 뒤집어써서, 아무도 우리를 신경 쓰지 않았다. 하인리는 아까 에벨리를 만난 일에 대해 물었고, 나는 솔직하게 대답해주었다.

"아예 안 온 것보단 낫지만. 내가 에벨리에게 큰 위로가 된 것 같진 않더군요."

"그럴 리가요."

"그 아이에게 있어 마법은 단순한 능력이 아니었거든요."

하인리는 무거운 목소리로 말했다.

"엿들으려던 건 아니지만…… 그 부분은 제게도 들렸습니다."

나는 잠시 아무 말도 하지 않다가 작게 중얼거렸다.

"그 아이가 어떤 기분일지, 이해할 수 있어요."

하인리는 내 말에 웃으면서 되물었다.

"퀸께서요?"

내 말에 전혀 동의하지 않는 듯한 웃음이었다. 앞으로 내가 이혼하게 될 거란 걸 모르는 그에게는, 내 말이 분명 이상하게 들리겠지.

나는 억지로 입꼬리만 올렸다. 그래. 세세한 건 다르겠지만, 나도 에벨리와 비슷한 처지였다. 소비에슈가 이혼을 마음먹었으니 나는 당하는 수밖에 없었다. 이혼을 거부하며 재판을 할 수 있겠지만 시간을 끄는 게 전부일 뿐. 이혼은 피해 갈 수 없고, 나는 황후 자리에서 쫓겨날 것이다. 또한 긴 이혼 과정에서 내 평판은 뚝뚝 떨어질 터였다. 사람들은 처음엔 소비에슈를 욕하겠지만, 이혼 과정이 길고 피로해지면 결국 자존심도 없이 매달린다며 내 탓을 하게 될 테니.

"그 아이는 마법사가 아니게 되면 자신이 쓸모없어진다 생각하고 있어요."

"이런……."

"그 아이는 마법 능력에 자신의 가치와 쓸모가 있다 생각하지요. ……나 역시 마찬가지입니다."

하인리가 헛기침을 했다.

"예?"

내가 에벨리의 말에 동의한다고 오해한 모양이었다. 이 와중에도 그 모습이 웃겨서 웃음이 흘러나왔다.

"에벨리의 마법이, 내게는 황후 자리입니다. 나는 내가 황후일 때 내 가치와 쓸모가 있다고 생각하거든요."

"!"

"그게 사라진다는 건…… 아무래도 절망적인 기분이겠지요. 비참하고. 막막하고. 앞이 사라진 것 같고."

"퀸?"

"……."

그래. 소비에슈가 라스타를 데려오고 그녀를 위해 날 괄시할 때. 아프고 서러웠지만, 남들은 나를 동정했지만, 그래도 난 괜찮았다. 황후는 나였으니까 참을 수 있었다. 내가 평생 배워온 것. 내가 지탱해온 것. 그건 황후로서 사는 법이지, 소비에슈의 부인으로 사는 법이 아니었으니까.

그러나 이젠 그 모든 게 사라지게 되었다. 난 '황후가 아닌 나비에'는 도대체 무엇인지, '황후가 아닌 나비에'는 어떻게 살아가야 하는지 짐작도 가지 않았다. 다들 나를 불편하게 여길 테니, 이제 와서 평범한 영애로 돌아갈 수도 없을 거고. 오빠가 추방당하고 내가 황후 자리에서 쫓겨나면, 가문과 부모님은 웃음거리가 되겠지.

하인리는 잠시 당혹스러워하다가 어색하게 웃으며 말했다.

"퀸께서는 옥좌를 뺏길 일이 없는데, 그 기분을 어떻게 아시겠습니까."

"……."

내가 대답하지 않자, 그의 표정이 어두워졌다.

"무슨 일이 있으시군요?"

나는 이번에도 대답하지 않았다. 하인리가 내 쪽을 향해 돌아섰다.

"퀸. 무슨 일입니까?"

나는 아무런 말도 하지 않고 멍하니 서서 그를 올려다보았다. 에벨리를 위로하러 왔는데. 에벨리와 대화를 나누고 나니, 새삼스레 내 충격이 더욱 커졌다. 게다가 생각만 하던 걸 입 밖으로 내뱉고 나자, 내내 막연했던 공포가 현실이 되어버리면서 목덜미를 움켜잡는 느낌이었다.

"퀸?"

난 무엇을 해야 할까. 난 무엇이 되어 버리는 걸까. 황후가 아닌 나는…… 나는 도대체 어떻게 살아가야 하는 거지? 단순히 남들의 시선이 불편해질 거란 문제가 아니라, 정말로 아득하고 막막했다.

그 공포감 때문일까. 돌연 몸이 덜덜 떨려왔다.

"퀸? 퀸!"

하인리는 겁먹은 눈으로 나를 보며 초조하게 불렀다.

"퀸, 왜 이래요? 퀸?"

괜찮다고 말을 하려 했지만 입술이 떨리고 목소리가 나오지 않았다. 그래도 내가 쉽게 진정하지 못하자, 그는 내 이름을 부르며 두 손바닥으로 내 얼굴을 감쌌다.

"나비에!"

하인리의 커다란 손이 얼굴에 닿자, 온기가 퍼져 나가며 무섭게 몰아치던 마음이 약간이나마 가라앉았다. 하인리의 눈동자가 흔들리는 게 보였다. 놀랍게도 그는 지금 몹시 무서워하고 있었다. 그가 무서워하는 걸 보자 아이러니하게도 나는 조금씩 진정되기 시작했다. 그리고…….

"정말로 내가 왕비였으면 좋겠어요?"

충동적인 질문이 튀어 나갔다. 하인리의 보라색 눈동자 속 까만 동공이 커다래졌다. 그가 입을 뻐끔거렸다. 난 지금 미친 소리를 하고 있어. 속으로 인정하면서도, 나는 하인리의 대답을 기다렸다. 지금부터 내가 하려는 제안이 일반적이지 않단 건 알지만, 이 미친 제안도 상대가 하인리이기에 할 수 있는 말이었다.

"원합니다. 원하고 있어요."

하인리는 떨리는 목소리로 대답했다. 턱이 떨리면서, 그의 부드러운 금색의 속눈썹까지도 떨렸다. 속눈썹 아래의 보라색 눈동자가 어느 때보다도 연약해 보였다. 하인리는 여전히 내 뺨을 자신의 두 손으로 감싸고 있었다. 나는 내 뺨 위에 얹어진 그의 손 위에 내 손을 얹으며 제안했다.

"그대의 왕비가 되어주겠어요."

"!"

하인리는 당혹스러운 얼굴이었지만, 곧 얼굴이 눈에 띄게 환해졌다. 그가 내게 했던 말들은 빈말이 아니었다. 그는 진심으로 기뻐 보였다. 미친 제안이라 여기고 꺼낸 내가 당혹스러울 정도로. 하인리는 몇 번이나 입을 닫았다 열더니, 빠른 속도로 속삭였다.

"저는…… 저는 퀸, 그대가 제 왕비가 되어주신다면, 세상에서 가장 행복한 남자가 될 겁니다."

그러고는 잔뜩 잠긴 목소리로 약속했다.

"그러니까, 저도 꼭 노력하겠습니다. 그대가 세상에서 가장 행복한 여자, 가장 행복한 사람일 수 있도록요."

그의 눈동자는 반짝거렸고, 입꼬리는 주체할 수 없다는 듯 자꾸만 옆으로 벌어졌다. 마치 10년 만에 주인과 재회한 커다란 강아지처럼 보였다. 이런 비유를 해도 될지 모르겠지만…… 내가 살면서 본 모든 생명체 중, 가장 격렬하게 기뻐하던 생명체가 딱 그 상황의 레트리브여서……. 레트리브는 내가 태어나던 해에 함께 태어나 자란 대형견이다.

어쨌든 이 정도로 기뻐하는 그를 보자 한편으로는 안도가 되었다. 여전히 불안한 마음이 한가득이었으나, 아까처럼 주체하지 못할 만큼은 아니었다. 내가 미친 짓을 하고 있단 생각이 한편에 남아 있었지만, 이성이 옆에서 속삭였다. 아니, 나 멀쩡해. 하고.

한편으로는 입안이 썼다. 이혼을 앞두고 바로 재혼 상대를 찾아낸 내가, 너무 계산적으로 여겨졌다. 하긴. 이렇게 따지면 소비에슈는 이혼도 안 하고 재혼 상대부터 찾은 거지만.

"나도 약속할게요."

나는 입을 열어서 그에게 다짐했다.

"좋은 왕비가 되어주겠어요. 그대에게도, 국민들에게도."

진심이었다. 고맙고 미안한 마음을 표현하려면 그 수밖에 없었다. 물론 약속을 약속으로만 끝내진 않을 거고.

"퀸⋯⋯."

"그리고, 나중에 그대가 사랑하는 다른 여자를 정부로 맞이하더라도 절대 간섭하지 않겠어요."

"!"

순간 하인리의 표정이 무너지듯 흔들렸다. 그는 놀란 것처럼 눈을 커다랗게 뜨더니 나를 멍하니 바라보았다.

"하인리?"

너무 놀란 표정이어서 덩달아 놀라 이름을 부르자, 그는 곧 어색하게 웃으며 되물었다.

"정부요?"

전혀 예상하지 못한 단어를 들은 듯한 얼굴이었다. ⋯⋯내가 너무 심했구나. 말실수를 했다. 아직 결혼도 하기 전인데 정부 이야기부터 꺼내다니.

"만일을 말한 거예요."

나는 얼른 둘러대고서, 아까 공황 상태에서 무너졌을 표정을 관리했다. 하지만 말만 둘러댔을 뿐, 내가 그에게 한 제안은 진심이었다. 난 하인리가 정부를 데려온다고 해도 충격 받지 않을 준비를 해둘 생각이었다. 이번에는.

역사 속 모든 황제며 왕들 대다수가 정부를 두었다. 극히 소수는 정부가 없기도 했지만, 그들은 애초에 정략결혼을 한 경우가 아니었다. 정부를 두지 않는 황제가 있다면 소비에슈일 거라고, 한때는 그렇게 생각했지만 아니었지. 하다못해 하인리의 형인 서왕국의 선대왕도 정부가 몇 명 있었다. 그런데 하인리만 다를 수 있을까? 다를 수도 있겠지. 그래. 다를 수도 있다. 그러나 먼저 기대를 하진 말자. 또다시 상처 받고 싶진 않으니. 게다가 하인리가 소문만큼의 바람둥이는 분명 아니지만, 평생 자유분방한 생활을 해온 건 확실하잖아.

하인리는 턱에 힘을 주고 나를 바라보다가 조용한 목소리로 물었다.

"퀸. 괜찮으시다면 자세한 이야기를 들어보아도 괜찮을까요?"

처음엔 기뻐하는 듯하더니. 뒤늦게 단순히 기뻐할 문제가 아니란 생각이 들어서일까. 표정이 복잡해 보였다.

"퀸께서 갑자기 제게 정략결혼을 제안하신 이유가 궁금합니다."

하인리가 부드럽게 웃는 걸 보다가, 나는 아직도 내가 그의 손 위에 내 손을 겹치고 있단 걸 깨닫고서 얼른 손을 내렸다. 하인리도 자신의 손을 내 얼굴에서 내리며 쑥스럽단 표정을 지었다. 그러고는 내 눈치를 살피면서 얼른 덧붙였다.

"물론 이유가 무엇이든, 절대로 다시 생각해보라고 퀸을 설득하진 않을 겁니다."

"고마워요."

"하지만 퀸. 만약 그대가 제 왕비가 된다면, 우리는 부부가 되는 거니까요. 그…… 부부라니."

돌연 하인리가 말을 멈추고 자기 얼굴에 부채질을 하기 시작했다. '부부'란 단어를 사용하는 게 많이 부끄러운지, 실제로도 귓가며 볼이 불그스름했다. 나는 그가 하려던 말이 궁금했지만, 우선 하인리가 진정할 수 있도록 같이 손부채질을 해주었다.

"이제 좀 괜찮아요?"

하인리는 여전히 붉은 얼굴이었지만 활짝 웃으면서 민망한 듯 작게 웃다가, 볼을 긁적이고서 다시 말을 이었다.

"네, 우리는 부부가 되는 거니까요. 퀸, 그대가 이런 결정을 한 이유를 알고 싶습니다."

하인리가 정말로 나를 왕비로 맞을 생각이라면 그래야겠지. 내 제안은, 다른 사람이 듣는다면 미쳤다고 할지도 모를 제안이었다. 유례가 없는 일이었고, 여기에 하인리를 끌어들이게 된 만큼, 내 사정을 정확하게 알려줄 생각이었다.

그러나 이야기를 꺼내기 전. 사람 두 명이 가까이로 다가와서, 우리는 둘 다 입을 다물었다. 다가오는 이들 중 한 명은 아카데미 망토를 걸치고 있었지만 한 명은 평상복이었다. 그들은 정확하게 우리의 바로 앞으로 왔고, 평상복 차림의 사람은 날 보자마자 허리를 숙이며 말했다.

"죄송합니다, 황후 폐하. 들어가신 지 오래 지났는데 연락이 없으셔서, 걱정이 되어 찾아왔습니다."

잠시 학장과 얘기를 한다며 들어간 내가 계속 나오지 않자, 혹시나 싶어 기사들이 사람을 보낸 모양이었다. 하인리가 힐긋 시계를 확인했다. 정말로 생각보다 시간이 훌쩍 지나가 있었다. 같은 생각인지 짧게 웃는 소리가 났다. 그러나 평상복 사람이 하인리를 힐긋 보다가 갑자기 놀란 표정을 지었으므로, 하인리는 쓰고 있던 모자를 손가락으로 아래로 내렸다.

'몰래 나왔다고 했지.'

여기서 하인리와 오랫동안 만났단 소문이 돌면 나 역시 곤란했다. 그냥 황후일 때보다, 이혼을 앞두고 있는 지금이 더더욱.

"그래. 그만 돌아가자."

나는 최대한 태연하게 말한 후, 하인리 쪽을 보며 '편지' 하고 입 모양으로 뜻을 전했다.

하인리는 나비에가 자신을 향해 은밀히, 아주 은밀히 '편지' 하고 속삭이는 순간. 다리에 힘이 풀려 기절해버릴 뻔했다. 나비에가 떠난 후 완전히 홀로 된 하인리는 비틀거리면서 회랑 바닥에 주저앉아 기둥에 머리를 기댔다. 방금 무슨 일이 일어난 건지, 도무지 이해가 가지 않았다.

'퀸을 만났고…….'

두 사람이 월월에서 만난 건 사실 진짜 우연은 아니었다. 나비에가 월월로 떠났단 이야기를 듣자마자, 그가 열심히 날개를 퍼덕거려 이곳으로 온 것이었다. 하지만 식당에서 만난 건 정말 우연이었고, 하인리는 그것만으로도 너무나 기뻤다. 두 사람이 동시에 같은 식당을 떠올릴 확률이 얼마나 되겠는가! 그런데 행운은 거기에서 끝나지 않았다. 두 사람은 함께 식사도 했고, 거리도 거닐었으며, 세트로 옷까지 입었다. 그 세트인 옷을 입은 사람이 주위에만 해도 스물세 명은 되지만, 하인리에게 그 스물세 명의 학생들은 눈에 들어오지도 않았기에 상관없었다.

하인리는 한 손으로 자기 입가를 막고서, 머리로 기둥을 쿵 쿵 연거푸 찍었다. 청혼. 청혼을 받았다. 그의 퀸이, 무슨 수를 써서라도 데려오고자 했던 그의 퀸이, 직접 그에게 청혼을 해주었다. 귀족들의 성화와 맥켄나의 잔소리를 무릅쓰고 버틴 보람은 그것만으로도 충분했다.

주위를 지나다니는 이들이 그를 이상하게 보거나 말거나, 하인리는 계속 혼자 웃어댔다. 하지만 그의 표정은 빠르게 어두워졌다. 행복이 가시자 그 뒤에 덕지덕지 달라붙어 있는 몇 가지 그림자들이 보인 탓이었다. 정략결혼, 정부, 사랑하는 여자, 간섭하지 않겠다는 약속. 도대체 무슨 사정이 있기에 황후인 나비에가 왕비가 되겠다는 건진 모르겠으나, 그 안 어디에도 애정이 보이지 않아 서러웠다.

'그냥 왕비 자리가 필요하신 거겠지.'

혼자 실실 웃던 남자가 이번에는 허망하단 표정으로 바닥을 내려다보자, 구경하던 학생들은 자기들끼리 수군거렸다. 하인리에게는 그 소리조차 들리지 않았다. 그는 힘없이 자리에서 일어나서 억지로 입꼬리를 올렸다.

'그래도 다르게 생각하면 다행이지.'

나비에는 왕관을 원했고, 그는 왕관을 가지고 있었다. 게다가 정략결혼이라도 뭐 어떤가. 일단 그녀가 곁에 있어주기만 한다면. 가까워질 수 있도록 노력할 기회와 시간이 생기는데.

'하지만 도대체 무슨 일이 있으셨기에……'

황궁으로 돌아오는 동안, 나는 하인리와의 거래를 떠올렸다. 그는 나에게 왕비 자리를 주고, 나는 그에게 경험이 풍부한 왕비 역할을 해주기로 했지. 하지만 돌아오는 마차 안에서 차분히 생각해보자 그에게 미안해졌다. 얼결에 승낙했지만, 지금쯤 그도 이성을 찾고 깨달았을까? 아무리 기뻐해도, 이 거래는 그에게 손해라는 걸.

바람둥이란 소문이 있는 그가 나와 재혼하게 된다면, 우리 사이의 스캔들은 몇 개국을 관통할 게 뻔했다. 옛날의 가벼운 이미지를 버리고 위엄 있는 모습과 무게감을 챙겨야 하는 군주에게는 좋지 않은 일이겠지. 게다가 외국인과의 국혼은, 보통 그 나라와의 관계가 우호적이게 되길 바라며 추진하는데. 소비에슈와 이혼을 하고 간 내게는 그 역할을 기대할 수도 없었다. 그렇다고 해서 동대제국의 황후 가문으로 이름난 우리 가문이, 서왕국의 왕족인 하인리에게 국내 정치에서 도움이 될 리도 없고……

'그래도 그가 마음을 바꾸지 않을 거라면 내가 최선을 다하는 수밖에 없다.'

다행히 내게도 하인리에게 도움이 될 장점이 몇 가지 있었다. 나는 하인리와 정반대의 평가를 받고 있었다. 차가운 철 같단 내 평가는 그의 가벼운 이미지를 중화시킬 수 있을 것이다. 황후로서의 경험을 살려 곧장 그의 정치에 힘을 실어줄 수도 있고…….

'륍트!'

그래. 카프멘 대공은 계속해서 국교 상대국을 찾을 거라 했지. 어쩌면 서왕국과 륍트의 국교를 주선할 수 있을지도……! 서왕국으로 간 후의 일들을 속으로 생각해보다가, 나는 고개를 젓고서 심호흡했다. 하인리가 얼결에 한 말인지 진심으로 한 말인지 확신할 수도 없는데. 혼자서 너무 앞서 나가고 있었다. 때마침 슬슬 마차도 멈춰가서, 나는 손거울을 꺼내 얼른 표정을 가다듬었다. 하지만 마차가 완전히 멈춘 후.

'그래도 하인리가 나와 결혼한 후 다른 여자를 사랑하는 건, 소비에슈 때만큼 힘들진 않을 거야.'

무의식중에 떠오른 생각이 내 뒤통수를 강하게 내리치면서, 표정이 흐트러졌다. 내가 휘청이자, 마차에서 내리는 걸 돕던 기사가 놀라서 팔을 뻗었다.

"황후 폐하! 괜찮으십니까?"

나는 기사의 팔을 잡고 균형을 잡은 뒤 웃으며 괜찮다고 말했다.

그러나 뒤늦은 깨달음으로 속은 복잡하고 어지러웠다. 마차 문이 뒤에서 천천히 닫히는 소리가 났고, 내가 기사의 부축을 받아 걸어가자 여기저기서 인사 소리가 들려오기 시작했다. 반쯤 멍한 정신으로 복도를 걸어가며, 나는 점차 그 깨달음을 인정했다.

나는…… 소비에슈를 많이 좋아했구나.

이게 남녀 간의 사랑인지, 오랫동안 부부로 지내면서 쌓인 정인지, 내가 늘 생각하던 우정인지는 구분이 가지 않는다. 그러나 어떤 방식으로든, 나는 소비에슈를 아주 많이 좋아했다. 내가 생각한 것보다 더 많이.

"……."

하지만 이걸 인정한다고 해서 달라지는 건 없다. 그를 좋아한단, 아니, 좋아했단 이유만으로 내 삶을 잃고서도 그의 곁에 남을 마음은 없었다.

"황후 폐하! 황제 폐하께서 코샤르 경을 추방시키셨습니다!"

그렇지만 애정을 자각하고 나자, 돌아오는 상처는 체감상 더욱 커졌다. '소비에슈에게 매달리지 않을 거다. 나도 내 삶을 지킬 길을 찾아야지.' 하고 생각하면서도, 소비에슈가 내가 자리를 비우자마자 오빠를 추방시켰단 소식은 쓸쓸하고 괴로웠다. 그에게는 정말로 나에 대한 정이 단 한 톨도 남아 있지 않은 걸까?

"어디로 갔는지는 들었나요?"

"모르겠습니다. 하도 급작스럽게 일이 진행되어서……."

엘리자 백작 부인은 내게 이야기를 전해주면서도 내내 울 듯 말 듯 침울한 표정으로 있었다. 로라는 씩씩거리면서 방 안을 빠르게 몇 바퀴씩 돌았다. 나는 반쯤 체념한 기분으로 안락의자 위에 몸을 묻었다.

"추방을 시킬 건 알았지만. 이렇게 빨리……."

"일부러 황후 폐하께서 자리를 비우길 기다렸던 듯합니다."

다시 한 번 소비에슈가 전에 한 말―언젠가는 오빠의 추방 명령을 거둘 거란 그 말이 터무니없게 여겨졌다. 그는 내가 자기 말을 정말로 믿을 거라 생각했을까? 심란한 마음에 눈을 감고 있자, 엘리자 백작 부인이 조심스럽게 물었다.

"사람을 시켜 코샤르 경에게 돈과 편지를 보내시겠습니까?"

"그래야겠어요."

나는 안락의자에서 일어나 책상 앞으로 갔다. 그러나 의자를 끌어당겨 앉은 다음 책상 서랍을 열려는 순간. 행동을 멈출 수밖에 없었다. 서랍 문 사이로 은은한 색의 화장 가루가 흘러나와 있었다. 손가락으로 쓸어보자 확실하게 가루가 묻어 나왔다.

"……."

이 가루는 은색인데, 자세히 보아야만 약간 반짝거릴 뿐이고, 신경을 쓰지 않는다면 아예 발랐다는 것조차 모를 만큼 은은한 색상이었다. 월월로 떠나기 전. 혹시나 싶어서 내가 서랍에 발라둔 것이기도 했다. 누군가 내 방 서랍을 함부로 열면 알 수 있도록.

"황후 폐하? 왜 그러십니까?"

내가 가만히 멈춰서 손가락만 들여다보자, 엘리자 백작 부인이 얼른 가까이 다가와 물었다. 나는 얼른 가루를 털어내고서 되물었다.

"혹시 내가 자리를 비운 사이 내 방에 다녀간 사람이 있나요?"

"시녀들은 휴가를 받아 다 집으로 돌아가 있었습니다."

복도로 나가 방을 지키는 호위들에게 같은 질문을 하자, 그들 역시도 비슷하게 대답했다.

"청소를 하기 위해 늘 다니던 하녀들만 오갔을 뿐입니다, 황후 폐하."

'항상 내 방을 드나드는 이들의 짓은 아닐 것 같은데……'

"왜 그러십니까, 황후 폐하?"

질문이 이상했던지 호위 역시도 내게 되물었다.

"누군가 방을 뒤진 흔적이 있군요."

이번에는 대답을 하자, 덩달아 따라 나왔던 시녀들도, 문 앞을 지키고 있던 호위들도 깜짝 놀라 서로를 마주 쳐다보았다. 그러다가 호위 중 하나가 "아!" 하고 무언가 생각난 듯 탄식했다.

"그러고 보니 황후 폐하. 며칠 전에, 단체 소집령이 내려져서 잠시 자리를 비웠던 적이 있습니다."

"단체 소집령?"

"네. 각 궁의 호위들을 순차적으로 불렀습니다."

그 사이에 침입자가 내 방을 다녀간 건가?

"단체 소집을 한 사람이 누구인가요?"

"기사단장입니다."

'소비에슈……!'

불쾌한 생각이 떠오른다. 나는 얼른 방 안으로 간 다음, 하인리에게 받은 편지를 숨겨둔 곳을 살폈다. 혹시나 싶어 그와 주고받은 편지들은 숨겨서 보관하는데. 기사단장이 이 일에 관련되어 있다면, 그가 편지를 가져갔을지도 몰랐다. 그냥도 이혼할 수 있지만, 소비에슈는 이제부터 나와 이혼하기 위한 온갖 꼬투리를 잡으려 들 테니까.

'없어!'

불길한 예상이 맞았다. 하인리가 내게 보냈던 편지가 모두 사라져 있었다.

공교롭게도 오늘은 소비에슈와 함께 식사하는 날이었다. 물론 여행에서 돌아왔으니, 원한다면 피곤하다는 핑계로 식사를 뒤로 미루어도 될 것이다. 하지만 그렇게 하는 대신 나는 얼른 씻고 옷을 갈아입은 후, 시간이 되자마자 동궁으로 건너갔다.

"월월에서는 어땠소, 황후?"

소비에슈는 나를 보며 웃으면서 물었다. 기사단장을 시켜 내 방을 뒤진 사람 같지 않은 태도…….

'혹시 소비에슈가 지시한 일이 아닌가?'

잠시 의문이 들었으나, 쉽게 방심할 수는 없었다. 그는 라스타에게 내 이혼을 속삭인 다음 날에도 나를 보며 태연하게 대했다. 표정 관리를 잘하는 건 나뿐만이 아니었다.

"아카데미에서 학장과 에벨리를 만났어요."

나는 미리 준비된 테이블로 가 앉으며 대답했다.

"아이는 괜찮소?"

"마법 능력이 사라진 일로 많이 힘들어하고 있었어요."

"이런. 아직도 마력이 줄어들고 있소?"

"제가 갔을 땐 완전히 사라져 있었습니다."

소비에슈는 많이 놀란 표정이었다.

"이런."

그는 안타깝다는 듯 혀를 차며 고개를 저었다.

"많이 속상하겠군."

"자기가 쓸모없어진 기분이라더군요."

"그럴 리가 있나."

소비에슈는 진심으로 걱정하는 얼굴이었다.

"마력이 사라졌다면 아카데미에 있지 못할 텐데……. 일반 아카데미로 옮겨서 후원해주는 건 어떻소?"

학비와 숙식이 전액 무료인 마법 아카데미와 달리 일반 아카데미는 학비도 숙식비도 아주 비쌌다. 그러다 보니 그곳의 평민들은 대부분 두 종류였다. 귀족들도 무시하지 못할 만큼 부유하거나, 장학금을 받을 만큼 대단히 영리하거나. 반대로 귀족들은 일정 시험만 통과한다면 누구든 입학할 수 있다 보니, 자연스럽게 일반 아카데미에서는 귀족과 평민 간의 기싸움이 엄청나다 들었다. 그런데 에벨리를 그곳에 밀어넣는다? 마법사가 될 뻔했던 아이를?

"에벨리가 원한다면 해줄 수 있지만, 나서서 강력하게 추천하고 싶진 않군요."

"하지만 아카데미에까지 간 아이를 이대로 사회에 돌려보내는 건 가엾지 않소."

"우선은 학장에게 부탁해서 에벨리의 시간표를 바꿨어요. 지금 까지의 수업은 대게 마력 위주인데, 이론 수업 위주로요. 마력을 되 찾는 방법은 학자들이 함께 연구해줄 거예요."

"연구? 아이를 연구 대상으로 만들겠다고?"

"에벨리도 동의한 일이에요."

소비에슈는 황당하다는 듯 입을 벌리고 나를 질책했다.

"그 애는 궁지에 몰려 있으니까. 게다가 아이잖소. 아이가 그런 선택을 해도 황후가 말려야 하는 거 아니오?"

"아이를 정신적으로 일으켜 세우려면 그 방법이 제일이었어요."

"자신의 길이 아니다 싶으면 포기하게 만들 줄도 알아야 하오."

"그게 자기 길인지 아닌지 정하는 건 에벨리입니다. 폐하가 아니 라요."

소비에슈의 눈동자가 흔들렸다. 그는 잔을 꽉 쥐고서 나를 쳐다 보다가, 결국 시선을 내려버렸다. 급작스럽게 약해진 그의 모습을 보다가 나는 내내 묻고 싶었던 질문을 빠르게 해치워버렸다.

"제 방을 뒤졌나요?"

소비에슈는 아주 잠시 흠칫했을 뿐. 대답 대신, 태연하게 구운 가재를 자르며 되물었다.

"내게 감추는 게 있소?"

"없어요."

그 말에 소비에슈의 약한 모습이 순식간에 사라졌다. 그는 코웃음을 치더니 벌떡 일어나 어딘가로 가버렸다. 계속 식사하며 기다리고 있자니, 소비에슈는 작은 상자를 들고 나타났다. 상자에는 뚜껑이 없어서, 소비에슈가 상자를 내 앞에서 확 뒤집어엎자 편지들이 음식 위로 우수수 떨어져 내렸다. 얼핏 보는 것만으로도 하인리가 내게 보낸 편지라는 걸 알 수 있었다. 내 방을 뒤져서 편지를 훔쳐간 건 정말로 소비에슈였던 것이다.

"이래도 없소?"

소비에슈는 차갑게 빈정거리더니 의자에 앉으며 태연히 물었다.

"네."

나는 무덤덤하게 대답했다.

"말할 필요가 없어서 하지 않은 것뿐이니까요."

"말할 필요가 없다?"

"식탁 예절이 형편없으시군요."

"그 바람둥이 왕과 사적인 편지를 주고받았으면서. 남편인 내게 말할 필요가 없었다고?"

"라스타 양이 예절 교육을 받을 때, 같이 나란히 앉아 받으면 되겠어요."

소비에슈는 화가 많이 나는지 물을 벌컥벌컥 들이켰다. 그 사이, 나는 음식물이 묻거나 양념에 젖은 편지들을 하나하나 건져냈다. 사실, 편지를 주고받았다고는 하지만 그리 많은 양을 주고받은 것도 아니어서 몇 개 되지도 않았다.

그러나 막 네 개째를 챙긴 순간. 소비에슈가 잔을 탕 내려놓고 손을 뻗더니 내 손에 들린 편지를 빼앗았다. 그러고는 빠른 속도로 다른 편지들을 다 챙겨 들더니, 옆에 놓인 촛대를 끌어다가 촛불 위에 편지 끝을 올려버렸다.

"폐하. 지금 뭘 하는 겁니까."

화가 나서 묻자, 그는 당당하게 대답했다.

"태우고 있소."

편지 하나를 다 태운 그는 끄트머리를 옆으로 치우고는, 두 번째 편지까지 태우며 물었다.

"전에 하인리 왕자가 찾던 편지 상대. 황후였소?"

"대답을 알면서 질문을 하는 건, 무슨 의미시죠?"

"재밌었소?"

"?"

"하인리 왕자와 둘이서, 라스타를 거짓말쟁이 우스갯거리로 만드는 게 재밌었냐, 이 말이오."

소비에슈는 편지를 모조리 다 태우더니, 손을 저어 까만 재를 흩어버리고는 나를 무섭게 쳐다보았다. 어이가 없어서 저절로 헛웃음이 나왔다.

"라스타 양이 거짓말을 했다는 걸 알게 된 감상이 그건가요?"

"라스타의 행동이 나쁜 것과 별개의 문제요. 황후는 라스타를 비웃으며 감상해서는 안 되었소."

"전 라스타 양이 하인리 왕자의 편지 상대가 아니란 걸 분명 말한 것 같은데요."

"사람들 앞에서 조롱하듯 말했지."

소비에슈의 머릿속에서 도대체 난 어떤 사람인가, 진심으로 궁금해진다. 라스타가 하인리를 이상한 사람으로 몰아가서 진실을 밝힌 게, 라스타를 조롱한 거라니.

"황후가 정말로 배려심이 있었다면, 내게 와서 조용히 진실을 밝혀주었어야 했소. 혹은 라스타에게 다른 사람이 편지 상대란 걸 알고 있으니 나서지 말라 하든가."

말을 섞어봐야 소용이 없을 것 같았다. 라스타를 황후로 올리기 위해 날 쫓아내려는 사람인데. 내가 무슨 말을 하든 저 머릿속에서 나는 그저 악역이겠지.

"음식이 엉망이 되었으니 식사는 못 하겠군요."

나는 지난 일로 말싸움을 계속하는 대신, 최대한 우아해 보이도록 의자에서 일어났다.

"내 말 아직 안 끝났소."

"들은 걸로 하겠습니다. 어차피, 다 내 탓이고 다 내 잘못이란 얘기를 할 거잖아요?"

소비에슈는 따라 일어나더니 내 바로 앞까지 다가왔다. 그러고는 나를 똑바로 내려다보며 단호하게 말했다.

"전서조를 이용해서 편지를 주고받은 모양인데. 앞으로는 안 될 거요. 황후의 방 문으로 날아 들어오는 모든 새들을 화살로 쏘아버리라 명령할 테니까."

"내가 누구와 편지를 주고받든 폐하와 무슨 상관이라고 이러는 건지 모르겠군요."

"난 그대의 남편이오."

"하지만 애인은 아니잖아요?"

"뭐?"

나는 대꾸 없이 몸을 옆으로 돌려 방을 빠져나갔다. 내가 그를 많이 좋아했다는 걸 깨달아봤자 무슨 소용일까. 그는 라스타와 관련되면 완전히 다른 사람처럼 변하는데. 눈시울이 뜨끈해져서, 나는 발걸음을 최대한 빠르게 했다.

익숙해져서인가, 아니면 각오를 해서인가. 다행히 바깥 공기를 쐬자 뜨거워졌던 눈가는 바로 가라앉았다. 대신 의아해졌다. 난 소비에슈가 이혼의 빌미를 잡기 위해 내 방을 뒤진 거라 생각했는데. 꼬투리 잡기 딱 좋은 편지를 찾아놓고서, 왜 굳이 제 손으로 태워버린 거지?

"……."

하긴. 이해할 수 없는 게 하나둘이어야지. 나는 더 그 생각하기를 멈추고 서둘러 서궁의 침실로 돌아간 다음, 엘리자 백작 부인에게 푸른 천을 가져와달라 부탁했다.

"푸른 드레스가 아니라, 푸른 천을 말입니까?"

"네."

푸른 천은 위험을 상징하는 색이었다. 전서조라면 깃발 색을 보고서 위험을 판단하는 훈련을 받았겠지. 소비에슈가 내 방에 들어오려는 새를 전부 쏘아버릴 거라 했으니, 미리 푸른 천을 걸어놓아서 하인리가 보낸 새가 내게 오지 않도록 할 셈이었다. 당장 그와 연락을 주고받을 방법이 전서조뿐이다 보니 막막해졌지만……

우선 중요한 건 새가 죽지 않도록 하는 거니까.

"최대한 빨리 부탁해요."

"예, 황후 폐하."

그러나 응접실로 나가는 엘리자 백작 부인의 드레스 끝자락을
보자, 내가 실수를 했단 게 생각났다.

"잠시만요."

"예, 황후 폐하."

"푸른색이 아니라, 붉은색으로 구해줘요."

생각해보니 서왕국에서 위험을 상징하는 건 붉은 천이었다. 퀸
의 부하가 영리하다고는 하지만 그래도 새이지. 당연히 서왕국 식
으로 훈련을 받았을 테니, 위험을 알리려면 붉은 천을 걸어두는 게
맞았다.

"나비에 황후 폐하께서, 서왕국의 왕비가 되어주시겠다 하셨다
고요?"

"그래."

"전하. 혹시…… 뭐 협박하셨습니까?"

"……."

"죄송합니다. 전하가 그런 나쁜 사람이라고 의심한 건 아닙니
다. 단지, 그런 게 아니라면 왜 굳이 황후 폐하가 여기 왕비 자리
를……?"

"사정이 있는 것 같았어. 급하게 헤어지느라 더 이야기하지 못했지만."

하인리는 잠시 생각하다가 덧붙였다.

"내 생각엔. 어쩌면 소비에슈 황제가 황후 폐하와 이혼하려는 건지도 몰라."

"이야…… 이거 참. 허. 이거 참, 참."

하인리에게 두 사람만의 결혼 약속을 들은 맥켄나는 혀를 내둘렀다.

"의외로 두 분은 잘 맞으실지도 모르겠네요."

"의외로?"

"나비에 황후 폐하 말입니다. 칼 같은 분이라 생각했거든요."

그런데 저런 발상을 하다니. 무슨 사정인지는 모르겠지만, 이웃 나라 황후가 이웃 나라 왕에게 청혼하는 건 아주 획기적으로 들렸다. 이걸 청혼이라고 표현해도 좋을지는 모르겠지만.

"그런데 진심이셨을까요?"

"그런 걸로 농담하실 분 아니다, 맥켄나."

"전하께서는요? 진심으로 받아들이셨습니까?"

"당연하지."

뭐 그런 당연한 걸 묻냐는 듯 대꾸한 하인리에게, 맥켄나가 걱정스레 말했다.

"뭐. 전쟁을 일으키고 라스타 양을 방패로 세우고 황후 폐하를 인질로 모시는…… 하여튼 원래 계획보다는 확실히 낫겠지만요. 절대 수월한 일은 아닐 겁니다, 전하."

"알아. 이제부터 많은 걸 준비해야지."

하인리는 상관없다는 듯 환하게 웃으며 덧붙였다.

"황후였던 분을 왕비로 모실 수 없으니."

농담 같은 말이지만, 그 말은 쉽게 흘려들을 수 없는 내용이었다. 맥켄나는 하도 가볍게 치고 가는 말에 잠시 눈을 깜박이다가, 놀라서 벌떡 일어났다. 지금 하인리의 저 말은, 이제 그도 서왕국이 아니라 서대제국으로 칭제하겠단 소리였다.

"전하, 설마……!"

"네가 많이 고생할 거다, 맥켄나."

평소라면 툴툴거렸겠지만, 맥켄나는 하인리가 칭제하겠단 말에 너무 감동해서 오늘만큼은 툴툴대지 않았다. 서왕국 사람들은 동대제국에 약간의 열등감이 있었다. 힘이나 능력은 충분히 그들 못지않은데, 매번 마법사 군대에 밀려 2군처럼 취급되었기 때문이다. 외국에서의 의전도 늘 동대제국에게 밀렸다. 나라가 약한 것도 아닌데 그런 취급을 받다 보니, 불만이 쌓일 수밖에 없었다.

하인리는 괜히 혼자 훌쩍거리는 맥켄나를 쳐다보다가, 웃으면서 등을 두드렸다.

"왜 이래. 어차피 칭제는 할 거였잖아. 우리가 한 약속, 기억 안 나?"

"나지요. 나는데…… 그래도 기쁩니다."

하인리는 맥켄나를 조금 더 달래다가, 품 안에서 편지를 꺼내 내밀었다.

"이걸 나비에 폐하께 전해드려라."

맥켄나는 훌쩍거리면서 툴툴거렸다.

"일이 이렇게 되었으니, 편지를 더 많이 주고받으시겠군요. 제 날개가 고생 좀 하겠네요."

하지만 여전히 표정은 웃는 낯이었다.

"미안하다. 하지만 앞으로의 편지는 일반 전서조로는 절대 주고 받을 수 없는 내용이니 조심해야 해."

"언제는 일반 전서조를 이용하신 것처럼 말씀하십니다."

별 시답잖은 내용도 저한테 들고 가라 하셨으면서. 맥켄나는 작게 꿍얼거리면서도 얼른 새로 변했다. 그가 입고 있던 옷이 후두둑 바닥으로 떨어져 내리자, 그 안에서 아름다운 파란빛 깃털의 새가 날아올랐다. 하인리는 새의 발목에 편지를 묶어준 다음, 머리를 쓰다듬고서 창문을 열어주었다.

가슴 한구석이 뿌듯해져왔다. 월월에서의 만남 이후, 내내 이런 상태였다. 가만히 있어도 기분이 좋아졌고, 입가에 구름이 묻은 듯 자꾸만 포근해졌다. 나비에 황후가 그를 사랑해서 오는 게 아니란 건 서운하고 섭섭하고 속상했지만, 그걸 모두 덮을 만큼 기쁜 마음이 컸다. 그런데 나비에 황후를 향한 그의 짝사랑을 내내 걱정하고 반대하던 맥켄나가, 의외로 수월하게 나비에와 그가 어울릴 거라 말해주었다. 약간 빈정거리는 것 같은 뉘앙스였지만, 하인리는 그조차 기분이 좋았다.

그때였다. 문밖에서 그의 비서가 "전하. 잠시 들어가도 괜찮겠습니까?" 하고 목소리를 냈다. 들어오란 신호로 벽에 매달린 종을 치자, 비서는 문을 열고 들어와 보고했다.

"전하. 동대제국의 첩자가 새로운 소식을 전해 왔습니다."

"무슨 일이지?"

"트로비 공작 가문의 후계자가 소비에슈 황제의 아기를 음해하려던 게 발각되어 추방되었다 합니다."

하인리는 놀라서 눈썹을 치켜올렸다. 트로비 가문은 나비에 황후의 가문이었다.

"황후 폐하의 오빠가 추방되었단 건가?"

"예. 소비에슈 황제가 직접 기사들을 보내 떠나는 걸 확인했다 합니다."

하인리는 벌떡 일어났다.

"그럼 지금 그 사람은 어디에 있지?"

"첩자는, 그는 이젠 소비에슈 황제와 더 관련이 없을 듯해서 쫓지 않았다고 합니다."

첩자는 나비에 황후에 대한 하인리의 짝사랑을 모르니, 그렇게 판단할 만도 했다.

"찾아서 내게로 데려와라."

"예, 전하."

비서가 나가자, 하인리는 의자에 다리를 꼬고 앉아 심각하게 고민했다. 맥켄나의 말처럼, 규율을 칼처럼 따르는 나비에 황후가 그에게 오겠다 했을 때에는 아마 심각한 일이 있었을 것이다. 혹은 있을 거란 걸 미리 알았다거나.

'퀸의 오빠가 동대제국에서 추방된 것도 이와 관련이 있을까?'

한편, 하인리의 명령을 받자마자 바로 길을 떠난 맥켄나는 하루도 쉬지 않고 동대제국까지 날아갔다. 몇 번 오갔다고, 황후의 방으로 가는 길은 이젠 익숙했다. 그런데 황후의 방 창문이 평소보다 이상했다. 붉은 천이 걸려 있었다. 맥켄나는 잠시 불길한 기분을 느꼈지만, 붉은 천이 동대제국에서는 행운의 상징이란 걸 떠올리고서 혼자 쩩쩩쩩쩩 웃어댔다.

'냉랭한 분이라 생각했는데. 의외로 귀여운 구석이 있으시구나!'

하인리와 결혼할지도 모르자, 일부러 저런 천을 달아둔 게 분명했다.

'어쩌면 나비에 황후폐하께서도 전하께 아주 마음이 없는 건 아니지 않을까?'

맥켄나는 히죽히죽 웃으면서 얼른 창문을 향해 날아갔으나, 갑작스러운 통증을 느끼고서 창문에 쾅 부딪친 후 떨어졌다.

계속 글자를 보고 있자니 눈이 아파서 방 안으로 잠시 돌아왔다. 마음이 어지러워서일까. 요즘은 빼곡한 글자를 보고 있으면 자꾸만 눈이 욱신거렸다.

"아직 방 정리를 하지 못했습니다, 황후 폐하."

"괜찮다."

발을 동동 구르는 하녀에게 나가도 좋다 말하고서, 나는 침실로 들어가 침대 위에 늘어져 누웠다. 하녀는 방 정리를 하지 못했다지만, 하루에 세 번씩 청소하는 방 안은 항상 깨끗했다. 그런데 침대에 기댄 채 눈두덩이를 누르고 있자니, 창틀에 파란 깃털이 보였다.

'혹시 하인리가 편지를 보냈나?'

그가 퀸 대신 전서조로 사용하는 파란 새가 떠오른다. 나는 무릎걸음으로 창가에 다가가 창문을 살폈다. 파란 깃털을 가진 새가 하인리의 새 하나만은 아니겠지만, 내 방에 날아오는 파란 새는 그 새뿐이었다. 그러나 파란 새는 창틀 위에도 창문 아래에도 보이지 않았다. 대신 창문 아래쪽 벽에 불그스름한 무언가가 묻어 있는 게 보였다.

'피?'

오싹한 기분에, 바로 손가락을 뻗었지만 손이 닿지 않았다. 몸을 기울여 간신히 손가락을 내밀자 끄트머리가 붉은 부분에 닿았다. 손에 찐득한 느낌이 들자마자 나는 얼른 손가락을 확인했다. 손가락에 묻은 건 피가 분명했다. 그것도 아직 마르지 않은 피!

'설마……!'

파란 새가 내게 오다가 다쳤나? 며칠 전, 소비에슈는 내 방에 들어오는 새는 모조리 화살로 쏘아버릴 거라 경고했다. 화살에 맞은 걸까? 다시 창밖으로 고개를 내밀어 아래를 확인했다. 하지만 새 시체는 보이지 않았다.

그래도 불안한 마음은 가시지 않아서, 거듭 확인하기 위해 밖으로 나가 서궁의 정원을 모조리 뒤졌다. 내 방 창문 바로 아래부터 멀리 떨어진 곳까지. 그러나 새의 시체는 보이지 않았다. 우연일까? 우연이라 하기엔 불안한데……. 혹시나 싶어서, 나는 다시 본궁으로 갈 때 창문을 아예 열어두고, 로라에게는 내 방 안으로 새가 날아오지 않나 지켜봐달라 부탁했다. 새가 다친 채 내게로 올지도 모르니까. 그러나 일을 하면서도 도저히 집중이 되지 않았다.

"많이 피곤하신 듯합니다, 황후 폐하."

결국 보다 못한 부관이 내게 그만 들어가서 쉬라고 권했다. 황후로서 필수적으로 해야 할 일은 다 끝낸 상태였기에, 나는 그의 조언을 받아들여 얼른 방으로 돌아왔다.

"로라 양. 새가 날아왔나요?"

방으로 돌아가자마자 물었으나, 로라는 새가 오지 않았다고 했다.

"아니요. 계속 창가에 앉아 있었는데, 아무도 오지 않았어요."

내가 너무 과민 반응을 했던 걸까? 로라가 나간 후. 나는 내내 로라가 앉아 있던 의자에 앉아 창밖을 바라보았다. 그냥 보아서는 창밖에는 화살을 든 이들이 보이지 않았다. 하지만 그건 겉모습일 뿐. 소비에슈의 명궁들이 몸을 감춘 채 이쪽을 쳐다보고 있겠지.

그런데 방 밖을 뚫어져라 보고 있자니, 응접실 밖에서 약간의 소란이 들려왔다. 창문을 닫고 밖으로 나가자, 소비에슈의 시종이 음식 수레 손잡이를 잡고 있었다. 음식 수레 위에는 커다랗고 둥근 접시가 있고, 그 위를 반짝이는 은색 뚜껑이 덮고 있었다. 엘리자 백작 부인과 로라가 그 곁에 서 있었다.

"무슨 일인가요?"

내가 묻자, 엘리자 백작 부인보다 한 발 앞서 소비에슈의 시종이 얼른 말했다.

"황제 폐하께서 황후 폐하께 이 음식을 전하라 하셨습니다."

"음식?"

갑자기 웬 음식……? 의아해하고 있자니, 소비에슈의 시종이 활짝 웃으며 그릇을 덮고 있던 뚜껑을 얼른 벗겼다.

"이것입니다."

그릇 안에 들어있는 건 새 구이였다. 뚜껑을 벗기자마자 온갖 조미료의 향이 퍼졌다.

"와! 맛있겠어요!"

로라가 박수를 짝짝 치는 소리가 들려왔다. 하지만 나는 어떤 생각도 할 수가 없었다. 내 눈에는 새 구이를 장식한 파란 깃털만이 보였다.

"……."

"황후 폐하?"

파란 깃털……. 새 구이……. 새 구이에 발라진 짙은 황금색의 기름과 붉은색 초록색의 과일들이 이렇게 혐오스러워 보인 적이 있던가. 통통한 새의 다리와 등을 보는 순간, 헛구역질이 나면서 입가를 막았다.

"욱!"

"황후 폐하!"

시녀들이 내게 달려와 허리를 굽혔다. 나는 입을 손으로 막았다. 눈앞이 하얗고 빙빙 돌았다. 눈앞에 자꾸만 짙은 황금색의 새 고기만이 둥둥 떠다녔다. 파란 깃털, 파란 깃털……. 창문 아래에 묻어 있던 붉은 피와 창틀 위에 끼워진 파란 깃털……!

"안 돼……. 아아, 안 돼!"

"황후 폐하!"

"의사! 의사를 데려와요! 얼른!"

시종이 뛰어나가는 소리인지, 누군가 달려가는 소리, 멀어지는 발소리, 쾅쾅 닫혔다 열리는 문소리가 어지러운 파티 장소의 춤처럼 귓가를 돌았다. 누군가 나를 붙잡고 등을 두드렸지만 몸에서 영혼이 반쯤 나간 듯 감각이 자꾸만 멀어졌다.

'새?'

남궁으로 가던 라스타는 눈을 동그랗게 뜨고서, 잔디밭 위에 쓰러져 있는 새를 쳐다보았다. 새의 몸에는 커다란 화살이 박혀 있었다.

'누가 여기서 사냥이라도 하나?'

라스타는 최근 그녀에게 배정된 예절 교사가 '황궁 안에서의 사냥은 금지되어 있다'고 한 말을 떠올리고는 눈살을 찡그렸다. 노예든 평민이든 귀족이든 하지 말라는 걸 하는 건 똑같구나. 라스타는 어이없게 생각하면서도 슬쩍 새에게 다가가 보았다.

"가엾어라."

새에는 그리 관심이 없기도 했지만, 그래도 이렇게 새파란 깃털을 가진 새는 처음 보았기에 아까웠다.

'이런 새를 황금색 새장 안에 넣고 기른다면 참 귀족다워 보일 텐데.'

마치 에르기 공작처럼…….

'어?'

라스타는 "아!" 하고 탄성을 뱉었다. 왜 이 새를 보고 '기르면 귀족 같을 것'이란 생각이 드는가 했는데. 그녀는 파란 새를 보는 게 처음이 아니었다. 예전에 에르기 공작이 꼭 이런 새와 함께 있는 걸 본 적이 있었다.

'그러고 보니 그때 그 새 같은데?'

라스타는 고개를 기웃하면서 새 쪽으로 한 걸음 더 다가갔다가, 새가 눈을 뜨고서 찍 하고 가엾게 울자 깜짝 놀랐다. 새는 살아 있었다. 게다가 새의 다리에는 작은 쪽지가 묶여 있었다.

'혹시 에르기 공작님이 전서조로 사용하는 새인가?'

라스타는 주저하다가 손가락을 뻗어 슬쩍 편지만 빼냈다. 이게 에르기 공작의 전서조라면, 편지는 전해주어야 할 것 같았다. 라스타는 편지를 들고 에르기 공작의 방으로 걸어가며 안의 내용을 읽어보았다.

당신께 무슨 일이 있던 건지, 그 일이 혹시 힘든 일은 아닌지, 생각만으로도 가슴이 미어집니다.

그대의 고통을 제게 나누어주신다면, 그대를 위해 맥켄나가 지혜를 짜낼 겁니다.

중요한 내용은 아닌 것 같고…….. 오히려 연애편지에 가까워 보였다.

'에르기 공작님의 여자친구가 보낸 건가?'

라스타는 고개를 갸웃하면서도, 일단 에르기 공작의 방으로 가 편지를 전해주었다.

"뭐야, 아가씨?"

"오다가 주웠어요."

"이야. 방금 그 말 설레는데?"

에르기 공작은 라스타가 장난을 친다 생각하는지, 웃으면서 편지를 받아 들고는 펼치다가 흠칫했다. 그러고는 라스타를 쳐다보며 물었다.

"이걸 어디서 주웠다고?"

"파란 새 다리에 묶여 있었어요."

에르기 공작의 얼굴이 어두워지는 걸 보며, 라스타는 그 새가 에르기 공작의 새가 분명하다고 확신했다.

"새는?"

"화살에 맞아서 저기 바닥에······."

에르기 공작은 라스타의 말이 끝나자마자 벌떡 일어났다. 그러고는 라스타를 남겨둔 채 헐레벌떡 뛰어나가더니, 잠시 후 다친 새를 품에 안고 들어왔다. 라스타가 보기엔 곧 죽어버릴 새였는데도 아주 조심스러운 태도였다.

"공작님이 기르는 새인가요?"

"어. 내 새야. 고마워."

에르기 공작은 새를 침대 위에 앉히고는, 선반 위에 놓인 술병을 따 새의 상처 위에 콸콸 들이부었다. 새가 꿰에엑 비명을 뱉었지만,

그는 거침없었다. 그러다가 돌연 행동을 멈추더니, 라스타에게 미안하다는 투로 부탁했다.

"음. 치료하는 데 근처에 있으면 신경이 쓰여서. 아가씨, 오늘은 돌아가지 않을래?"

"라스타가 도와줄까요?"

"고맙지만 괜찮아. 아. 그리고 새가 가지고 있던 편지, 전해줘서 고마워. 새 이야기 해준 것도 고맙고."

말을 마친 에르기 공작은 잠시 생각해보다가 물었다.

"아가씨. 편지, 솔직히 읽어봤지?"

"어…… 그게요…….."

"괜찮아. 나도 떨어진 편지 발견하면 다 읽어봐."

라스타가 헤헤 귀엽게 웃자, 에르기 공작은 손가락을 입 근처에 가져다 대고 '비밀이야' 표시를 하며 말했다.

"편지 내용은 비밀로 해줘. 내가 이 편지 주인하고 이런 사이라는 건 아무도 몰랐으면 하거든."

그 편지 주인이 누구인데……? 라스타는 어리둥절했지만 알겠다 대답하고서 밖으로 나갔다. 그리고 자신의 방으로 돌아오자마자 베르디 자작 부인을 불러 물어보았다.

"베르디 자작 부인. 혹시 '맥켄나'라는 사람이 누군지 알아요?"

"맥켄나요?"

"에르기 공작님하고 관련 있는 사람 같던데요."

베르디 자작 부인은 "글쎄요." 하고 고개만 갸웃할 뿐, 영 누구인지 모르는 기색이었다. 맥켄나가 누구인지 알려준 건, 새롭게 라스타를 모시게 된 하녀 중 경력이 많은 쪽 하녀인 아리언이었다.

"에르기 공작님과 관련 있는 '맥켄나'라면 하인리 1세의 비서일 겁니다, 라스타 님."

"하인리 1세? 하인리 왕자요?"

"네. 하인리 1세는 에르기 공작님과 친한 친구이시니, 하인리 1세의 최측근인 맥켄나 경도 에르기 공작님과도 알고 지내겠지요."

라스타는 하인리 왕자가 이곳 황궁에 머물 때, 그를 만났던 일을 떠올렸다. 그러고 보니 하인리 왕자의 뒤에 자석처럼 붙어 다니던 파란 머리 남자가 하나 있었다. 그 남자일까? 라스타는 '그렇구나. 그 사람이구나.' 하고 생각하다가 흠칫했다.

— 편지 내용은 비밀로 해줘. 내가 이 편지 주인하고 이런 사이라는 건 아무도 몰랐으면 하거든.

에르기 공작이 한 말이 거듭 떠오른 탓이다. 그리고 사랑을 속삭이는 듯하던 편지 내용……. 절친한 친구 사이에 주고받을 만한 문장은 아니었다. 라스타는 당황해서 두 손으로 입가를 막았다.

눈을 떠 천장을 보면서도, 나는 내가 왜 누워 있는지 알 수 없었다. 멍하니 천장을 보는데 이상하게 아무것도 떠오르지 않았다. 그저 아주 끔찍한 것을 보았다는 생각 외에는…….

도로 눈을 감았다. 피곤하고, 눈가가 너무 아프고, 뒤통수가 아팠다. 그러나 누군가 내 손을 꽉 잡았기 때문에, 어쩔 수 없이 그쪽을 보아야 했다. 내 손을 잡은 사람은 소비에슈였다. 그는 몹시 놀란 얼굴이었고, 까만 눈동자가 커다래져 있었다. 눈이 마주치자 소비에슈가 내 손을 더욱 아프게 잡으며 물었다.

"괜찮소?"

그의 말을 듣고서야 모든 게 떠올랐다. 파란 새, 하인리가 안고 있던 그 파란 새, 내게 편지를 물어와주던 파란 새, 내 곁에서 머리를 맞대고 편지를 읽던 파란 새, 물을 마시는 파란 새……. 그리고 창문 아래에 묻은 붉은 피, 깃털, 황금빛 양념을 발라 구운 새의 몸뚱이!

다시 속이 울렁거리며 뭔가가 목 밖으로 치솟는 듯했다. 그를 뿌리치고서 헛구역질을 하자, 소비에슈는 황급히 내 입가에 손을 대고는 놀라서 외쳤다.

"궁의! 궁의를 데려와라!"

나는 그를 한 손으로 밀어내며 최대한 차갑게 말했다.

"필요 없어요."

"갑자기 기절했소. 멀쩡히 서 있다가 갑자기 뒤로 넘어갔단 말이오!"

소비에슈의 말을 듣고 나니 머리가 아픈 이유를 알 수 있었다. 이마를 갑갑하게 둘러싼 압박감도 느껴졌다. 머리에 붕대를 감아둔 모양이다. 그가 나를 다시 건드리려 했지만, 나는 손을 뻗어 그를 밀었다.

"황후. 나비에."

"내 이름 부르지 말고 나가요."

"황후, 나는……."

"나가요."

고개를 휙 옆으로 돌려버렸다. 그가 새를 죽일 거란 경고를 하긴 했지만. 어떻게 그 새를…… 구워서 내게 보낼 수 있단 거지? 소름이 돋았다. 새 고기를 안 먹는 것도 아니면서 왜 이러냐 해도 어쩔 수 없었다. 사람도 아는 사람이 죽는 것과 저 멀리 모르는 사람이 죽었을 때 기분이 다른데. 새라고 다를 리 없었다. 내가 귀여워하던 새가 새 구이가 되어 나타난 이 끔찍한 기분을 뭐라고 해야 할까.

"미안하오. 황후가 이렇게 놀랄 줄은……."

"놀라라고 보낸 거 아닌가요?"

소비에슈는 입술을 달싹이다가 고백했다.

"고기로 만든 다른 새요. 황후에게 날아온 새가 아니었소."

"거짓말하지 마요."

"정말이오!"

거짓말! 창틀에 있던 파란 깃털이나 창문 아래의 그 피는 뭔데!

"새 구이 주위에 있던 깃털은요? 그 깃털도 다른 새의 깃털인가요?"

파란 새는 눈에 너무 띄는 데다 위험의 상징과 같은 색이어서, 여기 황실에서는 전서조로 기르지 않았다. 그런데 다른 새의 깃털이라고?

"파란 새를 쏘아 맞춘 건 사실이오. 깃털도 그 새의 깃털을 주워서 썼소. 하지만 황후에게 보낸 새 고기는 그 새의 고기가 아니었소."

"말이 되는 거짓말을 하세요."

나가라고 거듭 축객령을 내리자, 소비에슈는 어쩔 수 없다는 듯 일어났다. 하지만 그는 일어나서도 나가지 못하고 자꾸만 나를 돌아보았다. 그 눈동자가 처량해 보여서 더욱 화가 났다. 죽은 건 새고, 화살을 맞은 것도 새고, 아팠던 것도 새고, 그걸 보고 놀란 건 나고, 새를 잃은 건 하인리인데. 저 인간은 자기가 왜 저렇게 모든 상처를 떠안은 눈으로 날 보는 거지?

쓸데없이 시무룩한 소비에슈의 표정에, 분노가 머리끝까지 뻗었다. 그의 사과, 거짓말, 모두 다 기만으로만 보였다. 애초에 미안할 사람이라면 내 앞에 새 구이를 들이밀진 않았겠지! 아무리 내가 하인리와 편지를 주고받는 게 싫어도, 그가 날 아주 약간이라도 배려했다면, 아니 날 사람으로 대했더라면 그딴 짓은 안 했을 것이다. 새를 죽였다고만 했겠지!

나는 이불을 꽉 움켜잡았다. 더 있다가는 베개로 그를 두드려 팰 것만 같았다.

"나가요."

딱 잘라 말하자, 소비에슈는 결국 방 밖으로 나갔다. 나는 이불을 뒤집어쓰고 옆으로 돌아누웠다. 눈가에 열이 올라오며 결국 눈물이 나왔다. 꼬박 몇 시간을 그렇게 있은 후에야, 나는 하인리에게 이 일을 알려야 한단 생각이 들었다. 소비에슈가 그의 파란 새를 새 구이로 만들었단 이야기는 할 수 없겠지만……. 그래도 그의 새가 죽었단 건 알려야 했다.

'하지만 그 새가 없으면 하인리와 연락할 방법이 없는데.'

한참을 더 고민한 끝에, 우선 에르기 공작을 찾아가보기로 했다.

에르기 공작의 행동은 늘 묘연한 데다, 둘 다 서로 안 보는 데서 흉을 보는 둥 영 친구 같진 않지만……. 그래도 소문날 정도로 하인리와 붙어 다녔으니, 그에게 연락할 방법은 알고 있겠지. 구구절절 이야기할 수는 없어도, 파란 새가 죽었단 이야기 정도는 전해줄 수 있을 거다.

내가 침대에서 일어나 응접실로 나가자, 응접실에 모여 있던 시녀들이 얼른 달려왔다. 로라는 아예 눈가가 붉어져 있었다.

"황후 폐하! 흐어어엉!"

내게 매달려 엉엉 우는 로라를 보고 있자니, 내가 너무 내 감정에 젖어서 주위 사람들을 불안하게 했다는 생각이 들며 미안해졌다.

"걱정했어요?"

"갑자기 뒤로 쿵 하고 넘어가셔서…… 너무 놀라서…….”

"미안해요. 울지 마요, 로라 양."

나는 시녀들에게 별일 아니라고, 요즘 너무 피곤했을 뿐이라고 안심시킨 후 망토를 찾아 걸치고서 밖으로 나갔다. 시녀들은 날 혼자 보낼 수 없다며 따라오려 했지만, 괜찮다 말하고서 아르티나 경만을 데려갔다.

"걱정했습니다, 황후 폐하."

"내가 많은 사람들에게 안 좋은 모습을 보였네요."

"황후 폐하의 건강에도 신경을 쓰셨으면 좋겠습니다. 요즘 계속 안색이 창백했습니다."

"걱정 말아요. 아깐…… 그냥 기분이 나빠졌을 뿐이니까."

과묵한 아르티나 경도 내가 기절한 일은 퍽 염려되었던지, 남궁으로 가는 내내 잔소리를 했다. 나는 거듭 괜찮다고 웃으면서 그녀를 달래다가, 에르기 공작이 머무는 방 근처에 서서 부탁했다.

"잠깐만 여기서 기다려줄래요?"

"에르기 공작을 혼자 만나려 하십니까?"

아르티나 경은 에르기 공작이 영 못 미더운지 걱정스럽게 물었지만, 이번에 그에게 하려는 말은 너무 사적이었다. 나는 괜찮다고 거듭 그녀를 달래고서, 공작이 머무는 방으로 다가갔다. 그런데 공작의 방 가까이 가자 희미하게 신음 소리가 났다.

'공작이 다쳤나?'

고통에 가득 찬 소리였다. 놀라 문을 두드리려는데, 근처 잔디에 파란 깃털이 떨어진 게 보였다. 그 깃털을 쳐다보다가, 나는 발소리를 낮춰 창가로 다가갔다. 창문에는 커튼이 처져 있었지만, 약간 붕 뜬 부분이 있어서 자세히 보면 안쪽이 보이기는 했다.

나는 창문 앞에 선 채 소리가 들려오는 쪽을 보았다. 놀랍게도 그곳에는 하인리의 비서인 맥켄나가 벌거벗은 채 누워 있었다.

9

숨겨왔던 이야기

　맥켄나가 왜 여기에서 벌거벗고 있지? 그는 서왕국에 있어야 하지 않나? 하인리의 최측근이자 호위이자 비서인 그가 왜 에르기 공작의 침대 위에 있는 건지 알 길이 없었다. 게다가 어딘가 다친 것처럼 끙끙대고 있다. 어딘가 다친 거라면 알은척을 해야 할 텐데……. 그러기엔 또 벗고 있고. 게다가 나는 창밖에 염탐꾼처럼 서 있다.

　일단 문을 두드리자 싶어 창가를 떠나려는데, 하필 맥켄나가 획 내 쪽을 쳐다보았다. 눈이 마주치자마자 그가 눈을 휘둥그렇게 떴다. 맥켄나는 허둥지둥 내 쪽으로 달려오는가 싶더니, 황급히 돌아가서 이불을 끌어안고 다시 다가와 물었다.

　"황후 폐하? 황후 폐하가 왜 여기에 계십니까?"

　내가 할 소리를 하면서.

"내가 묻고 싶은 겁니다."

"예? 아, 저는 그게……."

설명하기가 어려운가? 맥켄나는 쩔쩔매면서 눈동자를 이리저리 돌려댔다. 그러다가 무어라 말하려는 듯 입을 여는 순간, 문이 달칵 열리면서 에르기 공작의 유쾌한 목소리가 들려왔다.

"맥켄나, 어차피 또 벗을 건데 굳이 옷을 챙겨 입어야겠어?"

손에는 웬 상자를 들고 있었다. 에르기 공작은 창가에 선 맥켄나와 나를 발견하더니, "어." 하고 멈춰 섰다. 그러고는 잠시 놀란 표정을 짓다가, 곧 휘파람을 불더니 난잡스럽게 웃으며 말했다.

"우리 또 들켰네."

맥켄나는 울상을 지으면서 버럭 외쳤다.

"아까부터 좀 이상한 농담 좀 그만하세요!"

"재밌잖아. 나 이런 거 좋아해."

"제가 안 좋습니다, 제가! 안 그래도 농담이라고는 전혀 모를 것 같은 분…… 죄송합니다."

'농담이라고는 전혀 모를 것 같은 분'이 날 말하는 건가. 맥켄나가 에르기 공작에게 항의하다 말고 돌연 날 향해 사과하는 걸 보니, 그런 모양이다.

"괜찮아요. 바쁘면 나중에 올까요?"

도로 커튼을 닫아주는 시늉을 하며 내가 농담을 할 줄 아는 사람이란 걸 행동으로 보여주자, 맥켄나는 얼굴이 벌게져서 끙 소리를 내더니 에르기 공작에게 항의했다.

"거봐요, 오해하셨지 않습니까!"

"······."

맥켄나는 서둘러 날 향해 변명했다.

"전 그냥 하인리 전하의 심부름을 왔는데, 어쩌다 보니 좀 다쳐서 여기로 온 겁니······."

그러나 그는 말을 다 잇지 못하고 배를 움켜잡으며 허리를 숙였다.

"맥켄나 경?"

놀라서 뒤꿈치를 들고 허리를 방 안으로 들이밀어서 그를 잡았다.

"괜찮아요?"

그러자 이불에 가려져 잘 보이지 않던 붕대가 눈에 들어왔다. 계속 낑낑거린다 했더니. 맥켄나는 가슴께부터 허리께 사이를 붕대로 칭칭 감고 있었는데, 그 사이로 불그스름한 피가 새어 나오고 있었다.

"피가······!"

놀라서 외치자, 에르기 공작은 황급히 달려오더니 "얌전히 좀 있으라니까." 하고 투덜거리면서 그를 질질 끌어다 침대 위에 눕혔다.

"이래서 새대가리, 새대가리 하는 거지."

그러고는 툴툴거리면서 들고 온 상자를 열었다. 내가 있는 곳에서는 상자 안이 보이지 않았으나, 에르기 공작이 그 안에서 꺼낸 걸 보자 구급용 상자 같았다. 그러나 에르기 공작은 바로 상처를 치료하는 대신, 내 쪽을 돌아보며 물었다.

"나중에 오시면 안 되겠습니까, 황후 폐하?"

방해가 되나? 하지만 얼핏 보기에도 맥켄나는 상처가 가볍지 않았다. 에르기 공작이 혼자서 치료할 수 있을까?

"의사를 불러줄까요?"

맥켄나가 이곳에 있단 게 알려진다면 소란이 벌어지겠지만, 그래도 저 상처를 그대로 두고 보긴 어려워서 묻자, 맥켄나는 아파하면서도 얼른 두 손을 저었다.

"아니요. 괜찮습니다."

궁전에는 분명 외부인들이 드나들기 쉬운 장소가 있지만, 거기에 남궁이 포함되진 않았다. 그런데 외국 왕의 최측근인 맥켄나가 남의 수도 궁전 한복판에서 발견된다? 저렇게 기겁해서 손을 저을 만도 했다.

'도대체 무슨 일로 여기까지 온 건지는 모르겠지만······.'

수상쩍지만 아픈 사람에게 더 캐묻기도 어려워서, 나는 에르기 공작을 불렀다.

"공작. 잠시 부탁할 게 있어요."

"저를 부르신 겁니까?"

에르기 공작은 내가 자기를 부를 줄 몰랐던지, 붕대를 가지고 장난치다가 웃으면서 다가왔다.

"가라고 해도 안 가시고. 제게 무슨 말을 하려고 이러실까요?"

"공작은 아직 하인리 전하와 친구인가요?"

"음. 이건 예상 못 한 질문인데요."

에르기 공작이 웃음을 터트렸다.

"갑자기 그건 왜 물어보시는 겁니까, 황후 폐하?"

"하인리 전하를 만나게 되면, 그의 파란 새가 죽었단 이야기를 전해줘요."

하지만 내 말에 그의 웃음기는 순식간에 사라졌다. 그는 눈썹을 치켜올리더니, 미묘한 표정을 지으면서 되물었다.

"파란 새가 죽었다고요?"

맥켄나는 돌연 요란스러운 기침을 하기 시작했다.

"네. 그리고 앞으로도 죽게 될 겁니다."

의아했지만, 하려던 말은 다 끝냈다. 이 정도면 영리한 하인리는 소비에슈가 무슨 명령을 내렸는지 알아차렸겠지. 새 구이라거나 하는 이야기는 너무 끔찍해서 일부러 하지 않았다. 나는 말을 마치고 뒤로 두 걸음 물러나다가, 에르기 공작의 어깨 너머로 맥켄나를 보았다. 그는 여전히 헛기침을 하며 내 쪽을 힐긋대고 있었다.

"널 발견하는 즉시 죽여버릴 거란 경고이신가?"

나비에 황후가 우아하게 돌아가는 뒷모습을 보다가, 에르기 공작이 맥켄나 쪽을 돌아보며 작게 물었다.

"제가 화살에 맞은 걸 아시는가 본데요."

"근데 뒤에 이상한 말이 붙지 않았어?"

"……."

"엄청 무서운 표정으로 말하고 갔잖아."

에르기 공작이 "앞으로도 죽게 될 겁니다." 하고 음산하게 나비에 황후를 따라 하며 손으로 목을 긋는 시늉을 하자, 맥켄나는 떨떠름하게 부정했다.

"화살을 쏜 사람이 앞으로도 계속 쏠 거라든가. 뭐 그런 뜻일 겁니다."

"완전 정색하면서 말하던데. 자기가 죽여버리겠단 표정이었어."

"아니라니까요. 아, 왜 자꾸 그러십니까."

맥켄나는 성질이 나서 꽥 고함을 지르다가 "아." 하고 두 손으로 머리를 붙잡고 끙끙댔다.

"왜 그래, 새머리. 아파?"

"전하께서 전하라 하신 편지. 못 전했는데……."

"그 설탕 뿌려서 구운 편지 말이야?"

"설탕이라니요! 아주 담백하고 고소한 편지였습니다!"

"읽었나?"

"……."

"버터라고 안 한 걸 고맙게 생각해."

에르기 공작은 맥켄나가 누운 침대가로 다가가 구급상자 안에서 다시 거즈와 핀셋, 소독약을 꺼내며 말을 이었다.

"그리고 네가 이 와중에 하인리가 쓴 편지를 전하면, '제가 파란 새입니다'라고 홍보하는 거나 다름없잖아?"

맥켄나는 한숨을 내쉬었다. 지금 당장 편지를 전하지 못한 것도 문제지만. 상황을 보아하니, 이젠 편지를 물고 나비에 황후의 방을 오갈 수도 없게 된 모양인데. 앞으로 주고받아야 할 여러 가지 비밀스러운 이야기를 어떻게 전달할지 골치가 아팠다.

하인리에게 말을 전해달란 부탁을 하고서 방에 돌아왔지만, 자꾸만 에르기 공작과 맥켄나를 본 일이 머릿속을 맴돌았다. 맥켄나가 왜 여기 있는 건지, 그가 왜 다친 건지 궁금했다. 나는 책상 위의 파란 깃털을 내려다보았다. 창틀에 끼워져 있던 깃털인데…… 이걸 보고 있자니 맥켄나의 파란 머리카락이 떠오른다. 하인리가 보낸 새가 다쳤는데, 맥켄나도 다쳤다……. 우연일까? 사람이 새로 변할 리 없는데. 타이밍이 이상하다 보니 영 신경이 쓰였다. 그 의심은 다음 날이 되자 더욱 커졌다.

"황후 폐하!"

아침 식사를 거의 끝마쳤을 즈음. 로라가 들어와서는 호들갑스럽게 내게 해준 말 때문이었다.

"어제 다친 새를 계속 찾으셨잖아요!"

"다친 새가 있던가요?"

"네! 에르기 공작이 다친 새를 끌어안고 가는 걸 본 사람이 있대요!"

로라가 전해준 소식을 듣자 어제의 일이 더욱 미심쩍게 여겨졌다. 파란 새는 화살을 맞아 다쳤고, 에르기 공작은 다친 새를 구조했고, 에르기 공작의 방에는 다친 맥켄나가 누워 있고…… 맥켄나는 하인리의 심부름 때문에 여기 왔다는데, 서왕국 왕의 측근인 그가 이곳에 온 걸 아는 사람이 아무도 없고…….

결국 알현이 끝나자마자 나는 곧장 궁정 마법사를 찾아가 질문했다.

"혹시 마법 중에 사람이 새로 변하는 마법이 있는가?"

궁정 마법사는 내 질문이 영 엉뚱하다 여겨지는지, 어리둥절해하면서도 진지하게 되물었다.

"날아다니는 그 새를 말씀하시는 겁니까, 황후 폐하?"

"그래. 하지만 꼭 새가 아니어도 돼. 그냥 동물이어도 괜찮네."

궁정 마법사는 팔짱을 낀 채 곰곰이 생각해보다 대답했다.

"없습니다. 동물 변신이 특징인 마법사는 아직 없었습니다."

그럼 역시 맥켄나가 '파란 새'일지도 모른단 건 단순히 내 의심인 건가. 그러나 마법사의 말은 거기서 끝이 아니었다.

"하지만 '새대가리 일족'이 존재했단 기록은 있습니다."

"새……대가리?"

처음 듣는 이야기인데? 아니, 그보다 일족 이름이 너무한데?

"잘 알려진 이야기는 아닙니다. 아주 옛날 기록이라, 진위 여부도 불분명하거든요."

"아…….."

"하지만 기록이 사실이라면 늑대인간들도 그런 일족의 한 부류가 아닐까, 뭐 그런 주장도 있습니다."

맥켄나와 늑대인간…… 매치가 잘 되진 않는다. 마법사는 껄껄 웃으면서 손을 저었다.

"뭘 모르는 주장이죠. 기록이 사실이어도 늑대인간 같은 몬스터는 아니었을 겁니다. 새대가리 일족들은 말하고 행동하는 게 사람과 다를 바가 없었다 했거든요. 늑대인간들은 왜, 보름달만 뜨면 미치지 않습니까. 그 사람들은 그런 게 없었답니다."

"지금 그들은 어디 있는가?"

"없어졌습니다. 자연스럽게 숫자가 줄어들어서, 지금은 전설이나 다름없이 변해버렸지요."

"그 일족 중 누군가 살아 있을 가능성은 없는가?"

"있겠죠. 하지만 있더라도 자기를 드러내진 않을 겁니다."

마법사는 혼자서 낄낄 작게 웃더니 말했다.

"'새 일족'이 아니라 굳이 '새대가리 일족'이라 기록된 걸 보시면 아시겠지만, 보통의 사람들과 사이가 좋진 않았다더군요."

혹시 맥켄나가 그 새로 변하는 일족일 가능성은 없을까? 그리고 내게 날아온 파란 새가 사실은 맥켄나이고, 하인리의 심부름을……. 비약일지도 모르지만 억측이라 하기엔 분명 걸리는 게 있었다.

"황후 폐하. 그런데 갑자기 그 일은 왜 물으시는지요?"

마법사가 눈을 빛내며 물었다. 내가 뭔가 그런 자들에 대한 흔적이라도 발견했나 싶어 눈이 번쩍번쩍했다.

"그냥 궁금해졌네."

나는 둘러대고서 마법사의 연구실을 떠났다.

맥켄나는 새인가 아닌가. 맥켄나와 새가 동시에 다친 건 우연의 일치일까? 이 생각을 하느라 몇 번이나 펜촉을 부러뜨렸다.

"역시 오늘은 쉬시는 게 낫지 않을까요?"

내가 쓰러진 일을 아는 관리들이 자꾸 날 방으로 보내려 할 정도였다.

"괜찮아요."

나는 정신을 다잡고서 펜촉을 새로 갈며 생각했다.

'사실 맥켄나가 새라면 다행인 거잖아?'

하인리의 '파란 새'가 살아 있단 뜻이니까. 내가 '파란 새' 앞에서 혹시 추태라도 보인 건 아닐까 좀 신경이 쓰였지만……. 아니야. 파란 새 앞에서는 그리 추태를 보이지 않았다. 파란 새 앞에서는 궁둥이를 두드리지도 않았고, 끌어안고 입을 맞추지도 않았고, 앞에서 옷을 갈아입지도 않았다. 그런 행동은 오로지 퀸 앞에서만……?

"!"

설마. 알고 보면 퀸도 하인리의 다른 부하……. 섬뜩한 생각에 나는 펜촉을 하나 더 부러뜨리고 말았다.

"기운이 없는 게 아니라 넘치시는 거 아닐까요?"

옆에서 다른 관리가 속삭이는 소리를 흘려 넘기며, 나는 결국 벌떡 일어났다.

"피곤해서 먼저 들어가겠어요."

나는 서둘러 방을 빠져나와 달아나듯 방으로 걸어갔다. 퀸이 새대가리 일족일 거란 생각만으로도 온몸에서 삐쭉거리는 가시가 솟는 기분이었다.

'나중에 하인리에게 물어봐야겠어.'

만약 퀸도 하인리의 부하라면……. 그런데 온갖 끔찍한 생각을 하며 서궁에 도착해보니, 내 방 앞의 복도에 소비에슈의 시종이 서 있었다. 시종은 길쭉한 대를 잡고 있었는데, 대의 아래쪽에는 바퀴가 달려 있고, 대의 위에는 무언가가 걸려 있었으나 천으로 덮어서 안쪽이 보이지 않는 상태였다. 그리고 그 시종과 대 주위를 내 시녀들이 둘러싼 채 눈을 부리부리하게 뜨고 있었다.

"황후 폐하!"

시녀들이 많이 눈치를 주었는지, 시종은 날 보자마자 반갑게 부르며 넙죽 인사했다.

"무슨 일인가."

하지만 내 입에서 나온 목소리도 그리 좋진 못했다. 소비에슈가 최근에 보냈던 새 구이가 떠오른 탓이다. 그때도 꼭 선물마냥 저렇게 시종을 통해 보내왔지.

시종은 자랑스레 말했다.

"황제 폐하께서 황후 폐하께 보내신 선물입니다."

"선물?"

"예."

대에 걸려 있는 천을 획 잡아 당겨 벗기자, 소비에슈가 보낸 '선물'의 정체가 드러났다. 새장 속의 파란 새였다.

'이번에는 살아 있네.'

새는 아름답고 우아해 보였으며 색도 고왔다. 하지만 내 눈에는 이게 소비에슈의 몹쓸 장난으로만 보였다.

'이 새를 볼 때마다 새 구이를 떠올리기라도 하란 건가?'

하인리의 새가 실제로 죽었건 아니건, 중요한 건 그가 내게 새 구이를 보낸 의도였다. 철저히 내게 상처를 주고자 했던 그 의도.

시종이 물러난 후. 시녀들은 응접실로 새장을 옮겼다. 새는 내 방에 퍽 잘 어울렸고 성격도 순한 듯했다. 작게 몇 번 울면서 나를 관찰하는 눈이 제법 영리해 보였다. 하지만 새를 보고 있자니 자꾸만 어제의 충격이 떠올랐다. 도저히 이 새를 평생 돌보아줄 자신이 없었다. 결국 나는 엘리자 백작 부인을 불러 새장을 돌려주라 지시했다.

라스타는 초조했다. 소비에슈 황제가 그녀를 황후로 만들어주겠단 약속을 한 지도 며칠이 지났는데. 당장에라도 황후에게 이혼을 통보하리라 여겼던 황제는 아직 아무런 행동이 없었다.

"무슨 생각이신 거지……."

라스타는 커다란 인형을 끌어안고 초조해서 발을 굴렀다. 그래도 어제까지는 잘 견뎠는데. 오늘 아침, 소비에슈 황제가 나비에 황후에게 주겠다며 아름다운 파란 새를 준비하는 걸 보니 불안감이 더욱 커져버렸다. 파란 새. 귀족들이 기르는 우아하고 고상한 파란 새. 그 새를 가지고 싶단 생각을 하자마자, 하필 황제가 황후에게 줄 선물로 파란 새를 골랐다. 울화통이 터질 수밖에 없었다.

그런데 문가를 돌아다니고 있자니, 무언가를 질질 끄는 소리가 났다. 라스타는 인형을 내려놓고 슬쩍 머리를 내밀어 살폈다. 웬 남자가 새장을 건 길죽한 막대를 끌고 복도를 지나가고 있었다.

"그거 뭐예요?"

라스타가 묻자, 남자는 좀 꺼림칙한 얼굴로 대답했다.

"황제 폐하께서 황후 폐하께 선물하셨던 새입니다."

"그런데 새를 왜 다시 여기로 가져와요?"

"황후 폐하께서 도로 놓고 오라 하셔서요."

남자는 말을 하면서도 연신 초조한 기색이었다. 황제가 보낸 선물을 돌려보내는 게 두려운 듯했다.

"이 시간엔 폐하께서 없어서 새를 복도에 두어야 할 텐데. 아직 추워서 새가 감기에 걸릴지도 모르는데."

라스타가 중얼거리자 남자는 더욱 겁먹은 얼굴이 되었다. 라스타는 얼른 나서서 손을 뻗었다.

"이리 줘요. 델리스가 전해드릴게요."

그 시각, 코샤르는 걱정에 가득 차 길을 걸어가고 있었다. 그의 머릿속엔 동대제국에 돌아가지 못하면 트로비 가문의 후계자가 될 수 없다는 점이나, 그의 명성이 곤두박질친 데 대한 불안감은 없었다. 파르앙 후작의 심부름꾼과 나비에의 심부름꾼이 보내준 돈과 보석이 한가득 있었기에, 숙식에 대한 고민도 없었다. 어떻게 해야 소비에슈와 라스타에게 복수할 수 있을까. 어떻게 해야 내 동생을 다시 편안한 황후 생활로 되돌려 보내나. 코샤르는 이 일을 고민하는 것만으로도 바빴다.

그때, 뒤에서 누군가 그의 이름을 불러댔다. 코샤르는 말고삐를 쥐고서 고개를 뒤로 돌렸다.

"코샤르 경! 코샤르 경!"

수염이 덥수룩하고 행색이 날강도 같은 자가 뛰어오고 있었다.

'산적인가.'

코샤르는 언제든 상대를 공격할 수 있도록 검 손잡이를 쥐었다. 그러나 가까이 다가온 수염의 손에는 무기가 없었다. 수염은 헉헉거리면서 허리를 숙이고 숨을 고르다가, 한참 만에야 코샤르에게 말했다.

"너무, 너무 빨리, 출발, 하셔서…… 헉헉. 아이고. 놓치는 줄 알았습니다."

"?"

"아, 저는 서왕국 사람입니다. 하인리 전하께서 보내셨습니다."

"서왕국?"

이곳은 북왕국의 국경 지대였다. 그런데 갑자기 서왕국이라니?

"서왕국의 전하가 나를 왜?"

"동생분의 일로 꼭 드릴 말씀이 있다고, 데려오라 하셨습니다."

산적 같은 남자의 말에 코샤르는 코웃음을 쳤다.

"이건 또 무슨 신종 사기지?"

"사기! 사기라니요? 정말입니다!"

"그 전하께서, 혹시 어디 투자하라 하시나? 괜찮은 건수가 있대?"

"투, 투자라니요!"

남자는 기가 막혀 외치고는 품 안에서 서왕국의 문양을 꺼내 내밀었다.

"이걸 보십시오! 정말입니다."

코샤르는 문양을 확인하더니 "진짜군." 하고 인정했다. 남자의 얼굴이 밝아졌다. 그러나 코샤르는 문양이 진짜라고 인정했을 뿐, 서왕국 왕이 자신을 찾는 게 맞다 인정한 건 아니었다. 그는 딱 잘라 말했다.

"서왕국 전하가 날 부를 리가 없다. 특히 내 동생 일로는 더더욱."

"하지만 정말입니다!"

코샤르가 여전히 믿어주지 않자 남자는 발을 굴렀다. 하지만 억울한 것과 별개로 코샤르의 반응은 이해가 갔다. 사실, 다짜고짜 '옆나라 왕이 당신을 찾는다'고 했을 때 바로 따라올 외국인이 얼마나 되겠는가. 격식을 갖춰 청한다면 '아, 진짜구나.' 하고 응하겠지만, 이 경우에는 그렇지도 못했다. 신속하고 은밀히 데려가기 위해서였지만, 그 탓에 오히려 설득하기가 힘들었다. 그래도 상대가 워낙에 뇌가 근육질이기로 유명해서 괜찮을 줄 알았더니. 저렇게 정상적으로 반응할 줄이야……!

코샤르는 코웃음을 치고서 말고삐를 도로 잡았다. 그러나 그대로 획 가버릴 것 같던 태도와 달리, 멀뚱히 서서 떠나지 않았다. 안 가나? 오히려 남자가 어리둥절해서 쳐다보자, 코샤르가 되레 당당하게 되물었다.

"어디야? 안내해야 할 거 아냐?"

"예?"

안 따라 올 것 같더니, 왜 갑자기……? 남자는 어리둥절해서 코샤르를 보았으나, 코샤르는 설명 대신 앞서가라고 턱만 까딱했다.

"가. 따라간다."

뭐야……. 먼저 가라 해놓고 뒤에서 내리치려고 저러는 거 아니야? 남자는 괜히 찝찝하면서도 얼른 앞서 걸어갔다.

"이쪽으로 오시면 됩니다."

그러나 코샤르는 앞서 가라 해놓고 남을 뒤에서 내려칠 마음은 없었다. 그는 서왕국 왕이 신년제 때 라스타를 보고 푹 빠졌더란 소문을 떠올리고 있었다. 라스타의 약점을 찾기 위해 정보를 수집할 때 들었던 그 소문 속에서, 아직 왕자이던 하인리 1세는 소비에슈 황제와 대놓고 말다툼을 할 정도로 라스타를 짝사랑했다고.

코샤르는 여전히 이 남자의 말을 믿진 않았다. 아무리 생각해도 서왕국 왕은 그를 부를 이유가 없었다. 그러나 추방된 지금 그에게는 갈 곳도, 당장 해야 할 일도 없었다. 그러니 따라가보는 것이다. 그리고 만에 하나라도 정말로 서왕국 왕이 그를 부른 거라면……. 그 왕에게 라스타를 좀 데려가라고 설득해볼 생각이었다.

라스타는 파란 깃털을 고르고 있는 아름다운 새를 물끄러미 바라보았다. 새가 무슨 종인지는 알 수 없다. 하지만 라스타가 생각하는 '귀족적인' 느낌이 새에게서는 풀풀 풍겼다. 그러나 지금은 단순히 새의 외모를 즐기고 있을 때가 아니었다.

"미안해."

라스타는 중얼거리고서 새를 향해 손을 뻗었다. 그러고는 힘을 줘 새의 깃털을 한 움큼 뽑아버렸다. 새는 열심히 깃털을 고르다 말고 놀라서 펄쩍 뛰었다. 하지만 새장에 가로막혀 제대로 도망가지 못했다. 라스타가 손을 뻗어 다시 한 움큼 깃털을 뽑자, 새는 비명을 지르며 라스타의 손을 마구 쪼았다. 라스타는 재빨리 손을 빼냈다. 새는 완전히 공격적으로 변해서 라스타를 노려보았다. 한 번 더 새장에 손을 넣었다가는 정말로 다칠지도 몰랐다. 어차피 이 정도면 되었기에, 라스타는 더 깃털을 뽑는 대신 바닥에 떨어진 깃털을 긁어모아다 베갯잇 안에 집어넣었다.

"미안해."

라스타는 새에게 다시 한 번 사과했다. 하지만 그녀는 자신과 아기를 지키기로 독하게 마음을 먹은 후였다. 황후의 난폭한 오빠가 추방당하긴 했으나, 그 집안은 건재했다. 황후와 그 가문이 어떻게 나올지 모르니, 소비에슈가 황후로 삼아주겠단 약속과 별개로 안전을 위한 대비를 해야 했다. 그게 이렇게 끔찍한 일이라 하더라도.

'어쩌다가 이렇게까지 몰려버린 걸까.'

이건 다 황후가 그녀를 적대한 탓이었다. 황후와 그 오빠가 그녀를 먼저 공격하지 않았더라면, 라스타는 자신이 이런 행동을 하지 않아도 되었으리라 확신했다. 그렇게 생각하니 서러워져서, 그녀는 자신의 배를 안고 안락의자에 앉아 흐느꼈다.

몇 시간 후, 하늘이 어둑어둑해졌을 무렵. 소비에슈가 찾아올 때까지도 라스타는 여전히 울고 있었다. 그는 피곤한 얼굴로 들어왔다가, 라스타를 보고는 놀라 물었다.

"왜 울고 있지?"

라스타는 손가락으로 새장을 가리켰다. 소비에슈는 뒤늦게 새장과 깃털이 뽑혀 나간 새를 발견하고 눈썹을 치켜떴다.

"새 상태가…… 왜 이렇지? 아니, 왜 네가 이 새를 가지고 있느냐?"

"황후가 돌려보낸 걸 델리스가 받아서 라스타에게 전해줬어요. 라스타가 가져오라 했거든요."

"깃털은 왜 이 꼴이 된 거냐."

소비에슈는 새장으로 다가가 상처를 살피더니 화를 가라앉히려는 듯 입술을 꽉 다물었다.

"모르겠어요."

라스타는 훌쩍거리며 고개를 저었다. 새가 원망스레 쳐다보는 것 같아 미안했지만, 그건 앞으로 새를 잘 길러주며 갚으면 될 일이라 생각했다. 라스타는 두 손을 모으고서 소비에슈에게 간절히 청했다.

"폐하. 황후가 버리셨으니, 라스타가 이 새를 길러도 될까요?"

소비에슈는 바로 대답하는 대신 새를 이글거리는 눈으로 노려보았다. 자신이 보낸 선물이 이 꼴이 되어 돌아오자 몹시 기분이 상한 듯했다. 라스타는 자꾸만 흘러내리는 눈물을 닦으며 다시 청했다.

"폐하. 라스타가 이 애를 보살펴주고 싶어요. 너무 가엾어요."

소비에슈는 라스타를 돌아보며 지친 얼굴로 한숨을 내쉬었다.

"굳이 남이 버린 새를 주워다 뭐에 쓰려느냐. 새로 사주마."

"이 아이도 생명인데 어떻게 버려요!"

"누가 버린다고 그러지?"

"네……? 안 버리실 건가요?"

"내가 기를 거다."

"황후가 버린 새를 왜 폐하가 기르세요?"

라스타는 괜히 불안해져서 물었다. 소비에슈가 새를 직접 기르리란 생각은 하지 못했기에, 그의 반응이 이해가 가지 않았다. 황제는 자존심이 무척이나 강했다. 황후가 그의 선물을 돌려보낸 건 물론 엉망으로 만들었으니 분노해서 펄쩍 뛰어야 하는데. 화가 난 눈치인데도 새를 버리지 않겠다고 하자 슬며시 걱정이 되었다.

화가 나지만, 생각만큼 많이 나진 않았나? 아니면 황후에게 조금이라도 마음이 남아서 저러나? 황후 자리에서 폐할 거라 하더니. 그사이에 마음이 바뀐 건 아닐까? 초조해져서 벌인 일인데. 소비에슈의 반응은 오히려 그녀를 더욱 초조하게 만들었다.

그러나 만약 라스타가 소비에슈의 속내를 읽을 수 있었더라면, 전혀 초조해하지 않고 안심했을 것이다. 소비에슈는 몹시 화가 나 있었다. 하인리 왕자의 새가 죽었단 이유로 기절까지 했으면서. 그가 보낸 새는 생으로 깃털을 뽑아버린 황후가 어이없게 여겨졌다. 마음 같아서는 황후를 찾아가 무슨 짓이냐고 따지고 싶었다. 그러나 황후가 기절해 있던 몇 시간 동안, 그는 머리가 얼음물에 잠긴 느낌에 계속 괴로워했다. 따지다가 또 황후가 쓰러지는 건 아닐까 겁이 났다. 결국 갈 길을 잃은 분노는 연신 그의 몸 안에서 쾅쾅거리며 여기저기 부딪쳤다. 소비에슈는 입을 꾹 다물고서 새장을 챙겨 라스타의 방 밖으로 나갔다.

　다음 날이 되어도 풀리지 않은 소비에슈의 분노는 엉뚱하게도 카를 후작에게 튀었다. 수석비서인 카를 후작은 새로이 보고가 들어온 '마력을 잃은 마법사'에 관련된 서류를 안고 들어오다가 깜짝 놀랐다. 집무실 안에 소비에슈가 너무나도 무시무시한 표정으로 팔짱을 끼고 있었던 것이다.

　"폐하?"

　카를 후작은 조심스럽게 그를 부르며 집무실 안으로 들어갔다. 소비에슈의 표정이 심상치 않다 보니 저절로 움츠리게 되었다.

　"왜 그러십니까? 무슨 일이라도 있으셨습니까?"

　"일은 무슨. 아무 일도 없다."

　'하지만 표정이…….'

　카를 후작은 소비에슈의 눈치를 살피며 보고서를 내밀었다. 소비에슈는 한 손으로 보고서를 받아 빠르게 훑었으나, 표정은 전혀 좋아지지 않았다. 보고서 자체도 어둑어둑한 내용이다 보니 그럴 수밖에 없었다. 마법사가 또다시 마력을 잃었단 서류를 다 본 후. 슬그머니 나가려는 카를 후작에게 소비에슈가 딱딱하게 물었다.

"아직도 매매 증서는 찾지 못했나?"

"매매 증서요? 아. 라스타 양의 매매 증서⋯⋯."

"잊어버리고 있던 건 아니겠지?"

"그럴 리가 있겠습니까."

카를 후작은 한숨을 내쉬었다.

"아시다시피 공작가와 황후 폐하의 방에서는 증서가 전혀 나오지 않았습니다."

"그래서 손을 떼고 있었나?"

"아닙니다. 이후에는 코샤르 경이 했던 말을 떠올려서, 기사들의 숙소를 확인했습니다."

카를 후작의 표정이 어두워졌다.

"하지만 여전히 발견되지 않았습니다."

매매 증서가 있는 건 확실했다. 로테슈 자작도 코샤르도, 그리고 로테슈 자작이 매매 증서를 맡겨두었던 상단에서도 확인한 일이었다. 그런데 그깟 종이 쪼가리를 여태 구경조차 하지 못하고 있다니!

소비에슈는 주먹을 꽉 쥐었다. 황후와 이혼을 하겠다는 계획까지 세운 게 무엇 때문인데! 그 매매 증서를 완전히 없애지 않는 한, 불안 요소는 절대로 사라지지 않을 것이다. 그러나 뒤져볼 수 있는 곳은 이미 다 뒤졌다. 물론 황명으로 수도에 사는 모든 이는 물론 전

국민의 집까지 뒤질 수도 있기는 했다. 문제는 그런 명령을 내린다는 건 매매 증서의 존재를 홍보하는 거나 마찬가지란 점이었다.

"후우……."

한숨을 내쉰 소비에슈는 지끈거리는 관자놀이를 눌렀다. 입술을 짓씹으며 벽을 노려보았으나, 역시 별다른 계책이 떠오르진 않았다.

"시간이 많지 않으니 미치겠구나."

라스타가 아기를 낳기 전에 이혼과 재혼을 끝마쳐야 하는데. 황후는 절대로 순순히 이혼해주지 않을 터. 이런저런 시간을 계산해보자 초조해졌다.

"빨리 그 증서를 찾아서 파기해야 하는데……."

카를 후작은 말없이 서 있기만 했다. 소비에슈는 한참을 생각하다가 중얼거렸다.

"너무 눈 가리고 아웅이라 이 방법은 쓰고 싶지 않았지만……."

"?"

"매매 증서를 없앨 수 없다면 어쩔 수 없지."

"무엇을 말씀하시는 건지요, 폐하?"

"선황제들이 자기 정부들에게 자주 사용한 방법을 써야겠다."

카를 후작은 대번에 알아들었다.

"설마 라스타 양의 신분을 세탁하시려는 겁니까?"

"그래. 매매 증서가 나타나더라도 어떻게든 반박해보려면 그 수밖에 없겠어."

소비에슈의 목소리에 짜증이 묻어났다.

"몰락한 귀족 중 적당한 이를 데려와라. 부모뻘 나이라면 가장 좋겠지만, 그보다 조금 더 나이가 어려도 된다. 부부든, 남자든, 여자든 상관은 없다."

정부의 신분을 바꿀 때 자주 사용되는 방법은 가짜 결혼이었다. 하지만 1년 안에 라스타와 결혼을 해야 하는 소비에슈는, 그 방법을 사용할 수는 없었다.

"예, 폐하."

"되도록 빨리."

카를 후작이 나간 후. 소비에슈는 의자에 등을 기대고 무거운 눈꺼풀을 감았다. 여전히 그 파란 새 때문에 화가 몹시 나는데. 기절해 있던 나비에의 창백한 얼굴이 자꾸만 눈앞에 어른거렸다. 이혼하자고 하면…… 그보다 더욱 놀랄 텐데. 생각만으로도 마음이 무거워졌다.

소비에슈가 새를 보낸 데 대한 분노가 가시자, 다시 맥켄나와 '파란 새'가 떠올랐다. 나는 생각을 거듭하다가 본인에게 대놓고 물어보기로 결정하고서 에르기 공작을 찾아갔다.

'맥켄나의 상태가 궁금하기도 하고…….'

에르기 공작이 자리를 비운 상태면 좋겠는데. 속으로 생각하며, 나는 남궁으로 가 에르기 공작이 머무는 방 문을 두드렸다. 그러나 안쪽에서는 아무 대답이 들려오지 않았다. 다시 한 번 문을 두드리자, 대답이 뒤에서 들려왔다.

"네에."

웃음기 섞인 목소리였다. 돌아보자, 에르기 공작이 어느새 온 건지 품에 한 움큼의 안개꽃을 안고 있었다.

"드릴까요?"

그는 내가 안개꽃을 힐긋 보자, 웃으면서 안고 있던 꽃다발을 내밀었다. 나는 꽃을 받는 대신 그에게 물었다.

"괜찮아요. 맥켄나 경은 안에 있나요?"

그러나 에르기 공작은 대답하는 대신 헛소리를 했다.

"제가 이런 걸로 거절당한 적이 없어서. 좀 당황스러운데요, 지금."

"……맥켄나 경은?"

이 남자는 또 왜 이러는 걸까. 한숨을 내쉬고서 꽃을 받은 다음 묻자, 에르기 공작이 다시 꼬투리를 잡았다.

"한숨 내쉬면서 꽃 받으신 겁니까, 지금? 와. 이런 적도 처음이라 더 당황스러운데요."

"맥켄나 경은요?"

"되게 특이한 분이야."

"대답해요."

"칼 같고."

장난하나? 내가 고개를 기웃하며 보자, 그는 나를 뚫어져라 쳐다보다가 웃었다. 그러고는 못되어 보이는 미소를 지으며 물었다.

"도전 정신을 자극하는 분인 거, 아십니까?"

"……."

"하인리가 그래서 황후 폐하께 끌리는 걸까요?"

"맥켄나는 없나 보군요."

계속 맥켄나를 찾아댔으니, 그가 실제로 방 안에 있었으면 귀찮아서라도 나왔을 것이다. 나는 에르기 공작과 더 말을 섞는 대신 꽃을 그에게 도로 안겼다. 어째서인지 손에 힘이 꽉 들어갔지만, 애써 내색하진 않았다. 에르기 공작은 얼결에 안개꽃을 안아 들었다. 그러나 내가 돌아서서 걸어가자, 그는 굳이 또 쫓아오며 종알거렸다.

"맥켄나는 보기보단 큰 부상이 아니어서 돌아갔습니다."

"진작 얘기해주었으면 좋았을 텐데요."

이 남자는 왜 이렇게 뺀질거릴까? 라스타와 에르기 공작이 대화하는 모습이 궁금하다. 라스타는 보나마나 '라스타는요, 라스타는요.' 하고 말할 테고. 이 남자는 자기가 할 말만 주구장창 해대겠지. 대화 진도가 나가기는 할까? 좀 궁금해진다. 하지만 지금은 그보다 더 궁금한 게 있었다. 애초에 맥켄나를 찾아온 이유 중 하나……. 맥켄나가 없으니 에르기 공작에게 물어봐도 되겠지?

"뭘 하나 물어보고 싶은데요."

"물어보시지요."

"맥켄나가 새인가요?"

맥켄나가 내 예상대로 '파란 새'라면, 에르기 공작도 그 정체를 알고 있을 것이다. 로라가 말하기를, 에르기 공작은 정원에서 '파란 새'를 주워 갔다니까. 에르기 공작은 혼자 낄낄 웃으면서 대답했다.

"음. 새대가리에 가깝지만 새는 아닙니다."

"그러면 '새대가리 일족'인가요?"

종족 이름이 너무 욕 같아서 최대한 진지하게 물었는데. 에르기 공작은 갑자기 빵 터져서 혼자 배를 잡고 뒤로 넘어갔다. 하도 크게 웃어대서, 주위 사람들이 다 쳐다볼 정도였다. 너무 요란스럽게 웃어대잖아? 당혹스러워서 내려다보자, 그는 한참을 끅끅거리다가 물었다.

"그건. 그건 도대체 무슨 신종 욕입니까?"

"아니라면 됐습니다."

민망한 기분이 들어서, 나는 딱딱하게 말하고서 얼른 그 자리를 떠났다.

에르기 공작은 나비에가 사라진 후에도 혼자 울타리를 짚고 웃어댔다. 나비에 황후가 그 특유의 냉랭한 표정으로 '새대가리 일족' 같은 말을 한 게 너무나 웃겼다. 고지식하고 재미없는 얼음인형 같은 사람한테 하인리가 왜 그렇게 끌리나 했더니. 저런 모습 때문에 좋아하는 건가? 게다가 이미 전설처럼 취급되는 일족에 대한 정보를 저렇게 진지하게 받아들이고서 물어보다니. 그는 나비에가 사라진 일족에 대해 차분하게 물어보던 모습을 떠올리며 중얼거렸다.

"눈치도 빠르고."

한 달에 한 번 있는 국정회의가 열리는 날이었다. 국정회의에는 대부분의 고위 대신과 위원들이 모이는데, 황제인 소비에슈는 의무적으로 참석해야 하지만 황후인 나의 경우는 조금 달랐다. 참석이 의무가 아니기에, 나는 내가 맡은 일이나 내가 관련된 일이 안건으로 나와 있을 때만 참석한다. 그런 의미에서 오늘은 내가 참석하지 않아도 되는 날이었다. 오늘 나오게 될 안건과 의제를 확인했지만, 내가 나설 필요 없는 일들이었으니까. 하지만 30분 정도 고민하다가, 나도 참석하기로 결정하고 통보했다. 소비에슈가 나와 이혼할 생각인 걸 아는데. 아직까지 이렇게 조용하게 있으니 불안해서였다. 어쩌면 오늘 그가 나와의 이혼을 공론화할지도 모르지.

'맥켄나는 하인리에게 돌아갔을까?'

하인리는 어떤 반응을 보일까. 일이 복잡해졌으니 날 왕비로 맞이하는 건 포기하자? 다른 방법을 찾아서 연락하자? 생각하며 걷는 사이, 어느새 나는 회의가 열리는 홀에 도착해 있었다. 먼저 도착해 있던 소비에슈는 나를 보았지만, 인사조차 하지 않고 고개를 돌려버렸다.

'미안한 척하더니. 선물을 받지 않자마자 바로 본색을 드러내는구나.'

나는 굳이 모른 척하겠다는 그를 흔드는 대신, 내 자리에 앉아 정면만 응시했다. 이따금 힐긋거리는 옆자리의 시선이 느껴졌지만 돌아보진 않았다. 회의가 시작되고 한 번의 휴식 시간을 가질 때에도 우리는 그렇게 서로를 철저히 무시했다. 휴식 시간이 끝난 후에는 분위기가 더욱 어색해졌다. 두 번째 회의 때 첫 순서로 파르메 영주가 보낸 사람이 나왔는데, 그가 내 오빠를 거론한 탓이었다.

"코샤르 경이 수도로 돌아간 후, 상시천이 다시 들끓기 시작했습니다. 그들이 어디서 어떻게 횡포를 부릴지 몰라, 상인들조차 파르메로 오려 하지 않습니다. 부디 폐하의 아량으로 그 도적떼들을 소탕해주시기를 바랍니다."

오빠의 추방에 관련해서 말을 한 건 아니었고. 말을 하다 보니 등장한 것이지만, 소비에슈의 표정은 대번에 어두워졌다. 눈치 좋은 귀족들이 파르메 영주의 심부름꾼에게 그만하라 눈짓을 보냈다. 그러나 당장 영지의 안위가 위태롭기 때문인지, 파르메 영지 쪽 사람은 간절한 표정으로 소비에슈를 바라보기만 할 뿐이었다.

"검토해보겠다."

소비에슈는 딱딱한 목소리로 대답했다. 그런데 그 다음다음 순서 때였다.

"저…… 폐하."

순서가 아닌데, 랑트 남작이 손을 들더니 조심스레 앞으로 나섰다. 순간 심장이 철렁했다. 랑트 남작은 소비에슈의 비서였다. 소비에슈가, 그를 시켜 내 이혼 이야기를 시작하려는 걸까? 나는 옥좌 손잡이를 꽉 강하게 쥐었다. 평소라면 순서를 지키라며 칼같이 끊어냈을 소비에슈가 "무엇이냐." 하고 랑트 남작에게 발언권을 주자, 불안감은 더욱 강해졌다.

"라스타 양의 부모에 대한 일입니다."

그러나 랑트 남작이 꺼낸 건, 내가 아닌 라스타에 관한 일이었다.

"부모?"

"예. 라스타 양의 부모라 주장하는 이들이 나타났습니다."

소비에슈는 흥미롭다는 듯 물었다.

"누구지?"

랑트 남작은 주위를 슬쩍 둘러보며 말했다.

"캐런 가문 사람입니다."

오오, 하고 아는 척하는 이들이 나타났다. 그 가문에 대해서는 나도 들은 바 있었다. 두 세대 전에는 꽤 잘나갔던 가문인데, 황자들끼리 황위를 두고 싸울 때 줄을 잘못 섰다가 덩달아 몰락한 가문이었다. 라스타가 그 가문 사람이라고?

"확실한가?"

"모르겠습니다. 정확한 건 확인해보아야 할 것 같습니다."

"정말이라면 좋겠군."

소비에슈가 나와 이혼하려는 이때에, 그녀의 귀족 부모가 나타난다? 참으로 공교로운 시기 아닌가. 소비에슈와 랑트 남작의 대화를 가만히 듣고 있자니 웃음이 나온다. 이 일은 소비에슈가 라스타에게 귀족 부모를 만들어주고 싶어 꾸민 일이겠지. 어린 시절, 소비에슈는 선황제 폐하가 그런 일을 하는 걸 보며 열을 냈다. 그 일을 지금 자기가 그대로 하는 걸 보자 참으로 우스꽝스럽게 여겨졌다.

"……"

같은 생각을 한 걸까. 소비에슈의 귓가가 불그스름했다.

'다른 관점에서 보면 참…… 얼마나 라스타를 좋아하면, 자기가

싫어하던 이런 연극까지 꾸밀까.'

라스타가 평민이라고 바득바득 우기면서도 가짜 부모는 안 만들기에, 나름대로 소신은 유지하는 줄 알았더니.

"그러면 차후 그들을 데려오겠습니다."

임무를 마친 랑트 남작이 뒤로 물러나자, 좌중의 반응은 묘했다. 소비에슈가 꾸민 짓이라 여기는 사람도 있을 테고, 혹하는 사람도 있을 테지. 소비에슈는 얼른 원래 순서였던 사람에게 보고하라 손짓했다. 그러자 랑트 남작의 새치기에 밀렸던 이가 앞으로 나섰다. 그자는 블루 보헤안의 링얼 대사였는데, 태도가 좀 이상했다. 그의 표정은 우스꽝스러웠고, 걸음걸이는 주춤거렸다. 게다가 앞으로 나서면서도 연신 랑트 남작을 돌아보았다.

'왜 저러는 거지?'

눈에 띄게 이상한 행동인지라, 순식간에 그에게 이목이 집중되었다. 이유는 그가 입을 열자마자 알 수 있었다.

"저…… 실은 황제 폐하. 며칠 전, 블루 보헤안의 부부가 저를 찾아와 이상한 이야기를 했습니다."

"이상한 이야기라니?"

"폐하의 정부인 레이디 라스타가, 자기들이 잃어버린 딸인 것 같다고요."

"……."

순간. 소비에슈의 표정이 넋 나간 너구리처럼 변했다. 나는 턱에 힘을 꽉 주고 입술을 깨물었다. 대신들 사이에서도 웃음소리가 새어 나왔다. 랑트 남작만이 눈을 부릅뜨고서 링얼 대사를 쳐다볼 뿐이었다. 링얼 대사는 곤란하다는 듯 덧붙였다.

"그…… 음. 그 부부도 귀족입니다."

소비에슈가 내 쪽을 쳐다보았다.

"라스타 양은 부모가 여섯이나 되는 모양입니다."

그에게만 들리도록 작게 비꼬자, 그의 얼굴은 빠르게 홍당무처럼 변했다. 나는 다시 정면을 보았다. 대신들은 소비에슈의 눈치를 보느라 애써 웃음을 참고 있었다. 그러면서도 이 일이 어떻게 될까 궁금한지 눈을 반짝거리며 소비에슈를 올려다보았다. 소비에슈는 신경질적으로 옥좌 손잡이를 손가락으로 두드리다가 지시했다.

"두 부부 중 한쪽은 분명 사기꾼이겠지. 어쩌면 두 쪽 다. 어느 쪽이든 사기꾼은 가만히 두지 않을 것이다. 모두 가두어두어라!"

"네? 그런 일이 있었어요?"

파란 새의 일로 잔뜩 풀이 죽었던 라스타는, 에르기 공작에게 놀러 갔다가 회의장에서의 일을 듣고 웃음을 터트렸다.

"아가씨가 웃으면 안 되지."

에르기 공작이 지적을 해주고서야 라스타는 "아." 하고 정색했다.

"그러네요. 둘 다 사기꾼인가요?"

"아니. 블루 보헤안에서 온 쪽은 내가 매수한 부부야."

"아아, 그때 말씀하셨던 그……!"

"그래."

라스타는 "고마워요!" 하고 외치다가 인상을 찡그렸다.

"그러면 랑트 남작님이 데려온 쪽이 사기꾼인 걸까요?"

에르기 공작은 비실비실 웃었다.

"네 애인이 매수한 가짜겠지."

"제 애인이요? 아⋯⋯!"

라스타는 두 손으로 입가를 막았다.

"폐하께서!"

황후로 삼아주겠단 말을 해놓고서는 아무 움직임이 없더니. 뒤에서 이런 일을 준비하고 계셨구나! 몹시 감격스러웠다. 이 일이 소비에슈와 에르기 공작이 같은 일을 꾸미다 벌어진 사태라는 걸 알자, 아까는 웃기기만 하던 일도 감동이 되었다. 라스타는 얼굴이 빨개져서 눈웃음을 지었다.

"두 분 모두 귀여우세요. 라스타를 위해 이렇게까지⋯⋯."

에르기 공작은 의자에 한 팔을 괴고 삐딱하게 앉으며 피식 웃었다. 어째서인지 그는 기분이 좋아 보였다. 라스타는 고개를 갸웃하며 그를 보다가 화들짝 놀라 물었다.

"그러면 이제 어떻게 되는 거예요?"

"부모가 넷일 수는 없으니 한쪽은 가짜가 되겠지."

"어느 쪽이요?"

"아가씨는 어느 쪽이 진짜였으면 하는데?"

"그게⋯⋯ 사람들이 믿을 만한 쪽이요."

라스타의 대답이 마음에 드는 듯 에르기 공작은 한쪽 입꼬리를 올려 웃었다.

"정답이야."

"사람들이 누구 말을 믿을까요?"

"귀족들은 처음부터 랑트 남작이 데려온 부모는 가짜라고 생각하고 있었을 거야. 가짜 부부나 위장 결혼은 신분 세탁으로 자주 사용되는 방법이거든. 이번에도 폐하께서 꾸민 일이라 생각하면서도 그러려니 했겠지."

"아……."

"그런데 부부 한 쌍이 더 나타나면서, 오히려 우리 쪽 부부의 신뢰도가 높아졌어. 폐하가 두 쌍을 준비할 리는 없을 테니까."

"그러면 라스타는, 에르기 공작님이 주선해주신 귀족 부부가 라스타의 부모라고 말하면 되나요?"

"똑똑한데?"

에르기 공작이 감탄하자 라스타는 헤헤 귀엽게 웃었다. 가짜 부모가 만들어졌으니 이제 그녀는 귀족이었다. 에르기 공작은 황후가 되려면 평민들의 지지와 평의회의 신망을 얻어야 한다고 했지만, 그건 소비에슈에게 그녀를 황후로 삼을 의사가 없을 때의 일이었다. 소비에슈가 그녀를 황후로 삼겠다고 했으니, 이제 걸리는 건 아무것도 없었다.

모든 게 완벽했다. 모든 게…….

"아, 아가씨. 명심해야 할 게 있어."

"평의원들을 회유해야 한다는 거요?"

"그거야 시간을 더 들여야 하는 일이고. 다른 거."

"어떤 거요?"

"가짜 부모 말이야."

"?"

"진짜 부모처럼 대해야 해."

"네? 그 사람들은 그냥 돈 받고 이름만 빌려주는 거 아니에요?"

"그러면 가짜 티가 나잖아."

"!"

"아가씨 목표는 정부가 아니라 황후잖아? 가짜 부모를 둔 '정부'
는 다들 그러려니 넘어가지만, 가짜 부모를 둔 '황후'는 없어."

"아……."

"그 사람들은 아가씨를 '피치 못할 사정으로 잃어버린 딸'처럼
대할 거야. 그러니 아가씨도 극적으로 만난 부모를 대하듯 그 사람
들을 챙겨. 그래야 돼."

라스타가 에르기 공작에게 회의 때의 일을 들으며 기뻐하는 그
시각. 소비에슈는 이 일에 대해 심각하게 고민 중이었다. 에르기 공
작이 지적한 부분은 소비에슈 역시 알고 있었다. 사람들은 랑트 남
작이 데려온 귀족 부부를 가짜라고 생각할 것이다. 하지만 아이러
니하게도, 덕택에 블루 보헤안에서 온 귀족 부부는 진짜일 가능성
이 있다고 생각하게 될 터였다. 사기꾼이 황제의 정부를 등쳐먹으
려는 것보다는, 극적으로 부모와 재회한 가엾은 귀족 소녀의 이야
기가 더욱 흥미롭다. 앞뒤 이야기만 잘 맞춘다면, 다들 이 이야기에

열광할지도 몰랐다. 문제는…….

이 일로 소비에슈 자신이 완전히 웃음거리가 되었단 점이었다. 소비에슈는 현기증에 눈을 감았다. 그토록 '웃긴 짓'이라고 여겼던 아버지의 전철을 더욱 나쁘게 밟다니. 나비에가 옆에서 비웃을 만도 했다.

"폐하…….."

랑트 남작은 옆에서 안타까워하며 발을 굴렀다. 가짜 부부를 섭외해 온 게 그이다 보니 죄책감이 컸다. 따지자면 그의 잘못은 아니었다. 대신들은 국정회의 때 낼 안건을 미리 제출하도록 되어 있는데, 링얼 대사는 라스타의 부모에 대한 일을 쓰지 않았으니까. 랑트 남작 역시도 안 적은 건 마찬가지지만, 그건 극적인 장치를 위해서였다. 다급하게 가져온 사안이란 걸 알리기 위해서. 랑트 남작은 후회했다. 그냥 적을걸……. 그러면 링얼 대사가 의문을 가지고 그에게 먼저 물어볼지도 몰랐는데. 이렇게 폐하가 우스갯거리가 되지 않을지도 몰랐는데.

"괜찮다."

소비에슈는 전혀 괜찮지 않았지만, 충직한 신하를 위해 억지로 거짓말했다. 물론 목소리에서는 괜찮지 않은 티가 나서, 랑트 남작은 더욱 기가 죽었다.

얼마나 오랫동안 그러고 있었을까. 한참 동안 눈을 감은 채 가만히 있던 소비에슈가 천천히 눈꺼풀을 들어 올렸다. 아까와 달리 눈동자 속에 혼란스러운 기색은 없었다. 무언가 결단을 내린 눈치였다. 랑트 남작과 카를 후작은 서로를 쳐다보며 눈빛을 교환했다. 그

러나 둘이서 그런다 한들, 소비에슈가 무슨 생각인지 알 수 있을
리가 없었다.

"랑트 남작."

"예, 폐하."

"네가 데려온 부부. 어디에 가두어두었지?"

"확실하게 죄인이 된 게 아니어서, 서쪽 탑 1층에 있습니다. 두
부부 모두요."

'서쪽 탑'은 이름과 달리 서쪽에 있는 탑은 아니었다. 원래는 서
쪽에 있던 게 맞지만 본궁을 새로 증축하면서 서쪽이 아니게 되었
고, 용도 역시 변화해서 지금은 정치 싸움에 밀린 황족이나 죄를
지은 황족을 가두는 데 가장 많이 사용되고 있었다. 탑 안에 죄수
가 없을 경우에는, 1층의 간수실이 지금의 경우처럼 '죄가 확실하
지는 않지만 심문해볼 여지가 있는' 귀족들을 임시로 가두는 용도
로 쓰이곤 했다.

"가보지."

소비에슈는 몸을 일으켰다. 랑트 남작과 카를 후작이 얼른 뒤따
라갔다. 그러나 서쪽 탑에 도착한 소비에슈는, 랑트 남작과 카를 후
작은 내버려둔 채 혼자 1층으로 들어갔다. 랑트 남작이 데려온 '가
짜 부부'는 가장 끝 방에 갇혀 있었는데, 소비에슈가 문에 달린 창
문을 열자 무릎을 꿇으며 용서를 빌었다.

"죄송합니다, 황제 폐하! 저희도 속은 겁니다!"

"랑트 남작이 레이디 라스타의 가짜 부모 노릇을 하는 게 폐하
의 뜻이라 했습니다!"

"절대로 사기를 칠 생각이 아니었습니다!"

소비에슈는 엉엉 우는 귀족 둘을 가만히 바라보았다. 그들은 귀족이라기엔 수척했다. 양 볼은 말랐고 안색도 좋지 않았다. 저 지경이니 귀족들이 목숨보다 중하게 여긴다는 가문을 가지고 장사를 시도했을 터. 이 와중에 감옥에까지 갇히게 되었으니 아주 필사적일 것이다. 소비에슈는 그들이 자신의 말을 분명 따르리란 판단을 하고서 입을 열었다.

"너희에게 사기를 친 사람 이름이……."

"랑트 남작입니다! 랑트 남작이요!"

"코샤르 릴더 트로비가 아니냐."

"예?"

귀족 부부는 황제의 뜬금없는 말에 눈을 휘둥그렇게 떴다. 귀족 같지 않은 귀족이지만, 그들도 아주 기본적인 사교계 정보는 알았다. 코샤르 릴더 트로비는 황후의 오빠가 아니던가. 명문가인 트로비 가문의 후계자.

"아닙니다. 무슨 말씀이신지……."

"잘 생각해보아라."

"아닙니다. 분명 랑트 남작이란 자였습니다."

소비에슈가 문에 달린 창문 창살을 툭 손가락으로 두드리며 서늘하게 명령했다.

"다시 생각해보아라."

귀족 부부는 그제야 황제의 뜻을 알아차리고서 소스라치게 놀랐다. 지금 황제는 황후의 오빠에게 죄를 덮어씌우려 하는 것이다. 부부는 겁을 먹고서 시선을 교환했다. 그들은 평범한 사람들이었다. 평소에는 선량한 편이지만, 목숨이 위태로워지면 자신들의 목숨을 우선시했다. 그들이 거짓말을 하면 황후의 오빠과 황후, 그 가문이 곤혹을 치르리라는 걸 알았지만, 거짓말을 하지 않으면 황제를 속이려 한 죄로 죽거나 감옥에 갇힐지도 몰랐다. 그들은 황후를 좋아하는 편이었지만, 그보다는 자기들의 목숨이 우선이었다. 당장 그들의 목숨이 위태로운데, 남을 신경 써줄 여유는 없었다. 황후가 아무리 좋은 황후라지만, 그것도 그들이 살아 있을 때에나 좋은 황후 아니던가.

"맞습니다. 맞아요."

"생각해보니 그런 이름이었습니다."

"얼굴은?"

"그…….."

"아름답다. 황후를 닮았어."

"예. 예. 그랬습니다."

"눈동자는?"

"파랑……?"

"초록색이다. 머리 색은?"

"금발이요!"

"그래. 짙은 금발이다."

부부는 덜덜 떨면서 두 손을 모아 쥐었다. 도대체 어쩌다가 이런 일에 휘말린 건지. 단지 몰락한 귀족들이 이따금 하는 행동을 그들도 하려 한 것뿐인데. 그냥 이름만 빌려주고 돈을 챙겨 조용히 살면 되리라 여겼는데. 거짓말을 하면서도 몹시 괴롭고 비참했다. 하지만 그보다는 더욱 겁이 났다.

"사람들 앞에서도 그렇게 증언해라."

"살려, 주실 겁니까?"

"'코샤르'가 거짓말의 대가로 너희에게 무엇을 주기로 했지?"

"돈을 주겠다고 했습니다."

"다섯 배를 주지."

"!"

"'코샤르'는 너희에게 거짓말을 요구하며 협박했다. 라스타의 부모가 되는 데 성공하면 이후엔 지령을 내려주겠다 했어. 추방당한 상태이기에, 그 지령이 무엇인지는 바로 듣지 못했다. 맞지?"

"네! 그렇습니다! 네!"

싹싹 비는 '가짜 부모'를 두고 나온 소비에슈는 자신의 방으로 가자마자 곧장 카를 후작에게 지시했다.

"이혼 신청서를 가져와라."

일을 어떻게 해결하시려는 건가, 궁금해하던 카를 후작은 화들짝 놀랐다. 황제가 황후와 이혼하겠단 이야기를 한 바 있지만. 이렇게 급작스럽게 추진할 줄은 몰랐기에 심장이 섬뜩했다.

"정말로 이혼을 하시려는 겁니까, 폐하?"

"한다 하지 않았나."

소비에슈는 단호하게 말했다. 카를 후작은 침울한 얼굴로 방을 나갔다가 15분 정도가 지나 돌아왔다. 그의 손에는 종이가 한 장 들려 있었다. 결혼을 할 때 대신관이 주는 이혼 신청서였다.

소비에슈는 카를 후작을 기다리는 15분 동안 미리 적어두었던 종이를 옆에 두고서, 이혼 신청서를 책상의 가운데에 놓았다. 새롭게 잉크를 먹여 다듬은 펜을 꺼내어 손에 쥔 그는, 잠시 종이를 심란한 눈으로 내려다보았다. 카를 후작은 소비에슈가 지금이라도 마음을 바꿔주기를 속으로 간절히 바랐다.

"……."

그러나 변화는 없었다. 종이 위에 펜을 가져다 대기가 힘들었을 뿐. 일단 검은 잉크가 한 방울 떨어지고 나자, 이후로는 순식간이었다. 소비에슈는 거침없이 이혼 사유를 적어나갔다. 코샤르 릴더 트로비가 황제의 아기를 가진 라스타를 떠민 일, 라스타의 약점을 캐기 위해 로테슈 자작을 납치하고 감금, 폭행한 일, 라스타에게 사기를 치기 위해 가짜 부모를 고용했다가 발각된 일 등등. 그를 추방시키는 것으로 일을 마무리하려 했으나, 코샤르는 추방을 당한 후에도 끊임없이 라스타와 그의 아기를 노린다고도 적었다. 결혼한 지 오래도록 아기를 보지 못한 그로서는 라스타의 배 속에 생긴 희미한 생명을 지켜야 한다고도 적었다.

펜을 내려놓은 소비에슈는 눈을 감고서 고개를 위로 젖혔다. 기절해 있던 창백한 황후의 얼굴이 다시 선명하게 떠올랐다. 심장이 돌덩이처럼 무겁게 여겨졌다. 이유 모를 불안한 마음이 치솟았다. 이게 옳은 선택일까?

"폐하."

카를 후작의 목소리가 그를 상념에서 깨웠다.

소비에슈는 눈을 떴다. 이혼 신청서를 봉투 안에 넣은 다음, 밀랍을 얹고 그 위에 황제의 인장을 찍었다. 그러고는 금방 터져버릴 마법 약품을 치우려는 듯, 그 편지를 카를 후작에게 얼른 건네버렸다. 카를 후작은 두 손으로 편지를 받았다. 그러나 쉽게 나가지 못하고서 우물거렸다.

"가보아라. 직접 전달해라."

명령을 들은 후에도 그가 계속 우물거리자, 소비에슈가 그를 이상하게 쳐다보았다. 카를 후작은 용기를 내어 그에게 다시 한 번 청했다.

"폐하. 꼭 이렇게 하셔야겠습니까? 좀 더 시간을 두고 생각해보시는 건……."

"그 시간이 없으니 이러는 게 아니냐."

"황후 폐하께서는 젊으십니다. 아직 불임이라 단정 짓기엔 힘듭니다."

"젊지. 젊은데도 몇 년이나 아기가 생기지 않았다."

소비에슈는 고통스러운 듯 눈을 감았다.

"내 아기가 없으면 그다음 계승자는 릴테앙 대공이다. 하지만 현실적으로 그 아들인 셰를 쪽이 뒤를 이을 가능성이 크지."

"셰를 공자는……."

카를 후작은 차마 말을 잇지 못했다. 릴테앙 대공은 야심가이지만 본인의 역량을 잘 알기에 황제 자리에는 관심이 없었다. 아들인 셰를은 선하고 착한 소년이었지만, 마음이 약하다 보니 남들에게 늘 이리저리 휘둘렸다. 셰를이 황제가 되었다가는 역대 가장 우유부단한 황제가 되고, 릴테앙 대공은 아들을 뒷배로 삼아 권력을 휘둘러 부정부패가 판을 칠 게 뻔했다.

"하지만 폐하. 황후 폐하께서도 곧 아기님을 가지실 겁니다. 몇 년을 기다려보다가 그래도 안 되면, 그때 새로 정통성 있는 후계자를 보면 됩니다."

"그 몇 년 사이에 첫째 아이는 이미 훌쩍 자라 있을 텐데. 그 아이는 서출로 두고 둘째를 후계자로 삼으면, 그 아이가 받을 상처는?"

"……"

소비에슈는 손을 저었다.

"그리고 말하지 않았느냐. 황후는 불임이라고."

카를 후작은 주저하다 물었다.

"왜 그렇게 확신하시는 겁니까?"

이게 계속 궁금했다. 아버지가 되는 건 소비에슈가 옛날부터 꿈꾸던 일이란 걸 알고 있었다. 그러나 왜 저렇게 나비에가 불임이라 확신하는지, 그게 도무지 이해가 가지 않았다. 소비에슈는 말을 해줄 듯 말 듯 망설였으나, 결국 입을 다물었다.

"편지나 전해라. 어차피 대신관에게는 따로 이유를 말해야 할 테니."

'대신관에게 말씀하셔도 저는 못 듣습니다, 폐하.'

카를 후작은 속으로 중얼거렸지만, 차마 말로 꺼내진 못하고 "네." 하고 방을 나섰다.

로테슈 자작은 몇 주 동안이나 라스타를 찾아가지 못했다. 그 망나니 같은 코샤르에게 여기저기 얻어맞은 데다 귀가 반이나 뜯겨서, 침대에 누운 채 내내 치료를 받았기 때문이다. 그러나 아무리 치료를 잘 받아도 뜯겨 나간 귀만은 어쩔 수 없었다.

"고막까진 안 뜯어져서 다행이에요, 아버지. 살만 뜯어졌어요."

"귀가 뜯겨졌는데 뭐가 다행이란 말이냐!"

"고막까지 뜯긴 것보단 낫잖아요."

"아예 안 뜯겼어야 다행인 거지! 이 빌어먹을 놈, 나가! 나가라!"

이 외중에 아들이라는 놈은 보기 싫은 아기를 안고서 헛소리나 해댔다. 로테슈 자작은 침대에 누운 채 알렌을 향해 베개를 집어던졌다. 저 멍한 놈이 수도에 오더니 더 정신이 반쯤 나간 듯해 걱정되었다. 로테슈 자작은 씩씩거리면서 침대에 누워 한숨을 내쉬었다.

"아버지. 안 안아보실래요?"

"나가! 나가라고!"

아버지가 손자를 안아보면 기분이 풀릴 거라 생각했던 알렌은, 로테슈 자작의 얼굴이 자주색 고구마처럼 변하자 얼른 아들을 안고서 방을 빠져나왔다. 칭얼거리는 아기를 둥기둥기 어르면서 걷고 있자니, 알렌은 라스타가 떠올랐다. 그녀를 꼭 닮은 이 아기를 라스타에게 꼭 한 번은 보여주고 싶은데…….

그러고 있자니, 스프 그릇을 든 르베티가 계단을 올라오며 물었다.

"오빠 뭐 해?"

"아버지 병문안 다녀왔어."

"그 덩어리 들고서? 좀 놓고 다녀. 걔 보면 아버지는 병이 낫다가도 깊어지실걸?"

"……조카한테 덩어리라니."

"미안. 근데 걔 얼굴을 보면 좋은 소리가 안 나와."

"르베티."

"둘째 조카부터는 진짜 사랑해줄게. 근데 걘 아니야. 걘 오빠 애가 아니라 라스타가 분열한 것처럼 생겼단 말이야."

어떻게 저렇게 도장 찍은 것처럼 쏙 닮았지? 르베티가 작게 구시렁거리며 스프 그릇을 들고 안으로 들어갔다. 알렌은 한숨을 내쉬고서 안의 사랑스러운 이마에 입을 맞추었다. 그러고서 계단을 내려가고 있자니, 돌연 로테슈 자작의 방 안에서 비명 소리가 들려왔다. 놀란 알렌은 아기를 안고서 다시 계단을 올라가 로테슈 자작의 방으로 들어갔다.

"아버지?"

로테슈 자작은 신문을 잡은 채 부들부들 떨고 있었다.

"아버지? 괜찮아요?"

알렌은 아기를 르베티에게 억지로 안기고서 로테슈 자작에게 다가갔다.

"아버지? 정신 있어요?"

"이 망할 놈아! 아비한테 정신이 있냐니!"

로테슈 자작이 멀쩡한 듯하자, 알렌은 안도해서 다시 아기를 안아 들었다.

"무슨 일인데 그래요? 돼지 멱따는 소리가 들렸어요."

로테슈 자작은 씩씩거리며 신문을 아들에게 패대기쳤다. 신문은 알렌의 어깨를 맞고 툭 떨어졌다. 알렌은 신문을 탁자 위에 내려놓고서 한 손으로 들춰보았다. 도대체 뭘 보고 저렇게 화가 나셨지?

별 내용은 없었다. 인기 있는 제과점, 양장점, 디자이너, 사교계의 새로운 쌍나비로 급격하게 부상 중인 발르아 경과 헤일리 양, 어느 가문의 스캔들……. 그냥 평소와 같았다.

"어?"

그러나 딱 한 부분에서 알렌은 멈춰버렸다. 소비에슈 황제가 구출해 온 평민 출신 정부에게 두 쌍의 부모가 나타났단 이야기였다. 그들은 자신이 그녀의 친부모라 주장하고 있는데, 둘 다 귀족이라고 했다.

"귀족 부모?"

알렌은 놀라서 중얼거렸다. 저 기사는 분명 라스타에 관한 건데. 귀족 부모라고? 어리둥절해 있자니, 로테슈 자작이 이불을 걷어차며 펄쩍 뛰었다.

"말도 안 되지! 그 아이한테 귀족 부모라니!"

알렌은 로테슈 자작에게 물었다.

"아버지는 라스타의 부모가 누구인지 아세요?"

"알다마다! 그 아이 부모는 사기꾼이야! 욕할 때 쓰는 사기꾼이 아니라, 정말 사기꾼이란 말이다!"

로테슈 자작은 씩씩거리다가 일어났다.

"아버지, 아직 일어나시면 안 돼요!"

르베티가 놀라서 말렸지만, 그는 종을 쳐서 하인을 불러 지시했다.

"내 옷을 가져와라! 궁전에 다녀와야겠다!"

"아버지!"

"귀족 부모라고? 말도 안 되지. 보나마나 어디서 사기꾼 같은 게 온 걸 거야. 아니면 그것이 가짜 부모를 만들었거나!"

'안'이 있는 한 어차피 로테슈 자작은 계속 라스타를 협박할 수 있었다. 하지만 로테슈 자작은 그가 구입한 금광을 다른 이들과 나눠 먹을 생각이 없었다. 귀가 뜯겨가면서 지켜낸 금광에, 감히 어떤 작자들이 곡괭이를 들이민단 말인가! 분노가 고통을 눌렀다. 그러나 궁에 도착했을 때, 라스타는 방에 없었다.

그 시각. 라스타는 소비에슈와 함께 서쪽 탑에 있었다. 주위에는 입 가벼운 귀족 몇이 있었고, 기자도 두 명 있었다.

"이들이 네 부모라고 주장하는 자들이다, 라스타."

소비에슈는 라스타를 데리고 가서 부부들을 각기 보여주었다. 라스타는 신중하게 그들과 몇 마디 대화를 나누었다. 소비에슈는 침착하게 그 모습을 지켜보았다. 블루 보헤안에서 온 귀족 부부가 진짜로 라스타의 부모인지 아닌지는 소비에슈 역시 모르는 일이다. 심문 결과, 그들에게는 라스타를 친딸로 생각할 만한 몇 가지 사안이 있기는 했다. 링얼 대사 역시 이점을 미리 확인하느라, 부부가 그를 찾아오고서도 며칠이 지나서야 보고한 것이었다. 하지만 그들이 진짜 부모로 확정이 나든 나지 않든, 랑트 남작이 데려온 이들은 자기들이 가짜라 실토할 것이다. 둘 다 부모가 아니었단 결론이 나면, 그다음 부모는 새로 또 데려오면 될 일이었다. 이번 일이 신문에 실렸으니, 라스타에 대한 일을 신문에서 보고 왔다고 하면 될 터…….

"아아."

그때, 소비에슈의 귀에 라스타가 탄식하는 소리가 들려왔다. 소비에슈는 생각을 멈추고 라스타를 보았다. 라스타가 블루 보헤안 귀족 부부의 문 앞에 서서 흐느끼고 있었다.

"제 부모님이 맞는 것 같아요."

블루 보헤안에서 왔다는 귀족 부부 역시도 같이 울고 있었다.

"널 잃어버린 후 얼마나 오랫동안 찾아다녔는지 몰라."

"그동안 얼마나 고생을 했을까."

퍽 감동적인 상봉이었다. 기자들이 수첩에 대고 손을 빠르게 움직였다. 감성이 풍부한 몇몇 귀족이 훌쩍거리는 게 보였다. 혈육 검사를 하지 않아도 되느냐고 나서는 귀족은 없었다. 혈육 검사가 귀족은 물론 평민들 사이에서도 부끄러운 일로 통했기 때문이다. 꼭 필요한 상황이 아니라면 대부분은 혈육 검사를 사용하지 않았고, 이번 역시 마찬가지였다. 라스타와 부부의 주장이 상반된다면 검사를 해봐야겠지만, 둘 다 서로 부모 자식이라 주장하는데 억지로 시킬 수는 없었다.

짧은 재회가 끝난 후. 소비에슈의 명령을 들은 간수가 블루 보헤안의 귀족 부부가 갇힌 방문을 열어주었다. 귀족 부부는 나오자마자 또다시 라스타를 끌어안고 울었다. 소비에슈는 잠시 그들이 진정하기를 기다렸다가, 낮은 목소리로 경고했다.

"혹시라도 너희 부부가 사기꾼이라면, 처형대에 목이 날아가리란 걸 명심해라."

블루 보헤안의 귀족 부부는 겁먹은 눈치였으나 당연하다고 고개를 끄덕였다. 라스타는 둘을 데리고 자신의 방으로 가게 되었다. 에르기 공작이 미리 충고한 것처럼, 그들을 친부모처럼 대해줄 셈이었다. 적어도 당분간은.

그러나 방문 앞 복도에 싫은 남자가 먼저 응접실에서 그녀를 기다리고 있었다. 로테슈 자작이었다. 라스타는 그를 보자 심장이 철렁했으나, 당당하게 물었다.

"무슨 일이에요?"

"네 보호자로서 왔지. 무슨 일이긴."

"내 보호자라니요? 자작이 왜 내 보호자예요?"

라스타는 태연하게 되묻고는, 자신의 새로운 부모를 보이며 말했다.

"내 보호자는 이분들이에요."

"보호자? 저들이 신문에 난 그 치들이냐? 네 부모라 주장한다던?"

"주장하는 게 아니라 정말이에요."

로테슈 자작은 화가 나서 씩씩거렸다.

"아니, 저들은 사기꾼이다!"

그의 당황한 모습에 라스타는 기분이 좋아졌다. 로테슈 자작을 노리고 한 일은 아니었지만, 그가 쩔쩔매는 모습이 보기 좋았다.

"제 부모님한테 사기꾼이라니요!"

라스타가 딱 잘라 외치자, 로테슈 자작은 더욱 화가 났다.

"부모님이라니!"

그러나 라스타는 더 대꾸하는 대신, 블루 보헤안의 귀족 부부를 데리고 방 안으로 들어가버렸다.

"자작님은 그만 돌아가시라고 해."

방문을 닫자, 블루 보헤안의 귀족 부부 중 '마샤'라던 부인이 물었다.

"괜찮겠어요?"

"괜찮아요."

라스타는 딱 잘라 말하고서 그들에게 소파에 앉으라 권했다. 라스타는 그들의 맞은편에 앉아서 어색하게 둘을 번갈아 보다가 물었다.

"이쪽 분이 마샤, 이쪽 분이 길림트……라고 했죠?"

"맞아요."

"우리가 진짜라고 해줘서 고마워요, 라스타 양."

그들은 잠시 더 이야기를 나누었다. 마샤와 길림트는 굉장히 상냥한 성격이었다. 에르기 공작이 소개해준 사람들이라 그런가. 정말로 친부모였으면 싶을 정도로 사람들이 좋았다. 라스타는 대화를 나눌수록, 점차 그들이 진짜 자신의 부모였으면 좋겠다고 생각했다.

"에르기 공작님에게 들었는지 모르겠지만, 우리는 정말로 딸 둘을 잃어버렸어요."

"상시천이라는 도적 무리의 습격을 받아서 급히 도망쳐야 했거든요. 아이들은 각기 유모가 데려갔는데…… 그 후 실종됐습니다."

"내내 딸을 찾아다녔습니다."

"그 기간이 너무 오래 길어지면서, 부끄럽지만 재산을 탕진해버렸고요."

마샤와 길림트는 한쪽씩 라스타의 손을 꼭 쥐고서 말했다.

"한 아이는 라스타 양과 동갑이에요. 둘째는 라스타 양보다 몇 살 아래지만요."

"아직 그 아이들을 찾고 있습니다."

"이참에 딸이 하나 더 생긴 걸로 하겠습니다."

그들은 자신들의 이야기를 간략하게 해준 후, 라스타에 대해 물었다. 무엇을 좋아하는지, 어떻게 지냈는지, 손은 어쩌다 이렇게 많이 다쳤는지……. 라스타가 얼버무리듯 과거를 이야기하자, 울면서 끌어안아주었다. 라스타는 덩달아 기분이 먹먹해졌다. 그저 신분을 세탁하기 위해 데려온 가짜 부모인데. 이들의 애정을 받고 있자 기분이 좋아졌다. 혹시 로테슈 자작처럼 자신을 이용하려는 이들이면 어쩌나 걱정했는데. 그럴 걱정은 하지 않아도 될 것 같았다.

"라스타는 고아예요……. 하지만 부모님이 있다면 두 분 같을 것 같아요."

한참 기분이 좋아진 라스타와 달리, 로테슈 자작은 이를 갈며 자신의 집으로 돌아갔다. 그는 씩씩거리면서, 절대로 이 냉대를 그냥 넘기지 않을 거라 다짐했다. 이쪽은 자기 때문에 망나니 같은 놈에게 붙잡혀 귀가 반이나 뜯겼다. 그런데 본인은 가짜 부모를 옆에 끼고서 신분까지 세탁해가며 희희낙락해? 그 꼴이 아주 같잖고 못마땅했다. 지금도 이런데. 나중에 황제의 아기를 낳으면 얼마나 유세를 부릴까.

"미리 기를 눌러두어야겠어. 기선을 잡아둘 때가 됐지."

한편, 그 시각. 코샤르는 서왕국의 수도에 도착해 궁정 문을 통과하고 있었다. 코샤르를 여기까지 안내한 산적 분위기의 남자는 며칠 사이에 코샤르에게 푹 빠져서, 온갖 이야기를 신이 나 떠들어 댔다. 소문으로는 코샤르가 아주 형편없이 못돼먹은 망나니라 했는데. 막상 함께 지내보니, 그 정도는 아니란 걸 알게 된 덕이었다. 착한 사람은 분명 아니었고, 욱하는 성질이 있기는 했다. 좋은 성격은 아니다. 하지만 소문만큼의 불한당은 아니었다. 무엇보다 검을 쥔 무인으로서, 남자는 코샤르의 힘에 매료되었다. 결정적인 건, 치안이 엉망인 국경 부근을 지나가다가 산적을 만났을 때였다. 코샤르가 산적 열 명을 혼자서 가뿐하게 소탕하는 걸 본 후. 그는 코샤르에게 완전히 넘어가버렸다. 그의 눈에 코샤르는 영웅소설에 나오는 매력적인 악역처럼 보였다.

"제가 여자라면 분명 코샤르 경에게 반했을 겁니다."

"내 입장도 생각해줬으면 하는데."

"너무 좋으시죠?"

"내 입장은 신경도 안 쓰는군."

"하하하! 실은 제게 절 쪽 닮은 누이가 있는데요. 아직 미혼……."

"도착했나? 아. 저기라고?"

"코샤르 경? 코샤르 경! 그쪽 아닙니다! 돌아와요!"

남자는 갑자기 왕비궁 쪽으로 뛰어가는 코샤르를 간신히 잡아다가 미리 정해진 약속 장소로 데려갔다. 놀랍게도 그곳에는 이미 그의 주군인 하인리 1세가 나와 있었다. 수도 정문을 통과하면서 전서조를 보내긴 했지만. 그래도 벌써 나와 있을 줄은 몰랐던지라, 남자는 깜짝 놀랐다. 도대체 그의 주군은 왜 이렇게까지 코샤르 릴더트로비를 만나려는 걸까?

"코샤르 경. 이분이 서왕국의 하인리 1세 전하이십니다."

남자는 아까까지의 장난스러운 태도를 벗고서 황급히 하인리를 코샤르에게 소개했다. 코샤르 역시도 칼같이 예의를 갖추어 하인리에게 인사했다. 공작 가문의 후계자라 하기엔 너무 거침없는 게 아닌가 했는데. 의외로 교본 같은 예의범절이었다. 남자는 이제 하

인리와 코샤르가 어떤 대화를 나눌까 싶어서, 괜히 긴장해서 둘을
쳐다보았다.

"수고했다. 돌아가거라."

그러나 하인리는 남자에게 그만 가보라 지시했다. 남자는 아쉬
웠지만 어쩔 수 없이 돌아섰다. 코샤르는 그 모든 행동을 유심히
지켜보았다. 겉으로는 태연했으나, 속은 많이 놀란 상태였다. 산적
같은 남자가 "나중에 꼭 누이를 소개시켜주겠습니다"라고 말하며
갔기 때문은 아니었다. 오면서도 설마설마했고, 궁전 안에 들어오
면서도 설마설마했는데. 정말로 서왕국의 왕이 그를 기다리고 있
어서였다.

'어쨌든 잘되었다.'

서왕국의 왕을 만났으니, 그에게 황제의 정부를 포기하지 말고
데려가라 해야겠다.

"하인리 전하."

우선 의례적인 인사부터 하기 위해 코샤르는 입을 열었다. 그러
나 인사를 하기 전에, 놀라운 일이 벌어졌다.

"형님. 이렇게 먼저 뵙는군요."

하인리 1세가 그를 형님이라 부른 것이다. 코샤르는 순간 얼이
빠졌다.

"……예?"

하도 황당하고 당혹스러워서, 그는 아무 말도 하지 못했다. 코샤
르가 가만히 있자, 하인리는 웃음을 터트렸다.

"아. 아직 아무것도 모르시는구나."

사실 따지고 보면 하인리 본인도 아는 건 별로 없었지만. 지금 하인리는 나비에의 오빠를 보았단 생각에 거기까지는 생각이 미치지 않았다. 아내에게 점수를 따려면 처갓집의 점수를 따라고 했다. 나비에를 짝사랑 중인 하인리의 눈에는, 코샤르의 머리 위에 '공략 대상 1호'라고 쓰여 있는 것만 같았다.

반대로, 정말로 아무것도 모르는 코샤르는 뭐라고 말해야 좋을지 알 수 없었다. 소비에슈와는 가끔 선을 넘을 듯 말 듯 말다툼을 하지만, 그건 어린 시절부터 싸우면서 지내서이다. 그런 코샤르도 공식 석상에서는 소비에슈에게 깍듯하게 대했다. 나비에가 받은 예법 수업을 코샤르만 안 받았을 리가 없었다. 당연히 남의 나라 왕이 뜬금없이 '형님!' 한다고 해서 '아우야!' 소리가 나가지 않았다.

"무슨 소리이신지……."

코샤르가 경계하며 묻자, 하인리는 "이런." 하고 사람 좋게 활짝 웃으며 손으로 문을 가리켰다.

"우선 들어가시지요. 씻고 쉬신 다음에 이야기하는 게 좋겠습니다. 피곤하시지요?"

"?"

"그런데 동생분과 많이 닮으셨네요."

"!"

코샤르를 위해 준비된 방은 아늑하고 포근하고 넓고 화려했다.

눈을 편안하게 해주는 갈색 계통의 인테리어에, 가구에 사용된 목재는 모두 뛰어났으며 결이 아름다웠다. 욕실에는 장미꽃잎을 뿌린 따뜻한 물이 받아져 있었고, 그의 치수에 맞게 준비된 옷도 있었다.

'치수는 어떻게 안 거지?'

하인리가 온갖 치수별로 옷을 미리 준비해두었더란 걸 모르는 코샤르는 꼭 귀신에 홀린 기분이었다.

'사정을 들으면 알 수 있겠지.'

코샤르는 일단 준비된 옷을 입고서 시녀의 안내를 받아 하인리를 만났다. 이상하게도 하인리는 아까보다는 기분이 나빠 보였다. 테이블 앞에 앉아 있는데 표정이 어둡고 이마는 구겨져 있었다. 그러나 막상 코샤르를 보자, 직접 일어나 그를 맞이해주고는 또다시 그 '형님' 소리를 했다.

"형님도 붉은 계통이 잘 어울릴 줄 알았습니다."

"전하. 죄송하지만 아까부터 자꾸 저를 형님이라 부르시는데……."

"아아. 설명해드리겠습니다."

하지만 막상 코샤르를 옆에 앉게 한 하인리는 쉽게 말문을 열지 못했다. 그래도 코샤르는 참을성 있게 기다렸다. 약 5분 정도가 지난 후에야, 하인리는 솔직하게 털어놓았다.

"사실 저도 아는 게 많이 없습니다."

"……예?"

"확실한 건, 제가 누이분. 그러니까 나비에 황후 폐하와 결혼을 약속했다는 겁니다."

코샤르는 물을 마시다가 사레가 걸렸다. 그가 콜록거리자 하인리가 얼른 손수건을 주었다. 코샤르는 손수건을 받다가, 그 위에 새겨진 이니셜을 보고는 흠칫했다. 나비에의 이니셜이었다. 게다가 이 손수건의 문양은 분명…….

"아. 이런."

하인리는 얼른 손수건을 도로 회수하더니, 다른 손수건을 내밀며 어색하게 웃었다.

"죄송합니다. 종종 꺼내서 보다 보니, 자꾸 이게 먼저 나갑니다."

"그 손수건은……."

"원래 나비에 폐하의 것이었습니다."

그럴 줄 알았다. 저 손수건은 그의 아버지가 엉성한 솜씨로 직접 수를 놓아 만들어준 손수건이었다.

"압니다. 제 아버지께서 만들어 선물해주신 거니까요."

"어? 그렇습니까?"

하인리는 활짝 웃더니 뭘 생각하는지 얼굴이 붉어져서 어색하게 눈을 굴렸다.

"장인어른에게서 제게로 온 거군요."

이번엔 물을 마시고 있지 않아서 다행이라 생각했다. 그는 도무지 저 젊은 왕이 무슨 말을 하는지 이해하기 어려웠다. 장인어른? 아니, 그보다 저 손수건을 왜 저 왕이 가지고 있단 말인가?

"아아. 나비에 폐하께서 제게 주셨습니다."

하인리는 코샤르가 자신의 손수건을 자꾸 쳐다보자, 그의 의문을 눈치채고서 설명했다.

"목에 묶어주셨지요."

코샤르는 물을 마시다가 또 사레가 걸리고 말았다. 그가 쿨럭거리자 하인리가 얼른 등을 두드려주었다. 코샤르는 얼굴이 벌개져서 "예?" 하고 되물었다. 손수건을 목에 묶어줬다고? 나비에가 저왕에게?

"이런. 이건 비밀인데."

나비에가, 자신이 새일 때 묶어줬단 걸 떠올린 하인리가 얼른 덧붙였다.

'비밀리에 묶어줬다고!'

코샤르는 더욱 놀라서 물 잔을 두 손으로 꼭 쥐었다. 머릿속이 혼란스러웠다. 이게 무슨 일이지? 나비에가 저 왕의 목에 왜 손수건을 묶어줬지? 하인리는 손수건을 넣은 가슴팍을 자기 손으로 꾹 누르더니, 입가에 뿌듯한 미소를 짓고서 말을 이었다.

"사정이 급해서 우선 설명을 드리겠습니다. 저는 나비에 황후 폐하와 결혼을 약속했습니다."

"어쩌다가······."

"저도 정확한 사정은 모릅니다. 하지만 황후 폐하께서 먼저 청혼해주셨습니다."

"나, 나비에가!"

"제 짐작일 뿐이지만······ 소비에슈 황제가 황후 폐하와 이혼을 준비하는 듯합니다."

충격에 젖어 있던 코샤르의 얼굴이 싸늘하게 굳었다.

"그게 무슨 말씀이십니까?"

그 표정이 제법 나비에와 비슷해서, 하인리는 심장이 쿵쿵 뛰었다.

"말씀드렸다시피, 저도 자세히는 모릅니다. 하지만 황후 폐하께서 아무 이유 없이 제게 그런 청혼을 할 사람이 아니시니까요."

"……."

"슬픈 일이지만, 그분은 제게 정략결혼을 제안하셨습니다."

나비에. 어린 시절부터 황후로만 자라와서, 자신과 황후 자리를 따로 생각하지 못하는 그의 소중한 누이. 그런 누이가 먼저 서왕국의 왕에게 정략결혼을 제안했다면, 분명 이유가 있을 것이다. 하인리 1세가 저렇게 짐작할 만도 했다.

"그렇군요."

코샤르는 고개를 끄덕였다. 평소라면 모를까, 지금 소비에슈는 새로 들인 정부에 푹 빠져 있었다. 더욱이 그 정부가 임신한 아기에게도. 사랑에 빠진 사람은 미친 짓을 쉽게 한다. 어쩌면 소비에슈가 정부에게 이혼을 약속하는 걸 나비에가 들었을지도 몰랐다. 하지만…….

"보아하니 그 청혼을 받아들이신 모양이신데. 어째서입니까?"

이해가 가지 않았다. 그의 동생인 나비에야 그 자리에 인생을 걸고 있으니, 이혼을 앞두고 이런 청혼을 했을지도 모른다지만. 하인리 1세는 왜 뜬금없이 나비에의 청혼을 받아들였단 말인가? 물론 그의 동생은 아주 사랑스럽지만, 귀족과 왕족의 결혼은 매력으로 하는 게 아니었다. 이해득실을 따져가며 한다. 코샤르는 하인리

1세에게도 분명 정치적인 계산이 가득한 속내가 있을 거라 여겼다.

"전 그분을 좋아하니까요."

그러나 하인리의 대답은 간단했다. 코샤르는 커다란 눈을 깜빡였다. 뭐?

"정말이십니까?"

"전 그분을 사랑합니다. 그래서 그분의 제안을 바로 받아들였습니다."

하인리의 당당한 선언에 코샤르는 멍해졌다. 그의 안에서 하인리 1세에 대한 평가가 바쁘게 수정되기 시작했다. '안목이 거지 같은 왕'에서 '안목이 좋은 왕'으로 바뀌었다. 그래. 일국의 군주라면 안목이 저 정도는 되어야지. 그 평가가 동생에 대한 콩깍지와 합쳐지면서, 코샤르는 뿌듯해졌다. 그러고 보니 이 젊은 왕은 참으로 아름다운 얼굴에 분위기도 신비로웠다. 그의 동생과 나란히 서 있으면 보기 좋을 것 같았다. 하지만 여전히 못 미더운 구석도 있었다. 소문으로 하인리 1세는 어마어마한 바람둥이라고…….

"저 바람둥이 아닙니다."

하인리는 호감으로 차오르는 듯하던 코샤르의 눈이 갑자기 가늘어지자, 그가 무슨 생각을 하는지 눈치채고서 얼른 변명했다.

"바람둥이처럼 군 건 맞지만 일부러 그런 거고, 한 번도 선을 넘지 않았습니다."

"일부러 그랬다고요?"

하인리는 이 부분은 설명하고 싶지 않았다. 그가 자유로운 바람둥이처럼 행세하고 다닌 이유는 두 가지. 하나는 사람들의 이목을 가린 채 전쟁을 준비하기 위해서였고, 다른 하나는 상대적으로 그보다 자질이 떨어진단 평가를 듣는 형을 위해서였다. 하지만 둘 다 타인에게 할 만한 이야기는 아니지 않던가. 전쟁을 준비했단 건 기밀이고, 형을 위해 그랬단 말을 하는 건 형을 욕되게 하는 것인데.

하인리가 침묵을 지키자, 코샤르는 사정이 있겠거니 싶어 우선 말을 돌렸다.

"나비에와 청혼을 주고받았단 건 알겠습니다. 그러면 과정은요? 어떻게 하기로 한 것인지요? 나비에가 이혼을 하는 건 확실한 겁니까?"

"그게 문제입니다."

하인리는 한숨을 내쉬었다.

"아. 식사하면서 들으세요, 형님."

코샤르는 부담스러워서 그 형님 소리 좀 안 하면 안 되겠냐고 말하고 싶었으나, 동생을 위해 꾹 참고 포크와 나이프를 쥐었다.

"예."

"원래 저와 나비에 폐하는 전서조를 이용해서 연락을 주고받았습니다."

"전서조?"

"예. 이번 일도 자세한 사정은 전서조를 통해 듣기로 했지요."

하인리의 표정이 어두워졌다.

"그런데 형님이 목욕을 하는 동안 좋지 못한 소식이 왔습니다."

"무슨 소식입니까?"

"소비에슈 황제가 저와 황후 폐하가 연락을 주고받는 걸 알아차린 모양입니다."

"이런!"

"전서조를 통해 바로 연락을 주고받을 수 없게 되어…… 실은 저도 고민입니다. 다른 길을 찾아야 할 듯한데……."

"생각한 방도가 있습니까?"

"제 친구가 그곳에 머물고 있어서, 그쪽으로 전서조를 날리면 어떨까 생각해보았습니다."

하인리는 고개를 저었다.

"하지만 안 될 것 같습니다. 소비에슈 황제는 이제부터 새를 눈여겨볼 테니, 분명 수상쩍게 여길 겁니다."

하인리의 표정은 무척이나 어두웠다. 코샤르는 포크를 내려놓고서 그를 유심히 바라보았다. 그는 하인리 1세에 대해 아는 게 많이 없었다. 개인적으로 만난 건 이게 처음이고, 전해 들은 소문은 그가 에르기 공작이란 자와 함께 사교계를 주름잡는 바람둥이라는 것 정도. 하지만 지금 하인리의 표정은 꽤 진지해 보였다. 사람을 시켜 일부러 그를 여기에 데려오기도 했다. 진심으로 나비를 염려하는 것 같았다. 설령 바람둥이가 보내는 한순간의 연정이라 하더라도…….

'이혼 당한 채 아무것도 하지 못하는 것보단 낫겠지.'

코샤르는 동생에게 있어 황후 자리가 단순히 권력의 정점을 의미하지 않는다는 걸 알았다. 어린 시절, 즐겁게 노는 아이들을 창문 너머로 구경만 해야 했던 어린아이의 부러움은, 점차 방향을 바꾸어 황후 자리에 대한 열정과 집념으로 변했다. 내가 놀지 못하는 건 황후가 되어야 하기 때문이야. 내가 마음껏 먹지 못하는 건 황후가 되어야 하기 때문이야. 내가 이걸 참아야 하는 건 황후가 되어야 하기 때문이야. 나비에는 이런 생각으로 자신을 설득하며 어린 시절을 눌러왔다. 그 노력을 하고서, 아무 죄도 없이 황후 자리에서 쫓겨날 때 동생이 받게 될 상처가 얼마나 클지 짐작이 갔다. 코샤르는 우선 이 괴짜 같은 하인리 1세와 손을 잡기로 했다.

"제게 방법이 있습니다."

"방법이라니요?"

"제 친구인 파르앙 후작은 수도 변두리의 저택에서 전서조들을 기르고 있습니다."

"아! 그쪽으로 전서조를 보내면 되겠군요!"

"제가 따로 편지를 보내면, 안의 내용물을 확인하지 않을 겁니다. 그 친구를 통해 나비에에게 편지를 전달하면 됩니다."

하인리의 얼굴이 환해졌다.

"신문에 '그 여자'의 이야기가 실린 후로 바깥 분위기는 난리도 아니랍니다."

"다들 그 여자가 동화 속 주인공이라도 된 것처럼 떠든대요."

시녀들이 전해주는 바깥 이야기 중에는 내게 기쁜 소식이 없었다. 라스타는 아주 좋아하겠지만. 사람들은 황제의 총애를 한 몸에 받는 평민 정부에게 귀족 부모가 나타났단 이야기를 듣고서, 그녀를 '살아 있는 동화'라고 부른다 했다. 훗날 라스타가 황후 자리에까지 올라가면 더욱 난리가 나겠지. 평민들은 확실하게 기뻐할 것이다.

괜히 신경을 기울여봤자 내 속만 상할 뿐이라, 나는 말없이 하인리와 연락을 주고받을 방법만 생각했다. 지금까지 생각해본 것 중 가장 끌리는 건, 파르앙 후작의 전서조를 빌리는 것이었다. 하지만 이것도 문제가 있었다. 그 전서조가 하인리에게로 곧장 갈지 모른다는 점. 하인리의 전서조가 어떤 원리로 내 방에 곧장 올 수 있던 건지 모르니까, 이 점이 걱정되었다. 그렇게 한참 고민하고 있자니, 뜻밖에도 내내 생각하던 파르앙 후작이 정말로 찾아왔다.

"무슨 일인가요?"

시녀들이 나가자, 파르앙 후작은 씩 웃으면서 품 안에서 편지를 내밀었다.

"전해드릴 게 있어서요."

놀랍게도 그가 가져온 건 하인리의 편지였다.

"이걸 어떻게 후작이……?"

"코샤르가 부탁했습니다."

"오빠가!"

"무슨 내용입니까? 절대 읽지 말고 빨리 전해달라던데."

그러게. 무슨 내용일까. 나는 고개를 젓고서 봉투를 받았다. 파르앙 후작을 거치기 때문일까. 편지에는 밀랍 봉인이 되어 있었다. 봉투를 뜯고 편지를 꺼내 펼치자 익숙한 필체가 나타났다.

자세한 사정을 듣고 싶습니다. 같이 계획을 세워야지요. 일을 여유롭게 진행할 시간이 있는지, 혹시 빨리 진행해야 하는지도요.

퀸의 오빠를 만났습니다. 퀸을 많이 닮았습니다. 퀸이 보고 싶어졌습니다.

무슨 색을 좋아하십니까? 어떤 방을 좋아하십니까? 설명해주시면 미리 방을 꾸며두겠습니다.

하인리의 편지를 보자 여기저기 뭉친 걱정이 근육통이 풀리듯 덩달아 풀어졌다. 이상하게도 웃음이 나왔다. 그는 참으로 사람을 편안하게 만드는 재주가 있었다. 이런 일을 주고받으면서도…….

"무슨 편지인지 몰라도 좋은 편지인 모양입니다."

"아. 파르앙 후작."

아직 있었구나. 깜빡 잊고 있었다. 그의 존재를 뒤늦게 알아차리고 쳐다보자, 파르앙 후작은 장난스럽게 충격 받은 표정을 짓더니 웃으면서 손짓했다.

"좋은 편지라면 됐습니다. 답장하세요. 편지를 물고 온 새가 아직 제 집에 있으니, 도로 물려 보내겠습니다."

"혹시…… 파란 새가 물고 왔나요?"

"네. 모이통에 넣어놨으니 지금쯤 배부르게 먹고 있을 겁니다."

그렇구나, 고개를 끄덕이다가 나는 멈칫했다. 모이통이라고? 문득 퀸이 벌레를 먹기 싫어서 울며 도망간 일이 떠올라서다. '퀸도 하인리의 부하이면 어쩌나' 하는 꺼림칙한 생각이 다시 솟았다.

"폐하? 표정이 좋지 않습니다."

파르앙 후작이 걱정스럽게 나를 불렀다.

"괜찮으십니까?"

나는 퀸에 대한 걸 얼른 머리 한편으로 치웠다. 그래. 지금은 퀸이 중요한 게 아니지. 내 생각대로 맥켄나가 '파란 새'라면, 아마 그는 지금쯤…….

"혹시 그 파란 새가 다쳤던가요?"

떠보듯 묻자 파르앙 후작은 고개를 갸웃했다.

"글쎄요. 자세히 보지 않았습니다. 하지만 다친 새를 전서조로 쓰진 않으니 멀쩡하지 않을까요?"

자세히 보지 않았다는 걸 보니 날아 들어오는 모습이 이상하진 않았나 보다. 새가 비틀거리며 날아오면 자연스럽게 살피게 되니까. '파란 새'는 화살에 맞았고 부상을 입었지. 맥켄나도 많이 다쳤다. 그러면 지금 온 '파란 새'는 원래 내방을 오가던 파란 새는 아닌가? 하지만 확실할 수는 없었다. '파란 새'도 맥켄나도 부상을 입은 지 며칠 되지도 않아 다시 돌아가지 않았던가.

"새를 좋아하시나 보군요."

"그건 아니지만……. 파르앙 후작."

"예, 황후 폐하."

"혹시 새가 다친 곳이 있는지 확인해주겠어요? 화살에 맞은 상처가 있는지, 그런 걸요."

"어렵지 않습니다."

파르앙 후작은 흔쾌히 웃었다.

"전 새를 좋아하거든요."

"저, 그리고 좀 이상할지도 모르지만……."

파르앙 후작이 '또 부탁할 게 있다고?' 하는 표정으로 눈썹과 눈두덩이만 치켜올렸다. 나는 속으로는 '미쳤지, 이런 부탁을 하다니'라고 생각하면서도 마저 말을 이었다.

"파란 새가 모이를 아예 먹지 않고 있거든, 모이통 밖으로 빼주겠어요?"

"예?"

파르앙 후작은 내 말에 완전히 어리둥절한 표정이 되었다.

"혹시 아는 새입니까?"

"……아는 새일지도 모른단 생각이 들어서요."

"힘든 일은 아니지만. 새들은 모이통을 좋아하는데요."

"그래도 부탁해요."

"음. 이상하지만 그렇게 하겠습니다."

파르앙 후작이 흔쾌히 대답해주었다. 나는 안심하고 책상으로 가 편지지를 꺼낸 다음 펜을 쥐었다. 답장을 해야지.

"……."

하지만 펜을 손 위에서 이리저리 돌려도 쓸 말이 바로 떠오르진 않았다. 그에게 무슨 말을 써야 할까? 내가 슬쩍 뒤를 돌아보자, 파르앙 후작이 웃음을 터트리며 두 손을 들어 올렸다.

"안 볼 테니 걱정 말아요."

민망해져서 나는 다시 편지지 쪽으로 시선을 내렸다. 평소라면 짧게 짧게 쓸 텐데. 그리고 새가 편지를 운반해야 하니 너무 길게 써선 안 되는데. 하고 싶은 말이 너무 많아서, 이걸 어떻게 간추려야 할지 막막했다.

폐하께서 날 내쫓고 연인과 재혼하려 하십니다. 나와의 이혼을 약속하는 걸 듣게 되었습니다. 일은 빠르게 진행될수록 좋습니다.

오빠를 만났다니 신기한 일이군요. 나도 그대를 보고 싶습니다.

금색을 좋아합니다.

그래도 어찌어찌 간추릴 수 있었다. 이 정도면 대답이 다 되었겠지. 나는 편지를 얇게 만 후 파르앙 후작에게 건넸다. 파르앙 후작은 소파에 앉아 느긋하게 커피를 마시다가 얼른 편지를 받아 들었다.

"코샤르가 자기는 당분간 서왕국에 있을지도 모른다던데요."

"그렇군요……."

"하인리 1세는 본인부터가 자유롭고 거침없이 살아왔으니, 코샤르는 오히려 황제 폐하보다 하인리 1세와 잘 맞을지도 모릅니다."

"그렇다면 좋겠어요."

"너무 염려 마시길."

파르앙 후작은 내게 위로하는 말을 건네고는 커피잔을 내려놓았다.

"이만 가봐야겠습니다."

"벌써?"

"빨리 답장을 전해야 할 분위기라서요."

파르앙 후작은 씩 웃으면서 편지지를 슬쩍 흔들어 보이고는, 인사를 한 후 밖으로 나갔다.

그가 나간 후. 나는 기분이 조금 좋아져서 창가에 앉았다. 간만에 하인리의 편지를 본 것도 좋았고, 그와 다시 연락을 하게 된 것도 좋았다. 게다가 '파란 새' 역시 무사한 것 같으니…….

마차에서 하던 망상이 다시 떠오른다. 서왕국에 가면 어떻게 해 나가야 할까? 처음 황후 역할을 할 때에는 어려웠지. 두 번째는 그나마 나을까? 경력이 기니까 업무는 자신 있었다. 문제는 대인관계였다. 다른 나라의 황후였으니 다들 호기심은 많이 가질 텐데. 그호기심이 텃세와 배척으로 이어질지, 좀 더 좋은 방향으로 이어질지는 확신하기 어려웠다.

"……."

지금 나, 너무 앞서 나가고 있는 건가? 불현듯 찾아온 깨달음에 얼굴에 열이 올라왔다. 민망해져서 허공을 쏘아보고 있자니, 다행히 응접실에서 엘리자 백작 부인이 나를 부르는 소리가 났다.

"황후 폐하!"

나는 얼른 문을 열고 응접실로 나갔다. 하지만 엘리자 백작 부인의 표정을 보자 '다행히'라고 할 일이 아니란 걸 알 수 있었다. 그녀의 표정은 어두웠다.

"무슨 일인가요?"

표정을 보자마자 심장이 불안하게 뛰었다. 놀라 묻자 엘리자 백작 부인이 자신의 가슴께를 주먹으로 누르며 말했다.

"'그 여자'의 가짜 부모, 그러니까 랑트 남작 쪽이 데려온 가짜 부모가 헛소리를 했답니다!"

"헛소리라니요?"

"자신들에게 가짜 부모 행세를 지시한 게 코샤르 경이라고요!"

"말도 안 돼."

어처구니가 없어서 입이 다물어지지 않는다. 내 오빠가 지시한 일이라면 랑트 남작이 데려왔을 리가 없었다. 응접실에서 뜨개질을 하고 있던 로라도 "말도 안 돼요!" 하고 버럭 외쳤다.

"로라 양, 내 겉옷을 가져와줘요."

로라를 향해 부탁하자, 로라는 얼른 내 방 안으로 들어가더니 망토를 가지고 나왔다. 나는 망토를 걸치고서 방을 나섰다.

'그 부부를 직접 만나봐야겠어.'

라스타는 하얀 책상 위에 하얀 노트를 펼쳐놓고 있었다. 손에 쥔 깃털 펜도 하얬고, 집중하느라 숙인 고개 옆으로 흘러내린 머리카락은 깨끗한 은색이었다. 하얀 드레스까지 입고 있으니 라스타는 그야말로 깨끗하고 맑은 천사처럼 보였다. 하지만 천사 같은 라스타를 내려다보는 소비에슈의 표정은 좋지 못했다. 그는 라스타의 교과서를 한 손에 든 채, 불만족스러운 눈으로 라스타의 노트를 내려다보았다.

라스타는 긴장해서 손을 꿈틀꿈틀 움직이다가, 슬쩍 소비에슈의 눈치를 살폈다. 눈이 마주치자, 얼른 눈을 커다랗게 뜨고서 애처롭게 그를 응시했다. 하지만 소비에슈의 표정에는 변화가 없었다. 라스타가 빤히 바라보기만 하자, 소비에슈는 대놓고 말했다.

"계속 써라."

라스타는 이번엔 진심으로 울상을 지었다.

"폐하……."

소비에슈는 미간을 찡그렸다.

"라스타. 아직 3분의 1도 채우지 못했다. 계속 써."

평소와는 전혀 다른 엄한 목소리였다. 라스타는 결국 펜을 탁 내려놓고서 슬픈 눈으로 그를 원망스레 바라보았다.

"모르겠어요. 아직 덜 외웠어요. 더 외워야 해요, 폐하."

"라스타. 국가에 소속된 관직 이름과 담당자 이름, 직위, 가문, 특징, 부서 소속 인원수, 업무를 외우는 건 기본 중의 기본이다."

"알아요. 아는데……."

라스타는 울먹였다. 누가 몰라서 그런가? 누가 안 외울 거라고 했나?

"전 그 책을 받은 지 아직 나흘밖에 되지 않았어요, 폐하."

교육을 맡은 선생이 '꼭 외워야 한다'고 지시한 책의 두께는 거의 반 뼘가량이었다. 이제 글을 읽고 쓸 수 있게 되었다지만 라스타는 아직 속독이 가능한 수준은 아니었다. 그런데 다짜고짜 재미도 없는 저런 목록 같은 걸 주고 외우라 한다. 기한을 충분히 주지도 않았다. 선생은 일주일을 주고서 저걸 다 외우라 했다. 여기까지도 미치겠는데. 심지어 소비에슈는 나흘째 되는 날에 책을 다 외웠는지 확인해보겠다고 나서더니, 1페이지부터 다 써보라 저러고 있었다. 몇 개의 답을 주고 찍으라거나, 질문을 한 다음 대답하는 형식이라면 그나마 나았을까. 소비에슈는 그조차 아니었다. 빈 노트를 펼치게 하더니, 외운 걸 다 적으라 했다. 라스타로서는 기가 막힐 수밖에 없었다.

"나흘밖에?"

하지만 더욱 미치겠는 건, 소비에슈가 더욱 놀라 이따위 말을 한단 거였다.

"나흘이나, 아닌가?"

"⋯⋯."

"라스타. 하루, 아니, 길어도 이틀이면 외울 수 있는 분량이다, 이건."

"폐하는 그게 가능하세요?"

"난 하루 안에 외웠다."

"폐하는 폐하시잖아요. 다른 사람은 그러지 못해요!"

"황후도 하루 안에 외웠어."

라스타는 입술을 잘근 깨물었다. 소비에슈가 그녀를 놀리거나 조롱하려 저러는 게 아니라, '정말로 어떻게 이걸 못 외우지?'라는 표정이라서 더욱 화가 났다. 그가 진심으로 당혹스러워하고 있어서 민망했다.

"지금도 전 빨리 배우고 있어요, 폐하."

"라스타. 일반적인 상황이라면 느긋하게 가도 괜찮겠지만, 지금은 예외다. 알지?"

"알지만⋯⋯."

"높은 수준을 바라진 않아. 하지만 기본은 해주어야 해."

"⋯⋯."

"하루에 책을 한 권씩만 외우거라. 그러면 황후 자리에 올랐을 때, 기본적인 건 할 수 있을 거다."

"하루에 한 권이요?"

"하루 종일 외우면 가능할 거다."

라스타는 억울해서 눈가에 그렁그렁 눈물이 차올랐다. 소비에슈는 당황해서 "라스타?" 하고 그녀를 보았다. 라스타는 흐어엉 결국 울음을 터트렸다.

"전 글을 뗀 지도 얼마 되지 않았어요, 폐하! 어릴 때부터 넉넉하게 공부한 황후와는 경우가 전혀 다르잖아요!"

소비에슈는 한숨을 내쉬었다. 그냥 정부로 둘 거라면, 그도 굳이 이런 것들을 익히라 강요하진 않았을 것이다. 하지만 라스타는 1년이긴 해도 황후 역할을 해야 했다. 준비가 전혀 안 되어 있으니 그 역할을 잘해낼 거란 기대는 하지 않는다. 그렇지만 기본은 해야 했다.

"내일 물어볼 테니 울지 말거라."

내일이란 소리에 라스타의 눈물방울이 더욱 굵어지자, 곁에 서 있던 하녀 델리스가 얼른 라스타에게 손수건을 내밀었다. 소비에슈는 손수건을 대신 받아 라스타의 눈물을 닦아주었다. 라스타가 울음을 그치자 소비에슈는 손수건을 내려놓으며 델리스를 칭찬했다.

"이번 네 하녀는 배려심이 좋구나."

라스타는 흐끅 흐끅 딸꾹질을 하다가, 소비에슈의 칭찬에 흠칫해서 델리스를 보았다. 델리스는 얼굴이 붉어져서 고개를 떨구고 있었다. 그 꼴을 보자 서러운 기분을 밀쳐내며 불쾌한 기분이 재빨리 덩치를 부풀렸다.

'전에도 저러더니. 저 애는 왜 자꾸 내 남자를 보면서 얼굴이 빨개지지?'

그때, 마침 소비에슈의 부하가 들어와서는 다급하게 보고했다.

"폐하. 황후 폐하께서 서쪽 탑으로 가셨답니다."

소비에슈는 빈 노트를 복잡한 눈으로 내려다보고 있다가, 서쪽 탑이란 소리에 미간을 찌푸렸다. 서쪽 탑이라면 랑트 남작이 데려온 라스타의 가짜 부모가 갇혀 있는 곳이었다. 아무래도 황후가, 코샤르가 가짜 부부를 데려온 거란 이야기를 전해 들은 모양이다. 황후라면 일의 전후 상황을 끼워 맞춰서, 그게 거짓이라는 걸 알아맞힐 것이다. 대화가 길어지면 소비에슈 자신이 뒤에 있단 것까지 알아차릴지도 몰랐다. 소비에슈는 다급히 책을 내려놓고서 방을 빠져나갔다.

내가 서쪽 탑에 나타나자 탑을 지키고 있던 병사들이 당황한 표정으로 서로 눈치를 살폈다. 복도에 나무 의자를 가져다 놓고 졸고 있던 간수들도 화들짝 놀라 일어났다.

"계속 자도 괜찮다."

"아닙니다. 죄송합니다."

"랑트 남작이 데려왔다는 부부는 어디에 있지?"

"저쪽입니다."

간수가 가장 끝 방을 가리켰다. 안내해주려는 그에게 제자리에 있으라 지시하고서 나는 그쪽으로 다가갔다. 방을 임시 감옥으로 이용하는 것이기에, 그들이 갇힌 곳은 방 전체가 공개된 형태는 아니었다. 문의 머리 위치에 달린 뚜껑을 열자, 그제야 창살이 보였다. 발소리를 들었는지 이미 부부는 창살 너머에 서 있었다. 달리 기다리는 사람이 있었나? 그들은 나를 보자 사색이 되어 서로 눈치를 살폈다. 그 꼴을 보자 화가 났다. 라스타가 두 쌍의 부부 중 한 쌍이 진짜라고 고르는 바람에, 다른 한쪽이 궁지에 몰렸다는 건 들었다. 저 부부도 지금 상황이 좋지는 않겠지. 그렇다고 해서 전혀 관련 없는 오빠를 끌어들이다니.

"황후 폐하를 뵙습니다."

"황후 폐하께 인사드립니다."

부부가 예를 갖추어 인사했지만, 나는 인사를 받는 대신 물었다.

"내 오빠가 너희에게 가짜 부부 역할을 지시했다고?"

부부는 낯빛이 파랗게 되어 시선을 떨구었다. 그들은 나와 눈도 제대로 맞추지 못했다. 그러면서도 "네, 네." 하고 연거푸 거짓말했다.

"그래……. 그렇단 말이지."

"예, 황후 폐하. 황후 폐하의 오빠인 코샤르 경이 꼭 이 일을 하라고 협박하였습니다."

"어쩔 수 없었습니다."

빠르게 휘몰아치는 화를 누르고서 나는 최대한 차분하게 물었다.

"내 오빠가 어떻게 생겼는지는 아느냐?"

아내가 얼른 대답했다.

"눈이 초록색입니다."

하지만 내가 "아니다." 하고 바로 반박하자 그들은 당황해서 서로 눈치를 살폈다.

"하지만 분명……."

"오빠의 눈은 진한 파란색인데. 내 오빠의 눈 색조차 모르면서, 뭐? 오빠를 만났다고?"

이번에는 최대한 차가운 소리를 내면서 어이없다는 듯 조롱하자, 그들은 서로 눈치를 살폈다. 그러기를 잠시. 남편이 얼른 말을 정정했다.

"잘 생각해보니 파란색이었던 것 같습니다. 어두운 곳에서 보아서 헷갈렸습니다."

"……머리카락 색은 무슨 색이었지?"

"금발이었습니다."

"검은색이다."

나는 목소리를 내리깔고서 그들을 노려보았다.

"이것도 어두워서 잘못 보았다고 할 생각인가?"

이번에는 아내가 서둘러 말을 정정했다.

"그러고 보니 검은색이었던 것 같습니다. 모자를 쓰고 계셔서 제대로 확인하지 못했습니다!"

갈라진 목소리로 덜덜 떨며 말하는 모습을 보자 어이가 없었다. 오빠는 나와 같은 초록색 눈에 짙은 금발이었다. 그런데 뭐? 파란 눈에 검은 머리카락? 이들은 오빠를 아예 만난 적조차 없었다. 직접 눈으로 본 거라면 내가 엉뚱한 말을 하더라도 넘어가지 않았겠지. 본 적이 없으니 내 말에 휘둘리는 것이다. 그들의 말을 정정하는 대신, 나는 옆에 들어와 있는 소비에슈를 쳐다보았다.

내가 머리카락에 대해 추궁할 때 감옥 안으로 들어온 소비에슈는, 내내 한 마디도 하지 않고서 나를 지켜보고 있었다. 눈이 마주쳤지만 그는 저 부부와 달리 표정 관리에 능숙했다. 그는 무표정하게 나를 쳐다보았고, 나는 그에게 말했다.

"들으셨습니까? 저자들은 제 오빠를 제대로 본 적조차 없습니다, 폐하."

"황후가 협박을 하니 헛소리를 하는 게 아니오."

"제가 협박을 했다고요?"

"그래. 황후가 앞에 서서 머리 색, 눈 색을 엉망으로 말하라 하니, 저들이 말을 맞춘 거지."

힐긋 부부 쪽을 보았다. 좁은 창문 탓에 소비에슈의 존재를 몰랐던 부부는, 소비에슈의 목소리를 듣고는 사색이 되어 있었다.

"내 오빠가 붉은 머리카락에 붉은 눈인데, 내가 거짓말을 해서 저들이 내게 맞춰주었다는 건가요?"

소비에슈를 노려보며 말하자, 부부가 다시 외쳤다.

"맞습니다, 황후 폐하."

"황후 폐하가 무서워서 거짓말했습니다. 코샤르 경은 붉은 머리카락에 붉은 눈동자였습니다!"

봐봐. 이래도 저들이 내 오빠를 만났다고? 나는 소비에슈를 보며 눈썹을 치켜떴다. 소비에슈의 얼굴은 돌처럼 굳어졌다.

나는 그가 저 부부의 거짓말에 넘어가지 않을 거라고 생각했다. 저들의 거짓말은 너무 어처구니없으니까. 하지만 소비에슈는 내 말을 받아들이는 대신 딱 잘라 말했다.

"황후가 콩을 두고 팥이라 우기면, 대부분의 사람은 덩달아 팥이라고 할 수밖에 없소."

그 단호한 표정을 보는 순간, 나는 그의 의도를 알아차렸다. 저들의 말이 사실인지 아닌지는 소비에슈에게 중요하지 않구나. 그는 나와 이혼하기 위해 벼르고 있었다. 그리고 지금, 저 일을 빌미 삼아 나와 이혼하려는 것이다. 그의 아기에게 해코지를 하려다가 추방당한 황후의 오빠가, 그새를 못 참고 또다시 그의 아기를 공격하려고 한다? 충분히 이혼 사유로 주장할 만했다.

황제 부부의 이혼은 명분 싸움이었다. 사람들이 그 명분을 믿든 믿지 않든 그건 중요하지 않다. 헛소리라도 적당히 그럴듯하게만 들리면 이혼할 수 있었다. 어차피 수십 년 뒤 역사책에는 그 그럴듯한 헛소리가 진실이라 기록될 테고.

그 사실을 깨닫자, 내가 지금 이러고 있을 때가 아니란 생각이 들었다. 소비에슈는 저 거짓 증언을 나보다 먼저 들었을 터. 저 증언을 듣자마자 그가 무슨 행동을 했을까?

"!"

나는 소비에슈와 더 싸우는 대신 바로 서쪽 탑을 빠져나와 내 방으로 갔다.

"황후 폐하, 그 부부는 만나보셨습니까?"

"뭐라고 하던가요?"

"황후 폐하를 보면서도 감히 그런 거짓말을 하던가요?"

시녀들은 걱정하며 모여들었지만, 지금은 그녀들을 안심시켜줄 여유가 없었다. 대신 나는 부관을 불러오게 한 다음, 시녀들과 그에게 명령했다.

"폐하의 비서들이 어디 있는지 위치를 확인해줘요."

다들 어리둥절한 얼굴이었지만, 물어보는 대신 알겠다 대답하고서 흩어졌다. 나는 응접실 의자에 앉아 초조하게 그들이 돌아오기를 기다렸다. 30여 분이 지나자 하나둘 모여들기 시작했다. 누구는 알현실에 있다, 누구는 소비에슈와 같이 있다, 누구는 어느 대신과 있다, 누구는 집무실에 있다……. 자리를 비운 건 단 한 명이었다.

"카를 후작은 황궁에 없었습니다."

"어디로 갔다던가요?"

"모르겠습니다. 그건 말하지 않고, 폐하의 명령이라며 황궁을 나갔다 했습니다. 며칠간 자리를 비운다 합니다."

그자다. 부관의 말을 듣자 상황이 그림처럼 그려졌다. 황제가 이혼을 하려면 우선 대신관에게 이혼 신청서를 내야 한다. 카를 후작은 소비에슈의 명령으로 이혼 신청서를 들고 대신관에게 간 게 분명했다. 나는 입술을 꽉 깨물었다. 심장 주위를 쥐가 갉아먹는 듯했다.

이혼 절차가 어떻더라? 이혼 신청서를 낸 다음이……. 대신관이

오지. 직접 와서 나와 소비에슈와 각각 대화를 나눌 거다. 그 후 법정에서 사람들을 모아놓고서, 내게 물어볼 거다. 소비에슈가 이혼을 원하는데 받아들일 거냐고. 여기서 '네'라고 대답하면 이혼이 된다. '아니오'라고 대답하면, 그때부터는 지지부진한 이혼 절차에 들어가게 된다. 물론 이 이혼 절차의 끝은 언제나 황제의 승리였다.

그리고. 그리고…….

'아!'

"황후 폐하. 괜찮으십니까?"

"황후 폐하, 무슨 일이신가요?"

화와 분노, 초조함이 얼굴에 드러났나 보다. 시녀들이 걱정스럽게 나를 불렀다. 나는 괜찮다 둘러대고서 침실로 혼자 들어간 다음 편지지를 꺼냈다. 책상 앞에 앉아서, 하인리에게 보낼 편지를 다시 적기 시작했다. 편지는 길었지만 내용은 간단했다. 이혼이 지척이니, 되도록 빨리 재혼하고 싶다는 내용이었다. 갑자기 이 편지를 쓰는 건, 아까 이혼 절차를 되짚다가 떠오른 생각 탓이었다. 이혼이 코앞에 닥쳐서인가. 전에는 하인리와 재혼을 하면 모든 게 해결된다 생각했는데. 갑자기 좋지 못한 생각이 들었다. 소비에슈는 하인리를 싫어하니까, 내가 재혼 승인을 위해 대신관을 찾으면 이혼 후라도 방해할 거란 생각이.

역사상 단 한 명의 황후나 왕비도 이혼 후 재혼하지 않았다. 황족이었던 이가 귀족과 결혼하게 될 경우, 여러모로 관계가 복잡해지기 때문이다. 소비에슈는 이게 싫어서라도 내 재혼을 막을지도 몰라. 그러니 일을 막힘없이 진행하려면, 대신관이 이혼 절차를 밟기 위해 동대제국에 왔을 때. 그때 아예 확실하게 재혼 승인까지 받는 게 나았다.

나는 편지에 이런 내용을 다 적은 후, 봉투에 넣고 서둘러 밀랍으로 봉인했다. 그러고는 봉인이 다 마르기도 전에 응접실로 다시 나갔다. 시녀와 부관, 아르티나 경까지 모두 다 아직 응접실에 있었다. 불안한 표정들이었다.

"아르티나 경."

"예, 황후 폐하."

"이걸 파르앙 후작에게 전하고 '같이' 보내달라고 말해줘요."

나는 편지를 아르티나 경에게 내밀었다. 다른 설명은 덧붙이지 않았다. 파르앙 후작이라면, 이것만으로도 내가 이 편지를 전서조를 통해 보내려는 걸 알 테니까.

"예, 황후 폐하."

아르티나 경은 편지를 두 손으로 받아 들고서 얼른 밖으로 나갔다.

"황후 폐하. 도대체 무슨 일이신가요?"

시녀들은 아르티나 경이 나가자 더욱 걱정하며 내게 물었지만…… 알려줄 수 없었다. 비밀은 아는 사람이 적을수록 좋다. 이미 한 번 드레스에 관한 일이 새어 나간 전적이 있었다. 이건 드레스보다 더욱 중요한 일이니, 최대한 신중하게, 아는 사람이 거의 없도록 일을 진행해야 했다.

"미안해요. 나중에…… 일이 정리되면 그때 알려줄게요."

이후 나는 방 안에 틀어박혀 아르티나 경이 오기를 초조하게 기다렸다. 파르앙 후작의 집은 수도 변방에 있었다.

'하지만 말을 타고 간다면 오래 걸리지는 않을 거야.'

다녀오는 데 시간이 얼마나 걸리지? 몇 번이나 시계를 거듭 확인하면서 나는 아르티나 경이 돌아와 '파르앙 후작에게 편지를 전했다'고 보고하기를 기다렸다. 마침내 아르티나 경이 돌아왔을 때, 나는 얼른 일어나서 그녀에게 물었다.

"전했나요?"

그러나 아르티나 경의 대답은 아쩔했다.

"전하지 못했습니다."

"!"

"파르앙 후작은 저택에 없었습니다, 황후 폐하."

"어디에 갔다던가요?"

"집사에게 듣기로는, 친구에게 놀러 간다며 짐을 싸서 떠났답니다. 하지만 행선지는 말하지 않아서 잘 모르겠다고 합니다."

서왕국에 갔구나! 오빠를 보러 간 거야!

"서왕국으로 가는 걸 겁니다."

"서왕국이요?"

"몇 시간 전에 날 찾아왔었으니 멀리 가진 않았을 거예요. 아르티나 경, 파르앙 후작을 뒤따라가서 이 편지를 전해주고 와줘요. 꼭 전해야 합니다."

아르티나 경은 놀란 표정이었지만, 곧 굳은 얼굴로 알겠다 대답하고서 밖으로 나갔다. 나는 완전히 진이 빠져 침대에 앉았다. 이제는 아르티나 경이 파르앙 후작을 얼마나 빨리 따라잡는지에 모든

게 달렸다. 편지가 대신관이 오기 전에 먼저 하인리에게 전해져야
하는데……. 가능할까?

그로부터 며칠간, 나는 반쯤 정신이 붕 뜬 상태로 보냈다. 하지
만 어느 때보다도 바빴다. 원래의 일정이 바쁘기 때문은 아니었다.
작년을 기준으로, 이 시기는 행사가 없어 비교적 여유로운 시기였
다. 내가 바쁜 건 이혼하기 전에 마무리 짓고 싶은 일들이 많아서
였다.

내 다음 대 황후가 라스타지. 매일 알현을 한다거나 하는 정도
는 그녀도 당장 할 수 있을 것이다. 황궁 예산을 잡고 실행하는 것
도…… 불안하지만 랑트 남작의 도움을 받고 선례를 따르면 흉내
는 낼 수 있겠지. 몇 세대를 걸쳐 내려오는 국가 주도의 일도 소비
에슈가 도울 것이다.

하지만 내가 사비로 운영하던 고아원이나 양로원, 미혼부모 지
원 시설, 무료 병원과 급식소 등이 문제였다. 내 이름이나 내 가문
이름으로 운영했더라면 차라리 이혼 후에도 계속 운영할 수 있을
텐데. 난 그곳을 황실의 이름으로 운영해왔다. 대부분의 후원금이
내게서 나왔다 해도, 황후가 아니게 되면 난 황실 소유의 기관을
운영할 수 없다. 그러면 라스타가 그곳들을 운영해야 할 텐데. 그녀
가 매년 사비를 들여 그 기관들을 운영해줄지 알 수 없었다. 그렇
다고 라스타를 찾아가 그 기관을 부탁할 수도 없으니, 미리 몇 년

치 예산과 행정 처리를 해두고 가는 수밖에.

'몇 년이면 라스타도 황후 업무에 어느 정도 적응을 하겠지.'

평민들은 라스타에게 환호한다. 그녀를 사랑하고 추앙하고 신분의 사다리를 걷어찬 영웅처럼 떠받든다. 그렇게 사랑을 받으니, 몇 년이 지나 황후 업무에 익숙해지면 라스타도 이 기관들을 챙기겠지.

며칠 동안 내내 아르티나 경을 기다렸지만, 엉뚱하게도 찾아온 이는 에르기 공작이었다.

"음. 불편하면 확실하게 티를 내시네요."

'왜 이 사람이 날 찾아왔나' 싶어 쳐다보자, 에르기 공작은 낄낄 웃으면서도 태연하게 코트를 벗어 의자 등받이에 걸어두었다. 그와 할 말이 없지만, 아직은 난 황후였고 그는 내 나라에 머무는 귀빈이었다. 나 역시 그를 다짜고짜 찾아간 적이 있으므로, 나는 웃는 낯을 꾸며내고서 그에게 물었다.

"무슨 일로 온 건가요?"

에르기 공작은 대답하려다 말고 내 책상을 쳐다보며 혀를 찼다.

"무슨 서류가 저렇게 많습니까?"

"그냥. 일 때문에요."

"일을 혼자 하십니까? 부관은요?"

평소라면 같이 하겠지. 하지만 몇 년치 업무를 미리 지시하면 부관이 이상하게 볼 테니, 어쩔 수 없이 혼자 하는 거였다. 대답 대신 다시 한 번 무슨 일로 온 거냐고 묻자, 에르기 공작은 입을 꾹 다물고서 나를 쳐다보기만 했다.

"공작?"

왜 저렇게 보나 싶어 되묻자, 그는 잠시 고개를 들고 천장을 보았다가 빠르게 머리를 내리며 저었다.

"절 죄책감에 말려 죽이려 하시는군요."

"죄책감?"

무슨 소리야? 의아해서 쳐다보자, 에르기 공작은 한 손으로 자기 머리를 받친 채 나를 마주 쳐다보았다. 그러고서 얼마나 있었을까. 에르기 공작은 내가 꿈에 나올 것 같다면서 일어서더니 인사를 하고 나가버렸다.

'왜 저러는 거지?'

그의 행동은 이해하기 어려웠지만, 쫓아가서 무슨 뜻이냐고 물을 시간이 없었다. 아르티나 경이 오기 전에, 이혼하기 전에, 대신관이 오기 전에 끝내야 할 업무는 너무 많아서 밤을 새워도 모자랄 정도였으니까. 나는 엘리자 백작 부인에게 간식을 가져다 달라 부탁한 후 다시 책상 앞에 앉았다. 그저 지금 바라는 건, 아르티나 경이 대신관보다 먼저 도착하기를…….

그러나 다음 날. 황궁을 찾은 이는 대신관이었다. 아르티나 경은 여전히 소식이 없었다. 사람들은 신년제 초대도 거절했던 대신관이 뜻밖에 방문하자, 다들 놀라서 수군거렸다. 아주 중요한 일에만 찾아오는 이가 뜬금없이 나타나자 무슨 일인가 걱정하는 눈치였다. 하지만 대신관은 황궁에 오자마자 별말 없이 소비에슈부터 찾아갔다.

두 사람이 문을 굳게 닫아걸고 얘기를 시작했단 이야기를 들으며, 나는 무너지려는 마음을 애써 다잡았다.

괜찮아. 소비에슈가 재혼 신청을 할 때 방해를 할지도 모르지만, 방법이 있을 거야. 하인리가 청혼을 거절하거나 마음을 바꾸지 않은 이상 어떻게든 해나갈 수 있어. 꼭 이혼 신청을 승인할 때 재혼까지 신청할 필요는 없어…….

대신관은 아직 부부가 되기 전의 어린 소비에슈와 어린 나비에를 기억했다. 황족이나 왕족들은 계승 서열이 높을수록 어린 나이에 결혼하는 경우가 많은데, 이 두 아이는 그중에서도 유독 어린 축이었다. 하물며 둘 다 무척 귀여운 외양을 지니고 있어서, 기억에 남지 않을 수가 없었다.

대신관은 결혼 서약을 써주면서도 병아리 부부라며 내내 놀려댔고, 꼬마 신랑과 꼬마 신부는 자기들끼리 '쟤가 병아리고 나는 독수리' '내가 독수리고 네가 병아리'라며 투닥거렸다. 참으로 사랑스러웠다. 두 손을 꼭 잡은 아이들은 눈이 마주칠 때마다 웃어댔다. 두 아이는 피로연 내내 서로 붙어 다녔다. 어린 나비에가 구두를 오래 신어 발이 까지자, 어린 소비에슈는 어린 신부를 업고 다녀서 사람들의 웃음을 샀다. 대신관은 이 부부의 앞날은 행복으로 가득

차 있을 거라고 확신했다.

그런데 이혼이라니. 이혼이라니! 그는 궁전 안에 들어오자마자 바로 소비에슈부터 만났다. 문이 닫히고 방 안에 단둘만이 남게 되자, 대신관은 황당해서 물었다.

"소비에슈 황제. 이게 대체 무슨 말입니까? 이혼이라니요?"

결혼 서약을 하는 내내 제 신부의 손을 꼭 잡고 다니던 어린 신랑은, 이미 훤칠한 성인 남자가 되어 있었다. 안락의자 위에 가볍게 꼰 다리는 길었고, 황제의 정복을 입은 몸은 맵시 있었다. 뒤로 깔끔하게 넘긴 머리카락 아래로 드러난 얼굴은 이마부터 목까지 탄성이 나올 정도로 반듯해서, 잘 다듬은 신전의 석상 같았다. 하지만 냉랭하면서도 위엄 넘치는 아름다운 군주의 모습에는, 분명 자신의 신부를 챙기던 어린 신랑의 모습이 남아 있었다.

"내가 뭘 잘못 보았다고 해주시기를."

대신관은 그의 맞은편 의자에 앉으며 진심으로 말했다. 그러나 소비에슈는 단호하게 그의 기대를 꺾었다.

"사실입니다. 전 황후와 이혼할 생각입니다."

"소비에슈 황제!"

"이혼 신청서는 읽어보셨습니까?"

"읽었습니다. 그러나 그건 황후의 잘못이 아니지 않습니까!"

"황후의 잘못은 아니지만, 황후를 위해서 벌어지는 일들입니다."

"황후는……."

"코샤르를 통제할 수 없습니다."

"불임은? 여기 불임 이야기는 도대체 뭡니까?"

소비에슈의 얼굴이 어두워졌다. 대신관은 엄격하게 말했다.

"황후를 불임이라 주장한다면, 확실한 이유가 있어야 할 겁니다."

"……대신관께서도 이에 대한 건 비밀로 해주셔야 합니다."

대신관은 불임 이야기가 단순히 꼬투리일 거라 생각했다. 물론, 젊은 나이에도 몇 년이나 임신이 되지 않으니 의심할 여지는 있지만. 그래도 그 외에 불임을 의심할 다른 근거는 없을 거라 생각했다. 하지만 소비에슈는 이에 얽힌 이야기가 있는 듯했다. 대신관도 불안한 마음이 들었다. 소비에슈는 한참을 망설이다가 무겁게 입을 열었다.

"제가 아직 황태자일 때 일입니다……."

커다란 행사를 앞둔 황태자비는 먹는 걸 엄격하게 제한 받는 중이었다.

"뱃살은 치마로 가려지지 않느냐. 아니, 좀 통통해도 괜찮잖아?"

소비에슈는 행사를 담당하는 관리에게 항의했지만, 관리는 딱 잘라서 안 된다고 말했다. 황태자 부부의 모습을 대중에게 드러내게 되고, 사람들은 어린 부부를 구경하기 위해 각지에서 몰려들 터인데. 황태자 부부는 최대한 완벽하고 그림 같은 모습을 보여야 한단 것이다.

"전하께서도 긴장을 푸시면 안 됩니다."

검술, 격투술, 기사들과 함께 하는 훈련 시간, 승마 등 하루에 네 시간 가까이 운동을 하는 소비에슈조차 평소보다 음식 양이 줄어든 상태였다. 담당 관리는 절대로 황태자 부부의 아름다운 외관을 포기할 마음이 없었다.

'나비에는 먹는 힘으로 사는 앤데.'

결국 소비에슈는 어머니를 조르기로 하고서 황후의 방으로 찾아갔다. 어머니는 방 안에 없었다. 그러나 테이블 위 상자에 먹음직스러운 쿠키가 담겨 있었다. 누군가에게 선물하기 위해 준비한 것인지, 상자는 반짝이는 종이와 비단 리본으로 반쯤 포장이 되어 있었다. 소비에슈에게 차를 가져다주기 위해 나간 시녀는, 아까까지 이걸 포장하고 있던 모양이었다. 남에게 줄 선물. 평소라면 당연히 손도 대지 않았을 것이다. 하지만 지금은……. 소비에슈는 주위를 둘러보았다. 아직 시녀는 돌아오지 않았다. 소비에슈는 얼른 쿠키를 챙겨 밖으로 나갔다.

"황태자 전하?"

차 주전자를 들고 온 시녀가 의아해서 그를 불렀지만, 소비에슈는 대답도 않고 달아났다. 그는 그 길로 곧장 나비에를 찾아갔다. 나비에는 자신의 방 안에서 두꺼운 책을 앞에 놓고 읽는 중이었다.

"나비에!"

소비에슈가 들어오자 나비에가 활짝 웃으면서 그에게 달려왔다.

"전하!"

소비에슈는 문을 잠그고서, 나비에를 데려다가 구석에 앉힌 다음 훔쳐온 쿠키 보따리를 풀었다.

"이게 뭐예요?"

"먹자."

"먹어도 괜찮아요? 괜찮아."

배가 많이 고팠는지, 나비에는 혼자 결론을 내리고는 바로 손을 뻗었다. 그러고는 쿠키를 입에 물고 오물거리다가 배시시 웃으며 소비에슈에게 말했다.

"전하도 드세요."

"너 먹어. 난 괜찮아."

"전하도 배고프잖아요. 간식이 다 끊겼다고 들었어요."

"……."

"이걸 혼자 다 먹으면 단식한 효과가 사라져서 바로 들통날 거예요."

말을 마친 나비에가 쿠키를 집어 소비에슈의 입에 집어넣었다. 두 아이는 쿠키를 사이좋게 나누어 먹었고, 소비에슈는 몇 시간 후 어머니에게 걸려 혼쭐이 났다. 황후는 이상할 만큼 사색이 되어서 화를 냈다.

"그 쿠키는 소피아 백작 부인에게 줄 거란 말이다!"

소피아 백작 부인은 아버지가 가장 아끼는 정부였다. 그녀를 싫어하는 소비에슈는 뚱하게 말했다.

"또 만들어서 주면 되잖아요. 아니, 왜 굳이 어머니가 그 여자한테 과자를 줘요?"

황후는 초조해하다가 결국 솔직하게 다그쳤다.

"그 안에는 낙태약이 들어 있어. 제일 큰 효과는 낙태약이지만,

불임을 유발하는 부작용이 있단 말이다."

소비에슈는 놀라서 눈을 커다랗게 떴다.

"황태자. 대답해. 그 쿠키를…… 먹었어?"

황후가 긴장해서 물었다. 소비에슈는 당황해서 고개를 끄덕였다. 황후는 흐느끼다가 다시 물었다.

"황태자비에게 다녀왔다던데. 혹시…… 같이 먹었어?"

거짓말이 나온 건 순간이었다.

"혼자 먹었어요."

아직 어렸지만, 이 사실을 비밀로 해야 한단 건 확실했다. 소비에슈는 덜덜 떨며 거짓말했다.

"같이 먹자고 했는데, 나비에는 그러면 안 된다고 안 먹었어요."

나비에는 약이 든 쿠키를 먹지 않았다. 소비에슈는 자신이 어머니에게 한 이 거짓말을 제외하고 털어놓았다.

"부작용이 모든 사람에게 나타나는 건 아니라 했습니다."

이야기를 마친 소비에슈는 관자놀이를 누르며 눈을 감았다.

"성인이 되기 전까지는, 딱 한 번 먹었을 뿐이니 아무 지장이 없었을 거라 생각했습니다. 어머니가 양을 많이 썼다고 하긴 했지만, 우린 둘 다 건강했고 어렸으니까요. 나비에 제 식단도 약효를 중화시킬 만한 재료로 바뀌었고, 몸에 좋다는 약도 같이 먹었습니다."

하지만 아기는 생기지 않았다.

"성인이 된 후에는 늘 생각했습니다. 우리 사이에 아기가 없는 건 부작용이 황후에게 나타났기 때문일까, 나에게 나타났기 때문일까, 우리 둘 모두에게 나타났기 때문일까."

그러다가 라스타가 임신을 하게 된 후, 그는 확신을 한 것이다. 부작용이 나타난 쪽은 황후라고.

대신관은 소비에슈의 이야기에 침음했다. 몇 년이나 임신이 되지 않는 데다 과거에 부작용이 불임인 약을 둘이서 나눠 먹은 적이 있다니. 이 정도라면 소비에슈가 나비에의 불임을 확신할 만도 했다. 게다가 이 일에는 선대 황후가 관련되어 있었다. 선대 황제는 요란한 스캔들을 여러 차례 터뜨렸고, 정부를 여럿 두어서 황후의 속을 무던히 썩였다. 그렇더라도 낙태약을 사용한 게 알려지면 황후에게는 추문이었다. 소비에슈로서는 어머니의 명예를 지키기 위해 입을 다물 수밖에 없었을 터. 이상한 점이 있다면, 선대 황후가 며느리가 불임일지도 모르는데도 둘의 결혼을 깨지 않았다는 점이었다. 황후의 이혼과 황태자비의 이혼은 달랐다. 어린 나이에 정략혼을 한 황족은 성인이 될 때까지 동침하지 않는다. 당연히 상대적으로 이혼이 쉬웠다.

보통의 황후라면, 만약을 위해서라도 황태자비를 바꾸었을 것이다. 소비에슈가 자신에게 한 가지 사실을 말하지 않았다는 걸 모르는 대신관은, 선대 황후의 결정이 뜻밖으로 여겨졌다. 하지만 선대 황후가 나비에를 예뻐했으니 그런 결정을 했을 거라고, 대신관은 알아서 납득했다.

"저로서는 간신히 생긴 제 핏줄을 포기할 수가 없습니다. 그 아기를 지키고 싶습니다, 대신관."

소비에슈의 진심이 담긴 말에 대신관은 무거운 한숨을 내쉬었다.

글자를 보면서도 이게 글자란 생각이 들지 않는다. 문장이 제대
로 이해가 가지 않아서, 나는 같은 서류를 거듭 반복해서 읽었다.
빨리 일을 다 처리해놓고 싶은데. 앞으로 일이 어떻게 흘러갈지도
아는데. 자꾸만 머릿속이 붕 뜨고, 대신관과 소비에슈가 무슨 대화
를 하고 있을지 신경 쓰였다.

세 시간 후. 대신관이 날 찾아왔단 소리를 들었을 때에는 차라리
다행이란 생각이 들었다.

'올 게 왔구나.'

나는 눈을 감고 심호흡을 했다.

"대신관님이 왜 찾아온 걸까요?"

엘리자 백작 부인은 내게 대신관이 왔단 소식을 전하면서도 표
정이 좋지 않았다. 그녀는 말을 하면서도 불안한 눈으로 방문과 나
를 번갈아 보았다.

"글쎄요……. 우선 만나봐야지요."

엘리자 백작 부인은 무거운 얼굴로 고개를 끄덕이고서 응접실로
나갔다. 잠시 기다리자 방문이 열리고 대신관이 들어왔다. 어린 시
절, 결혼 서약을 하는 우리를 보며 껄껄 놀려대던 대신관은 몇 년
사이에 수염이 더욱 하얗게 새어 있었다. 대신관은 방문을 닫고서

도 바로 들어오지 않았다. 그는 문 앞에 멈춰 서서 잠시 나를 지그시 바라보았다. 하지만 주름 사이에 감춰진 따뜻한 눈이 떨리고 있었다.

그를 보며 어색하게 웃자, 대신관은 "알고 있었군요." 하고 중얼거렸다. 지금까지 숨도 안 쉬고 있었던 건지 불쑥 올라와 있던 어깨와 가슴이 쑤욱 내려갔다. 소비에슈가 나와 이혼을 하고 싶어 한단 이야기를 어떻게 전해야 하나, 저기 서서 고민하고 있었나 보다.

"이리로 오세요."

나는 책상에서 일어나 그가 앉을 자리의 의자를 빼주었다. 대신관은 무거운 걸음걸이로 다가와서는 "도대체⋯⋯" 하고 말문을 열었다.

"이게 어찌 된 겁니까."

"그러게요."

"나비에 황후. 두 사람은 사이가 아주 좋았잖아요."

"모래성이었나 봅니다."

그가 입술을 뻐끔거렸다. 전혀 아니었다고 말하고 싶은 거겠지. 나 역시 같은 생각이다. 나도 과거 우리가 나눈 그 모든 미소가 모래였다고 생각하진 않는다. 하지만 이미 지난 일이었다. 그에게는 새로운 사랑이 생겼고, 나는 지나간 사람일 뿐이니.

대신관은 탁자 위에 두 손을 올리고서 몇 번이나 연거푸 주먹을 쥐었다 펴길 반복했다. 엘리자 백작 부인이 커피와 쿠키를 가지고 와서 대신관을 불안한 눈으로 쳐다보았다. 그녀가 커피와 쿠키를 놔두고 갔지만, 대신관은 음식에는 손도 대지 않았다.

"너무 달지 않은 쿠키예요."

먹으라고 권유를 했지만, 대신관은 고개를 저었다. 지금 쿠키를 먹을 때냐는 듯이. 아니, 오히려 그는 쿠키를 쳐다보며 자기 가슴팍을 쿵쿵 두드렸다.

'쿠키를 싫어하시나?'

이 상황을 안타깝게 여기는 것과 별개로 더 반응이 거셌다. 쿠키를 치울까 말까. 덩달아 고민하고 있자, 대신관이 소비에슈가 이혼을 어떤 이유로 신청했는지 알려주었다.

"소비에슈 황제는 이혼 사유로, 황후의 오빠인 코샤르가 임신한 정부를 떠민 일, 약점을 캐기 위해 로테슈란 귀족을 납치하고 감금 폭행한 일, 그의 정부에게 사기를 치기 위해 가짜 부모를 고용한 일 등을 들었습니다."

"전부 헛소리입니다."

"……그리고 나비에 황후가 불임이기에, 자신은 정부가 가진 아기라도 지켜야 한다던데."

"역시 헛소리입니다."

딱 잘라 말하자 대신관은 한숨을 내쉬었다. 나는 단호하게 말했다.

"그 사유 중 어느 하나에도 동의할 수 없어요."

내가 그와의 이혼을 미리 준비하고 있다 해도, 이런 모욕적인 사유에 수긍할 수는 없었다. 아닌 건 아니라고 해두어야 했다. 물론 이혼 절차에 큰 영향을 미치진 않을 테지만.

대신관은 무거운 한숨을 내쉬었다. 그는 두 손을 깍지 끼고서 내게 안쓰럽다는 투로 물었다.

"왜 이렇게 사이가 멀어진 겁니까?"

"이유는 하나입니다."

"하나라고요?"

"폐하의 마음이 다른 사람에게로 갔습니다. 그게 전부예요."

대신관은 다시 한숨을 폭폭 내쉬더니 내게 진지하게 조언했다.

"이혼 절차를 밟을 텐데, 절대로 순순히 넘어가면 안 됩니다. 알겠나요?"

확실하게 대답하는 대신 나는 그저 조용히 웃기만 했다.

그리고 대신관이 돌아간 후. 그가 먹지 않고 간 쿠키를 혼자서 다 먹어치우고서 다시 책상 앞에 앉았다. 대신관이 찾아왔단 소리에 쿵쿵 혼자 뛰던 심장은 많이 진정되어 있었다. 아무리 무서운 일이라도 닥치면 결국 이렇게 되는구나. 달지 않은 깨달음이 찾아온다. 나는 책상 앞에 앉아 깃털 펜에 잉크를 묻혔다. 다행히 아까보다는 일에 집중하기 어렵지 않았다.

그런데 얼마 정도 그러고 있었을까. 늦은 저녁 시간. 시녀가 아르티나 경이 나를 찾아왔단 이야기를 전해주었다. 나는 깜짝 놀라서 펜을 내려놓았다. 아르티나 경이 왔다고? 이미 한 박자 늦은 것 같긴 하지만 그래도 괜찮았다. 서둘러 응접실로 나가 그녀를 보자, 아르티나 경은 몹시 지친 얼굴로 서 있었다. 늘 단정하던 머리카락이 흙투성이었고 옷차림도 구깃했다.

"죄송합니다, 황후 폐하."

나는 아르티나 경을 응접실 의자에 앉혔다. 편지를 전했는지 바로 물어보고 싶었지만, 그녀의 상태가 좋지 않아 보였다. 그녀를 방으로 안내해준 당직 시녀가 커피나 차를 가져다줄지 물었지만, 아르티나 경은 대답하는 대신 나가달란 신호를 보냈다. 그리고 시녀가 나가자마자 내게 알려주었다.

"파르앙 후작이 이동 속도가 너무 빨라서 생각보다 오래 걸렸습니다. 하지만 국경을 떠나기 전에 간신히 전달할 수 있었습니다."

"전달했나요? 편지를?"

"예."

"저는 곧장 여기로 오고 파르앙 후작은 곧장 서왕국으로 갔으니, 그가 계속 빠른 속도로 간다면 서왕국 국경을 통과했을 거고……. 지금쯤이면 서왕국 수도에 들어섰을지도 모릅니다."

탄성이 터져 나오려는 걸 꾹 참았다. 드디어, 드디어 편지를 전하다니! 하지만…… 이미 늦었다. 대신관은 와버렸고 면담까지 끝났다. 이혼 법정이 코앞인데. 며칠 사이에 일국의 왕인 하인리가 이곳까지 올 수 있을 리가 없었다.

그 시각. 로테슈 자작은 여전히 라스타에 대한 분노에 씩씩거리고 있었다. 둘만 있을 때에는 라스타가 그를 무시해도 어느 정도 넘어가주었다. 하지만 가짜 부모 앞에서까지 그를 무시하자 몹시 자존심이 상했다. 비록 대귀족은 아니지만 영지를 가지고 왕처럼 군림해왔는데. 자신이 부리고 무시하던 이에게 모욕을 당하자 아주 기가 막혔다.

"두고 보라지. 내가 이대로 넘어갈 줄 아나."

그는 콧김을 내뿜으며 이불을 쥐었다 펴기를 반복했다. 어떻게
해야 라스타의 가치를 망가트리지 않으면서도 복수할 수 있을까?
어떻게 해야 그 기를 꺾어놓고 말을 잘 듣게 할 수 있을까? 한참 이
불을 구기고 있자니, 아들인 알렌이 지나가는 게 보였다. 품 안에는
여전히 라스타를 쏙 빼닮은 아기가 안겨 있었다. 아기는 어부, 어부
소리를 내면서 알렌을 보며 까르르 사랑스럽게 웃었고, 알렌은 그
때마다 아기의 목이며 머리, 이마에 연신 쪽쪽거렸다.

저 미련한 멍청이 같은 놈! 로테슈 자작은 호적에도 올리지 못할
서출을 아끼는 아들이 한심해서 고개를 젓다가, 좋은 생각을 떠올
리고서 "그렇지!" 하고 손을 튕겼다.

아기. 라스타의 약점인 그의 손자! 라스타에게 아기를 한번 보여
주면 그 기고만장한 게 뚝 꺾이지 않을까? 자신이 아무리 황제의
사랑을 받더라도, 여전히 약점이 남아 있단 걸 깨달을 것이다. 로테
슈 자작은 끌끌 웃고서 알렌을 불렀다.

"알렌, 이리 와봐라."

"왜요, 아버지?"

알렌이 다가오자 로테슈 자작은 아기를 빼앗듯이 안아 들었다.

"아버지?"

알렌은 눈을 휘둥그렇게 떴다. 아기에 손도 대지 않으려는 아버
지가 제 손으로 아기를 데려가자 이상한 듯했다. 아기는 로테슈 자
작을 향해 손을 뻗으며 방긋방긋 웃었다. 로테슈 자작은 음흉하게

웃으면서 "그래, 내가 네 할아버지다." 하고 껄껄 웃어댔다.

그러나 로테슈 자작은 그로부터 30분도 지나지 않아 마음을 바꾸었다. 수도로 이사 온 후 뻔질나게 사교계를 드나들면서 사귄 친구가 있는데, 그 친구가 찾아와 전해준 이야기 때문이었다.

"자작. 그거 들었는가?"

"그거라니? 뭐 특이한 소식이라도 있나?"

"폐하께서 이혼하실지도 모른다네!"

로테슈 자작은 퍼뜩 놀라서 "뭐?" 하고 눈을 휘둥그렇게 떴다.

"그게 무슨 소리야? 이혼이라니?"

"몰라. 대신관이 뜬금없이 찾아와서는 황제 폐하, 황후 폐하와 차례로 면담을 했다네."

"?"

"이게 무슨 소린가. 당연히 이혼을 말하는 거 아닌가. 못 알아듣겠나?"

로테슈 자작은 못 알아들었다. 그는 어린 시절부터 정치와 뚝 떨어진 삶을 살아서, 황제의 이혼 절차가 그렇게 진행되는 걸 몰랐다. 하지만 친구에게 설명을 듣고서는 제대로 이해하고서 탄성을 뱉었다. 친구는 이 뜻밖의 소식이 몹시 흥분되는 듯 연신 석 잔이나 물을 마셨다.

"분명 라스타 양 때문이겠지. 폐하께서 그 여자한테 아주 넋이 나갔군. 넋이 나갔어!"

로테슈 자작은 친구와는 전혀 다른 의미로 흥분했다. 라스타 때문에 황제가 황후와 이혼까지 한다고? 그 황후와? 로테슈 자작은 일단 상황을 지켜보기로 했다. 앞으로 상황이 어떻게 휘몰아칠지 몰랐다. 그 영향은 이혼의 원인인 라스타에게도 갈 터. 라스타는 황후의 이혼으로 이득을 얻을까 해를 얻을까? 알 수 없다. 그러니 로테슈 자작은 우선 안전하게 뒤로 물러나서 상황을 지켜보기로 했다.

불똥이 라스타에게 튄다면 얼른 수도를 떠나면 그만. 혜택이 라스타에게 튄다면 얼른 숟가락을 가져다 꽂으면 그만 아닌가! 그러나 다친 아버지와 그 친구에게 차를 가져다주러 왔다가 이 소식을 듣게 된 르베티에게는 절대 그렇게 넘어갈 일이 아니었다. 르베티는 들고 있던 찻잔을 바닥에 떨어트리고서 외쳤다.

"말도 안 돼요!"

자작의 친구는 유리가 깨지는 소리에 놀라 퍼뜩 돌아보았다. 자작의 딸이 안 그래도 동그란 눈을 더 동그랗게 뜨고 있었다. 내가 뭘 잘못 말했나. 자작의 친구가 눈을 끔뻑거리는 사이, 르베티는 뒤돌아서 얼른 자기 방으로 달려갔다.

"르베티? 르베티!"

딸이 황후를 우상처럼 떠받든다는 걸 아는 자작은 침대에서 일어나며 딸을 불렀지만, 다리가 너무 아파서 어이쿠 소리를 내며 바닥에 넘어졌다. 르베티는 얼른 방으로 가 망토를 걸치고 장갑을 낀 다음 밖으로 튀어나갔다. 마부를 닦달해서 마차에 탄 그녀는 황궁에 도착하자마자 얼른 경비대로 달려가 황후를 뵙고 싶다고 졸랐다.

황후 폐하와 차도 마신 적 있어요, 황후 폐하가 저더러 언니라 부르라고 해주셨어요, 저 황후 폐하랑 장차 아주 친해질지도 몰라요…….

어린 귀족 아가씨가 엉엉 울면서 하소연하자, 경비대 한 명이 결국 황후궁의 시녀를 찾아가 이 이야기를 전했다.

"르베티 림웰이란 영애가 황후 폐하를 뵙고 싶다며 울고 있습니다."

시녀는 르베티의 이름을 알고 있어서, 이 말을 나비에게 전해주었다.

라스타의 뒤를 캐기 위해 가까이했지만, 만나보니 너무나 사랑스럽고 귀엽던 영애. 내게 있어서 르베티는 이런 아이였다. 하지만 그 아이가 이 밤중에 울면서 찾아올 줄은 몰랐다.

'무슨 일이지?'

의아했지만 한밤중에 달려온 아이를 그냥 보낼 수는 없었다. 응접실로 나가자, 아이는 시녀들이 가져다준 코코아를 마시며 울고 있다가 벌떡 일어나며 흐어어엉 더 크게 울었다.

"르베티 양?"

놀라서 다가가자, 그녀는 커다란 눈물을 방울방울 떨어트리면서 물었다.

"황후 폐하. 황후 폐하. 사실인가요?"

"?"

"정말로, 정말로 이혼하시나요?"

르베티의 질문에 시녀들까지 덩달아 굳었다. 대신관이 다녀간 후, 시녀들은 내게 그 질문을 하고 싶은지 연신 내 눈치를 살폈다. 하지만 내가 입을 다물고 모른 척하자 아무도 묻지 못하고 있던 터였다. 그런데 르베티가 달려와서 내게 직접 대놓고 물어보니 기겁한 것이다.

"르베티 양. 실례입니다!"

엘리자 백작 부인은 얼른 나서서 그녀를 꾸짖었다. 그렇지만 내색하지 않을 뿐, 그녀도 많이 궁금하겠지.

……하긴. 이 정도까지 왔는데 뭘 숨길까. 다들 황제와 황후의 이혼 절차에 대해서 잘 알고 있을 텐데.

"괜찮아요, 엘리자 백작 부인."

나는 그녀를 말리고서 르베티에게 최대한 태연하게 웃으며 대답했다.

"맞아요, 르베티 양."

로라가 비명을 질렀다. 시녀들도 웅성웅성했다. 르베티는 흐어엉 더욱 크게 울음을 터트렸고, 시녀들은 내 쪽으로 달려왔다.

"정말인가요?"

"대신관이 오셔서 그 얘기를 했나요?"

"황제 폐하께서 황후 폐하께 이혼을 신청한 건가요?"

"말도 안 됩니다!"

"절대로 받아들이면 안 돼요!"

시녀들은 말을 하면 할수록 화가 나는지 얼굴이 붉어지고 목소리가 거칠어졌다. 그녀들을 진정시키고 있자니, 르베티가 굵어진 목소리로 물었다.

"라스타 때문이죠?"

"……."

"황후 폐하. 라스타 때문에 황후 폐하가 이렇게 되신 거죠?"

시녀들이 동시에 조용해졌다. 다들 말을 꺼내진 않지만 비슷한 생각을 하는 눈치였다. 나는 무어라 대답해야 할지 잠시 고민했다. 라스타는 내 남편과 사귀었고, 잠자리를 했고, 나를 흉내 냈고, 나를 웃음거리로 만들었고, 내 오빠와 나를 두고서 거짓말을 했다. 소비에슈는 다른 여자와 사귀었고, 잠자리를 했고, 날 모욕했고, 웃음거리로 만들었고, 우리의 신뢰를 져버렸다.

하지만…… 라스타가 어떤 행동을 했든, 결국 그녀를 데려온 것도, 그녀를 황후로 만들려는 것도, 나와 이혼하기로 결심한 것도 소비에슈지. 그러니 이혼의 책임이 더 큰 쪽을 골라야 한다면 소비에슈일 것이다. 그러나 이건 책임을 따지자면 이렇다는 거지. 감정적으로 따지자면, 라스타나 소비에슈나 밉기는 매한가지였다. 이런 복잡한 마음을 어떻게 한 마디로 표현할 수 있을까.

"제가, 제가 황후 폐하의 복수를 할 거예요."

내가 멍하니 있자 르베티는 주먹을 꽉 쥐고서 말했다.

"제가 꼭 복수를 해드릴 거예요."

"……괜찮아요."

나는 애써 웃고서 르베티의 등을 두드렸다. 누구에게 복수를 한다고. 한 명은 황제이고, 한 명은 곧 황후가 될 텐데. 안 그래도 라스타는 르베티를 증오하는데. 복수를 한다고 나섰다가 오히려 역으로 당할 가능성이 더 컸다.

"르베티. 르베티는 복수가 아니라, 르베티 자신을 생각해요."

"싫어요! 저는…… 황후 폐하가 이혼하시면 황후 폐하를 쫓아가서 모실래요! 황후 폐하, 이혼하시면 저랑 같이 살아요! 제가 시중을 들게요!"

절대 안 될 일이었다. 황후의 시중을 드는 건 귀족들 사이에서 영광이지만, 폐후의 시중을 드는 건 절대 영광이 아니다. 그렇다고 어린 르베티를 연고도 없는 서왕국으로 데려갈 수도 없었다.

"르베티 양은 아주 멋지고 훌륭한 사람이 될 거예요. 어떻게 내 시중만 들게 하겠어요."

웃으면서 그녀를 달랜 후, 나는 르베티의 귀에 대고 속삭여주었다. 라스타와 얽히지 말라고. 과거에 사로잡히지 말고, 행복해지는 일만 신경 쓰라고. 그리고 기사에게 부탁해 르베티를 바래다주라 한 뒤, 나는 침실에 틀어박혀 시녀들과 부관, 아르티나 경 등에게 작별 편지를 썼다. 내가 재혼하는 데 성공을 하든 하지 않든 그들과는 이별이겠지. 미리 인사를 해두고 싶었다. 그동안 고마웠다고. 언제나 고마웠다고. 화나는 일도 분노도 다 잊어버리고, 그들의 행복을 지키며 살라고.

"……"

좋은 말을 쓰는데 이상하게 눈물이 나왔다. 자꾸 편지지에 눈물이 떨어져서, 나는 고개를 치켜들고 천장을 쳐다보았다. 그때, 창문에 커다란 무언가가 툭 부딪치는 소리가 났다.

'파란 새?'

나는 놀라서 고개를 돌렸다. 분명 맥켄나에게 화살 이야기를 전했는데. 또 온 건가? 놀라서 달려가보니, 창틀에 커다란 새가 쓰러져 있었다. 하지만 파란 새가 아니었다.

"퀸!"

3권에서 계속

재혼 황후 2

초판 1쇄 발행 2019년 12월 31일
초판 9쇄 발행 2022년 11월 21일

지은이 알파타르트
펴낸이 김문식 최민석
총괄 임승규
기획편집 박소호 김재원 이혜미
　　　　　조연수 김지은 정혜인
디자인 배현정
제작 제이오

펴낸곳 (주)해피북스투유
출판등록 2016년 12월 12일 제2016-000343호
주소 서울시 성북구 종암로 63, 5층(종암동)
전화 02)336-1203
팩스 02)336-1209

ISBN 979-11-6479-052-4 (04810)
　　　　979-11-6479-027-2 (세트)